공작님을 재단하는 우아한 방법

공작님을 재단하는 우아한 방법 1

초판 1쇄 인쇄 2018년 9월 13일
초판 1쇄 발행 2018년 9월 20일

지은이 나르얀
발행인 오영배
기획 박성인
책임편집 박주애
디자인 권지연
제작 조하늬

펴낸곳 (주)삼양출판사 · 피오렛
주소 서울시 강북구 도봉로 173
대표 전화 02-980-2112 **팩스** / 02-983-0660
편집부 전화 02-980-2116 **팩스** / 02-983-8201
블로그 blog.naver.com/dan_gul
출판등록 1999년 3월 11일 제9-00046호

ISBN 979-11-283-9521-5 (04810) / 979-11-283-9520-8 (세트)

+ (주)삼양출판사 · 피오렛의 서면 허락 없이는 어떠한 형태나 수단으로도 이 책의 내용을 이용하지 못합니다.
+ 지은이와 협의하에 인지는 생략합니다. 잘못된 책은 구입한 곳에서 바꾸어 드립니다.
+ 이 도서의 국립중앙도서관 출판시도서목록(CIP)은 서지정보유통지원시스템홈페이지(http://seoji.nl.go.kr)와
  국가자료공동목록시스템(http://www.nl.go.kr/kolisnet)에서 이용하실 수 있습니다. (CIP제어번호: 2018025604)

fioret 은 (주)삼양출판사의 로맨스 판타지 문학 브랜드입니다.

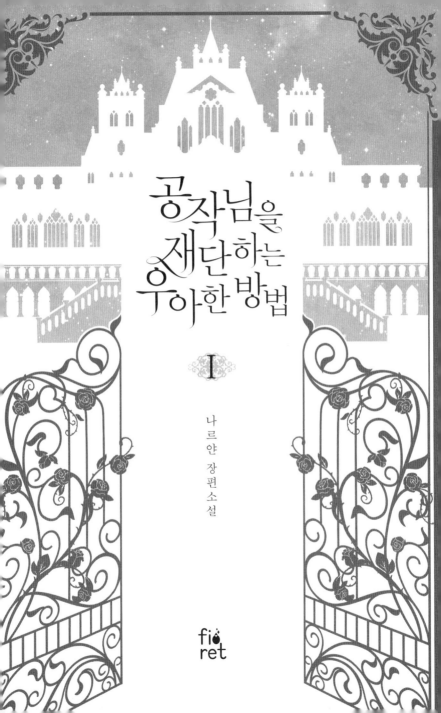

공작님을 재단하는 우아한 방법

I

나르얀 장편소설

fio
ret

Contents

1.
공작의 청혼

엘리샤 드 루비츠는 드물게 기분이 좋았다. 거리를 지나는 여인들을 바라보는 그녀의 보랏빛 눈이 반짝거렸다.

아를렌을 오 가는 여인들의 옷차림은 화사한 봄빛이었다. 연노랑, 분홍, 하늘, 연두, 하양. 엘리샤는 저도 모르게 중얼거렸다.

"와아, 너무 근사해……."

엘리샤는 그들이 향수 가게로 들어설 때까지 목을 빼고 바라보았다. 멋진 옷을 구경하는 건 그녀에게 무척 황홀한 기분을 선사했다. 오늘은 코넬리아의 심부름으로 중앙 광장에 새로 생긴 과자점에 가는 길이었다.

코넬리아의 시중을 드는 건 짜증스러웠지만 그나마 야외 심부름을 시킬 때가 가장 좋았다. 마음껏 거리를 구경할 수 있었고, 잔돈이 남을 때도 있어서 여러모로 쏠쏠했다.

딸랑, 과자점에 들어가자 맑은 종소리가 울렸다. 과자점에는 색색의 케이크와 쿠키, 마카롱 등이 진열되어 있었고 귀부인들과 소녀들이 살 것을 고르고 있었다.

달콤하고 화사한 색과 빛으로 가득한 가게 안에서 엘리샤만이 소박한 원피스를 입은 채였다. 본래 하얀색이었을 모슬린 원피스는 짧아서 낡은 신발을 신은 것까지 훤히 보였다.

눈이 번쩍 뜨이는 미인은 아니었지만 엘리샤는 귀여운 외모를 가지고 있었다. 숱이 많고 풍성한 분홍빛 머리카락은 허리 아래까지 굽실거렸고, 피부는 밀가루처럼 희었다.

티 없이 깨끗한 보라색 눈동자와 작은 콧날, 복숭앗빛 뺨과 분홍빛 입술은 그녀 특유의 매력 포인트였다. 과즙이 묻어 나올 듯 상큼하고 신선했다.

진열대에 다가가자, 몇몇 소녀들이 엘리샤의 옷차림을 힐끔거렸지만 그녀는 모른 척을 했다. 다행히 과자점 주인 로즈 부인은 엘리샤의 행색을 대수롭지 않게 여겼다.

엘리샤는 코넬리아가 주문한 딸기 케이크와 초콜릿 쿠키를 사고 거스름돈을 받았다. 사실 치즈맛 쿠키를 하나 먹고 싶었지만 군침만 삼킨 뒤 참았다.

로즈 부인이 엘리샤에게 말했다.

"아가씨, 오늘도 왔네요. 단골손님에게는 먹고 싶은 쿠키를 하나 주는데 뭘 고를래요?"

어쩐지 오늘은 기분이 좋더라니! 곧 엘리샤의 얼굴에 환한 빛이 어리면서 기다렸다는 듯이 치즈 쿠키를 집었다. 로즈 부인이 웃으면서 말했다.

"치즈 쿠키가 제일 잘 나가요. 또 오세요."

"네, 감사합니다."

엘리샤는 치즈 쿠키를 오물거리면서 거스름돈을 깊숙이 넣어 두었다. 사르르 녹는 치즈 쿠키는 너무나도 부드러웠다. 입 안에 행복감이 감돌 정도였다.

"아, 기절할 것 같은 맛이다."

중앙 광장에서 엘리샤가 살고 있는 메이플 성까지는 마차로 20분, 걸어서는 한 시간에 가까운 거리였다. 백작가에는 마차가 세 대나 있었지만, 그녀에게 허락된 마차는 하인들이 타는 짐마차뿐이었다.

엘리샤는 혼자 다니는 편이 좋았고, 걷는 일에 딱히 불평도 없었다. 솔직히 말하면 성에 돌아오는 게 싫어서 일부러 더 거리를 빙빙 돌아다닌 적도 많았다.

거리를 돌아다니면 아무도 엘리샤가 귀족이라는 걸 알아보지 못했다. 남루한 행색은 평범한 일반 서민보다도 초라했다.

"오늘도 빨강 머리의 심부름이냐?"

"정확하시네요!"

웃으면서 인사말을 던지는 발터 아저씨에게 대꾸해 주며 엘리샤는 여유롭게 발길을 돌렸다. 저만치 메이플 성의 빨간 꼭대기가 보이기 시작했다.

메이플 성은 빨강 머리 성이라는 이름으로 더 자주 불렸다. 아, 빨강 머리라 함은 루비츠 백작가의 적통 핏줄을 부르는 말이었다. 그들의 머리는 대대로 붉은 머리였다. 그것은 어머니의 모발 색이 흰색이든 검은색이든 변하지 않는 결과였다.

엘리샤는 측실 어머니를 두었고, 붉은 머리카락을 이어받지도 못했다. 일부 사람들은 그녀가 붉은 머리였다면 저렇게 미움받지는 않았을 거라고 수군거리곤 했다.

성에 돌아온 엘리샤는 홀에서 이어진 계단을 따라 3층까지 올라갔다. 이윽고 코넬리아의 방문 앞에 다다랐다. 똑똑하고 방문을 두드리자, 코넬리아 대신 하녀 쟌이 얼굴을 슥 내밀었다.

"어머나, 엘리샤 아가씨. 제가 다녀와야 하는데 정말 고생 많으셨어요."

"……생각해 보니 그렇네?"

입에 침도 안 바르고 거짓말을 술술 내뱉는 쟌이 얄미워 엘리샤는 썩은 미소를 날렸다.

쟌은 모른 척 과자 상자를 받아 가지고, 방 안으로 쏙 들어갔다. 안에서 곧장 까르르 웃음소리가 들려오더니 웬일인지 다시 문이 열렸다. 뜻밖에도 코넬리아가 직접 쿠키 접시를 내밀었다.

"엘리샤, 늘 심부름만 다녀오면서 쿠키는 한 번도 못 먹어 봤지? 이거 너도 먹어 봐. 응?"

거지 적선이라도 하듯 내민 쿠키에는 어디서 구했는지 먼지가 한 움큼 올려져 있었다.

허이구, 이건 또 뭐람. 먼지 쿠키잖아. 엘리샤는 관자놀이가 지끈거리며 한숨이 터졌다. 나이는 엘리샤보다 두 살 많은 스무 살인데 어째 하는 짓은 네 살배기 꼬마들보다도 못 했다.

"프엣춰!"

'따르는 방향과 반대로 갈 것.'

엘리샤는 재채기를 하며, 코넬리아가 들고 있는 쿠키 접시를 향해 소곤거렸다. 이렇게 하면 코넬리아는 마법이라는 걸 전혀 눈치채지 못했다.

어느새 코넬리아가 든 접시는 거꾸로 뒤집혔고, 쿠키는 땅에 곧바로 떨어져 버렸다.

"어? 뭐야, 이게……."

코넬리아의 애완견 프란시스가 달려오더니 산산조각이 난 쿠키를 게걸스럽게 먹어 치웠다.

"프란시스! 안 돼! 더러운 거야!"

왈왈! 으르릉!

강아지의 입을 강제로 벌려 쿠키를 뱉어 내게 하려는 코넬리아를 보면서 엘리샤는 몰래 입을 가리곤 웃었다.

"저런! 가여운 프란시스."

코넬리아가 발을 동동 구르는 모습에 고소하긴 했지만, 프란시스에게는 좀 미안했다.

프란시스, 주인을 잘못 만나서 네가 고생이구나. 하지만 그래 봤자 프란시스의 팔자가 엘리샤의 팔자보다는 훨씬 상팔자였다.

엘리샤의 시선이 강아지를 살피는 코넬리아의 드레스에 닿았다. 코넬리아는 화려한 붉은 머리에 어울리지 않게 자줏빛 드레스를 입은 채였다. 보석과 비단으로 장식한 드레스는 아름다웠지만, 전체적으로 조화로워 보이지는 않았다.

"와, 코넬리아 언니! 멀리서 보면 큰불이 난 줄 알겠어. 온통 새빨갛잖아."

프란시스를 안아 올린 코넬리아는 뒤늦게 말뜻을 알아채고 얼굴이 붉어진 채 말했다.

"뭐…… 뭐라는 거야? 이게 얼마나 비싼 드레스인지 알아? 네 까짓 게 뭘 안다고. 이 옷은 수석 디자이너가 만든 거라구! 엘리샤, 그러는 네 더러운 드레스나 어떻게 좀 하지 그러니?"

쾅!

코넬리아는 제 할 말만 하고 문을 닫아 버렸다. 닫힌 문을 향해서 엘리샤가 투덜거렸다.

"네네, 아 그러세요. 내 옷은 더러운 게 아니라 낡은 것뿐이거든요?"

안에서 쿵, 하고 방문을 향해 무언가를 던지는 소리가 났다. 그녀의 방식은 언제나 비슷비슷해서 이제는 우스울 뿐이었다. 엘리샤는 복도를 지나 층계를 오르기 시작했다.

제 아버지, 레오나드 백작은 자신과 첫째 부인인 소피아 백작부인 사이의 자식들만 온전히 자식으로 인정했다. 그에게 엘리샤는 없는 딸이나 마찬가지였다. 지금 자신의 꼴이 그걸 말해 주고 있었다.

아무리 서자라고는 해도, 백작의 자식이라면 기본적인 삶의 질이 보장된 대우는 받고 살기 나름이었다. 그러나 이곳 루비츠 백작가에서 엘리샤는 하녀와 다름없는 존재였다. 정식 교육도 받지 못했을뿐더러, 코넬리아가 누리는 것의 백 분의 일도 누리지 못하고 살아왔다.

첩의 자식, 붉은 머리가 아닌 자. 루비츠 백작에게 자신은 그저 티끌 한 점에 지나지 않았다.

엘리샤는 방으로 돌아와 거스름돈을 상자에 넣었다. 한 푼 두 푼 모아 온 돈이 벌써 2만 실링이나 되었지만, 훗날 이 집에서 나갈 것을 생각하면 더 많이 모아야 했다.

엘리샤는 작은 탁자 위에 종이를 펼쳐 놓고 오늘 보았던 드레스를 참고해 스케치하기 시작했다.

엘리샤는 옷을 만드는 일에 관심이 많았다. 언젠가는 그녀도 엄마처럼 훌륭한 재봉사가 되고 싶었다. 문득 스케치를 멈춘 엘리샤가 자신의 손끝을 내려다보았다.

가늘지만 야무진 손끝은 깨끗하게 손톱이 정리되어 있었지만, 바느질을 많이 한 탓에 지문이 닳아 있었다. 이제 숙달된 탓에 눈을 감고도 가벼운 옷감은 꿰맬 수 있었다.

―엘리샤, 쇠는 두드릴수록 단단해진단다. 네가 가진 재능도 마찬가지야. 계속해서 노력하지 않으면 안 돼.

엄마의 가르침 덕분에 엘리샤는 하루도 바느질을 손에서 놓는 법이 없었다. 덕분에 손은 메마르고 거칠었지만 어린 나이에도 웬만한 어른보다도 솜씨가 좋았다. 코넬리아의 바느질 선생님인 멜드레조차도 엘리샤의 솜씨를 보고 깜짝 놀랄 정도였다.

하지만 엘리샤가 만들 수 있는 건 셔츠나 손수건, 스커트 같은 지극히 간단하고 기초적인 디자인이었다. 아직도 모르는 것투성이였다. 엘리샤의 시선은 자연스럽게 벽장 속으로 향했다.

엘리샤가 일곱 살이던 어느 날, 엄마는 낡은 재봉 상자를 건네면서 이렇게 말했다.

—엘리샤, 이건 네가 옷을 만들면서 도저히 해결할 수 없는 곤란함을 느낄 때, 그때 열어 보도록 해. 알겠지? 그리고 이 백작 성 안에서는 절대로 열지 말렴. 약속하겠니?

—응, 엘리샤 약속할게요.

—그래, 엘리샤. 이 재봉 상자는 우리 마녀 가문이 대대로 지켜 온 보물이란다. 절대로 사람들이 알아서는 안 돼. 그게 너를 지키는 길이야.

—꼭 비밀 지킬게요.

어린 엘리샤가 고개를 끄덕이자 엄마는 환한 미소로 답하고는 부드럽게 안아 주었다.

그 뒤로 엄마는 얼마 지나지 않아서 심장병으로 돌연 사망했다. 어쩌면 그게 엄마의 유언이었을까? 그런 생각에 엘리샤는 상자 속이 궁금했지만 단 한 번도 열지 않았다.

마녀인 엄마로부터 물려받은 마법의 힘도 사람들 눈에 보이지 않는 선에서만 사용했다. 엄마 말대로 그게 스스로를 지키는 길이었으니까.

스케치를 마무리한 엘리샤는 서랍 안에 넣고는 의자에서 몸을 일으키며 기지개를 켰다.

"으으윽, 찌뿌둥해."

엘리샤의 방은 작고 허름했지만 창문을 열면 한눈에 성의 바깥 풍경이 내려다보였다. 엘리샤는 그 점이 무척 마음에 들었다. 멋진 전망을 볼 수 있는 건 둘째 치고, 빨강 머리들이 성을 드나드는 모습을 즉각 살필 수 있었기 때문이었다. 그들과 마주치지 않기 위한 전략적 요새였다.

휘이이이잉.

나무 들창을 열고 성문 앞을 살피던 엘리샤의 얼굴이 잿빛이 되었다.

"……이런, 벌써야?"

빨강 머리를 가진 중년의 남자가 외출을 마치고 성으로 돌아온 터였다. 레오나드 백작이었다. 식욕이 감퇴하는 느낌에 엘리샤는 이불을 폭 뒤집어쓴 채 누웠다. 이대로 잠들어 버릴까.

똑똑똑.

얼마 후 엘리샤의 방문을 누군가 두드렸다. 엘리샤가 문을 열기도 전에 유모 마린이 얼굴을 내밀었다. 보조개가 파인 토실한 얼굴에는 미소가 드리워져 있었다. 그 모습에 어이가 없어진 엘리샤가 말했다.

"마린도 참. 그럴 거면 문은 왜 두드린 거야?"

"아유, 아가씨 방에 그냥 들어올 수야 있나요? 많이 시장하시죠? 어서 식사하러 나오세요."

"……이따 먹으면 안 될까?"

"무슨 말씀이세요. 주인 어르신께서 오셨는데 가서 앉아 계셔야지요."

"그분은 내가 있든 없든 신경도 안 쓰실 텐데……."

엘리샤가 입술을 삐죽이며 말하자, 마린은 흥분해서 말했다.

"그래도 빈자리는 금방 티가 나는 법이에요! 저는 괜스레 아가씨가 주인 어르신께 밉보이지 않으셨으면 좋겠어요."

"이미 그건 돌이킬 수 없어. 내가 빨강 머리를 타고나지 않았으니까."

"아가씨이. 그래서 정말 식사 안 하실 거예요? 마님이 이런 모습을 보셨더라면 얼마나 가슴이 아프실지…… 흐흑."

마린이 거의 울먹일 듯한 목소리로 중얼거렸다.

"휴우……. 알겠어. 먹으러 갈게."

백작가 식솔 중에서 엘리샤에게 그나마 귀족 대접을 해 주는 건 유모 마린뿐이었다. 엘리샤가 여기 남아 있는 이유 중 하나도 그녀였다. 엘리샤는 한숨을 내쉬면서 식당이 있는 그랜드홀로 내려갔다.

드넓은 식탁 가운데 자리에는 레오나드 백작과 코넬리아, 그리고 장남 클라우스까지 모여 있었다.

백작의 무뚝뚝한 얼굴을 마주한 엘리샤는 드레스 양쪽 끝을 들어서 인사를 올렸지만, 백작은 시선 한번 주지 않았다.

코넬리아 역시 고고한 척 고개를 들고는 피식 비웃음을 흘렸다. 그 옆에 앉은 역시 빨강 머리를 가진 클라우스만이 엘리샤에게 다정하게 인사를 건넸다. 그는 윌리엄 후작가에서 일 년째 검을 배우고 있었다.

"어서 와, 엘리샤. 오랜만이구나."

"그러네요."

덕분에 이 살얼음판 같은 분위기에서 엘리샤는 가까스로 숨을 쉴 수 있을 것 같았다. 클라우스는 적어도 엘리샤를 무시하지는 않았고, 빨강 머리들 중에 그나마 나은 편이었다. 엘리샤는 클라우스와 비교적 가까운 구석 자리에 앉았다.

은쟁반에 담긴 새끼 양구이와 칠면조 요리, 해물이 들어간 스튜, 풍성한 야채와 과일, 향긋한 와인과 호두파이, 곡물 빵까지. 눈이 휘둥그레질 진수성찬이 있었지만 엘리샤는 쳐다도 보지 않았다.

잠시 후 주방 보조가 엘리샤가 먹을 음식을 따로 가져왔다. 옥수수와 감자 스튜, 메마른 빵이 전부였다.

윽, 오늘은 평소보다 더 가혹한 차이가 나는 것 같았다. 코넬리아가 쿡쿡 웃음을 참는 소리가 들려왔다.

"자, 들자."

백작의 말에 모두가 식사를 시작했다. 클라우스가 자신의 몫으로 나온 양고기를 덜어 접시를 슥 밀었다. 엘리샤는 사실 클라우스의 이런 태도도 불편했지만 내색하지 않았다. 이 집에서 그저 조용히 있다가 나가고 싶었다. 스무 살이 되면 방직 공장에라도 취직해서 나갈 생각이었다. 그때까지는 쥐죽은 듯 살고 싶었다.

"클라우스는 요즘 검술이 늘었다면서? 윌리엄 경이 칭찬을 하더구나."

"제 앞에서는 혼만 내시더니 의외인데요…… 앞으로도 정진하겠습니다. 아버지."

레오나드 백작과 클라우스의 대화를 잠자코 듣고 있던 코넬리아가 불쑥 끼어들었다.

"참! 아버지, 황실에 다녀오신 건 어떻게 되셨어요? 황태자 전하의 탄신 파티에 저도 초청되었나요?"

백작은 기대에 가득 찬 코넬리아가 사랑스럽다는 시선을 보내며 말했다.

"당연히 우리 코넬리아도 초청되었지. 거기 참석한 영애들을 꽤 눈여겨보실 거다. 미리부터 준비를 하는 게 좋겠구나."

"정말요? 너무너무 좋아요, 아버지!"

코넬리아가 백작에게 애교스럽게 웃으며 말했다.

"녀석, 그렇게 기쁘냐? 네가 좋아하니 나도 기분이 좋구나…… 그나저나 멜드레 부인에게 바느질은 잘 배우고 있느냐?"

"그, 그럼요……. 최선을 다하고 있어요. 요즘은 레이스 뜨는 법을 배우고 있는걸요."

"다행이구나. 네 어머닌 바느질 솜씨가 영 형편없는데 말이지."

생글거리던 코넬리아가 슬쩍 엘리샤를 살피면서 대답했다. 사실 코넬리아 대신 최선을 다하고 있는 건 엘리샤였다. 예법이나 역사학은 그렇다 쳐도 노동이나 솜씨가 필요한 바느질은 코넬리아에게는 죽었다 깨도 하기 싫은 일이었다.

퍽퍽한 감자 스튜를 떠먹고 있는데, 시선이 하나 느껴졌다. 백작의 암갈색 눈동자가 엘리샤에게 향해 있었다. 차갑고 감정 없는 저 눈동자의 주인에게서 엘리샤는 단 한 번도 아버지의 애정을 느껴 본 적이 없었다.

"엘리샤, 너는 식사 후 내 서재로 오거라. 네게 할 이야기가 있다."

"……네? 네."

백작이 자신을 따로 부르는 일은 매우 드물었기에 엘리샤는 바짝 긴장한 얼굴로 남은 음식물을 씹어 삼켰다. 도대체 무슨 일로 자신을 부르는 걸까? 혹시 자신이 코넬리아 대신에 멜드레 부인에게 바느질을 배우고 있다는 사실을 알아챈 것일까? 엘리샤는 왠지 불안했다.

쿠우웅.

나무 문을 밀고 들어오자 마주한 공기는 무겁게 내려앉아 있었다. 백작의 서재는 책과 잉크 냄새로 가득했다. 벨벳 소파에 앉아 있던 백작은 무뚝뚝한 얼굴로 눈앞에 선 자신의 서녀를 바라보았다.

백작이 자신을 유심하게 살피자, 천천히 걸어 들어오던 엘리샤는 점차 굳어졌다. 백작과 이렇게 대면하는 일 자체가 썩 유쾌하지 않았다. 차라리 없는 사람처럼 대하던 것이 편했다. 이내 백작이 엘리샤를 보면서 말했다.

"머리카락만 붉게 물들이면 괜찮겠구나."

무얼 가늠하기라도 하듯 재는 시선. 영 꺼림칙했다. 자신의 분홍색 머리카락이 그렇게나 보기 싫다는 뜻인가? 아니, 그보다는 더 기분 나쁜 이유가 기다리고 있을 것만 같았다. 백작이 턱을 괴고 제 머리 색을 훑어보자, 엘리샤가 물었다.

"제 머리 색이 문제인가요?"

"아니다. 머리 색이야 바꾸면 되지 않겠느냐."

백작은 고개를 가로저으며 속으로 다른 생각을 품었다.

'문제는 따로 있지.'

갑자기 제 머리 색에 왜 이렇게 관대한 태도를 보이는지 엘리샤는 도리어 궁금해졌다.

"제 머리 색을 바꾸다니 그게 무슨 뜻이지요?"

"네가 해 줄 일이 있다……."

백작이 잠시 말을 멈칫하더니 서신 하나를 들어 보이며, 입매를 틀었다. 저 서신은 뭐지? 이윽고 백작의 입에서 흘러나온 다음 말에 엘리샤의 보랏빛 눈이 커다랗게 뜨였다.

"네가 코넬리아가 되어야겠다."

*　　　*　　　*

"주인님, 펜블렌 공작가에서 서신과 그림 한 점이 도착했습니다."

황궁으로 떠나기 전날이었다. 레오나드 백작의 얼굴에 불현듯 불안감이 스쳤다. 서신을 받아 펼치자, 그가 우려하던 내용이 유려한 필체로 적혀 있었다. 가문과 가문의 오랜 약속인 혼인을 해야 할 시기이며, 루비츠 가문의 코넬리아에게 정식으로 청혼을 한다는 정중한 내용이었다.

백작은 밤늦은 시간이었지만 급히 딸 코넬리아를 불렀다.

"코넬리아, 펜블렌 공작가에서 네게 청혼이 왔단다. 어찌하면 좋겠느냐?"

그러나 코넬리아는 대수롭지 않은 투로 말했다.

"……거절할래요. 저는 그런 촌구석의 흉측한 공작에게 절대로 시집가고 싶지 않아요, 아버지."

"……하지만 가문을 건 약속을 아무런 명분 없이 깰 수는 없는 법이다."

"그런 무서운 소문을 가진 남자와 결혼하면 저는 피가 말라 죽고 말걸요! 그냥 제가 아프다고 하면 안 될까요?"

레오나드 백작은 철없는 딸의 말에 입을 꾹 다문 채 고민에 빠졌다. 코넬리아가 갓난아기일 때 나누었던 혼담이었다. 그때까지만 해도 펜블렌 공작가는 정계와 사교계에서 입지가 좋았다. 황후의 오라비이자, 전쟁 영웅으로 혁혁한 공을 세운 공작과 외향적인 공작 부인은 사교계에서는 항상 유명 인사였다.

그들이 돌연 죽고 나서 어린 아들이 후계자가 된 후로 펜블렌가는 성문을 꼭꼭 닫은 채 외부와 교류를 일절 하지 않았다. 그렇게 세상과 담을 쌓은 지 십수 년.

마치 사람 따위 살지 않는 마귀들의 소굴처럼 공작 성은 음습하고 낡은 그대로 방치된 것처럼 보였다. 성을 드나드는 사용인들도 거의 없는 데다가, 검고 기괴한 성채 때문에 사람들은 그곳에 유령이 산다고 떠들었다.

사람들의 입에 오르내릴수록 자연히 베일에 싸인 공작의 이미지도 추락했다. 피에 미친 살인귀라더라, 흉측한 외모를 가진 꼽추라 외부 출입을 않는다더라, 하는 불쾌한 소문들은 늘어만 갔다.

"근데 저건 뭐예요?"

코넬리아의 시선이 백작의 책상 위에 닿았다. 검은색 벨벳 천으로 가려진 액자였다.

"펜블렌가에서 보내온 그림이라고 하더구나."

"끼야아아악!"

무심코 천을 벗겨 내자, 드러난 그림에 코넬리아가 모골이 송연해지는 비명을 질렀다. 그건 공작의 초상화였다. 액자 아래에 '루자크 드 펜블렌'이라는 서명과 화가의 이름이 함께 적혀 있었다.

발발 떨면서 암갈색 눈동자만을 데룩데룩 굴리던 코넬리아는 좋은 생각이 났는지 아버지의 손을 잡았다.

"아버지! 엘리샤를 저 대신 보내는 건 어떨까요?"

코넬리아의 의견에 백작도 중얼거렸다.

"엘리샤를?"

엘리샤도 루비츠가의 고귀한 피가 섞이긴 섞였으니, 머리만 붉게 물들인다면 정실 자식처럼 보일 것이다. 백작의 눈꼬리가 가늘어졌다.

"나쁘지는 않겠다. 대신에 펜블렌가에서 네 이름을 알고 있으니, 너로 위장하고 보내야겠구나."

"그렇죠? 서녀 주제에 공작 부인이라니 사실 과한 자리 아닌가요? 엘리샤가 제 흉내를 내는 건 좀 기분 나쁘지만 어쩔 수 없겠어요. 그런데 황실에도 제 이름을 코넬리아라고 밝혀 두실 것이에요? 훗날 코넬리아가 둘이라고 문제가 되는 것은 아니겠지요?"

"그건 문제 될 것이 없겠구나. 종종 가족끼리도 같은 이름을 사용하기도 하니까. 코넬리아라는 이름을 둘 다 사용했다고 하면 되지 않겠느냐?"

"아, 그렇겠네요!"

"게다가 공작은 황후의 외조카가 아니더냐. 이번 일이 차후, 네가 황태자비에 오를 발판이 될 수도 있겠구나."

"아버지 말씀이 맞아요."

붉은 머리를 가진 부녀는 서로를 향해 닮은 미소를 지어 보였다.

*　　*　　*

"……그게 무슨…… 그 서신과 관련이 있는 일인가요?"

엘리샤가 굳은 표정으로 물었다. 레오나드 백작은 싸늘한 얼굴로 말을 이었다.

"오래전 테본 지역의 펜블렌 공작 부부와 약속한 적이 있었다. 우리 코넬리아와 펜블렌 공작가의 아들을 혼인시키기로 말이다. 며칠 전 펜블렌가에서 청혼의 뜻을 담은 서신이 도착했지. 하지만 당사자인 코넬리아는 그 혼인을 원하지 않는다."

"……자, 잠깐만요. 그게 대체……."

엘리샤의 눈썹이 꿈틀거렸다. 코넬리아가 그 혼인을 원하지 않는 이유. 맞아, 황태자 탄신 파티를 간다고 했었지. 코넬리아와 레오나드 백작은 황태자비의 자리를 꿈꾸고 있는 것이었다.

변방의 공작 부인보다는 더 큰 자리를 노리는 것이다. 물론 그게 실현될 가능성이 얼마나 있는지는 모르겠지만, 백작은 할 수 있는 최대한 코넬리아에게 아낌없이 지원할 것이다.

그러니 자신이 코넬리아가 되라는 그 말인즉.

"네가 코넬리아가 되어, 펜블렌 공작가로 대신 결혼을 하러 가라는 것이다."

백작이 친절하게 해설해 주었다. 지독한 이기주의였다. 엘리샤의 머릿속이 빠르게 휘몰아쳤다. 코넬리아를 대신해서 가짜 행세를 하고 펜블렌 공작과 그 일가를 모두 속이라는 것인가?

순수한 혈통을 따지는 귀족 사회에서 그런 사실이 들통난다면, 펜블렌 공작가를 모욕하는 일이 될 것이다. 대체 그 책임은 전부 누가 진단 말인가. 온전히 엘리샤가 감당하고 떠안고 가야 할 몫이었다.

"이것이 펜블렌가에서 보내온 서신이다."

백작이 서신을 엘리샤에게 내밀었다. 엘리샤는 덜덜 떨리는 손으로 그것을 빠르게 읽어 내려갔다.

펜블렌 공작가라…… 파티에 참석해 본 경험이 없어 사교계에 어두운 엘리샤도 익히 들어 본 가문이었다.

펜블렌 공작의 영지 테본은 수도 아를렌에서 멀찍이 떨어진 변방 지역이었다. 그래서 상대적으로 한산하고 추운 기후를 가졌다.

까마귀 성이라 불리는 공작 성에는 새카맣고 기괴한 모습 때문에 밤마다 유령이 들끓고, 저주를 받아 사람이 죽어 나간다는 소문이 파다했다.

더욱이 까마귀 성의 군주라는 별칭으로 불리는 펜블렌 공작의 소문 또한 악명 높았다.

"펜블렌 공작 역시 혼인을 더 미룰 수는 없다고 생각한 모양이다. 신부를 미리 데려와 결혼 준비를 하고 싶다는군."

엘리샤는 극심하게 머리가 아파 오는 것 같았다. 이건 있을 수 없는 일이었다. 다른 이도 아닌 코넬리아 대신 괴물 같은 공작에게 시집가라니! 엘리샤는 단호하게 말했다.

"……그 결혼, 저는 할 수 없습니다. 아니, 못 합니다!"

그러자 백작이 차가운 입술을 열었다.

"엘리샤."

자신의 이름이 백작의 입에서 흘러나오자 끔찍한 기분이 들었다.

"네게 의사를 물은 적은 없다. 나는 그저 이 사실을 통보하려고 부른 것이다. 게다가 결혼하면 너는 공작가의 안주인이 되는 것이다. 그리 나쁜 일만은 아니지 않으냐?"

그 내용은 더욱 끔찍한 것이었다.

"뭐…… 뭐라고요?"

기가 막혔다. 피가 거꾸로 솟듯이 뜨거워졌다. 지금이라면 화염 마법이라도 쓸 수 있을 것 같았다. 엘리샤는 꾹 참고 백작의 암갈색 눈을 쏘아보면서 똑똑히 말했다.

"정말로, 정말로 잔인하시네요. 그러니까 코넬리아 언니를 위해서 절더러 희생양이 되라는 뜻인가요? 차라리 이 집에서 나가겠어요."

백작의 얼굴이 흉하게 일그러졌다. 단단히 화가 난 백작이 버럭 소리를 질렀다.

"멍청한……! 네가 집을 나가, 함부로 돌아다니면서 루비츠 백작가에 먹칠을 하는 꼴을 내가 구경만 하고 있을 거라 생각하느냐?"

뜨겁게 솟구치던 분노가 화해서 이제는 얼어붙어 버렸다. 먹먹해지는 가슴을 억누르면서 엘리샤는 천천히 말했다. 몇 번이고 생각해 왔던 그것, 늘 원하던 그것.

"……제가 루비츠의 이름을 버린다면요?"

"건방진 것!"

짜아악!

백작의 우악스러운 손길에 엘리샤의 입술이 터져 피가 번졌다. 강렬한 통증에 볼이 얼얼했다. 그러나 가장 얼얼하게 아픈 건 가슴이었다. 이런 사람 때문에 가슴이 아프다는 게 화가 났다.

　엘리샤는 백작을 노려보면서 말을 이었다. 거의 흐느낌처럼 들릴 지경이었다.

　"단 한번이라도…… 한 번이라도 나를 자식이라고 생각한 적이 있었나요?"

　백작은 말없이 고개를 돌렸다. 철저한 무시. 그거면 답이 충분했다.

　"……역시 그럴 줄 알았어요. 나도 마찬가지예요. 당신은 내 아버지가 아니에요. 아버지라면 내게 이렇게 못 해요. 안 해요."

　아버지라면 이렇게 냉담하지 않을 것이다. 백작에게 자신은 그저 코넬리아를 위해 아무렇게나 버릴 수 있는 아이였다. 속이 뒤틀렸다. 구역질이 날 것만 같았다.

　엘리샤는 그 자리에서 그대로 뛰쳐나가려다가, 누군가와 부딪쳤다.

　"아얏!"

　백작의 서재로 들어오던 코넬리아였다.

　"아버지, 말씀은 다 하신 거지요?"

　"내가 할 말은 다 한 것 같구나."

　백작이 담담한 말투로 말하자, 코넬리아는 서둘러 자리를 박차고 가려는 엘리샤를 붙잡았다.

"비켜."

분노로 떨리는 엘리샤의 눈빛을 보며 코넬리아는 이죽거렸다.

"엘리샤, 조심하는 게 좋을 거야. 펜블렌 공작은 피에 미쳤대. 여인이고 애고 가차 없이 사람을 베어 버린다더라. 얼굴은 또 얼마나 섬뜩하고 무섭게 생겼던지! 봐, 이거 그 사람 초상화야. 이제 네 남편 될 사람이니 익숙해져야지 않겠어?"

"……."

"너무 그렇게 속상해하지는 말구. 그래도 서녀인 네가 정실부인이 되는 거잖아?"

코넬리아가 쿡쿡 웃으면서 엘리샤에게 초상화를 안겨 주었다. 초상화에는 시커멓고 흉흉한 인상을 가진 사내가 들어 있었다.

볼썽사나운 턱과 매부리코, 얼굴은 곰보 자국으로 가득했다. 게다가 목은 거의 없고 등이 불룩한 게 꼽추처럼 보였다. 머리털은 몇 가닥 남아 있지도 않아 보였다. 나이가 몇인지 가늠도 되지 않을 만큼 추남이었다.

"하!"

엘리샤의 입술에서 한숨이 터져 나왔다.

코넬리아가 혼인을 원하지 않는 데에는 공작의 무서운 소문과 외모도 큰 이유로 작용했을 것이다. 아무리 배경과 돈에 눈이 멀어도 이런 혐오스러운 자와 결혼하고 싶은 여자가 있을까?

한계치에 다다른 것 같았다. 코넬리아와 백작을 향한 살의가 치솟았다. 엘리샤는 눈을 꾹 감았다. 그래, 이렇게 잔인한 인간들 밑에서 지내는 거나, 난폭하고 흉측한 공작의 아내가 되는 거나 별반 차이가 없을 것만 같았다. 적어도 지금처럼 비참하지는 않을 것이다.

"좋아요. 공작가로 갈게요. 난 당신들이 끔찍하게 싫고, 여기 있는 것도 마찬가지니까."

"그래, 잘 생각했어. 엘리샤."

가증스럽게도 엘리샤의 어깨를 토닥이려던 코넬리아의 팔을 탁 쳐 낸 엘리샤가 서재를 빠져나왔다.

코넬리아와 백작은 씨익 서로를 바라보면서 웃었다.

방에 도착하자마자 엘리샤의 시야가 흐려졌다. 저절로 볼을 타고 흐르는 눈물을 훔쳐 내며 엘리샤가 되뇌었다.

어쩌면 차라리 잘된 일일지도 몰라. 그래, 그럴 거야. 엘리샤는 스스로를 다독이면서 한참 동안 이불 속에서 웅크렸다.

*　　*　　*

밝은 인상의 갈색 머리 여인이 코넬리아의 방으로 들어왔다. 바느질 선생님인 멜드레였다. 엘리샤는 지난번 그렸던 스케치를 테이블 위에 올려놓고는 공손히 인사했다.

"어서 오세요, 선생님."

"안녕, 엘리샤."

"남색 숄이 정말 우아하게 잘 어울리세요."

"후후, 그렇지? 아무렴! 누가 만들어 줬는데."

"선생님이 잘 가르쳐 주신 덕분이죠."

"엘리샤, 아무리 봐도 너는 천재라니까. 범상치 않은 실력이라구. 세상에 이걸 하루 만에 짜는 사람이 어딨겠니."

멜드레가 두르고 있던 숄을 꺼내서 펼쳐 보며 말했다. 짜임이 촘촘하고 장미 문양까지 넣어서 더욱 섬세한 숄이었다. 엘리샤는 뿌듯했다.

"참, 헨리 경하고는 데이트 잘 하셨어요?"

"아우, 그 작자 얘긴 꺼내지도 마."

"어라, 무슨 일이라도 있으셨어요?"

엘리샤의 물음에 멜드레는 얼굴이 새빨개진 채로 손사래를 쳤다. 정말 무슨 일이 있긴 있는 모양이었다.

"사상이 몹시 불경스러운 자야."

멜드레의 입에서 불경이라는 단어가 나오는 건 의외였다. 남편과 사별한 그녀는 연애에 있어서는 꽤나 자유분방한 스타일이었고, 엘리샤는 일평생 그녀의 연애담처럼 파란만장한 이야기를 들은 바가 없었다.

"그가 무슨 짓을 했어요?"

"……세상에, 아니 글쎄! 침실에서 나를 기쁘게 해 준다면서…… 아우, 망측하기도 해라!"

"기쁘게 해 준다면서……?"

"아, 안 돼. 말 못 해! 엘리샤 네가 듣기에는 건전치 못한 이야기야."

"그러니까 더 궁금해지잖아요!"

"……아무튼 그 작자는 짐승이야. 상대해서는 안 돼."

"조만간 또 만나실 것 같네요."

"뭐어? 절대로 안 만나!"

멜드레는 간밤의 일을 생각했는지 몸을 바르르 떨었다. 대체 당차고 도도한 그녀를 어떻게 이렇게 가녀린 여자로 만든 건지 엘리샤는 헨리 경이 어떤 남자일까 궁금해졌다.

"흠흠, 이제 사담은 그만두고 수업을 하기로 할까?"

멜드레가 분위기를 잡자 엘리샤도 고개를 끄덕였다. 어느새 정이 들어 버린 탓일까. 이제 둘은 사제 지간을 떠나서 친구처럼 정다운 사이였다. 엘리샤가 코넬리아의 대리로 멜드레에게 바느질을 배운 지도 벌써 2년이 훌쩍 넘었다.

"선생님, 거리에서 예쁜 드레스를 보고 영감을 받아서 저도 드레스를 생각해 봤는데 한번 봐 주시겠어요?"

"그럴까? 어디 보자."

엘리샤가 내민 스케치본을 받아 든 멜드레는 그것을 찬찬히 살펴보았다. 가슴 부분의 리본과 엉덩이 부분에는 풍성한 주름이 가득했다. 섬세하고 아름다운 드레스가 곧장 멜드레의 눈앞에 선연하게 떠올랐다. 젊은 아가씨들의 선망의 대상이 될 만큼 훌륭한 드레스였다.

"어머…… 엘리샤! 정말 멋진 드레스야. 나도 몸매만 된다면 입고 싶은걸!"

"앗, 정말이에요?"

멜드레가 찡긋 윙크를 하면서 칭찬하자 엘리샤도 기뻐서 입이 벌어졌다.

한 번도 이런 화려한 드레스를 입어 보지 않았을 텐데도 엘리샤는 최신 트렌드를 단번에 파악해 그것을 자신만의 드레스로 탄생시켜 그려 냈다. 엘리샤는 볼수록 놀라운 아이였다.

"저, 이 드레스를 꼭 만들고 싶어요."

엘리샤의 보랏빛 눈동자는 깊었다. 그 어느 때보다도 진심이 담긴 눈빛이었다. 하지만 멜드레는 엘리샤의 기대에 부응해 줄 수 없었다.

"……알잖아. 엘리샤. 나도 가르쳐 주고 싶지만 이렇게 정교한 드레스까지는 만들 줄을 몰라."

"……네에."

엘리샤의 어깨가 추욱 아래로 처졌다. 어쩔 수 없지.

멜드레는 간단한 옷이나 소품, 직물이나 레이스 자수를 뜨는 일에는 솜씨가 좋았지만 엘리샤가 그린 드레스처럼 복잡한 옷을 만들어 본 적은 없었다.

"엘리샤, 이런 드레스는 전문 재봉사가 되어야 만들 수 있어. 나중에 꼭 한번 의상실에 데려가 줄게. 아는 곳이 하나 있거든. 거기 가면 네게 도움이 많이 될 거야."

"정말요?"

엘리샤는 담뿍 기대를 머금은 눈망울로 말했다.

"물론이지. 자, 일단은 수업 시작하자. 백작님께 고 나쁜 계집애의 과제를 제출하려면 말이야."

"네. 오늘은 백합을 레이스로 뜰 차례예요!"

"아, 그랬었지?"

"네, 저번에 만드는 법을 보여 주셔서 사실 조금 미리 만들어 가지고 왔어요."

청초한 백합 한 송이가 수놓아진 레이스천을 엘리샤가 내밀었다. 한번 보여 주었을 뿐인데도 엘리샤는 벌써 만드는 법을 익히고 있었다. 이 정도라면 진짜 재능이 있었다. 멜드레의 마음 한구석이 짠해졌다.

엘리샤의 솜씨가 좋을수록, 그녀의 형편이 너무 안됐다는 생각에서였다. 특히 엘노아 제국은 의류 문화가 발달해 있어서 재봉 일에 재능이 있다면, 직물을 짜는 일뿐만 아니라 직접 옷을 디자인하고 만드는 의상 디자이너로도 활동할 수 있었다.

그래서 레오나드 백작이 엘리샤에게 재능이 있는 걸 알게 된다면 지원을 해 주지 않을까, 그런 기대를 품고 말을 꺼내 보았지만 백작은 정말로 엘리샤에게는 관심이 한 톨도 없었다. 그래서 멜드레는 이대로 저 아이의 재능을 썩히기에는 너무나 아까웠다.

"엘리샤. 있지, 내가 생각해 봤는데 아무래도 여기 있어서는 네 재능을 제대로 못 펼칠 것 같아! 차라리 부잣집 도련님에게 시집가 버리면 어때?"

한참 집중하느라 부지런히 움직이던 엘리샤의 바늘이 멜드레의 말에 멈췄다. 선생님은 역시 촉이 남달랐다. 하지만 코넬리아 대신에 대리로 시집간다고 말할 수는 없었다.

"……실은 곧 떠날 것 같아요."

"뭐어? 어디로? 무슨 일로?"

"테본 지역으로요."

"테본? 그 까마득하게 먼 곳으로 간다고? 말도 안 돼! 거긴 춥고 서늘하고, 으스스한 까마귀 성의 공작이 산다고 하던걸."

"까마귀 성의 공작이요?"

엘리샤가 짐짓 모른 척하고 되묻자, 멜드레는 괴담이라도 되는 것처럼 분위기를 잡았다.

"응, 너 그 소문 몰라? 그 성의 공작이 매우 음침하고 사교계에는 얼씬도 안 하는 인사래. 얼굴을 아는 자들도 극히 드문 게, 공작은 자신의 얼굴을 보면 가차 없이 죽여 버린다는 거야."

"……자기 부인에게도 그럴까요?"

"글쎄, 결혼이나 할 수 있을까 몰라."

대체 공작을 둘러싼 소문의 끝은 어디일까? 엘리샤의 한숨이 깊어지는 줄도 모르고, 멜드레가 쯧쯧 혀를 찼다.

*　　　*　　　*

반트 랜디어스는 보고서를 들고 집무실에 들어섰다. 수수한 청색 체크무늬 웨이스트 코트와 검은 바지는 공작가의 대집사라기엔 다소 편안해 보이는 복장이었다.

영민하면서도 샤프한 인상의 그는 습관처럼 안경을 들어 올렸다. 제법 어두운 실내에는 파르라니 켜진 촛불만이 널따란 집무실을 은은하게 비추고 있었다.

"부르셨습니까, 각하."

들려오는 대답이 없었다. 반트가 한 걸음 가까이 다가서자, 그제야 신음 가까운 소리와 함께 나직한 목소리가 들려왔다.

"……잠시 졸음이 쏟아졌던 모양이군."

삐걱, 커다란 가죽 소파 깊숙이 몸을 파묻고 있던 검은 인영이 상체를 일으켰다. 보나마나 주인은 간밤에도 서재에서 지새운 모양이었다.

"저런, 이래서는 건강을 해치십니다. 서재에도 침대가 있다는 것을 상기시켜 드리고 싶군요."

애정 어린 농담을 웃음으로 넘긴 주인은 곧장 용건을 말했다.

"……루비츠 영애에 대해선 알아보았나?"

"실망시켜드리고 싶지는 않습니다만, 각하. ……뭐, 예상대로야."

오직 대집사인 반트만이 받는 특혜랄까. 단둘이 있을 때 그는 종종 주군에게 말을 편하게 하곤 했다. 둘은 군신 관계 이전에 친우였다.

"……더 자세히 얘기해 줘. 반트."

느른하면서도 청아한 목소리는 같은 남자가 듣기에도 울림이 좋았다. 어둠 속 실루엣이 움직이더니 푸른 눈빛이 반짝거렸다. 약간의 조바심 비슷한 것이 느껴져 반트는 의외라고 생각하고 있었다.

그의 주인은 결코 조바심을 내는 성격이 아니었다. 특히 여자에 관해선 느긋하고 태평하기가 이를 데 없었다. 반트는 알아본 바에 대해서 읊기 시작했다.

"루비츠 백작이 꽤나 애지중지하면서 키운 탓에 품행도 인성도 수준 이하. 머리는 텅텅 비었고, 오만하고 허영에 들뜬 소녀…… 라더군. 믿을 만한 소식통에 의하면 말이지. 나머지 세세한 정보는 이 서류를 참고하면 될 거야."

"……그렇군."

"얼굴은 그래도 봬 줄 만한 정도라니, 불행 중 다행일지도. 적어도 몸매는 공작 각하의 남성을 의심할 수준은 아니래. 따로 만나는 남자도 없었고."

"……하하."

"이미 예정된 결혼이야. 신부 뒤를 캐내서 얻는 이득이 도대체 뭔지 모르겠어."

반트의 말에 펜블렌 공작은 싱긋, 웃으며 말했다.

"평생 함께할 반려자를 맞이하는 일이니 신중하고 싶어서 그러네."

"……송구한 말씀이오나 각하의 현재 평판으로는 너무 신중하실 필요가 없다는 건 아십니까?"

특유의 까칠한 말투로 반트가 정곡을 찔렀다. 공작도 알고 있었다. 까마귀 성의 무시무시한 군주. 그런 괴소문을 믿는 자들이 있다는 게 우스울 정도로 터무니없다고 생각했지만 당사자가 침묵했기에 소문은 더욱 강력해졌고, 어느새 사실로 굳어지고 있었다.

혐오스러운 평판들이 그를 칭하고 있었지만, 루자크 펜블렌은 이 모든 것을 철저하게 암흑 속에서 즐기고 있었다. 아무것도 하지 않고 뒤에서 지켜보는 건 어느새 그에게는 습관처럼 되어 버린 즐거운 일이었다.

"아니지. 그럴수록 더욱 신중해야 하지 않겠나?"

사실 공작은 루비츠가에서 청혼을 받아들인 게 꽤 놀라웠다. 적당한 구실로 피할 줄 알았는데, 그러지 않았다. 반트의 말대로 허영심에 가득 찬 여자라면, 다른 곳으로 시집가길 원할 터였다. 루비츠 가문 정도의 재력과 지위라면 잘만 하면 황족까지도 넘볼 수 있었다.

"어쨌든 난 일단 그녀를 한번 시험해 보고 싶네. 나 역시 이런 정략결혼은 딱 질색이니까."

"……시험이라. 또, 무슨 엄청난 일을 벌이려는 거지?"

"자네도 공모자가 될 테니 차차 알려 주지."

"딱히 각하가 따로 벌이는 일에 끼어들고 싶지는 않은데……."

그 말은 진심이었다. 지금 처리하는 업무만 해도 몸이 두 개라도 모자랄 만큼 바빴다. 그러니 새로운 일을 벌이지는 말아 달라는 뜻이었지만 딱히 먹히지는 않은 것 같았다.

공작이 푸른 눈빛을 쏘며 명령했다.

"루비츠 백작가로 떠날 준비를 해 줘. 호위는 안돌프 한 명만 데리고 가는 걸로 하지."

"……알겠습니다. 각하."

"출발은 열흘 후가 좋겠군. 보름 후에 루비츠가에 도착할 수 있도록. 아, 증폭 터널도 사용하겠다고 황실에 전갈을 보내서 승인 받아."

열흘. 그동안 공작이 청혼을 차일피일 미뤄 온 것에 비하면 무척이나 빠른 일정이었다. 반트의 표정이 여러모로 복잡해졌다. 보통은 두 달 넘게 걸리는 신부 맞이할 준비를 고작 열흘 만에 모두 마치라는 뜻이었다. 더군다나 곧 수확 철이었기에 각 지역으로부터 밀려들어 온 내부 서류만 해도 한 수레는 족히 쌓여 있었다.

그러나 그건 루자크가 알 바 아니었다. 그는 명령을 내리는 자이지, 부하의 편의를 봐주는 친절한 주인이 아니었다. 도리어 가혹할 만큼 일을 많이 시키는 편이었다. 그건 그만큼 자신을 신뢰한다는 뜻이기도 했지만.

"그렇게 처리하겠습니다. 그리고 이건⋯⋯."

반트는 새로운 서류 더미를 책상 위로 올려놓고는 말을 이었다.

"이 보고서들, 내일까지 확인 부탁드립니다. 각하, 그럼 평안한 밤 되십시오."

보고서 두께를 보자 미간이 좁혀진 루자크가 투덜거렸다.

"평안한 밤이라. 농이 심하군."

"이것도 최대한 중요한 것들로만 추려 온 겁니다."

"⋯⋯퍽이나."

반트가 물러가자, 루자크는 자세를 바로 하고 가장 위에 놓인

보고서부터 살피기 시작했다. 그러나 머릿속을 채우는 다른 생각 때문에 내용이 제대로 들어오지 않았다.

루비츠가와의 혼인 문제 때문이었다. 루자크로서는 루비츠 가문과의 화합이 간절하지 않았다. 가문과의 혼약은 명백하게 아버지인 전대 공작의 뜻이었다. 그는 테본의 대영주였다. 테본을 평화롭게 돌보는 데에만 주력해도 모자랄 판에 처가의 가문까지 신경 쓸 여력이 없었다.

무엇보다도 결혼이나 아내에게 크게 관심이 없었던 그였다. 필요가 없다고 생각했다. 여자에게 빠지는 스타일도 아니었고. 그렇다고 여자를 모르는 건 아니었다. 그가 원한다면 잠자리를 나눌 여자는 언제나 접할 수 있었다. 하지만 그의 마음까지 주무를 수 있는 여자는 없었다. 그는 한번 안은 여자는 다시 안지 않았고, 그 불문율은 아직도 깨어진 적이 없었다.

가문과의 혼약. 단순하지만 깨뜨릴 수 없는 그 약속 때문에 루자크는 혼기가 한참 지난 지금에 이르러서야 루비츠 백작가의 영애에게 청혼을 보냈다. 하기 싫은 밀린 일을 꾸역꾸역 해치웠다는 느낌을 아마 그쪽에서도 받았을 것이다. 적어도 혼약을 나눈 사이라면, 약식으로라도 약혼을 나누고, 계절마다 인사가 오가는 게 제국의 혼인 예절이었다. 일반적인 법도를 따지자면 그는 신부를 무시한 셈이었다.

솔직한 심정으로는 루비츠 영애가 아파서 혼인을 하지 못할 몸이라는 핑계라도 대 주었으면 했다. 그런데 흔쾌히 수락을 했다. 루자크는 진심으로 루비츠 백작가의 여식이 어떤 여자일지 궁금해졌다.

*　　*　　*

　레오나드 백작은 서둘러 일을 추진했다. 기왕이면 빨리 혼인을 하는 것이 좋겠다고 펜블렌가로 서신을 보냈다.

　공작가로부터 영애를 모셔 갈 마차와 사람을 보내겠다는 답신이 곧장 도착했다. 백작은 그러한 내용을 엘리샤에게 전달하면서 덧붙였다.

　"보름 후 떠날 준비를 하거라. 그 흐리멍덩한 머리 색부터 어떻게든 하고……."

　백작은 그리 말하면서 드레스나 치장에 관련된 지원을 일절 이야기하지 않았다. 그는 그럴 생각이 아예 없었다. 신부 지참금은 이미 공작가로 보낸 터였다. 물론 루비츠가의 명예를 생각하면 형편없이 낮은 금액이었다.

　나머지 결혼 준비는 결국 돈 한 푼 없는 엘리샤가 알아서 하라는 뜻이었다. 엘리샤는 많은 걸 바라지는 않았다. 다만 공작가로 입고 갈 드레스 하나 없다는 것은 백작가로서도 흠이 될 일이라 생각했다.

　"다른 건 바라지도 않아요. 입고 갈 옷만이라도 지원해 주셨으면 해요. 가문의 명예에 흠이 가는 걸 원치 않으시리라 믿어요."

　엘리샤가 가문을 들먹이자, 백작은 하는 수 없이 대답했다.

"흐음…… 알았다. 코넬리아에게 네가 입을 만한 드레스를 주라고 하겠다."

백작은 온전히 이해했다는 표정으로 대충 고개를 끄덕이고는 그렇게 대답했다. 끝까지 엘리샤에게는 드레스 한 벌 값도 아까운 모양이었다. 그건 코넬리아도 마찬가지였다.

아버지의 명을 들은 코넬리아는 수백 벌의 드레스를 헤집으면서, 패닉 상태에 빠져 있었다. 자신이 입으려 했을 때는 전부 버리고 싶은 옷들이었는데, 엘리샤에게 준다고 생각하니 아까워서 미칠 지경이었다.

코넬리아는 손톱을 잘근잘근 씹으면서 투덜거렸다.

"이것도 안 돼, 이것도. 이 드레스가 얼만데! 이런 사파이어 장식이 달린 드레스는 잘 팔지도 않아."

"아가씨, 그럼 이건 어때요? 요즘 유행에는 뒤처져서 잘 안 입으시잖아요."

쟌이 들고 있던 드레스를 본 코넬리아가 질겁했다.

"오, 그건 내 생일에 받은 드레스잖아! 카나리아색이라고! 절대로 안 돼!"

코넬리아의 시중을 들던 쟌도 볼멘소리로 중얼거렸다.

"그럼 대체 어떤 드레스를 주시려고요?"

"……줄 게 없어."

"그럼 그렇게 전할까요?"

"아니야, 쟌. 없다고 하면 새로 사 주실 거잖아? 분명 입지 못할 옷이 한 벌쯤은 있을 거야. 조금만 더 찾아보자."

엘리샤는 자신의 방으로 보내진 드레스를 대충 눈으로 살폈다. 코넬리아나 백작이 자신에게 무언가 훌륭한 것을 내줄 거라는 기대치가 없었던 터였다.

생각보다 드레스의 디자인은 나름 입을 만했다. 보랏빛이 도는 실크 드레스는 가장자리가 은사로 자수가 놓여 있어서 반짝거렸다. 문제는 성인의 옷이 아니라는 것이었다. 열두 살짜리 어린 소녀에게나 맞을 법한 작은 사이즈였다.

"에휴…… 어쩜 좋지?"

엘리샤는 옅은 한숨을 내쉬었다. 오죽하면 유모인 마린이 자신이 모아 놓은 봉급으로 드레스를 사는 데 보태라고 했지만, 엘리샤는 단칼에 거절했다.

마린에게는 딸린 식구들이 줄줄이 그녀만을 바라보고 있다는 걸 잘 알고 있었다. 물론 엘리샤가 모은 돈으로도 드레스를 사는 데에는 턱없이 모자랐다. 차라리 그 돈의 일부로 실크 원단을 사서 드레스를 늘려 입을 계획을 짜는 것이 더 나았다.

"……내 몸을 줄일 수는 없으니 드레스를 늘려야지."

엘리샤는 거울을 보면서 드레스를 몸에 대보았다. 코넬리아가 어릴 때 입은 옷이었지만, 허리 부분은 간신히 맞을 것 같았다.

엘리샤는 유달리 가느다란 허리를 가지고 있어서 코르셋으로 조이지 않아도 날씬했다. 마린이나 멜드레가 엘리샤의 허리를 보면서 드레스를 입으면 정말 잘 어울리겠다고 칭찬도 했었다.

"피이, 하지만 가슴과 엉덩이까지 가느다랄 필요는 없잖아?"

거울에 비친 빈약한 몸매를 보며 엘리샤는 중얼거렸다. 분명이건 잘 못 먹어서 그런 건지도 몰라. 그렇다면 아직 희망이 있었다.

엘리샤는 다시 드레스를 살폈다. 앞섶과 전체적인 기장은 대폭 늘려야 했고, 다소 시대에 뒤처진 드레스 밑단도 주름 장식을 넣어야 할 것 같았다. 손보아야 할 곳이 한두 군데가 아니긴 했으나, 새로운 도전을 하는 기분이 나쁘지는 않았다.

하지만 엘리샤의 계획은 곧 무산되었다.

"……세상에! 엘리샤, 이런 작은 드레스를 고쳐 입는 게 훨씬 힘들 것 같은데? 차라리 새로 만드는 게 낫겠어. 안 되겠어. 가자."

멜드레가 그렇게 외치면서 엘리샤의 손목을 끌어당겼다. 무턱대고 손목을 붙잡고 부리나케 층계로 향하는 멜드레를 향해 엘리샤가 물었다.

"우와, 선생님? 그럼 저 드레스는 어쩌고…… 그보다 어디로 가는 거예요?"

"야외 수업. 신세계를 보게 될 거야."

멜드레가 자신만만하게 말했다. 두 사람을 실은 마차는 금세 수도의 중앙 광장으로 향했다. 오랜만에 마차를 탄 탓에 엘리샤는 유리창으로 바깥 풍경을 구경하느라 정신이 없었다.

"저기 모자 가게가 새로 생겼네요? 우와, 저 귀부인의 드레스 좀 보세요. 너무 고와요."

어린아이처럼 쉴 새 없이 종알거리는 엘리샤를 보면서 멜드레가 생긋 웃었다. 마차는 곧 선샤인 거리에 도착했다. 선샤인 거리는 주로 부유층들이 다니는 고급 상점과 귀금속 전문점이 많았다.

"이곳이야. 내리자."

"여기가……."

"말했잖아. 의상실에 데려와 주겠다고. 바로 여기야. 콜린의 의상실."

미색의 건물을 가리키면서 멜드레가 말했다. 자그만 간판에는 오트쿠튀르(haute-couture : 고급 의복점)라는 작은 글씨가 쓰여 있었다.

"콜린의 의상실이요?"

"그래. 콜린 자작은 상류층에서 가장 잘나가는 수석 디자이너야. 패션 잡지 커스텀이 매번 다루는 곳으로, 수많은 사교계 부인들이 들락거리는 곳이기도 하지."

"그런데 그런 엄청난 분을 어떻게 아시는 거예요?"

"사실 그는 나의 사촌이거든."

멜드레가 윙크하면서 엘리샤의 걸음을 재촉했다. 유리창 너머 쇼윈도를 본 순간 엘리샤는 눈을 뗄 수가 없었다.

"와……."

그야말로 입이 다물어지지 않았다.

하얀 조각상에는 각각의 다른 드레스들이 휘황찬란하게 펼쳐져 있었다. 세상에 신이 입는 옷이 존재한다면 저런 모습이 아닐까? 금은과 다이아몬드, 깃털과 레이스로 장식된 다양한 디자인의 드레스들이 눈과 마음을 사로잡고 있었다.

"어때. 마음에 들지?"

멜드레가 흐뭇한 얼굴로 엘리샤에게 물었다. 엘리샤의 얼굴은 기쁨을 넘어서 황홀할 만치 살살 녹는 표정이었다.

"이런 건 평생 처음 봐요. 사랑해요, 선생님!"

엘리샤가 멜드레의 허리를 꼭 끌어안았다. 멜드레는 엘리샤의 등을 토닥이곤, 아차 싶었는지 자신의 숄을 벗어서 엘리샤의 몸에 둘러 주었다.

"이거라도 두르는 게 좋을 거야. 콜린은 옷차림에 까다로운 편이거든."

두근거리면서 의상실의 문을 열고 들어가자, 내부에는 수없이 많은 드레스가 길쭉한 흰색 인형에 입혀져 있었다. 이런 건 상상도 해 본 적이 없었다.

한눈에 쭉 가게 안을 살피던 엘리샤는 감탄에 어린 눈을 이리저리 굴리느라 정신이 없었다. 엘리샤가 자신도 모르게 중얼거렸다.

"그런데 왜 전부 인형이나 조각상에 옷을 입혀 놓았을까?"

뒤따라오던 멜드레가 웃으며 알려 주었다.

"아, 저거 옷을 더 돋보이게 하려고 해 놓은 거야. 마…… 뭐, 마네킹이라는 이름이던가?"

"아하, 그렇군요. 마네킹……."

가게의 내부는 마치 미로처럼 방 여러 개가 복층으로 연결된 형태였다. 1층 커다란 방에는 밝고 화사한 색의 드레스가 가득

차 있었고, 2층에는 어두운 색의 드레스들과 레이스 장식들과 꽃 장식, 리본, 모자, 부채, 신발, 보석 같은 장신구와 잡화들이 있었다. 하루 종일 둘러보아도 시간이 모자를 것 같았다.

1층의 작은 방에서는 새하얀 피부를 가진 금발의 미녀들이 페티코트 차림으로 드레스를 고르고 있었다. 검은 메이드 복을 차려입은 여성들이 손님의 옷시중을 들었다. 멜드레의 얼굴을 아는 모양인지 그중 한 명이 말했다.

"어서 오세요, 멜드레 부인."

"콜린을 만나러 왔어요."

"자작님께서는 작업실에 계세요."

"고마워요."

지하로 내려가자 커다란 규모의 작업실이 나왔다. 가죽과 옷감 냄새가 코를 찔렀다. 벽장에는 수백 종류의 옷감이 동그랗게 말려 정돈되어 있었고, 가재봉한 옷들이 이리저리 걸려 있었다. 서걱서걱 옷감이 쓸리는 소리가 들려왔다. 그 소리를 따라서 안쪽으로 향하자, 기역 자로 이어진 책상 위에 앉아 있는 사내의 등이 보였다. 그는 심혈을 기울이면서 원단을 재단하고 있었다.

엘리샤가 입술을 벌리려 하자 멜드레가 그녀의 입술을 손가락으로 막았다.

"쉬잇."

눈치상 왠지 방해를 하면 안 될 것 같았다. 무엇보다 자로 잰 듯 정확하게 재단하는 콜린 자작은 무척이나 집중을 한 상태였다.

눈 깜짝할 사이에 가위가 옷감을 스치자, 소리도 없이 잘려 나갔다. 옷본에 맞춰 재단한 원단 조각이 수북하게 쌓일 때까지 그의 가위질은 멈추지 않았다. 엘리샤는 숨을 꼴깍 삼켰다.

'굉장해. 멋있어. 아, 숨소리 날까 봐 숨도 못 쉬겠어!'

이내 콜린 자작이 마지막 원단을 가르고 가위를 한 바퀴 회전하고는 테이블 위에 탁 내려놓았다. 그제야 그의 얼굴을 제대로 볼 수 있었다.

웨이브진 주홍빛 머리에 하얀 피부, 오른쪽 눈가의 점이 매혹적으로 보이는 자작은 생각보다 젊은 남자였다.

콜린의 세련된 옷차림을 본 엘리샤는 저렇게 잘 차려입은 남자를 본 것은 처음이라고 생각했다. 하얀 셔츠에 리본 모양 크라바트를 매곤 베이지색 벨벳 조끼와 검은 바지를 입고 있는 그의 옷은 우아하고 기품이 흘렀다.

"멜드레? 그리고 지저분한 차림의 여자애로군."

콜린의 말에 멜드레가 경악한 얼굴로 다급히 외쳤다.

"오우, 콜린! 실례잖아. 숙녀에게. 엘리샤, 내 사촌이 손재주는 좋은데 보다시피 입이 험해."

어쩐지 막말을 들었지만 엘리샤는 딱히 기분이 나쁘지는 않았다. 그러나 잘못된 오해는 풀고 싶었다.

"……아하하, 괜찮아요. 하지만 지저분한 게 아니라 낡은 거예요. 의복은 매일 세탁하는걸요."

엘리샤는 맑게 웃으며 말했다.

"……흠, 실례했군. 상당히 꼬질꼬질하게 보여서 말이야."

"……그, 그런가요."

'윽, 실력뿐 아니라 성격도 장난 아니구나.'

멜드레가 적당히 하란 뜻으로 콜린을 쏘아보았고, 뒤이어 콜린에게 정식으로 엘리샤를 소개하며 이곳에 온 목적을 넌지시 말했다. 그러자 콜린은 목덜미가 뻑뻑해짐을 느꼈다.

"견학?! 그러니까…… 나의 신성한 오트쿠튀르에 저 여자애를 들여보내 달라고?"

"그렇지! 아주 정확해! 엘리샤는 재봉사를 꿈꾸는 건실한 아이야. 며칠이면 될 거야."

멜드레와 엘리샤가 손을 맞잡고 기대에 찬 얼굴로 고개를 끄덕끄덕거렸다. 두 사람은 어쩐지 닮은 구석이 있었다.

콜린의 양미간이 구겨졌다. 품격 있는 귀부인들, 심지어는 황족의 의뢰까지 받는 콜린의 오트쿠튀르는 그야말로 상류층의 상징이었다. 그런데 저런 애가 멋모르고 기웃거리는 걸 누군가 보기라도 한다면 명성에 흠이 갈지도 몰랐다.

콜린은 팔짱을 끼고는 단호한 어조로 말했다.

"……안 돼. 절~대로 안 돼!"

칼같이 자르는 콜린의 말에 풀 죽은 강아지처럼 엘리샤가 얼굴을 폭 숙였다. 그러자 멜드레가 소매를 걷고 나섰다.

"엘리샤는 바느질에 재능이 있어. 저 숄도 직접 짠 거라구. 그것도 하루 만에. 레이스 자수도 잘 짜 낸단 말이야!"

콜린이 엘리샤가 두르고 있던 숄을 슥 훑어보았다. 제법 섬세한 솜씨였다. 하지만 단순한 직조공이라면 올 곳을 잘못 찾았다.

"미안하지만 직물 짜는 일이나 레이스 제조라면, 방직 길드를 찾아가는 게 빠를걸. 여긴 직물이 아니라 의상의 모든 걸 창조하는 곳이야. 내가 가장 최악으로 여기는 건 저 애의 의상 감각과 센스야. 스스로 형편없는 옷차림으로 다니는 애를 뭘 믿고 여기를 드나들게 하라는 거야?"

콜린 자작이 하는 말은 구구절절 맞았다. 세련된 옷차림 하나 갖추지 못하는 것도 능력 부족이라면 그 점에서 엘리샤는 형편없었다. 인정할 건 인정하기로 했다.

"자작님 말씀이 옳아요. 하지만 갖추지 못했으니 더욱 이곳에서 배우고 싶어요. 허락해 주세요!"

엘리샤가 초롱초롱한 눈빛을 보내자 콜린은 엄격하게 말했다.

"여긴 시장통이 아니야. 여기서 뭔가를 배우고 싶다면 네 자격을 증명해 봐."

"자격이라면……."

콜린은 신경질적으로 팔짱 낀 손가락을 까딱거렸다. 이 순간 가장 답답한 건 멜드레였다. 엘리샤는 분명히 재능이 있는 아이였다. 그런데 그걸 어떻게 증명해 내지? 콜린이 까탈스러운 성격인 건 익히 알고 있었지만, 자신의 제자에게도 이렇게 유난스럽게 굴 줄은 몰랐다. 멜드레가 안타까운 얼굴로 말했다.

"엘리샤, 그때 나에게 보여 준 옷본 스케치, 그거 가지고 올 걸 그랬네. 없지?"

"······아, 두고 왔어요."

엘리샤의 대답에 멜드레는 절망스러운 표정을 지었고, 콜린은 그러면 그렇지, 하는 얼굴로 어깨를 으쓱했다.

"저런. 준비성까지 부족하군. 그럼 이만 둘 다 가 주겠어? 밀린 의뢰가 산더미야."

콜린은 머리를 넘기며 다소 귀찮은 듯한 말투로 말했다. 그러자 엘리샤가 얼른 손을 들고 말했다.

"잠깐만요. 그려 둔 스케치는 없지만 제 머릿속에는 있어요. 펜과 종이를 빌려주신다면 다시 그릴 수 있어요."

"봐 봐, 콜린! 엘리샤가 그릴 수 있다잖아!"

멜드레가 놀란 얼굴로 콜린의 옷깃을 흔들었고, 그는 종이가 있는 책상 테이블을 가리켰다.

"저걸 쓰도록 해. 다른 건 만지지 말고."

"네, 감사해요. 자작님."

엘리샤는 두근거리는 심장을 진정시킨 채, 그때 그렸던 드레스를 다시 스케치하기 시작했다.

먼저 가장 뼈대가 되는 몸통부터 드레스의 전체적인 중심선을 잡자 세부적인 부분을 그리는 건 쉬웠다. 엘리샤는 그날 그렸던 스케치를 조금 더 보완했다. 과도한 장식은 줄이고 전체적인 라인과 고급스러운 주름, 원단의 문양과 색상, 상세한 치수까지 적었다. 오늘 콜린의 의상실에서 보고 배운 것을 참고했던 터였다.

이 정도면 그래도 최선을 다한 것 같았다.

"다 됐어요."

엘리샤가 펜촉을 내려놓자마자, 콜린이 빼앗듯이 스케치를 확 낚아챘다. 멜드레가 쪼르르 다가와 살펴보려 했지만, 키가 훌쩍 큰 콜린은 혼자서만 유심히 살폈다. 엘리샤는 살짝 초조한 얼굴로 검토 결과를 기다렸다.

어째서인지 콜린은 십 분이 넘도록 아무 말이 없었고, 계속해서 엘리샤의 옷본을 들여다보고만 있었다. 이따금씩 초록빛 동공이 흔들렸고, 입가에는 웃음기가 슬며시 앉았다.

'……과하지 않으면서도 최신 트렌드를 적절하게 배분한 디자인이야.'

리본으로 장식한 네크라인과 잘록한 허리선, 뒷자락의 엉덩이 부분을 부풀린 버슬(bustle), 3단 레이스 러플이 달린 앙가장트(engageantes) 소매와 풍성하게 펼쳐진 수 겹의 페티코트(petticoat)까지. 사랑스럽고 신선한 느낌을 주는 드레스였다.

초보자의 솜씨라고는 믿을 수 없을 정도로 유려하고 세련된 디자인과 디테일이었다. 당장 이 옷본을 가지고 옷을 만들어도 손색이 없을 정도로…….

그리고 유행이 되리라는 것도 예상이 되었다.

콜린의 눈매가 가늘어졌다. 옷본에는 각 원단 평면도 옆에 숫자들이 적혀 있었다.

"이 숫자들은 뭐지?"

"실제 원단의 예상 사이즈예요. 자가 없어서 긴 끈으로 대충 쟀지만, 제 몸 치수에 정확히 맞추려고 노력했어요."

"그대로 있어 봐."

콜린이 잽싼 손놀림으로 줄자로 이리저리 엘리샤의 사이즈를 측정했다. 엘리샤가 적은 치수는 놀라웠다. 실제 치수보다 약간의 여유를 두어 가봉할 것까지 미리 계산한 숫자였다.

'제법이군. 어딘가에서 배웠는지는 몰라도 기초는 있어.'

엘리샤가 쭈뼛거리더니, 조심스레 콜린을 올려다보면서 물었다.

"저, 처음이라 너무 엉망인가요?"

"……뭐라고? 너 드레스 만드는 게 처음이야?"

"네…… 간단한 숄이나 앞치마를 만든 적이 있지만."

드레스가 처음이라. 순간 콜린은 해머로 머리를 얻어맞은 것만 같았다. 원단 사이즈는 실제로 치수를 정확히 재어도 많은 재봉사들이 헤매는 부분이었다. 특히 처음으로 재봉을 시작했다면 수많은 시행착오를 거친 후에야 적당한 사이즈를 알아낼 수 있다.

그런데 이 아이는 처음으로 옷본을 그렸는데도 가봉 부분까지 생각해 냈다. 재봉사의 가장 중요하고 기초적인 자질을 갖춘 셈이었다.

<부드럽고 윤택과 광택이 도는 수자직 원단, 옅은 보라>

엘리샤가 옷본 아래 적은 글을 본 순간 콜린은 피식 웃었다. 이건 연보라색 새틴이었다. 배운 지식은 없지만, 그 특징은 잘

알고 있는 듯했다.

이 아이, 분명 전문적인 지식과 스킬만 갖추면 훌륭한 디자이너가 될지도 몰랐다.

자신도 모르게 웃었다는 걸 알아챈 콜린이 미소를 거뒀다. 멜드레가 궁금하다는 눈빛을 쏘자 콜린은 겨우 대답했다.

"나쁘지 않아. 근데 너 정말로 처음 옷본을 그린 거야?"

엘리샤가 고개를 주억거리다가 질문을 듣고는 멈칫하며 대답했다. 콜린의 표정이 너무나도 심각했던 터였다.

"네? ……네. 제 머릿속에는 훨씬 더 많지만 직접 그린 건 처음이었어요."

엘리샤의 대답을 들은 콜린은 짧게 대답했다.

"좋아."

"네?"

"내 작업실에 드나들어도 좋다고."

"헉! 저, 정말이죠?"

"그래."

엘리샤와 멜드레의 눈이 순식간에 커다래졌다.

"엘리샤, 너무 잘됐다."

"모두 선생님 덕분이에요."

엘리샤는 심드렁한 얼굴로 작업실 책상으로 가 버린 콜린 앞으로 다가가 진심으로 인사했다.

"아, 허락해 주셔서 정말 감사해요, 자작님. 방해가 되지 않도록 조용히 견학할게요."

"바라는 바야. 말해 두지만 내가 친절하게 이것저것 가르쳐 줄 거라는 기대는 말길. 이 몸은 몹시 바쁘니까."

"네, 잘 알고 있어요."

즉, 귀찮게 이것저것 물어보지 말고, 스스로 터득하며 배우라는 뜻이었다. 엘리샤는 그것만으로도 감지덕지였다. 수석 디자이너가 옷을 만드는 과정을 지척에서 볼 수 있는 것만으로도 큰 행운이었다.

콜린이 작업하는 모습을 신기하게 바라보는 엘리샤의 눈이 반짝거렸다. 멜드레는 엘리샤에게 소곤소곤 인사를 하고는 총총히 사라졌다.

작업실은 고요해졌다. 콜린이 옷을 가봉하는 작업에 몰입하기 시작했다. 콜린은 작업할 때면 전혀 다른 사람이 되는 것 같았다. 극도로 집중한 그는 자신만의 세계 안에 있었다. 엘리샤는 숨을 고르면서 그의 작업을 지켜보았다. 왠지 가슴이 벅차오르는 것 같아서 기분이 좋았다.

'재봉이 이렇게 멋진 일이구나.'

두 시간이 넘도록 가봉에 매달린 콜린이 바늘과 실을 도구함에 넣었다. 엘리샤도 바짝 긴장했던 자세를 유지하다가 끝났다는 안도감을 느꼈다.

오늘 할당량의 작업을 마친 콜린은 코트를 차려입고는, 말도 없이 작업실을 나섰다. 쿠웅 소리와 함께 엘리샤는 온전히 혼자가 되었다.

'앗! 이제 작업실을 자유롭게 살펴봐도 된다는 뜻일까?'

엘리샤는 가장 먼저 바느질 도구들을 살폈다. 도구함에는 수십 개의 실과 바늘, 초크, 골무, 재단 자, 재단용 가위 등이 주르륵 정렬되어 있었다. 모양도 크기도 여러 가지였다.

벽장 가득히 나열되어 있는 옷감들도 다시 자세히 보았다. 작은 원단 조각과 함께 색상과 이름, 원산지가 적혀 있었다. 직물의 짜임이 다양해서 촉감도 전부 달랐다.

다음으로 눈에 들어온 것은 시침질을 마친 몇 벌의 드레스들이었다. 가봉만 마쳤을 뿐인데도 입체적으로 볼륨이 살아 있었다. 완성되면 얼마나 더 아름다울지 기대가 되었다. 엘리샤는 중얼거렸다.

'여긴 천국이 틀림없어.'

*　　　*　　　*

"엘리샤 아가씨, 빨래는 다 했으니 너는 일만 좀 부탁드려요!"

"알겠어, 소냐. *끄응차!*"

"……그걸 전부 한 번에요? 괘, 괜찮으시겠어요?"

"에이, 이 정도라면 *끄떡없어.*"

엘리샤가 산더미처럼 쌓인 빨래 바구니를 든 채 말했다. 빙긋 웃었지만 빨래 더미에 가려져 보이지 않았다. 누군가 볼 때는 힘들게 노동하는 척을 했지만, 아무도 보지 않을 때는 콧노래를 부르기만 하면 됐다.

엘리샤가 다루는 단순한 마법은 집안일에 특히 쓰임이 많았고, 마력도 적게 들어서 부담이 없었다.

엘리샤는 소나나 다른 이들의 시선이 없다는 걸 재빨리 확인하곤, 주문을 중얼거렸다.

"상냥한 공기의 친구여, 그대 손을 빌려다오."

둥실 떠오른 빨래가 줄 위에 안착해 널렸다. 마법을 사용하면 단순한 가사는 식은 죽 먹기였다.

엘리샤는 메이플 성에서의 일과보다 의상실에 머무는 시간이 점점 길어졌다. 어떤 날은 의상실에 가기 위해서, 지독한 감기에 걸려 방 안에서 몸져누운 척을 하면서 몰래 성에서 탈출했다.

그렇게 콜린의 의상실에 드나든 지 어느덧 열흘이 넘었다. 이제 모레면 테본으로 떠난다.

엘리샤는 그동안 정식으로 옷본(패턴)을 그리는 방법에서부터, 재단하는 방법, 원단을 다루는 법, 직접 바느질로 가봉을 하고 최종적으로 의상이 만들어질 때까지 모든 과정을 어깨너머로 지켜보았다.

"이제 내 드레스를 만들자!"

엘리샤는 첫날부터 곁눈질로 배운 것을 토대로 조금씩 드레스를 만들기 시작했다. 콜린에게서 원단과 함께 드레스에 필요한 부속 재료를 사고, 그가 자리를 비울 때는 작업실을 사용해도 좋다는 허락까지 받았다.

옷본을 토대로 치마와 소매, 상의 보디스 원형을 재단하고, 시침질을 시작했다. 어느 날은 마린에게 부탁해서 작업실에서 밤을 새우기도 했다. 그렇게 가봉을 하는 데까지는 꼬박 일주일이

걸렸다.

"힉! 자, 자작님, 그건 저의⋯⋯?"

작업실에 도착한 엘리샤는 깜짝 놀랐다. 콜린 자작이 엘리샤가 만들고 있는 드레스를 마네킹에 씌워 놓고는 한 바퀴를 빙 돌면서 감상 중이었다. 콜린이 흘낏 엘리샤를 바라보면서 그녀를 손짓으로 불렀다.

"그동안 이걸 만들고 있었어?"

"⋯⋯네에."

엘리샤는 왠지 부끄러웠다. 완성한 후에 짠하고 보여드릴 생각이었는데 들켜 버린 것 같았다.

"얼마나 걸린 거지?"

"일주일이요."

"고작 일주일?"

"네."

콜린은 믿을 수가 없었다. 자신도 손이 빠르다는 이야기를 듣는데도 드레스를 한 벌 만들기 위해서는 최소 한 달은 걸린다. 손이 느린 재봉사나 초보자라면 의상에 따라서 수개월 이상 걸리기도 했다. 그런데 드레스 가봉까지 고작 일주일이라고?

콜린이 드레스를 이리저리 살펴보자 엘리샤는 조금 쑥스러운 기분이 드는 동시에 그의 평가가 궁금해졌다.

"제가 만든 드레스, 어때요?"

"가봉이 나왔으니 한번 입어 보고 판단해 보지. 그나저나 이걸 입고 어디에 갈 생각이지?"

"그냥 외출용이에요……."

콜린이 고개를 갸웃거렸다.

"단순한 외출용 드레스라고 하기엔 조금 화려해. 무도회나 격식 있는 자리에 간다면 딱 어울리겠어."

"그래요?"

"너 같은 평민 신분의 평상시 차림하고는 그다지 어울리지 않는군……."

마네킹에 입혀진 드레스를 벗겨 내는 엘리샤의 손길이 흠칫했다.

"제가 평민이라는 말은 한 적이 없는 것 같은데요!"

"그렇다면 몰락한 귀족가의 아가씨였나?"

"……아니에요! 일단 드레스 갈아입고 올게요."

엘리샤가 백작가의 영애라는 사실을 안다면 콜린은 그동안 무례했던 말들에 대해 사죄를 해야 할 터였다. 서녀라고는 해도 백작보다 한참 지위가 낮은 자작이 그녀를 함부로 대할 수는 없었다.

그러나 엘리샤는 배우는 입장에서 그러고 싶지 않았다. 사실 누가 봐도 엘리샤는 귀족스럽지는 않았으니까.

엘리샤는 위층으로 올라가 드레스로 갈아입고 나왔다. 직접 만든 옷을 처음으로 입어 보는 뿌듯함에 입술은 연신 미소가 지어졌다. 전신 거울에 비친 모습은 실로 우아했다. 연보라색 새틴을 선택한 건 신의 한 수였다.

엘리샤의 분홍빛 풍성한 머리카락과 드레스의 색감이 어우러져 그녀는 한 떨기 꽃처럼 화사했다. 가봉만 했을 뿐인데도 모두 탄성을 지를 만큼 완성도가 높은 드레스였다. 콜린의 의상실에서 일하는 한 여성이 말했다.

"……세상에! 너무 잘 어울려요. 엘리샤, 자작님의 새 드레스예요?"

엘리샤의 볼이 발그레하며 고개를 저었다.

"제가 만들었어요."

"네에? 정말이요? 이런 실력을 감추고 있었다니 너무해요."

의상실을 방문한 귀부인들도 엘리샤의 드레스를 보고는 같은 드레스를 주문하고 싶다고 넌지시 말했다. 콜린 자작도 층계를 올라왔다. 엘리샤를 바라본 그가 눈을 크게 뜨면서 말했다. 콜린의 눈에도 무척이나 훌륭한 드레스였다. 게다가 엘리샤는 멋지게 드레스를 소화했다.

"내가 잘못 생각한 것 같네. 그 드레스, 너에게 무척 잘 어울려."

"그 말씀, 정말이죠?"

"물론 너보다는 드레스가 조금 더 멋지고."

콜린에게 인정받았다는 느낌에 엘리샤는 솔직하게 말했다.

"인정해 주시니 조금 우쭐해져요."

"오늘은 그래도 돼. 그럴 만해. 그런데 나에게 인정받았다는 게 무슨 뜻인지 알지?"

"알아요."

평소의 심술궂은 표정이 아닌, 진심으로 우러나온 말이었다.

엘리샤는 다시 원래의 잿빛 모슬린 원피스로 갈아입고, 작업실에 있는 콜린을 찾아가 고개 숙여 인사했다.

"자작님 덕분에 이렇게 멋진 드레스를 만들 수 있었어요. 그동안 배울 기회를 주셔서 정말 감사했어요. 짧은 시간이었지만 너무 많은 걸 배웠어요."

그러자 콜린이 못마땅한 얼굴로 짧게 헛기침하곤 되물었다.

"왜 마지막인 것처럼 인사하는 건데? 내가 인정했다는 건, 너를 정식으로 제자로 받아 주겠다는 뜻이라고. 이렇게 친히 말해 줘야 하겠냐?"

"⋯⋯아."

엘리샤는 무슨 말을 먼저 해야 할지 몰랐다. 정식으로 제자로 받아 주겠다니⋯⋯ 이건 생각지도 못한 일이었다. 하지만 엘리샤는 당장 갈 곳이 있었다. 피할 수 없이 가야만 하는 곳.

"영광이라서 말을 잇지 못하나⋯⋯?"

콜린은 만난 이후 처음으로 가장 활짝 웃고 있었다. 그러나 그 상큼한 미소를 깨부수는 엘리샤의 말이 이어졌다.

"제안은 감사하지만 그건 곤란해요⋯⋯."

"⋯⋯뭐⋯⋯ 뭐라고?"

순식간에 콜린의 얼굴이 벌게졌다. 엘리샤는 그의 얼굴을 보기가 괴로웠다.

"저도 너무너무너무 간절하게 자작님의 제자가 되고 싶지만, 개인적인 사정이 있어서 이제 여기 올 수가 없어요."

"이봐, 엘리샤. 여기 들어오고 싶어 하는 애들이 줄을 섰다구.

그중에서 네가 선택된 거야. 가능성이 있으니까 내가 직접 가르치고 싶어서."

"……곧 수도를 떠나요."

"……왜? 왜 떠나는데?"

"그게…… 말씀드릴 수는 없어요. 하지만 아주 먼 곳으로 떠나게 되었어요."

"얼마나 걸리는데? 1~2년이라면 돌아오는 대로……."

"1~2년 걸리는 일이 아니에요. 어쩌면 평생 걸릴지도 몰라요."

이야기를 하는 엘리샤도 마음이 아팠다. 테본이라는 낯설고 먼 곳에서 평생 살아야 했으니까.

"어디로 가는데? 마차를 보내 주지."

엘리샤의 마음을 알 리 없는 콜린이 다급해진 말투로 말했다.

"아뇨. 소용없어요. 마차로 며칠이나 걸리는 곳이에요."

"그딴 곳에 왜 가겠다는 거야? 재봉사가 되고 싶다며? 인생 최대의 기회라고!"

"……알고 있지만, 그래도 어쩔 수가 없어요. 죄송해요."

콜린의 자존심이 여지없이 무너졌다.

"너, 평생 후회할 거야!"

콜린은 서운함을 금할 길이 없었다. 어쩌면 자신보다도 더 재능 있는 디자이너로 자랄 수 있었을 텐데.

"바보 같은 계집애."

"언젠가 자작님을 다시 만나 뵙길 고대할게요."

"지금 떠나면 이제 볼 일 따위 없잖아."

"자작님…… 마음 편하게 떠나고 싶어요."

"……잘 가. 재봉 일 그만두지 마."

"네, 그만두지 않아요. 절대로요."

그제야 엘리샤의 얼굴에 웃음이 피었다.

엘리샤는 모두에게 작별 인사를 고하고, 아쉬운 마음으로 의상실을 빠져나왔다. 엘리샤 역시 남아 있고 싶은 마음은 간절했다. 시간이 조금만 더 있었더라면 좋았을 것을……. 당장 내일모레면 펜블렌가에서 자신을 데려갈 마차가 도착할 것이다.

터덜터덜 거리를 걷던 엘리샤는 마지막으로 아를렌을 눈으로 담고 싶었다. 분수대가 있는 광장도, 종소리가 울려 퍼지는 성당도, 볼거리가 많은 시장도, 로즈 부인의 과자점도.

엘리샤가 가장 좋아하는 성 루카의 탑에 올라 예쁜 석양을 보았다. 아치형 탑 난간에 걸터앉자, 아를렌의 오밀조밀한 전경이 풍경화처럼 한눈에 들어왔다. 북쪽으로는 황궁도 보였다.

'이제 아를렌도 안녕이구나.'

루비츠가를 떠나는 건 미련이 없었지만, 이 따뜻하고 아름다운 도시를 떠나는 건 너무 아쉬웠다.

멜드레와 콜린을 만난 건 행운이었다. 아쉬우면서도 슬프지 않은 건 언젠가는 그들을 다시 만날 수 있을 거라는 생각이 들었기 때문이었다.

'드레스를 만들 수 있게 돼서 다행이야.'

난폭하고 음침한 공작의 성에 갇혀 지내더라도, 옷을 만드는 재미로 지낼 수 있을 테니까. 든든한 친구라도 하나 생긴 느낌이었다.

엘리샤는 쏟아지는 주홍빛 석양을 바라보며 환하게 웃었다.

*　　*　　*

'무언가 재미있는 일 없을까?'

화장대 앞에 앉아 빗질을 하던 코넬리아는 요즘 부쩍 지루함을 느꼈다.

거울 속에 비친 붉은 머리는 아무리 봐도 찬란하게 아름다웠다. 앞으로 황태자 전하의 탄신일까지는 한 달 남짓 남았다. 드레스와 보석은 가장 비싸고 화려한 것으로 맞추었으니 이제 구두와 머리 장식을 주문하면 되었다. 분명히 황태자 전하께서는 자신에게 춤 신청을 할 거라고 생각하는 코넬리아였다.

그 일만 생각하면 온몸에서 흥분감이 휩싸이는 듯했다. 황태자비가 되면 모두들 날 우러러보면서 칭송하겠지! 코넬리아는 발까지 구르면서 그 짜릿한 순간을 상상하며 만끽했다.

"사교계의 모든 계집애들이 나를 부러워할 거야!"

코넬리아는 그리될 것이라 자부했다. 그리고 고 얄미운 것, 엘리샤도 그제야 정신이 번쩍 들겠지. 아니었다. 어쩌면 엘리샤는 머나먼 테본 지역에 시집가 있으니 소식이 매우 늦을지도 몰랐다.

엘리샤 앞에서 기세등등하게 황태자비의 모습을 보여 주지 못하는 건 조금 아쉬울 것 같았다. 그래, 그러고 보니 이상하게요 며칠 엘리샤 계집애의 그림자도 보기 어려웠다.

코넬리아에게 엘리샤를 시종 부리듯 다루던 일은 재미와 우월감을 모두 안겨 주었다. 그건 당연했다. 그 계집애는 불경스럽게 태어난 첩의 딸이었으니까. 붉은 머리를 타고나지 못했으니까. 그러니까 아버지의 미움을 받는 건 당연한 일이었다.

코넬리아는 침대 옆에 늘어진 줄을 잡아당겨 쟌을 불렀다. 곧 쟌이 들어왔다.

"아가씨, 부르셨어요?"

"그래, 내 발 좀 주물러 줘."

"네, 아가씨. 참, 성 뒷문으로 들어오는 엘리샤 아가씨를 봤어요. 그동안 아프셨던 게 아니더라구요."

"그래? 내 그럴 줄 알았어. 영악한 계집애."

"그런데 엘리샤 아가씨가 무언가를 소중하게 들고 오던걸요."

"그래? 그게 뭘까? 궁금하네."

쟌의 이야기를 들은 코넬리아가 사악한 미소를 흘리며 말했다.

"오늘은 엘리샤 방 좀 구경해 볼까."

＊　　　＊　　　＊

엘리샤는 드레스를 침대에 펼쳐 놓았다. 다행스럽게도 이 새 틴이라는 옷감은 구김이 가는 원단은 아니었다. 이제 리본 장식을 달고, 허리 부분과 밑단 마무리 작업만 마치면 완성이었다.

바로 작업에 임하고 싶었지만 배 속에서 꼬르륵 소리가 들렸다. 그제야 하루 종일 아무것도 먹지 않았다는 사실이 떠올랐다.

엘리샤는 드레스를 이불로 덮어서 잘 숨겨 놓고는 부엌으로 향했다. 모두 저녁 식사를 마친 시간이라 주방장은 자리를 비웠다.

"아가씨, 엘리샤 아가씨."

먹을 것을 찾으러 도둑고양이처럼 들어오던 엘리샤는 속삭이는 소리에 놀랐다. 마린이 음식을 데우고 있었다.

"시장하셨죠? 어서 식탁에 가서 앉으세요."

"마린. 어떻게 알았어?"

"아가씨 옆방이 바로 제 방이니까요. 최근에 부쩍 야식을 즐기시잖아요. 매일 굶주림에 지쳐서 오시고……."

"마린은 그걸 전부 어떻게 알지?"

"에그, 저는 아가씨 얼굴만 봐도 다 알아요. 자요, 식겠어요."

"응, 잘 먹겠습니다!"

엘리샤는 마린이 차려 준 따스한 수프와 빵을 순식간에 먹어 치웠다. 어느 때보다도 맛있었다. 이제 마린의 엄마 같은 보살핌도 더는 받을 수 없을 거라는 생각이 들자, 괜히 울컥해졌다.

그런 엘리샤의 마음을 읽은 마린이 말했다.

"아가씨, 테본에 가서도 씩씩하게 지내셔야 해요. 한 달에 한 번씩 편지도 보내 주시구요. 소냐에게 읽어 달라고 할 거예요."

"꼭 그렇게. 마린도 소냐에게 부탁해서 답장 줘야 해."

"그럼요. 아가씨가 시집을 가다니 지금도 믿기질 않아요. 아장아장 걸어 다니던 때가 엊그제 같은데……."

엘리샤는 마린의 눈에 눈물이 살짝 고인 것을 보고는 급히 자리를 벗어났다. 더 있다가는 자신도 울 것 같았다.

"정말 잘 먹었어, 고마워."

"별말씀을요."

마린에게 인사한 후, 엘리샤는 얼른 방으로 향했다. 괜스레 불안한 마음이 들었다. 방에 돌아와 보니 누군가 침대를 거칠게 헤집어 놓고 간 흔적이 있었다. 침대의 이불을 걷어 올린 순간 엘리샤의 얼굴은 그대로 굳고 말았다.

'……없어!'

곱게 있어야 할 드레스가 어디에도 보이지 않았다. 범인은 빤했다.

탁탁탁!

엘리샤는 그대로 복도를 달려갔다. 노크도 하지 않은 채 코넬리아의 방을 벌컥 열어젖혔다. 코넬리아는 기다렸다는 듯, 소파에 앉아 차를 마시고 있었다.

"어머, 엘리샤. 무슨 일이니?"

천연덕스러운 말투로 가장한 코넬리아가 물었다. 엘리샤는 말했다.

"내 드레스…… 돌려줘."

"네 드레스라니?"

엘리샤는 더 이상 말도 섞기 싫었다. 분명 이 방 안에 숨겨 놓앗을 터였다. 엘리샤가 옷장을 열어 찾기 시작했다.

그러자 코넬리아가 옆에 서 있던 쟌에게 손짓했다. 쟌이 엘리샤의 팔을 붙잡았다. 엘리샤는 쟌의 손길을 뿌리쳤다.

"이거 놔!"

코넬리아가 생긋 웃으며 자리에서 일어났다.

"아…… 혹시 네가 찾고 있는 게 이거니?"

코넬리아가 세 번째 옷장의 문을 열었다. 그러자 엘리샤가 만든 드레스가 모습을 드러냈다.

엘리샤의 동공이 커졌다. 그대로 드레스로 손을 뻗으려는 엘리샤를 쟌이 재빨리 뒤에서 붙잡았다.

"저런…… 이제 내 손안에 들어왔으니 이제 내 거잖아. 엘리샤, 너도 참 단순하다. 내가 순순히 줄 거라고 생각했어?"

"코넬리아 언니. 그냥 돌려줘. 그럼 이번엔 그냥 넘어갈게."

엘리샤는 색색거리던 숨을 멈추고는 입술을 꼭 깨물며 말했다. 드레스가 코넬리아 손에 있으니 일단은 참아야 했다. 드레스를 안전하게 돌려받는 게 우선이었다. 그러나 코넬리아는 제 아비를 닮은 입매를 비틀며 말했다.

"싫은데? 훔친 물건 아니니?"

"내가 만든 거야! 으윽, 이거 놔! 놓으라고!"

타악!

엘리샤가 쟌을 뿌리친 채 드레스가 있는 곳으로 향했다. 그러나 코넬리아가 더욱 가까웠다.

엘리샤의 손이 드레스에 닿기 전에, 끔찍한 일이 벌어졌다.

'부욱' 드레스가 찢어지는 소리가 들렸다. 코넬리아가 안간힘을 다해서 드레스를 찢었다.

"아, 안 돼!"

엘리샤는 놀라서 심장이 쿵 내려앉았다. 어떻게 만든 드레스인데. 돈보다도 소중한 엘리샤의 첫 작품이었다.

코넬리아가 찢긴 드레스를 흔들면서 말했다.

"어머, 아까워라. 디자인은 괜찮아서 한번 입어 볼까 했는데 네가 만들었다니 그냥 버려야겠다. 쓰레기니까!"

엘리샤가 드레스를 붙잡았지만 소용이 없었다. 이제는 엉망진창이 되었다. 코넬리아는 미친 여자처럼 드레스를 북북 찢기 시작했고, 쟌도 코넬리아를 도왔다. 프란시스까지 합류해 드레스를 엉망으로 만들고 있었다.

"그만해. 그만하라고!"

엘리샤가 달려들어 말렸지만 소용없었다. 속절없이 찢어지는 드레스를 보면서 무너지듯 주저앉았다. 드레스가 갈가리 찢길 때마다 엘리샤의 마음도 찢기는 것만 같았다.

"너 같은 건 이런 드레스를 입을 자격도 없어!"

"……아, 제바알! 그만해! 너희들 대체 무슨…… 짓을 하는 거야!"

엘리샤는 폭발해서 소리를 질렀다. 눈앞에서 드레스가 찢기는 꼴을 보자 화가 머리끝까지 나서 손끝에 부들부들 경련이 일었다. 숨을 제대로 쉴 수가 없었다. 가슴이 아프고 화가 나서 기절할 것처럼 홱 돌아 버렸다.

"으아아아! 하아, 하아."

엘리샤는 실성한 사람처럼 소리를 질렀다. 숨이 가빴다.

정말 열심히 만든 드레스였다. 콜린의 작업실에서 배워서 자신의 손으로 처음 만든 드레스. 꿈이 짓밟힌 느낌이었다.

"아, 시끄러워."

엘리샤의 비명에 질려 코넬리아와 쟌이 귀를 틀어막았다. 엘리샤는 그들을 노려보았다. 마법을 사용하면 그들을 다치게 할 수 있어. 벌을 줄 수 있어. 마음속 어둠이 엘리샤를 무섭게 다그쳤다. 엘리샤는 멍하니 중얼거렸다.

"절대로…… 절대로 용서 못 해."

엘리샤의 중얼거림이 끝나기가 무섭게 때마침 천둥 번개가 쳤다.

우르르릉! 쾅!

사방이 어둠에 뒤덮였다. 보랏빛 눈동자에는 푸른 마력의 기운이 넘실거렸다.

휘오오오! 자신도 모르게 엘리샤는 주변의 마력을 끌어모으고 있었다.

"헉! 뭐…… 뭐야? 깜깜해."

"……등불이 꺼졌나 봐요."

"어서 켜지 않고 뭐해?"

"자, 잠깐만요. 아가씨, 밀지 마세요!"

두 사람이 어둠에 놀라 꾸물거리는 사이에 엘리샤의 손끝에서 뿜어져 나온 푸른빛이 일순 주변을 덮쳤다.

파아아앗, 퍼버버벗!

"꺄아악! 뭐야, 방금? 파란빛!"

"모, 모르겠어요, 아가씨. 번개 같은 것이⋯⋯."

혼비백산하며 코넬리아와 쟌은 각각 이불 속과 테이블 밑으로 들어가 숨었다.

방 안에는 엘리샤만이 푸른빛 가운데서 오도카니 서 있었다. 익숙한 듯 낯선 마력의 기운들은 엘리샤의 주변을 배회하며 몸을 전율케 했다.

이상했다. 평소 마법을 사용할 때와는 전혀 다르게 발현된 힘, 게다가 그 움직임은 걷잡을 수 없이 빨랐다. 엘리샤가 알고 있는 범위의 힘이 아니었다. 훨씬 더 깊고, 넓었다. 이렇게 강한 마력을 끌어모아 힘으로 표출해 낸 것은 처음이었다.

심장이 내달리는 짐승처럼 거칠게 뛰었다. 아마도 이 마력은 자신의 분노가 원천이 아닐까? 그래, 이 모든 것은 코넬리아 때문이었다. 코넬리아가 잠자코 있는 자신을 건드렸다.

이불을 뒤집어쓴 채 발발 떨고 있는 코넬리아에게 엘리샤는 한 걸음 다가갔다.

스스스.

푸른 빛무리는 엘리샤의 의지대로 움직였다. 어둠 속에서 푸른빛이 다시 퓨앗, 하고 튀었다. 세찬 냉기가 섞인 바람에 창문이 덜컹거리며 열리고, 이불은 뒤로 젖혀졌다.

"꺄아아악! 뭐야, 뭐가 나타난 거야!"

코넬리아와 쟌은 겁에 질려 서로를 부둥켜안고 엎드려 있었다. 엘리샤는 엎드린 코넬리아를 노려보았다. 목에 걸린 진주 목걸이가 반짝거렸다.

풍, 퓨아아!

"아악! ……비, 빛이 나에게 튀었어! 아파! 내 진주 목걸이!"

코넬리아는 따끔한 느낌과 함께 목에 차고 있던 목걸이가 투둑 끊어지는 걸 느꼈다. 이내 목걸이의 진주알들이 사방으로 통통 튀어 오르기 시작했다.

"진주알이 굴러가! 세상에 이게 얼마짜린데! 쟌, 빨리 진주알을 붙잡아."

코넬리아는 경악하며 진주알을 줍기 위해서 방 안을 기어 다녔다. 아버지가 생일 선물로 사 준 값진 목걸이라고 몸에서 떨어뜨리지 않는 물건이었다.

도로록 사정없이 굴러가는 진주알을 어둠 속에서 찾기란 어려운 일이었다.

*　　　*　　　*

코넬리아와 쟌이 정신없는 틈을 타 엘리샤는 조용히 그 방을 빠져나왔다. 찢긴 드레스를 들고 쫓기듯 나오는 순간에도 심장이 쿵쿵 뛰고, 벌렁거렸다. 아직도 흥분감이 채 가시질 않았다. 강하게 발현된 마력의 기운도 몸에 남아 있는 것 같았다.

거의 기어오다시피 해서 제 방으로 돌아온 엘리샤는 문을 닫자마자 그 자리에서 미끄러지듯 주저앉았다.

'도대체 무슨 일이 벌어졌던 걸까? 나는 뭘 하려고 했던 걸까?'

하마터면 큰일을 저지를 뻔했다. 마법으로 누군가를 해칠 수도 있었다. 공격성이 있는 마법이 발현된 건 처음이었다.

코넬리아를 죽이고 싶은 마음이 든 건 사실이지만, 실제로 행동을 하는 것은 달랐다. 아까 조금만 더 컨트롤이 되지 않았더라면 진주 목걸이가 아니라 코넬리아가 다쳤을지도 몰랐다.

엘리샤는 자신의 손끝을 내려다보았다.

'나에게 이런 힘이 있는 줄은 몰랐어.'

잠시 동안 나락 끝까지 다녀오기라도 한 기분이었다. 엘리샤는 아직도 숨을 몰아쉬면서 자그만 어깨를 들썩거렸다. 아직도 두렵고, 화가 나고 속상했다.

코넬리아.

왜 이렇게 자신을 괴롭히는 걸까. 이제 마지막인데, 자신을 대신해서 시집가 주는 내가 그렇게 미운 걸까? 엘리샤는 코넬리아를 이해할 수가 없었다. 아니, 이제는 이해하고 싶지도 않았다. 남보다도 못한 이복 언니였다. 다시는 보고 싶지 않았다.

코넬리아 때문에 찢긴 드레스가 다시 눈에 들어왔다.

'이제 어쩌면 좋을까……'

몸에 기운이 쏙 빠졌다. 아무런 의욕도 나질 않았다. 이제 드레스를 만들 시간도, 재료도 아무것도 없었다. 힘들게 만든 드레스가 이렇게 한순간에 망가져 버리니 허무했다.

엉망이 된 드레스가 자신의 처지인 것만 같아서 너무나 속이 상했다. 공작 성에는 대체 뭘 입고 가지? 마지막 자존심만큼은 지키고 싶었는데…….

이제 모든 일이 엉망이 되어 버렸다. 큼지막한 눈에 눈물이 주렁주렁 걸렸다.

"……정말 열심히 만들었는데."

엘리샤는 흐르는 눈물을 닦고 힘겹게 침대 위로 몸을 뉘였다. 몸을 둥글게 말고 고개를 파묻었다. 추운 날씨가 아닌데 몹시도 추웠다. 덜덜덜 턱이 떨릴 만치 추웠다. 그녀는 이불을 여미고 한참을 웅크렸다.

달그락!

침대에 웅크려 있던 엘리샤는 불현듯 고개를 들었다. 무슨 소리가 들린 것 같았다.

"응?"

달그락. ……달그락!

엘리샤의 귀가 쫑긋 섰다. 무언가 물건들이 움직이는 소리였다. 엘리샤는 소리가 나는 방향을 찾기 시작했다. 벽장이었다. 벽장 안에는 재봉 상자가 있는데…….

덜그럭…… 덜덜덜, 쿵쿵!

재봉 상자를 꺼내 들자 안에서 정말로 소란스러운 소리가 들려왔다. 상자 위에 손을 얹자 더욱 요란해졌다.

"이게 갑자기 왜 이러지?"

엘리샤는 아직도 자신의 주변을 떠도는 마력을 감지했다. 그리고 그녀의 손끝에도 마력이 남아 있었다. 마력에 반응하는 듯했다. 엘리샤는 불현듯 엄마의 말이 머릿속을 스쳤다.

—엘리샤, 이건 네가 옷을 만들면서 도저히 해결할 수 없는 곤란함을 느낄 때, 그때 열어 보도록 해. 알겠지? 그리고 이 백작 성 안에서는 절대로 열지 말렴. 약속하겠니?

"도저히, 해결할 수 없는 곤란함을 느낄 때⋯⋯."

지금이야말로 엄마가 말하던 바로 그때가 아닐까? 드디어 재봉 상자를 열어 볼 때가 된 것이다.

엘리샤는 재봉 상자를 껴안고 무작정 성문 밖으로 향했다. 로브를 깊이 내려쓰고는 비밀 통로를 통해서 빠져나갔다. 성 밖에는 병사들이 사용하는 낡은 헛간이 하나 있었다.

엘리샤는 안에 누군가 없음을 확인하고는 들어갔다. 그리고 문을 걸어 잠갔다.

"⋯⋯어휴. 심장 뛰는 것 좀 봐."

심장이 쪼그라들 것처럼 다시 쿵쿵거렸다. 몇 달치 심장박동은 오늘 전부 뛸 셈인가 싶도록.

가슴 언저리를 쓸어내린 뒤, 엘리샤는 촛대에 가까이 가서 나직이 주문을 외웠다.

'타오르는 생명이여, 내 앞을 비추라.'

타닥, 소리를 내면서 낡은 초에 불이 붙었다. 그제야 내부가 밝아졌다.

마법을 사용하자, 상자 안은 다시금 소란스러워졌다. 엘리샤는 재봉 상자의 표면을 만져 보았다. 오각형의 별 문양 아래 '테일러 키트(Taylor Kit)'라는 글씨가 금빛으로 각인되어 있었다.

테일러는 마녀의 핏줄을 의미하는 가문의 이름이었다. 엘리샤는 엄마와 똑같이 마녀의 피를 이어받았다. 그래서 어렸을 때부터 마법을 부릴 수 있었다.

상자 중앙에는 여닫는 장식이 달려 있었다. 무심코 장식을 눌러 열려고 하자, 열리지 않았다. 자세히 보니 장식에 열쇠 구멍이 있었다.

"열쇠가 있다는 말은 듣지 못했는데⋯⋯."

엘리샤가 고개를 갸웃거리며 상자를 양손으로 들고 흔들어 보았다. 무언가가 짤깍거리는 소리가 들렸다. 바닥에 뭔가가 있었다.

"엇!"

상자를 뒤집자, 바닥 귀퉁이에 작은 버튼이 있었다. 그것을 눌러 보니 톡, 하고 금빛 열쇠가 튀어나왔다. 열쇠를 장식 구멍에 넣는 순간, 딸칵하면서 상자가 열렸다.

슈슈슉!

"헉! ⋯⋯이게, 이게 다 뭐지?!"

순식간에 상자에서 무언가가 허공으로 튀어 날아왔고, 엘리샤는 바닥에 엎드려 그것들을 피했다. 가만히 서 있으면 그대로 얼굴에 가격당할 것만 같았다. 상자에서 나온 무언가는 바로 엘리샤에게는 익숙한 재봉 도구들이었다. 엘리샤는 휘둥그레진 눈으로 입을 벌리며 감탄했다.

"정말 이런 건 상상도 못 해 봤어."

뾰족하게 날이 선 빛나는 가위는 무언가를 자르고 싶은지 허공에 가위질을 했다. 금빛 바늘은 은빛 실을 꿴 채 공중을 유유히 날아다녔다.

붉은색 가죽 골무는 엘리샤의 열 손가락에 차례로 옮겨 다니더니 엄지에 자리를 잡았다. 하얀색 초크는 헛간 바닥에 슥슥 무언가를 그리기 시작했다. 그리고 끝없이 방을 빙글빙글 돌면서 펼쳐지는 저 물건은 아마도 옷감인 듯싶었다.

마치 자아가 있는 생명체인 양 재봉 도구들은 제 의지를 가지고 끊임없이 움직였다.

엘리샤는 정신 사납게 움직이는 도구들을 향해서 말했다.

"으앗! 그, 그만! 그만 좀 움직여!"

엘리샤의 목소리에 잠깐 움찔거렸지만, 이내 그것들은 다시 더욱 가열하게 움직이기 시작했다. '멈춰!'라거나 '동작 그만!'을 추가로 외쳤지만 말을 듣지 않았다.

"……뭐야. 얘네들 어떻게 다루는 거지?"

혹시나 하고 살펴보았지만 재봉 상자의 바닥 면에는 아무것도 들어 있지 않았다.

엘리샤는 제 손가락에 끼워져 있는 골무를 들여다보면서 중얼거렸다.

"왜 엄마는 아무것도 안 알려 주신 걸까?"

그러자 골무가 슬그머니 눈치를 보듯 쫄쫄거리며 엄지손가락을 빠져나왔다. 엘리샤는 이 마법의 힘이 담긴 도구들과 몇 마디 이야기를 나눈 결과, 추론해 낸 것이 있었다.

"……음. 아무래도 내 목소리에 반응하는 것 같아. 시동어가 있을 거야."

엘리샤는 가위에 대고, 지푸라기를 가리키면서 당당하게 외쳤다.

"잘라!"

엘리샤의 외침에 가위가 휘청거리며 움직이다가 결정적인 순간에 멈췄다.

"이, 이게 아닌가?"

엘리샤는 다시 외쳤다.

"잘라 봐!"

이번에도 가위의 반응은 마찬가지였다. 그렇다면, 부탁 조로 해 볼까?

"잘라 주세요!"

다르게 말을 했음에도 불구하고 가위는 몸을 휘젓다가, 맥없이 지푸라기 위에 앉아 버렸다. 너무 공손했던 모양이었다.

"잘라 줘!"

엘리샤는 부디 정답이길 바라면서 가위를 다시 한 번 바라보았다. 엘리샤의 목소리가 울려 퍼지자 이번에는 움직임이 조금 달랐다. 가위가 유려하게 몸을 놀려 지푸라기를 싹둑싹둑 자르기 시작했다.

"오! 됐다! 됐어!"

가위의 시동어를 알게 되었으니 나머지 물건도 비슷할 터였다. 몇 분간의 실험 끝에 엘리샤는 남은 도구들의 시동어를 전부 알아냈다.

"엄마는 내가 시동어를 알아낼 거라고 믿으신 거야. 잘했어, 엘리샤."

하지만 옷감은 아무리 말을 해도 말이 먹히지 않는 것 같았다.

도구들을 다룰 수 있게 되자 엘리샤는 희망의 빛이 다시 켜진 것 같았다.

"좋아. 처음부터 다시 차근차근히 하면 돼."

갑자기 의욕이 퐁퐁 샘솟기 시작했다. 아까의 힘 빠진 엘리샤는 온데간데없었다. 엘리샤는 머릿속에 드레스의 디자인을 떠올린 후, 초크에게 말했다.

"그려 줘!"

길쭉한 초크가 씩씩하게 엘리샤가 생각한 대로 옷감 위에 슥슥 옷본을 그리기 시작했다. 엘리샤의 얼굴에 환한 웃음이 차올랐다. 이것들을 사용하면 금방 다시 드레스를 복구할 수 있을 터였다.

"이제…… 됐어! 드레스를 만들 수 있어."

2.
아가씨와 집사

쾌청한 아침 공기가 창문 안으로 파고들어 왔다. 엘리샤는 일찍 일어나 성 밖의 풍경을 눈에 담았다. 성안에서의 마지막 아침이었다. 몸단장을 도와주는 시녀가 따로 배정되지 않아, 유모인 마린과 소냐가 자진해서 엘리샤의 방을 찾았다.

"아가씨, 단장하실 시간이에요."

목욕을 마치고, 향유를 몸에 바르자 엘리샤의 몸은 우윳빛으로 빛났다. 탐스러운 머리칼은 마법을 이용해 붉은색으로 바꿔 놓았다. 마치 원래 빛깔인 것처럼 자연스러운 빨강 머리였다. 마린과 소냐가 입을 모아 말했다.

"우리 엘리샤 아가씨는 무슨 머리 색을 해도 예뻐요!"

"맞아요. 피부가 고우셔서 그래요. 매일 우리들이랑 똑같이 거친 일도 하셨는데 어떻게 이리 고우신 거죠? 밤낮으로 관리하는 코넬리아 아가씨랑은 비교가 안 돼요."

두 사람의 칭찬 세례에 엘리샤가 웃음을 터트리며 말했다.

"아이참. 부끄럽게."

"아가씨. 먼 곳으로 시집가는 기분이 어떠세요?"

아직 젊은 아가씨인 소냐가 살짝 볼을 붉히면서 물었다.

"기분, 글쎄······."

"다들 아가씨 걱정을 많이 해요. 펜블렌 공작의 소문 때문이에요."

수도에서 펜블렌 공작에 대한 소문은 끔찍한 수준이었다. 분명 그 소문은 사실보다 부풀려졌을 것이다. 일단은 그렇게 믿는 수밖에 없었다. 이미 가기로 결정된 이상 두려움에 벌벌 떨면서 가고 싶지는 않았다. 엘리샤는 자못 침착한 태도로 말했다.

"그래도 소문이 전부는 아닐 거야."

"그래도요. 아가씨는 이렇게 젊고 예쁘신데 흉측한 분과 혼인하신다니, 휴우······ 솔직히 좋은 분이라면 코넬리아 아가씨가 결혼을 하려고 했을걸요."

"······."

소냐의 말에 엘리샤는 입을 닫았다. 굳이 꺼내어 말해 주지 않아도 잘 알고 있는 사실이었다. 소냐는 착하긴 했지만, 눈치나 조심성이 없는 편이었다.

"소냐! 입조심 좀 하거라. 엘리샤 아가씨 기분이 언짢아지시잖니? 우리는 그냥 아가씨의 행복을 빌어 주어야 해."

소냐의 한숨 섞인 투정에 마린이 대신 혼을 냈다. 엘리샤가 몸을 일으키며 말했다.

"공작 각하가 어떤 분이든 이미 결정 난 일이야. 그분은 내가 존경할 남편이고, 소문이 어떻든 나를 여기에서 벗어나게 해 주는 고마운 분인걸."

"……아무렴요. 아가씨 말씀이 옳아요."

"죄송해요, 엘리샤 아가씨."

"괜찮아, 소냐."

목욕을 마치고, 엘리샤는 풍성한 페티코트를 입은 후에 드레스를 갖추어 입었다. 그녀가 만든 보라색 새틴 드레스는 완벽했다. 드레스는 엘리샤를 곧장 어느 무도회에 가는 공주로 만들어 놓았다. 목걸이나 귀걸이 같은 보석을 걸치지 않았지만 드레스만으로 완벽하게 사랑스러웠다.

드레스를 입은 엘리샤를 본 마린은 감격에 찬 얼굴이었다.

백작가의 어린 아가씨는 서녀라는 이유만으로, 귀족다운 옷을 이제야 처음 입었다. 다른 누구도 아닌 스스로의 손으로 만든 옷이었다. 마린은 엘리샤가 제 딸인 것처럼 장하고 기특했다.

"이제야, 아가씨에게 꼭 맞는 옷을 입으셨어요. 너무 예뻐요. 아가씨 솜씨라니 정말 믿기지가 않아요."

그때, 헐레벌떡하며 시종이 달려와 고했다.

"아가씨, 아가씨! 펜블렌 공작가의 마차가 도착하고 있습니다."

그들은 일제히 창문으로 다가가 여러 대의 마차가 달려오는 것을 눈으로 확인했다. 마린과 소냐가 엘리샤를 꼭 껴안았다.

"이제 가실 시간이에요."

"응."

엘리샤는 심호흡을 했다. 드디어 메이플 성을 떠난다는 후련함과 함께, 남편 펜블렌 공작을 만나러 간다는 긴장감이 현실로 다가왔다.

두근두근, 가슴이 뛰기 시작했다. 원치 않는 결혼인데도 두근거림은 어쩔 수 없는 모양이었다.

드레스 끝을 붙잡은 채 우아하게 층계를 내려온 엘리샤의 자태에 레오나드 백작은 눈을 의심했다. 엘리샤의 모습은 예의범절을 제대로 가르친 코넬리아보다 군더더기 없이 완벽함 그 자체였다.

목걸이가 망가졌다고 징징거리던 코넬리아 역시 놀라긴 마찬가지였다. 눈앞에 서 있는 영애는 자신이 알고 있던 허접한 엘리샤가 아니었다.

코넬리아는 제 눈을 의심했다. 엘리샤가 입고 있는 드레스는 바로 그날 갈가리 찢어 놓은 그것과 같은 디자인이었다.

'말도 안 돼. 드레스를 어떻게 한 거지?'

누군가 요술이라도 부린 것처럼 엘리샤의 드레스는 흠집 하나 없었다. 백작이 엘리샤를 보면서 흡족한 듯 말했다.

"제법이구나. 의심받지는 않겠어."

그 말에 엘리샤는 한숨이 터져 나왔다. 하지만 차라리 홀가분했다. 이제 백작의 그늘에서 벗어나 자유롭게 살고 싶었다.

"……칭찬이라고 들을게요. 이제 다시는 보는 일이 없기를 바라요."

엘리샤는 의기양양한 얼굴로 말했다. 백작은 건방지다고 욕을 해 주려다가, 마침 성으로 들어오는 마차의 규모를 보고는 입을 다물었다.

마차는 총 여섯 대였다. 신부를 모실 가장 화려하고 아름다운 마차와 나머지 다섯 대의 마차 행렬이 장관이었다.

"세상에! 저게 다 결혼 선물이란 말이에요?"

"펜블렌가가 아직 죽지는 않은 것 같구나."

레오나드 백작과 코넬리아는 서로를 마주 보면서 깜짝 놀랐다. 코넬리아는 엘리샤가 호강할 생각을 하니 괜스레 약이 올랐다. 저 정도 선물이라면 왕의 후궁이라도 받기 어려울 터였다.

마차 행렬의 끝에는 용맹한 흑마를 탄 호위 기사까지 따르고 있었다. 펜블렌가를 상징하는 푸른 드래곤이 그려진 문장이 여기저기서 펄럭거렸다.

비로소 마차가 멈추자, 두 번째 마차에서 젊은 남자가 내렸다. 한눈에도 훤칠한 사내였다. 적당히 벌어진 어깨와 균형 잡힌 몸을 감싼 남색 코트, 버클이 달린 부츠의 조화가 깔끔한 실루엣을 자아냈다.

첫눈에 들어온 건 그의 뛰어난 용모였다.

푸른빛 도는 짧은 흑발은 잘 정돈되었고, 눈동자는 시리도록 푸른빛이었다. 눈처럼 하얀 피부와 곧게 뻗은 코, 가느다란 일자형 붉은 입술. 마치 얼음조각처럼 서늘하면서도 아름다웠다. 그럼에도 곱상하기보다는 잘생겼다는 말이 어울리는 얼굴이었다.

미남자가 실내로 들어올 때까지, 모두 넋을 잃고 홀린 듯 그를 바라보았다.

"안녕하십니까. 펜블렌가에서 온 집사, 얀 바르텔입니다. 코넬리아 영애를 모시러 왔습니다."

청아한 목소리와 함께 입가에 자리한 엷은 미소는 시간을 멈추게 한 듯했다. 쿵, 하고 심장이 내려앉는 것을 무시하며 엘리샤는 입을 벌린 채 속으로 감탄했다.

'와아, 내 평생 최고의 미모를 본 것 같아. 여자보다 예쁘다니 충격적이야.'

확실히 집사라고 하기엔 지나치게 눈에 띄는 미남자였다. 레오나드 백작은 혹여 공작이 남색에 취미가 있는 것은 아닐까 의심스러울 지경이었다.

수순은 간단했다. 마차에 싣고 온 결혼 선물을 시종들이 나르는 동안, 그들은 짧은 인사를 나누었다.

레오나드 백작은 선물에만 큰 관심을 보이다가, 엘리샤에게 잘 가라는 한 마디조차 하지 않은 채 성으로 들어갔다. 이복 언니인 코넬리아도 마찬가지였다.

엘리샤는 그들에게 아무런 기대도, 정도 없었기에 이런 모습이 자연스러워 아무렇지도 않게 행동했지만, 속사정을 모르는 타인에게는 무척이나 부자연스러운 모습이었다.

'이상하군.'

얀의 고개가 기울어졌다. 여식이 먼 지방으로 시집을 가는데도 백작은 잘 부탁한다는 한 마디 말은커녕 작별의 인사조차 없었다. 어느 틈에 자취도 없이 가 버린 터였다. 영애 역시 아버지와 언니에게 아쉬운 기색이 별로 없어 보였다.

'영애의 인성이 별로라고 하더니, 그래서 사이가 좋지 못한가?'

하지만 그걸 당장에 겉으로 판단할 수는 없었다. 도리어 영애는 유모와 시녀에게 다정한 눈인사를 보냈다. 얀은 긴장한 듯 얼굴을 붉히고 있는 영애에게 다가가 자상하게 말을 붙였다.

"코넬리아 아가씨. 가져가실 짐은 이것뿐이신지요?"

얀은 낡은 짐 가방 하나를 가리키면서 물었다. 엘리샤가 고개를 들어 말했다.

"네, 그것뿐이에요."

맑게 미소 지으면서 대답하는 영애는 어째 소문과는 다른 듯싶었다. 생각보다 그녀의 첫인상이 나쁘지는 않았다.

다만 반트의 보고와 일치하는 점이 없었다.

아버지인 루비츠 백작을 빼다 박은 건 오로지 붉은 머리카락뿐이었고, 작고 가느다란 체구의 소녀는 커다란 눈망울만이 두드러지는, 크게 눈에 띄는 미인은 아니었다. 여성적인 매력이 부각되는 몸매를 가진 것도 아니었다.

즉, 영애는 소위 말해 그의 취향은 아니었다.

미인에 오만하고 머리 나쁜, 허영심 많은 영애라고 들었는데 맞는 말이 하나도 없었다. 하긴 성격이나 지적 수준은 처음 봐서는 제대로 파악할 수가 없다. 그녀가 감추고 있을지도 몰랐다.

그러니 드러나는 겉모습이나 품행으로 판단할 수밖에 없었다.

게다가 짐 가방이 하나뿐이라니, 뜻밖이었다. 일반 귀족 영애라면 짐 가방도 모자라 마차를 전부 드레스와 장신구로 채웠을 것이다. 그런데 마차 몇 대는 비어 있는 채로 성에 돌아가게 되었다. 허영심 가득한 아가씨라면 이럴 리가 없을 텐데······.

'유달리 검소한 아가씨인가?'

얀은 짐 가방을 다른 시종에게 옮기라 명한 후 영애에게 한층 다가섰다. 손을 뻗으면 닿을 거리였다. 가까운 거리에서 내려다보니 영애의 모습이 한참 어리고 작게만 보였다.

그의 어깨에도 미치지 못하는 자그만 키, 아이처럼 가느다란 체구. 뽀얗고 투명한 피부에 생기로 가득 찬 눈동자, 복숭앗빛 볼, 자그만 입술이 들어찬 조막만 한 얼굴이 눈에 들어왔다. 그래, 못난 얼굴은 아니었다. 귀여운 편에 속하는 얼굴이었다. 하지만······ 발육 상태가 안 좋은 것인지 영애는 유달리 어려 보였다. 얀은 하마터면 얕은 한숨을 내쉴 뻔했다.

이렇게 어린 소녀가 결혼 생활을 제대로 유지할 수나 있을까? 아니 월경을 시작했는지조차 궁금해질 만큼 앳된 얼굴이었다. 분명히 스무 살이라고 들은 것 같은데, 어찌된 영문인지 코넬리아 영애는 열여섯도 채 되지 않은 것처럼 덜 여문 모습이었다.

'미치겠군, 반트 녀석. 제대로 알아보긴 한 건가?'

얀은 속마음을 지우고 입술을 열었다. 마차의 상황을 보아하니 테본으로 떠날 준비는 끝난 것 같았다.

"코넬리아 아가씨."

"네."

자수정처럼 맑게 빛나는 보라색 눈동자가 얀을 올려다보았다.

"저어, 바르텔 경이라고 하셨지요? 잘 부탁드려요."

영애의 입가에는 투명한 미소가 보시시 지어졌다. 보는 사람을 기분 좋게 만드는 순수한 미소였다.

얀은 자신도 모르게 말할 타이밍을 놓친 것을 알아채곤 뒤늦게 인사를 건넸다.

"저야말로 잘 부탁드립니다, 아가씨. 적어도 이틀에서 사흘 정도 걸리는 긴 여정이 될 테니 불편한 점이나 필요한 사항이 있으면 제게 일러 주십시오. 아가씨를 곁에서 모시는 시녀에게 말씀하셔도 좋습니다."

마차 앞에서 공손히 인사하는 시녀가 한 명 보였다. 엘리샤는 눈인사를 하곤 대답했다.

"그럴게요. 바르텔 경."

"가시지요. 이제 마차에 오르실 시간입니다."

엘리샤가 고개를 끄덕였다.

"……네."

그녀의 손끝이 떨리고 있었다. 어린 나이에 나고 자란 고향을 떠나 낯선 곳으로 떠날 생각을 하니 많이 긴장된 모양이었다. 얀이 말했다.

"……긴장하실 필요 없습니다. 테본은 생각보다 더 멋진 곳이니까요."

"고마워요, 바르텔 경."

그의 에스코트를 받으며 엘리샤는 펜블렌가의 호화스러운 마차에 올라탔다. 한 번도 가 본 적 없는 낯설고 먼 동부 지방. 테본은 어떤 곳일까? 경의 말에 조금 안심은 되었지만 그래도 긴장이 가라앉지는 않았다. 공작 각하는 소문처럼 무서운 분일까? 제발 소문이 그저 소문이기를 바랐다.

두근두근!

긴장과 두려움, 설렘이 교차하며 엘리샤의 심장이 다시 쿵쿵 울리기 시작했다.

펜블렌가의 마차 행렬이 메이플 성을 빠져나가는 모습을 레오나드 백작이 창밖으로 내려다보았다.

*   *   *

수도 아를렌에서 테본까지는 정석대로 간다면 닷새가 꼬박 걸리는 긴 여정이었다. 지름길을 이용할 테지만, 웬만한 남자들도 힘들어하는 여정이었으므로 고용인들은 공작가의 안주인이 될 코넬리아 영애를 살뜰히 챙기고 내내 걱정했다.

특히 집사인 바르텔 경은 마차 여행을 하는 동안 그녀가 힘들지 않은지 자주 살폈다. 함께 마차에 탄 몰리라는 시녀는 무던하고 조용하면서도 엘리샤가 불편함이 없게 잘 모셨다. 엘리샤는 그들의 배려에 생애 처음으로 자신이 귀족이라는 걸 피부로 느꼈다.

"아가씨, 혹여나 졸음이 오시거든 알려 주세요. 작은 베개를 꺼내 드릴게요."

"괜찮아요. 아직은 말짱해요."

엘리샤는 이제 덜컹거리는 마차에 어느 정도 익숙해졌다. 그래도 마차 의자가 푹신하게 쿠션이 깔려 있어서 그나마 엉덩이가 버텨 줄 만했다.

엘리샤는 그동안 손수건이나 리본 등의 레이스 소품을 뜨고 있었다. 예쁘다며 구경하고 있는 몰리에게도 하나 만들어 주었다. 어차피 손이 놀고 있으니 심심했다.

레이스를 뜨다가 질리면 머릿속에 떠오른 스케치를 그렸고, 그마저 질릴 때쯤에는 까무룩 잠을 잤다. 밤낮을 꼬박 달린 마차는 하루하고도 반나절이 지나서야 어딘가에 도착했다.

"숙소에 도착하셨습니다. 코넬리아 아가씨. 마차 문을 열어도 될까요?"

정중한 목소리와 함께 마차 문이 열리며 바르텔 경의 얼굴이 바로 보였다. 그가 엘리샤에게 손을 내밀었다. 장갑을 낀 따뜻한 손을 잡자 엘리샤는 괜히 쑥스러운 기분이 들었다.

그러고 보니, 클라우스 오라버니 외에는 젊은 남자의 손을 잡아 본 적이 없었다. 얇은 장갑을 통해 전해지는 그의 체온이 무척 따뜻했다.

'손이 이렇게 따뜻한 걸 보면 마음이 참 따뜻한 사람 같아.'

집사인 바르텔 경은 참으로 매너도 완벽하고 상냥한 사람이었다. 덕분에 펜블렌가에 대한 첫인상도 좋았다.

마차 밖으로 나오자 숨이 탁 트였다. 엘리샤는 맑은 공기를 맘껏 들이마셨다. 엘리샤의 뒤를 따르며 바르텔 경이 말했다.

"수도 아를렌을 벗어난 곳에 있는 노르두아라는 무역도시입니다. 고된 마차 여행으로 많이 지치셨을 테니, 오늘은 이곳에서 머무르고 가시는 게 좋겠습니다."

마차가 멈춘 곳은 한 여행자 여관 앞이었다. 다정한 말투로 그가 말하자, 엘리샤가 고개를 저으며 말했다.

"어머나, 그렇지 않았어요. 이 정도라면 마차 여행도 할 만한 걸요? 저는 아직 끄떡없어요. 바르텔 경."

엘리샤의 씩씩한 말에 얀의 갸름한 눈이 살짝 동그래졌다가 다시 길어졌다. 연약하고 가녀린 체구인데 의외로 튼튼한 체질인 모양이었다.

"하하. 마차 여행이 처음이시라고 들었는데 보기보다 체력이 좋은 편이시군요."

얀이 낮게 웃음을 터뜨리자, 엘리샤의 눈매가 곱게 휘어졌다.

"그렇게 웃으시니 더 보기 좋아요. 바르텔 경은 정말로 미남이시네요."

뒤에 있던 기골이 좋은 호위 기사가 그들의 대화에 귀를 쫑긋 세웠고, 엘리샤의 솔직 담백한 말에 얀은 신선함을 느꼈다. 자신이 잘생겼다는 사실은 익히 알고 있었지만 그 어떤 영애도 이렇게 직접적으로 표현하지는 않았었다.

"그런가요?"

"네에, 빈말이 아니에요. 정말이에요. 제가 태어나서 본 남자

중에서 가장 미남인걸요! 분명 어떤 옷을 입으시든 잘 어울리실 거예요."

'제가 만든 옷을 입히고 싶을 정도라고요.'

엘리샤는 생기발랄한 어조로 말하면서 뒷말은 삼켰다. 바르텔 경이 마네킹 대신 옷을 입고 있으면 그 옷은 불티나게 팔릴 것이 분명했다. 엘리샤는 그러면 어떤 옷이라도 어울릴 거라고 확신했다. 그녀의 머릿속에는 어느새 바르텔 경에게 이런 옷, 저런 옷을 입히는 즐거운 상상이 떠올랐다.

"그렇게 말씀해 주시니 참으로 영광입니다. 그러나 저보다는 펜블렌 공작 각하께서 더욱 훌륭한 외모를 갖추셨지요. 초상화를 보셨으니 짐작되실 겁니다."

"……크흑!"

'바르텔 경이 지금 나를 놀리는 걸까?'

엘리샤는 자신도 모르게 신음을 흘렸다. 그날 보았던 공작의 초상화가 떠올랐던 터였다. 펜블렌 공작의 초상화는 다시 떠올리는 것조차 무서울 정도로 끔찍했다. 하지만 여기서 절대로 티를 내면 안 되겠지.

보통 초상화는 평소 얼굴보다 잘나게 그리는 법인데, 실제로는 대체 얼마나 더 무서울까……? 엘리샤는 당황한 표정을 감추려 애써 웃으며 말했다.

"왜 그러십니까? 무언가 불편하신 점이라도."

"아…… 아니요. 당시에 긴장해서 초, 초상화를 언뜻 살펴서 그런가 잘 기억이 나질 않네요. 그, 그래도 고, 공작 각하께서는 무척 강건하신 분 같았어요."

좋아. 살짝 말을 더듬었지만 이 정도라면 훌륭한 대처였다. 이 사람들은 전부 펜블렌가의 고용인들이다. 주군을 존경하고 훌륭하다 생각하는 것은 결코 잘못된 일이 아니지만…… 아니지만.

'그래도 이건 아니잖아요! 바르텔 경! 공작 각하가 경보다 더욱 훌륭한 외모를 갖추셨다고요? 그런 발언이야말로 공작 각하를 더욱 작게 만든다는 것 모르시나요?'

이렇게 외치고 싶었다. 이내 그녀의 대답을 들은 얀이 뜻 모를 미소를 쿡 지으며 말했다.

"정확히 보셨군요. 각하께서는 무척 강건하십니다. 몸도, 마음도 말입니다."

"아하하, 그, 그렇죠?!"

젠장, 앞으로 거짓말에 익숙해져야겠구나. 엘리샤는 그리 생각하면서 바르텔 경의 말에 맞장구를 신나게 쳤다.

얀은 자신의 뒤통수에 박히는 익숙한 시선을 알아채곤 손짓했다. 그러자 갑옷 위에 튜닉을 받쳐 입은 기사 한 명이 터벅터벅 다가왔다. 얀보다 키가 살짝밖에 크지 않는데도, 덩치가 무척이나 커다래서 곰처럼 보였다. 엘리샤 역시 그가 궁금했다. 내내 마차 밖에서 흑마를 타면서 그녀를 호위하는 기사의 모습은 무척이나 인상적이었다.

"소개가 늦었습니다. 그는 아가씨를 테본까지 호위할 기사 안돌프입니다."

얀의 말이 끝나자, 안돌프라는 기사가 투구를 벗고는 엘리샤에게 고개를 조아렸다.

"안돌프 가이시라고 합니다."

"반가워요. 가이시 경."

"여, 영광입니다."

엘리샤의 상냥한 인사에 안돌프는 수줍게 얼굴을 붉혔다.

그 모습을 바라보던 얀이 씩 웃으면서 말했다.

"그는 보시다시피 수줍음이 많지만 젊은 나이에 기사단 리더를 맡을 정도로 용맹하고 수완이 좋습니다."

"믿음직스러운 분이네요."

그리 말하면서 안돌프를 슥 바라보는 얀의 표정은 마치 주인이 부하를 자랑하듯 흐뭇해 보였다. 안돌프는 다소 경직된 자세로 고개를 푹 수그리고 있었다. 엘리샤가 말했다.

"가이시 경, 고개를 들어 줄래요? 저를 호위하는 분의 얼굴을 제대로 기억하고 싶어요."

"……예."

안돌프가 천천히 고개를 들었다. 안돌프는 덩치와는 다르게 둥근 인상을 가진 청년이었다. 회색 머리카락과 초록빛 눈동자가 선해 보였다.

영애와 눈이 마주치자 안돌프는 흠칫했지만, 그래도 피하지는 않았다. 그녀의 말은 자신에게도 깨우침을 주는 말이었다. 호위를 맡은 분의 얼굴을 정확히 기억하기 위해서 안돌프는 부끄러움을 참고 그녀를 바라보았다.

얀은 뜻밖이라고 생각하며, 영애의 작은 몸을 바라보았다. 그저 어린 소녀만은 아니었던 모양이다. 그녀는 아랫사람을 살피는 법을 잘 알고 있었다.

이내 객실을 알아보러 갔던 시종이 달려와 말했다.

"객실이 모두 준비되었다고 합니다."

"아가씨가 머무르실 객실은 따로 정돈했겠지?"

"예, 모두 끝냈습니다."

시종의 보고를 들은 얀이 엘리샤에게 다소 걱정스럽다는 얼굴로 말했다.

"방이 정돈된 모양입니다. 여행자 여관이라 조금 누추하더라도 용서하십시오."

"괜찮아요."

사실 엘리샤는 헛간에서 지낸 적도 있었지만, 그 경험을 굳이 말로는 꺼내지 않았다.

얀은 친절하게도 객실까지 그녀를 직접 모셔다 주었다. 아랫사람을 시켜도 되는 일인데도 그는 그러지 않았다. 방문을 열어 짐 가방을 옮겨 주곤 그가 말했다.

"여기가 아가씨가 머무르실 방입니다. 푹 쉬십시오. 저녁 식사 때 뵙지요."

"고마워요, 경도 좀 쉬도록 하세요."

엘리샤가 숙녀답게 인사하자 얀은 방문을 닫고 나갔다.

"오오."

객실로 들어선 엘리샤는 작게 탄성을 질렀다. 결코 누추하지 않은 방이었다. 옅은 노랑 계열의 커튼과 침대 시트 등이 아담하고 따스한 분위기를 자아냈다. 좁은 방에서 지냈던 엘리샤에게는 호화롭게 느껴졌다.

"아……."

엘리샤는 단숨에 푹신한 침대에 풀썩 대자로 쓰러졌다. 마차에서 내릴 때까지만 해도 끄떡없었는데, 침대에 누우니 졸음이 몰려오는 것이 고단하긴 했었나 보다. 엘리샤는 침대를 벗어나고 싶지 않았다.

이내 누군가 문을 두드렸다. 엘리샤가 고개를 들자, 목소리가 들렸다. 마차에서 시중을 들었던 몰리였다.

"아가씨, 씻으실 물과 갈아입으실 의복을 가지고 왔어요."

"아, 들어오세요."

"먼저 편한 의복으로 갈아입혀드릴게요."

"……네."

엘리샤는 어색했지만 그녀가 해 주는 대로 얌전히 시중을 받았다. 일반적인 귀족 영애라면 당연히 일상적으로 시중을 누렸겠지만, 엘리샤는 무엇이든지 스스로 해 왔었다. 그래서 이런 대접이 익숙하지 않고, 어색하기만 했다. 왠지 낯이 간질간질하고 부끄럽기도 했다. 몰리가 엘리샤의 옷을 갈아입히고 얼굴과 발을 정성껏 씻겨 주었다.

평생 받지 못했던 영애 대접을 펜블렌가 사람들에게 전부 받을 모양이었다. 엘리샤의 결이 고운 머리카락을 빗질해 한쪽으로 모아 정돈한 몰리가 말했다.

"다 되셨습니다. 아가씨. 외부에서 모시는지라 부족한 점이 많습니다. 제대로 단장해드리지 못해서 죄송해요."

"아니에요. 충분한걸요."

"그리 여겨 주시니 기쁘네요. 본성에 가시면, 훨씬 좋은 단장을 받으실 수 있을 거예요."

"본성은…… 어떤 곳인가요?"

엘리샤가 조심스레 물었다. 몰리는 부드럽게 미소 지으며 말했다.

"누구나 반할 멋진 곳이랍니다."

"바르텔 경도 그렇고 몰리도 그렇고, 멋진 곳이라고 하니 무척 기대되네요."

하지만 소문에는 그렇지 않은데…….

세간에는 공작 성이 유령이 나오는 흉흉한 곳이라는 소문이 파다하다는 것을 그들도 모르지는 않을 것이다. 펜블렌가의 사용인들의 충성심이 남다른 것일까? 둘 중 하나는 진실이 아닐 터였지만, 엘리샤는 몰리와 바르텔 경의 말이 진실이었으면 했다.

*　　*　　*

"근래 들어 가장 맛있게 먹은 식사였어요, 바르텔 경."

식사를 마친 영애의 얼굴이 활짝 펴 있었다. 주방장에게 금화를 건네준 가치가 있었다.

"입맛에 맞으셨다니 다행입니다."

"네에, 그런데…… 경은 식사 안 하세요?"

마침 종업원이 따끈한 스테이크를 한 접시 더 내어 왔다. 영애의 먹성이 좋아서 주방장은 음식을 계속해서 내오고 있었다.

"바르텔 경도 한번 드셔 보세요."

"……예? 아닙니다. 저는 따로 먹겠습니다."

거절의 말을 흘렸지만 이미 영애가 접시를 그의 앞쪽으로 밀어 놓았다. 별수 없이 얀은 나이프로 스테이크를 썰었다. 육즙이 흐르는 선홍빛 속살이 보였다. 얀은 눈을 질끈 감고는 그것을 천천히 입 안에 넣고 씹었다.

얀이 미간을 좁혔다가 풀었다. 억지로 스무 번을 꼭꼭 씹어서 고기를 겨우 삼켰다. 그녀는 기대에 가득 찬 표정이었다. 이해 불가였다. 저 영애는 대체 왜 집사에게 스테이크를 먹이고 그 반응을 기대하는 것일까? 그러나 그녀를 실망시키면 안 될 것 같았다.

"어떠세요? 정말 맛있지요?"

"……네, 맛이…… 있군요."

'저급한 맛이군…….'

그의 입맛은 항상 최상급의 재료를 엄선하여 만들어 내는 공작 성의 전용 주방장이 내어 주는 음식에 길들여진 지 오래였다.

얀은 고기의 맛을 애써 무시하며, 내일 일정을 고했다.

"내일쯤 노르두아 남쪽 외곽 지대에 위치한 증폭 터널을 이용할 예정입니다."

그 말에 그녀의 눈이 휘둥그레졌다.

"증폭 터널이라면, 그…… 순식간에 지역을 이동해 준다는 고대의 터널 말이에요?"

"맞습니다. 알고 계시군요."

"역사서에서 읽었어요."

엘노아 제국 곳곳에는 고대에 사용되었다는 마력을 증폭해 주는 동굴이 발견되었다. 그 동굴에 들어서면 순식간에 마력이 커지는데, 눈 깜짝할 사이에 다른 지역으로 순간 이동을 한다고 들었다.

아직까지 그 이동 원리는 밝혀지지 않는 수수께끼로 남아 있었다.

"……그런 것이 있다고 듣기만 했는데 실제로 이용할 수 있는 거였군요."

"특별한 사정이 있습니다. 자세한 이야기는 말씀드리기 어렵군요."

증폭 터널은 돈으로도 이용할 수 없는 특별한 고대 유적에 가까웠다. 황가를 제외하면 펜블렌가의 마차가 유일하게 이용이 가능했다. 다행스럽게도 영애는 굳이 더 캐내려고 들지 않았다. 영애가 머리칼을 매만지면서 말했다.

"고대 유적을 탐험한다고 생각하니 조금 설레요. 몸이 붕 떠오를까요? 눈 깜짝할 사이에 풍경이 확확 바뀌겠지요?"

영락없이 천진난만한 어린아이였다.

"타 본 감상을 전해드리자면 그리 특별하지도 않습니다."

"제 상상을 깨뜨리지 말아 주세요. 엄청나게 기대하고 있다구요."

"너무 기대하면 무엇이든 실망이 큰 법이죠. 밤이 깊었습니다. 이만 취침에 드시는 게 좋겠습니다."

"네, 안녕히 주무세요. 바르텔 경."

문득 얀은 그녀가 내내 바르텔 경이라는 극존칭을 사용하는 것이 불편하게 느껴졌다.

"……얀입니다."

"네?"

"얀이라고 불러 주십시오. 그편이 더 좋을 것 같군요."

영애의 보라색 눈동자가 잘게 떨리는가 싶더니 이내 여리고 작은 짐승처럼 순진무구한 미소를 지었다. 순간 얀은 가슴 속에 어떤 파문이 느껴졌다. 사용인들을 제외하고, 누군가에게 저리도 따뜻하고 행복한 미소를 받아 본 적이 있었던가.

"알겠어요, 잘 자요. 얀."

"평안히 주무십시오."

얀은 엘리샤를 객실로 다시 데려다주고는 식당으로 향했다. 식당에는 안돌프가 그를 기다리고 있었다. 이 여관에는 술을 마시는 바가 따로 딸려 있지는 않은 모양이었다.

안돌프가 권하는 잔을 한 잔 받고는 얀, 아니 루자크가 불만을 토로했다.

"후…… 여긴 와인도 형편없군."

머리로는 이해하지만 이미 고급스러운 맛에 길들여진 혀는 애꽃은 갈증만 토했다. 무엇 하나 제대로 되어 있는 게 없었다. 노르두아에서는 최상급의 여행자 여관이라고 했지만 그에게는 최악이었다. 음식도, 침구도, 심지어 와인마저도.

그러나 코넬리아 영애는 끝내주게 잘 먹었다. 그렇게 잘 먹는 여자를 본 것은 처음이라 루자크에게는 내심 신선한 충격이었다. 그가 익히 알던 여자들의 식사란 포크질과 나이프질을 10번 이상 하지 않고 새 모이만큼 먹는 행위를 뜻했는데. 그녀는 성심성의껏 음식들을 맛보고 즐겼다.

'아무래도 일반적인 귀족 영애 같지는 않단 말이지.'

루자크는 제 앞에 있는 호위 기사를 불렀다.

"안돌프."

"예, 각하."

"자네 생각을 듣고 싶어서 말이야."

루자크가 상체를 완전히 뒤로 젖히고는 말을 이었다.

"오늘 내 모습 어땠나?"

"……각하께선 오늘도 완벽하셨습니다."

"완벽이라……."

안돌프는 말을 고르는 중이었다. 지금 주군은 조금 이상한 행동을 하고 계셨다. 집사인 척하고 직접 정혼녀를 데리러 가는 행동은 아무리 생각해도 일반적이지는 않았다. 나중에 뒷감당은 어찌하시려나. 주군께서 정략결혼을 원하지 않는다는 것은 잘 알고 있었지만 정혼녀를 속이는 것은 무언가 도리에 한참 어긋나는 일이었다. 순간 아무것도 모르는 코넬리아 영애가 가여워졌다.

"완벽하게 집사처럼 보였나?"

"……예, 그렇습니다."

"그렇다면 다행이군."

안돌프에게 확인을 받고 나서야 루자크는 약간 마음이 놓이는 듯했다. 영애도 전혀 눈치를 채지 못한 것 같았다. 생각의 고리는 자연스럽게 코넬리아 영애에게로 흘렀다. 루자크는 턱을 괴고 말했다.

"예상과 너무 달라. 도무지 감을 잡을 수가 없군."

"……코넬리아 아가씨 말입니까?"

안돌프가 조심스레 묻자, 루자크는 고개를 끄덕였다.

"일반적인 귀족 아가씨답지 않아. 그녀는 규율에 얽매이지 않은 사람 같더군."

"그러신 것 같습니다."

긍정도 부정도 아닌 주군의 말에 안돌프는 말을 아끼기로 했다. 주제넘은 생각일지는 몰라도 코넬리아 아가씨가 펜블렌가의 안주인이 된다면, 분명 가문에도 좋은 변화가 생길 것 같았다.

어린 아가씨지만 상냥하고 기품이 흘렀다. 솔직 발랄한 모습도 보기 좋았지만, 어쩌면 주군은 그런 모습을 좋아하지 않을지도 모른다는 생각이 들었다.

그러고 보니 주군이 좋아했던 여인이 있기나 했나? 애석하게도 없는 것 같았다. 주군의 여자 취향에 대해서는 랜디어스 경도 기준이 없다는 말로 대신하곤 했었다.

"안돌프, 영애의 안전을 위해서 최대한 신경 쓰도록. 한시라도 빨리 테본으로 향하는 게 좋을 것 같군. 하루 정도 일정을 당겨 보자고."

"······명심하겠습니다, 각하."

안돌프는 그리 대답하면서 안심했다. 각별히 신경 쓰시고 서두르시는 걸 보아하니, 적어도 주군의 마음에 아예 들지 않은 것은 아닌 듯했다.

루자크는 객실로 들어와 침대에 몸을 누였다. 집사 노릇을 자처한 건, 일종의 테스트였다. 영애가 마음에 들지 않는 경우 혼인 전 미리 쳐 내기 위해서······.

구실은 얼마든지 만들어 낼 수 있었다. 반트의 보고대로라면 영애는 그의 마음에 들지 않는 점이 한두 가지가 아니었으니까.

그러나 실제로 본 그녀는 달랐다.

티 없이 맑고 순수한 소녀처럼 보였다. 가진 자의 특권 의식이 없는 천진난만함은 상류층에서는 보기 힘든 타입이었다. 마치 지켜 주고 싶은 여동생 같았다.

하지만 그 이상은 아니었다. 냉정하지만 영애는 루자크를 남자로 만드는 스타일은 아니었다. 반트의 보고가 또다시 불쑥 떠올랐다.

　　—얼굴은 그래도 봐 줄 만한 정도라니, 불행 중 다행일지
　도. 적어도 공작 각하의 남성을 의심할 수준은 아니래.

코넬리아 영애는 귀여웠지만, 몸매는 어린애나 다를 바가 없었다. 루자크는 자신의 아내가 빈약한 어린아이가 되기를 원한 적이 없었다. 영애는 그가 생각하는 여자의 이미지는 결코 아니었다. 그는 예쁜 얼굴보다는 아름다운 몸매를 보았고, 지금껏 품에 안았던 여자들도 전부 굴곡진 몸매를 가졌다. 소녀처럼 가녀린 여자보다는 풍만하고 요염한 여자가 바로 그가 생각하는 이상적인 여자였다.

사실 완벽하게 그의 마음에 차지는 않을 거라 생각하긴 했다. 그저 보통만 되어도 좋았을 터였다. 그러나 코넬리아 영애는 무엇을 먹고 자랐는지 궁금할 정도로 삐쩍 말랐다. 아까의 식성을 생각해 보면 원체 발육이 늦된 것인지도 몰랐다.

반트가 이번처럼 일을 잘못 처리해 온 것도 드문지라 루자크는 그저 헛웃음이 났다. 루자크는 그녀가 여자구실을 할 수나 있을지도 의문이었다.

사실 정략결혼에서 영애의 나이가 열여섯이든, 여섯이든 결코 문제 될 건 없었다. 첩을 두거나, 다른 여자와 밤을 보내면 되는 일이었다. 본디 정략결혼이라는 것의 목적이 가문의 결합에 있듯, 당사자 서로가 원하는 완벽한 짝을 찾기 힘들다는 건 알고 있었다. 네 살배기 소녀와 혼인한 삼십 대 후작 같은 경우도 얼마든지 있었다.

하지만 루자크는, 부인을 두고 다른 여자와 만난다는 생각은 한 번도 하지 않았다. 그는 철저하게 결혼 생활에 충실하고 싶었다. 그의 아버지가 그러했고, 그도 당연히 그래야 한다고 생각했다. 그러기 위해서는 자신이 원하는 완벽한 배우자를 만나야 한다고 생각했다. 그들의 결혼이 정략결혼이라는 굴레에 묶여 있다는 걸 알고 나서는 더더욱 그랬다.

성적으로 끌리지 않는다는 점, 그것 외에는 코넬리아 영애에게는 하등 문제가 없었다는 게 지금 가장 큰 문제였다. 발육부진을 꼬투리 잡아서 그녀를 내칠 수도 없었고, 그러고 싶지도 않았다.

루자크는 괜스레 마음이 착잡해졌다.

테본 본성으로 돌아가자마자, 그녀의 식단과 영양을 관리하라고 명을 내릴 생각이었다. 삼 년 정도 그렇게 꾸준히 관리하면 괜찮아지지 않을까?

―잘 자요, 얀.

맑게 울리는 영애의 목소리가 귓가에 울리며 잠시 그녀의 얼굴이 아른거렸다. 왠지 그 여자를 떠올리자 살풋 입가에 미소가 지어졌다. 묘하게도 여자의 얼굴을 떠올리면서도 하고 싶다는 생각이 들지 않았다. 스물여섯 평생 처음 겪는 일이었다. 참으로 신기한 경험이었다.

루자크는 불편한 침대 위에서도 욕을 내뱉지 않고, 어느새 잠이 들었다. 내일을 기대하면서 그의 눈꺼풀이 내려앉았다.

*　　*　　*

침대에 똑바로 누운 엘리샤는 눈을 감았다. 내일부터 다시 기나긴 시간 동안 마차를 타려면 푹 쉬어야 했다. 벌써 몸속 여기저기에서 비명을 지르는 것 같았다.

그런데 자꾸 귓가를 맴도는 목소리.

―……얀입니다.
―얀이라고 불러 주십시오. 그편이 더 좋을 것 같군요.

엘리샤는 자신도 모르게 그의 목소리가 생각나 버렸다. 감미로운 목소리가 귓가에 감길 때는 가슴이 살짝 떨리기도 했다.

더불어 그의 눈빛도 생각났다. 아까 그의 푸른 눈동자는 처음 보았을 때보다 다정하고 부드러워져 있었다.

바르텔 경은 보면 볼수록 꿈같은 남자였다. 그런 외모로 집사를 하는 것은 반칙이라고 생각될 정도로…….

'그런데 왜 그가 이름을 불러 달라고 했을까? 그건 어떤 의미일까?'

그의 이름을 불러서였을까. 어쩐지 한층 친근해진 기분이 들면서도 특별한 존재가 된 것만 같아서 묘했다.

"뭐야, 내가 왜 이런 생각을 하고 있담. 얀은 그저 친절함을 베풀어 주는 것뿐인데……."

엘리샤는 이런 생각을 불쑥 하는 자신이 낯설었다. 한 번도 남자를 가까이해 본 적이 없어서 쓸데없이 호기심이 가는 걸지도 몰랐다.

게다가 얀은 지나치게 잘생긴 외모를 가지고 있었다. 가만히 있어도 그를 힐끔힐끔 곁눈질하는 자신을 발견했다. 그래, 뭐랄까. 그의 얼굴은 여성들의 심리 안정을 위해서 두고두고 보아야 하는 보석 같은 존재랄까!

기회가 된다면 멜드레에게도 보여 주고 싶을 만치.

그러니까 지금 이 호감은 외롭게 연애 한 번 못 하고 자란 소녀의 단순한 동경일 뿐인 거다. 그렇게 정의 내리자 마음이 한결 편안해졌다.

"맞아, 그게 분명해. 정신 차려, 엘리샤. 네 상대는 이름을 부를 수 없는 바로 그분이라고…… 악, 엄마야!"

엘리샤는 방 안에 세워 놓은 공작의 초상화를 보고는 화들짝 놀랐다. 어둠 속에서 마주친 그의 모습은 여전히 공포 그 자체였다. 이제 남편 얼굴에 익숙해지기로 결심하고서 초상화를 세워 둔 지 한 시간 만에, 후회가 밀려오면서 놀란 가슴을 쓸어내렸다.

엘리샤는 으스스한 모습으로 자신을 바라보는 공작의 모습이 곧장 떠올라 몸이 떨렸다.

모습만으로 이미 살이 날 것 같은데 성격마저 피에 미친 살인귀라니…… 이 결혼, 정말 하는 게 맞는 것인가? 지금이라도 탈출을 하는 게 현명한 것 아닐까? 아닐 거야. 아니길 바라야지.

자신의 남편이 될 공작님.

그분의 신부가 될 날이 가까워지고 있었다.

＊　　＊　　＊

덜컹덜컹, 바람이 나부끼며 창문을 크게 흔들었다. 천천히 걸음을 옮기자, 침대 위에 누군가 있었다. 창문 틈새로 비치는 달빛에 드러난 나신은 하얗고 탐스러웠다.

마치 그를 기다리고 있었다는 듯, 나신의 여자는 유혹적으로 누워 있었다. 루자크는 자석에 이끌린 것처럼 그녀의 위로 덮치듯 올라갔다. 동그랗게 부푼 가슴은 너울처럼 움직였고, 아찔하게 흐르는 허리선은 잘록하게 들어가 있었다. 하얀 달처럼 둥근 엉덩이와 매끈한 두 다리는 눈과 몸을 전부 황홀하게 녹여 주었다.

루자크는 눈을 감고 그녀를 품에 넣은 채 입술을 맞췄다. 보드라운 입술이 열리자마자 붉은 혀가 굴려지고, 서로 얽혔다. 풀리지 않는 매듭처럼 길게 이어지는 키스에 루자크는 순식간에 몸이 달아올랐다.

"저를 원해요?"

종달새처럼 맑고 높은 청명한 목소리에 눈을 떴다. 커다란 보라색 눈동자가 자신을 향했다. 자그만 입술이 매혹적으로 달싹거렸다. 루자크는 말 대신 천천히 그녀의 입술을 집어삼켰다.

＊　　＊　　＊

"좋은 아침이에요, 얀."

새초롬한 얼굴로 영애가 인사를 전해 왔지만 얀은 바로 응답하지 못했다. 그는 지금 몹시도 불쾌한 상태였고, 덕분에 표정 관리가 제대로 되지 않았다.

테본의 지배자이자 블랙 윈터 성의 주인으로 군림하는 루자크 드 펜블렌이라면 표정 관리 따위 할 필요가 없었지만, 지금 그는 자신이 만들어 낸 연극 무대 위에 있었다. 세심하고 배려 깊은 얀 바르텔이라는 집사가 되어 코넬리아 영애를 모셔야 하는 입장이었다.

얀은 자신도 모르게 영애의 얼굴을 빤히 뚫어져라 보고 있음을 깨닫곤 뒤늦게 인사를 건넸다.

"간밤에는 잘 주무셨습니까?"

"네, 저는 잘 잤어요. 그런데 얀은…… 약간 피곤해 보이는걸요."

이상한 꿈 덕분에 잠을 제대로 자지 못한 그는 수척하고 퀭한 얼굴이었다. 한 걸음 다가온 영애는 걱정스러운 눈빛으로 그를 올려다보았다.

"아닙니다. 괜찮습니다."

얀은 고개를 돌렸다. 보랏빛 눈동자와 마주치는 순간 꿈속의 여자가 떠올랐다. 꿈속의 여자도 보라색 눈동자를 가지고 있었다. 그러나 그 여자는 결코 영애가 아니었다. 얼굴은 제대로 기억나지 않았지만, 하얀 나신만은 확실히 머릿속에 각인되어 있었다. 무척이나 아름다운 몸매를 가진 여자였다. 전혀 다른 사람이었다.

도무지 잊기 어려운 꿈이었다. 잊으려고 하면 할수록 더욱 그의 뇌리에 박힌다. 지워지지 않는 쾌감과 감촉은 아직도 끈적하게 그의 몸 곳곳에 달라붙어 있었다.

"정말로 괜찮은 거죠?"

"물론입니다."

작고 가녀린 아가씨의 걱정을 받고 있으려니 무언가 처지가 뒤바뀐 것만 같아서, 어쩐지 낯이 간질간질해졌다. 꿈 따위에 흔들릴 그가 아니었다.

얀은 뒤숭숭한 마음을 다잡고는 영애에게 말했다.

"슬슬 마차에 오르시죠. 서너 시간이면 증폭 터널까지 다다를 겁니다."

"좋아요. 그동안 옷본을 그려 두어야겠어요."

활기차게 말하는 그녀에게 얀은 의아한 얼굴로 물었다.

"옷본…… 이라면 옷을 직접 만드실 줄 압니까?"

"네. 제가 가장 좋아하는 일이에요. 아, 혹시 공작 각하께서는 저처럼 활동적인 여자를 싫어하실까요?"

그녀의 질문에 얀의 눈매가 휘어지며 나붓하게 웃었다. 옷을 만드는 취미가 있는 줄은 몰랐다. 차기 공작 부인의 취미로는 손색없이 훌륭한 것이라는 생각이었다.

"결코 그렇지 않을 겁니다."

확신에 찬 얀의 대답이 들려오자, 영애가 환하게 웃었다. 무슨 생각을 하는지 얼굴에 그대로 드러나는 여자였다. 이번에 그녀는 의문이 떠올랐는지 긴가민가한 얼굴로 조심스럽게 물었다.

"……그렇다면 한 가지만 더 물어볼게요. 공작 각하께서는 바깥출입을 정말로 하지 않으시나요?"

질문을 들은 얀은 언젠가는 그 질문을 할 것이라고 생각했다. 세간에, 특히 수도인 아를렌에서 펜블렌가의 공작에 대해서는 어떤 소문이 있는지 작은 것 하나까지 전부 알고 있었다. 그 소문 중에는 공작이 절름발이에 꼽추라서 바깥출입을 삼가고 성 안에서만 틀어박혀 있다는 이야기도 있었다.

그 이야기를 처음 들었을 때는 박장대소했지만 수많은 자가 그 소문을 믿는다고 하니 영애도 예외는 아닐 터였다.

"아무래도 바깥출입은 자주 하시지는 않습니다. 공무 때문에 늘 바쁘시니까요. 그래도 이따금 영지를 시찰하시기도 합니다."

"아, 그렇군요. 정말로 바쁘시겠어요."

얀은 조심스럽게 영애의 눈을 바라보며 말했다. 자신도 한 가지 궁금한 것이 있었다.

"아가씨께서는 혹시 세간의 소문을 알고 계십니까?"

"……소문이라고요?"

"예, 펜블렌가와 공작 각하를 둘러싼 소문들이 참 많습니다."

"아…… 그런가요? 저는 잘 모르겠어요."

짧은 순간 얀은 영애의 눈빛을 읽어 내려고 노력했다. 분명 소문에 대해서 알고 있을 터였다. 정말로 모른다는 순진한 표정과 대답이 돌아왔다.

"그렇습니까."

'모른 척하겠다 이거군.'

얀은 싱긋 웃으며 속으로는 그녀가 어찌 나오는지 살폈다. 이윽고 영애가 말간 얼굴로 말했다.

"어떤 소문인지는 모르겠지만 만약 들었다고 하더라도 귀담아듣지 않았을 거예요. 제 눈과 귀로 보고 듣지 않는 이상은 믿지 않아요."

소문을 들었다면 그것이 진실인지 궁금해 하는 것은 인간의 본능일 터였다. 더군다나 자신과 혼인할 남편감의 소문이라면 무시하기 어려웠을 것이다. 그러나 이 어린 영애는 그 소문의 진실 여부를 따지지 않고 그저 소문을 들은 바가 없다고 했다. 이리하면 서로 아무런 문제없이 깔끔하게 넘어간다. 유연한 대처였다.

"예, 소문은 진실과는 다른 법입니다. 훌륭한 생각이십니다. 이만 마차에 오르실까요?"

마차에 오른 엘리샤는 가슴을 쓸어내렸다. 자신도 모르게 속마음이 튀어나올 뻔했지만 잘 넘겼다. 사실 흉흉한 소문의 공작에게 시집가는 일이 하나도 두렵지 않다면 거짓말이다. 그러나 그 감정을 밖으로 티내면 곤란했다.

그녀를 배려하는 선하고 친절한 사람들이라고 해도, 그들은 펜블렌 공작의 사람이지 엘리샤의 사람이 아니었다.

엘리샤는 마치 얀이 자신을 시험해 보는 듯한 느낌을 받았다. 혹여, 자신이 코넬리아가 아니라는 것을 눈치챈 것일까? 아직까지 결례를 범하거나 실수를 한 적은 없었다. 그러나 지금 이건 아무것도 아니었다. 정말 제대로 속여야 하는 건 펜블렌 공작이었으니까.

엘리샤는 마음이 약간 무거워졌다.

마력 증폭 터널에 도착했을 때는 어느새 해가 질 무렵이었다. 마차에서 내리자 안돌프가 엘리샤의 뒤를 조용히 호위하며 뒤따랐다.

"저곳이 바로 마력 증폭 터널입니다."

얀의 설명에 엘리샤가 고개를 들었다. 푸른빛을 발하는 거대한 사각형의 굴이 위용을 뽐내고 있었다. 자연 그대로 만들어진 것이 아닌 사람의 흔적이 닿은 것이 분명한 정교한 모양새였다. 그러나 오랜 세월이 흘러서인지 온통 짙푸른 이끼로 덮여 있었다.

순간적인 마력의 상승 때문일까. 엘리샤는 가슴이 두근거리기 시작했다.

"와! 정말 웅장하고 멋있어요."

엘리샤가 짧은 감상을 터뜨렸고, 얀이 걱정스러운 듯 물었다.

"이곳에 도착하니 혹시 현기증이나 두통이 있진 않으십니까?"

예민한 체질일 경우, 어마어마한 마력에 노출되면 그런 부작용이 따를 수 있었다.

"아, 괜찮아요."

"좋습니다. 그럼 마차에 다시 타실까요? 마차를 타신 채 그대로 이용하시는 게 편할 겁니다."

"아, 얀. 이번에는 저 혼자 마차에 탈게요. 제 짐 가방도 같이요. 가방에서 찾을 것이 좀 있어요."

"알겠습니다."

엘리샤의 요청에 얀은 별다른 의심 없이 시종을 시켜서 짐 가방을 마차 안으로 옮겨 주었다. 몰리는 다른 시종들과 함께 마차를 타기로 했다.

굴의 안쪽으로 들어가자, 자그만 공간이 하나 있었다. 증폭 터널을 지키는 마도사들이 기거하는 곳이었다. 젊은 마도사 두 명이 사무적인 표정으로 일행 중 대표로 나선 얀을 맞이했다. 나머지는 모두 마차에서 기다렸다.

"무슨 용건이십니까? 펜블렌 각……."

각하 소리가 나오기 무섭게 얀이 그에게 주의를 주었다.

"쉿! 각하 소리는 하지 마시오."

"아, ……예."

"증폭 터널을 이용하고 싶소. 저기 보이는 마차 여섯 대와 말한 필. 황실의 승인은 받았소."

"확인했습니다. 이곳에 서명을 해 주십시오."

"고맙소."

"즐거운 이동되시기를 바라겠습니다."

그중 한 명이 내민 서류에 얀이 서명을 하고 무언가를 보여 주었다. 마력 증폭 터널을 이용하기 위한 간단한 절차였지만 이 터널은 한 달에 한 번 정도만 사용할 수 있었다. 고대 유적의 보존을 위해서 내린 조치였다.

증폭 터널 덕분에 수도 아를렌으로 가는 여정에는 닷새가 걸렸지만 영애를 테본으로 모셔 오는 여정은 그보다 훨씬 적은 이틀이라는 여정이 소비되었다.

얀이 마차에 오르면서 마부들에게 신호를 주었다. 마부의 재촉에 말들이 천천히 달리기 시작했다.

온통 푸르른 사각 터널은 마치 심해 속에 있는 듯한 착각이 들게 했다. 점차 증폭 터널 깊은 곳으로 마차가 들어가자, 엘리샤는 심장이 크게 뛰었다.

쿵쾅쿵쾅!

바깥 풍경이 신기한 나머지 엘리샤는 유리창에 달라붙어서 구경하기에 바빴다.

짐 가방 속의 테일러 키트 역시 덜그럭거리면서 반응을 하기 시작했다. 이럴 줄 알고 짐 가방을 제 곁에 두려고 했던 것이다. 엘리샤는 가방을 열어 테일러 키트를 꼭 껴안았다.

"제발, 얌전히 있어 줘."

덜컹덜컹, 솨아아아아!

이내 마력 증폭 터널 안으로 빨려 들어가듯, 사방이 어둠으로 가득했다. 어둠 속에서 덜그럭덜그럭, 쿵쿵! 시끌벅적한 소리가 테일러 키트에서 흘러나왔다. 테일러 키트가 크게 솟구치려는 걸 엘리샤가 겨우 끌어 내렸지만 소용이 없었다. 엄청난 힘이었다. 테일러 키트가 마차의 천장에 달라붙었다.

"아, 안 돼!"

이내 엘리샤의 몸도 잠시간 떠오르는 느낌을 받았다가, 아래로 천천히 가라앉기 시작했다. 천장에 달라붙어 있던 테일러 키트도 내려앉았다. 하지만 짐 가방은 처음부터 그대로였다.

암흑이 차츰 사라지고, 유리창 밖에서 환한 빛이 쏟아져 들어오기 시작했다. 테일러 키트는 더 이상 덜그럭거리지 않고 얌전해져 있었다. 엘리샤는 재빨리 다시 가방의 가장 깊숙한 곳으로 테일러 키트를 밀어 넣었다.

어느새 창밖으로는 낯선 풍경이 펼쳐져 있었다.

"……마치 다른 세상 같아."

울긋불긋 빨갛고 노랗게 물든 나뭇잎들을 자랑하는 나무 군락이 아름다웠다. 나뭇잎이 저런 빛깔을 가질 수도 있다는 걸 엘리샤는 처음 알았다. 날씨가 온화한 아를렌에서 늘 나뭇잎들은 초록색이나 연두색이었다.

"우와아! 테본이다!"

마차 밖에서 마부들과 시종들의 함성이 들려왔다. 긴 여정을 마치고 고향에 돌아와서 기쁜 모양이었다. 그들의 말을 듣고 이곳이 테본이라는 사실을 알 수 있었다. 엘리샤는 유리창에 바짝 달라붙어 바깥 풍경을 감상했다.

"여기가 바로 테본이구나."

3.
블랙 윈터 성

검고 뾰족한 첨탑이 가득한 성 하나가 멀리 보일 때쯤 마차가 잠시 멈추었다. 호두 파이가 든 바구니를 가져온 얀이 정중하게 말했다.

"아가씨, 이제 곧 본성에 도착합니다."

"잘 왔어요, 얀. 묻고 싶은 게 많아요. 저기 보이는 저 성이 바로 공작 성인가요?"

"맞습니다."

"괜찮다면 본성까지 함께 마차를 타고 가면서 이야기를 들려 줘요."

"안 그래도 일러 드릴 이야기가 있어서 그리 여쭈어 보려던 참입니다."

"일러 줄 이야기라구요?"

엘리샤가 토끼처럼 귀를 쫑긋 세우자 얀이 말했다.

"긴장하실 이야기는 아닙니다. 느긋하게 들으시면 되니까요. 그럼 실례하겠습니다."

엘리샤가 탄 마차는 네 명이 탈 만큼 널찍하긴 했지만 키가 훌쩍 큰 남자가 들어오니 한층 좁아졌다.

얀은 엘리샤를 대각선으로 마주 보며 드레스 자락을 밟지 않도록 주의하면서 앉았다. 곧 마차 문이 닫히고 마차는 다시 덜컹거리면서 달리기 시작했다.

왠지 어색한 분위기가 감돌았다.

이야기를 들려준다던 사람이 조용히 창밖을 내다보고만 있었다. 궁금한 게 많다던 사람도 똑같이 창밖을 바라보고 있었다.

창밖으로는 여전히 아름다운 풍경이 수놓아지고 있었다. 엘리샤가 전해 들은 테본은 풀 한 포기 자라지 않는 척박하고 추운 땅이었다. 그러나 지금 그녀의 눈앞에 펼쳐진 테본의 영지는 상상 이상으로 넓고 아름다웠다.

색색으로 물든 단풍 숲과 멀리 보이는 눈 쌓인 산들이 테본의 첫 얼굴이었다면, 끝없이 펼쳐진 지평선을 물들인 황금빛 들판은 테본의 속살을 들여다보는 것 같았다.

"세상에, 너무…… 아름다워요. 테본은 그저 추운 지방으로만 알고 있었는데……."

정적을 가른 엘리샤의 감탄에, 얀이 낮게 웃음을 터뜨리면서 말문을 열었다.

"단풍이 들면 타 도시의 꽃나무가 부럽지 않을 정도로 아름다운 곳이죠. 따뜻한 수도에 비하면 확실히 기후가 춥습니다. 춥지는 않으신지요?"

얀은 그리 말하면서 영애의 얇은 새틴 드레스를 살폈다. 그녀의 드레스는 무척 정교하고 아름다웠지만 테본에서 입기에는 너무 추워 보였다.

"아, 담요를 덮어서 괜찮……."

엘리샤는 몰리에게 받은 담요를 들어 보이면서 대답했다. 얀은 자신의 코트를 벗어서 엘리샤의 어깨에 슥 걸쳐 주었다.

말없이 다가온 그에게 심장이 한 번 쿵, 옷을 걸쳐 주는 다정한 행동에 두 번 쿵 내려앉고 말았다. 숨소리도 지척에서 들릴 만치 가까운 거리였다. 순간 너무 당황한 탓일까. 고맙다는 인사도 까맣게 잊어버린 채 엘리샤는 멍한 얼굴로 자세가 굳어졌다.

"마차에서 내리시면 더욱 추울지도 모릅니다."

"……고, 고마워요. 얀."

"마땅히 해야 할 일을 했을 뿐입니다."

얀의 단정한 입술이 미소를 그렸다. 엘리샤는 자신을 항시 따스하게 보살펴 주는 얀에게 더없이 고마웠다. 이상하게도 얀은 그저 집사 같지가 않았다. 그에게는 여유로움과 기품, 또 거부할 수 없는 카리스마와 존재감 같은 것이 느껴졌다. 아랫사람인데도 그의 말과 행동은 쉬이 가볍게 넘길 수 없었다.

얀의 배려로 몸은 따뜻해졌지만, 엘리샤는 못내 어색해서 그만 다시 창밖으로 시선을 던졌다.

"아, 농부들이 나와서 일을 하고 있네요."

"테본은 지금 수확기라 한창 바쁠 시기입니다."

"그렇군요. 그렇다면 공작 각하께서도 바쁘시겠어요. 성에 도착하면 바로 각하를 만나 뵙게 되나요?"

얀의 서늘한 푸른 눈동자가 빛났다. 그는 분명 따뜻하고 친절한 사람이었지만 가끔씩 날카롭고 차가운 눈빛을 품을 때가 있었다. 그럴 때는 얼음처럼 냉랭한 인상이 되어 버리곤 했다.

"아닙니다. 미리 말씀드리지 못했습니다만, 현재 공작 성에 각하가 계시질 않습니다. 테본 북부로 영지 시찰을 나가셨습니다. 크라우프와 맞닿는 지역이라 치안에 항상 신경 쓰고 계십니다."

"앗, 그렇군요. 그 지역이 치안이 많이 좋지 않은가요? 테본에도 영향을 줄 정도로?"

크라우프라면 산적 떼들의 잦은 출몰로 치안이 좋지 않은 지역이었지만 엘리샤에게는 낯선 지명이었다.

"몇 번인가 경계선을 넘어온 적이 있어서 각하께서 항시 주의를 기울이시는 편입니다. 아직까지 큰일은 없었습니다만……."

"각하께서는 많은 일을 훌륭히 하고 계시네요."

엘리샤가 고개를 주억거리며 말했다. 얀의 눈빛이 다시 따스해지며 장난스러운 표정이 되었다.

"차기 공작 부인이 되실 아가씨에게는 기뻐하실 소식이 아닙니다. 각하께서는 무척 바쁘셔서 저도 가끔은 얼굴조차 보기 힘들 때도 많으니까요."

"……아하하, 괜찮아요. 저는 외로움을 별로 타지 않으니까요. 각하께서 찾아뵙지 않으셔도 원망하지 않을 자신 있어요."

'영원히 안 찾으셔도 원망하지 않겠어요.'

참으로 다행이구나 싶었다. 두려웠던 공작과의 만남이 조금은 뒤로 미루어진 셈이었다. 게다가 정무로 바쁘시다고 하니 의외로 얼굴 맞대고 지낼 날도 별로 없을지도 몰랐다.

엘리샤는 이내 얼굴을 다시 굳혔다. 얀 앞에서 너무 좋아하는 티를 내서는 곤란했다.

"사실은 각하께서 정무로 바쁘실 거라 예상은 했었어요."

"예, 이해해 주시니 감사합니다. 안 그래도 그동안 혼자 계실 것을 생각하니 조금 걱정스러웠습니다."

"아, 혹 나중에 이 일로 각하께서 염려하시거든, 전혀 그러실 필요가 없다고 전해 주세요. 저는 혼자서도 괜찮아요. 아니, 혼자가 아니잖아요. 얀도 있고, 또 성에 다른 분들도 계실 테니까요."

얀이 쿡, 소리를 내면서 일자로 다물었던 입술을 벌려 웃었다.

"예, 알겠습니다."

두 사람은 자연스럽게 다시 마차 밖으로 시선을 던졌다. 황금빛 들판에서 여유롭게 일하는 영지민의 표정은 한결같이 생기 넘치고 밝아 보였다.

펜블렌가의 마차가 지나가자, 그들은 일손을 멈추고 경애로운 표정으로 손을 흔들었다. 모자와 손수건 따위를 흔드는 여인들도 있었다.

수도에서는 지체 높은 귀족들의 마차 행렬이 지나가면 평민들은 고개를 푹 숙였고, 왕족들에게는 넙죽 엎드려 절을 올렸다. 고개를 숙이거나 절하는 모습이 아니라 손을 흔드는 모습이 엘리샤는 인상적으로 다가왔다.

특히 흑마를 탄 기사 안돌프가 말의 앞발을 들어 묘기 같은 인사를 선보이자 영지민들의 환호성은 높아졌다.

"그들에게 함께 손을 흔들어 주시지요. 분명 기뻐할 겁니다."

얀이 웃으면서 말하자, 엘리샤도 유리창 밖으로 손을 흔들었다. 그러자 아이, 노인 할 것 없이 더욱 열렬하게 손을 흔들어 주었다. 펜블렌가의 깃발을 흔드는 이들도 있었다.

아직 혼인 전이지만 엘리샤는 벌써 펜블렌가의 공작 부인이라도 된 것처럼 얼떨떨하고 마음에 무언가가 뿌듯이 차올랐다.

*　　*　　*

얀의 에스코트를 받아 마차에서 내리자 눈앞에 드디어 테본의 본성 블랙 윈터 공작 성이 커다란 그림자를 드리웠다. 어마어마한 크기의 고성은 가까이에서 보니 잿빛과 검은빛으로 얼룩덜룩 무늬가 그려져 있었다.

뾰족한 첨탑만 해도 수십 개에 달했고, 홀도 여러 개나 있는 무척 커다란 규모의 성이었다. 엘리샤가 사는 메이플 성보다도 훨씬 더 넓었다.

"상상보다도 더 넓군요."

"이 블랙 윈터 성이 엘노아 제국에서 황성을 제외하면 가장 큰 성일 겁니다. 방의 개수도 80여 개에 이릅니다."

"굉장하네요."

엘리샤가 옅은 탄성을 질렀다. 그 순간 멀리서 날아온 검은 새 떼가 울었다.

까아악, 까아악, 까악!

"흑."

아까 보았던 테본의 아름다운 경치가 무색하게도 블랙윈터 성은 음침하다 못해 으스스한 분위기를 자아내고 있었다. 멀리서 보았을 때는 미처 몰랐지만 이곳은 성탑을 빙빙 돌면서 시끄럽게 울어 대는 까마귀를 닮아 있었다.

소문이 아주 거짓은 아닌 듯하여, 엘리샤는 마치 유령에게 홀린 기분에 휩싸였다.

"모두들 기다리고 있는 모양입니다."

얀이 그리 말하면서 활짝 열린 성의 안마당을 가리켰다.

그곳에는 안주인이 될 엘리샤를 맞이하기 위해서 펜블렌가의 모든 사용인들이 나와서 기다리고 있었다. 가지런한 자세로 손을 모으고 있는 시녀들과 시종들이 엘리샤의 시선이 닿을 때마다 고개를 조아렸다.

하지만 전부 사용인들뿐이었다. 공작 각하의 형제나 친척도 모습을 보이지 않았다. 대신에 모든 이들 앞에 서 있는 남자가 있었다.

짧은 갈색 머리에 금테 안경을 쓴, 정갈한 슈트 차림의 남자였다. 그 남자가 앞으로 걸어 나와 얀과 눈인사를 나누었다. 얀이 엘리샤의 귓가에 말했다.

"당당하고 우아하게 걸으십시오."

"응, 알고 있…… 어요."

자신도 모르게 고개를 끄덕이면서 그에게 아이처럼 대답해 버린 엘리샤가 흠칫 놀라는 사이, 얀은 저만치 뒤로 물러갔다.

모든 사용인들이 일제히 그녀를 위해서 모여 있는 자리이자 첫 만남이었다. 아랫사람에게 귀족다운 면모를 보여야 함은 두말할 나위 없었다.

엘리샤는 가슴을 펴고 고개를 들었다. 드레스를 살짝 쥔 채, 눈앞에 있는 남자의 바로 앞까지 당당하게 걸어갔다.

남자의 눈동자가 엘리샤에게 향하더니 곧장 예의를 표하며 고개를 깊이 숙였다. 얀보다도 더 절도 있고, 또한 몸에 깊숙이 배어 있는 예의 바른 인사였다.

"집사 반트 랜디어스가 펜블렌가의 예비 마님께 인사 올립니다. 오시느라 고생이 많으셨습니다."

엘리샤도 얀과 반트를 돌아보면서 화답했다.

"반가워요, 랜디어스 경. 펜블렌가의 집사들은 전부 젊은 사람이네요."

"생각해 보니 그렇군요. 저도 만나 뵙게 되어 영광입니다. 저는 대집사로서 펜블렌가의 안살림을 총괄하고, 펜블렌 공작 각하를 보좌하는 역할을 하고 있습니다."

반트의 유려한 소개말을 듣던 엘리샤의 보라색 눈동자에 의문이 차올랐다.

"그랬군요. 그런데 어째서 여기에 계신 거예요? 각하는 크라우프 접경 지역으로 시찰을 나가셨다고 들었어요."

"……아, 그것이."

반트가 무슨 영문인지 몰라서 건너에 있는 얀을 쳐다보았다. 얀이 그를 놀리듯 씨익, 미소를 지었다. 반트의 눈이 세모꼴이 되면서 갑자기 생각난 것처럼 말했다.

"이번 영지 시찰에는 다른 보좌관을 데리고 가셨습니다."

"아, 그렇군요."

엘리샤가 이해했다는 듯 고개를 끄덕이자, 반트가 그제야 뒤를 돌아 모두에게 고했다.

"예비 마님께서 도착하셨네. 모두들 예를 다하도록 하게."

그러자 일제히 사용인들이 공손하게 무릎을 꿇었다. 엘리샤는 순간 자신이 황녀라도 된 듯했다. 그게 몹시도 이상하면서도 기분이 나쁘진 않았다.

인사를 마치고 랜디어스 경의 안내를 받으며 성안으로 들어가자, 밖은 다소 으스스했던 성의 분위기와는 다르게 휘황찬란하게 화려하고 밝다는 느낌이 들었다.

무엇보다 곳곳에 걸린 붉은색, 황금색 태피스트리와 푹신하게 깔린 카펫들, 수백 개의 크리스털이 달린 삼단 샹들리에의 촛불이 아롱지며 근사한 빛을 만들고 있었다.

엘리샤는 눈을 껌뻑이더니, 사방을 두리번거리면서 구경하는데 정신이 없었다. 벽에 걸린 그림이나 작은 장식품 하나까지도 모두가 값비싸고 귀한 물건이었다.

"정말 근사하네요."

"마음에 드신다니 기쁩니다."

엘리샤의 감탄에 반트가 말했다.

실내를 꾸미고 가꾸는 일은 공작의 취향이 반영되긴 했지만, 대개는 반트가 해 온 것들이었다. 사실 바깥의 다소 엄숙하고 횅한 풍경 때문에 영애가 마음에 들어 하지 않을까 걱정했는데, 다행히 그런 기색은 없는 것 같았다. 성의 외관을 그리 방치하다시피 버려둔 건 온전히 공작의 뜻이고, 고집이었다.

엘리샤는 발을 내딛을 때마다 놀랍기만 했다. 밖에서만 보았을 때는 살짝 흉흉해 유령 성 같았는데, 안에 이렇게 멋진 실내가 꾸며져 있을 줄은 몰랐다.

대리석 기둥들과 조각상이 우아하게 늘어서 있었고, 천장은 어찌나 높은지 까마득했다.

앞장서서 걷던 반트는 그녀가 뒤따라오지 않자 잠시 기다렸다. 사뿐한 걸음걸이였지만 설렘과 흥분을 감추지 못하는 모습이 영락없는 어린 소녀였다.

"가장 먼저 마님이 머무르실 방으로 안내하겠습니다."

"아, 네."

성의 이곳저곳을 누비면서 구경을 다니고 싶었지만, 반트의 목소리에 엘리샤는 다시 그에게 집중했다.

반트가 성의 중앙에 있는 원형 탑 계단 앞에서 차분하게 말했다.

"블랙 윈터 본성은 총 5층까지 있고, 원형 탑을 기준으로 3층 오른쪽 복도의 첫 번째 방이 마님의 침실입니다. 침실과 이어진 안쪽 방에는 욕실이 있고, 의복을 갈아입으시는 방이 따로 있습니다. 앞으로 3층 오른쪽은 대부분 마님의 공간으로 꾸며질 예정입니다. 복도 끝에 있는 나선형 계단을 이용하시거나, 지금처럼 성 외부까지 감싸는 원형 탑 계단을 이용하셔도 됩니다. 나머지 공간은 앞으로 편하실 때 언제든 안내해드리겠습니다."

"와아…… 어쩜 경은 숨 한 번도 쉬시질 않고 말씀하시네요."

"다시 설명해 드리겠……."

"아아, 아니요. 아니요. 전부 이해했어요!"

랜디어스 경은 퍽 날카로운 인상이었지만, 일 처리는 확실한 사람 같아 보였다. 그는 방까지 안내하고는 세밀하게 그린 작은 지도까지 건네주었다.

"제가 직접 성을 돌아다니면서 그린 것입니다. 요긴하게 쓰신다면 더할 나위 없겠습니다. 아, 그리고 펜블렌가에 오신 것을 환영합니다. 성심을 다해 모시겠습니다."

"고, 고마워요."

반트의 안경 속 눈동자가 반짝거림을 본 엘리샤는 뒤늦게 그가 엘리샤를 진심으로 반가워하고 있다는 걸 알아차렸다.

'엄청 똑똑하고, 딱딱한 사람 같았는데…… 의외로 세심하구나.'

반트가 건넨 지도는 층별로 무엇이 있는지 세세하게 나와 있어서 한눈에 들어왔다. 엘리샤는 이 지도를 보자 혼자서 성을 탐험해도 되겠다는 생각이 들었다.

엘리샤가 방 안에 들어가려는데, 문 앞에 누군가 기다리고 있어서 깜짝 놀랐다. 아무도 없는 빈방인 줄 알았던 터였다.

"기다리고 있었습니다, 마님."

스물 후반으로 보이는 젊은 여자였다. 회색빛이 도는 초록빛 머리카락에 검은 눈동자, 시원한 미소가 매력적이었다.

"아…… 반가워요. 시중을 들러 오셨나요?"

"예, 앞으로 마님의 모든 시중을 책임질 시녀장 리나 채임비러라고 합니다."

"모든 시중?"

"네, 이제부터 손가락 하나 까딱하시지 않도록 마님을 편안하게 모실게요. 이 적막한 성에서 마님이 오시기만을 목 놓고 기다렸어요! 그동안 제가 얼마나 외롭고 쓸쓸하고, 심심했는지 모른답니다. 마님이 오셔서 정말로 다행이에요! 몹시도 기쁘군요. 이런, 제가 초면에 너무 소란스러웠나요?"

시녀장 리나의 호탕하고 활기찬 목소리에 엘리샤는 문득 바느질 선생님인 멜드레가 떠올랐다. 그러고 보니 곧 편지를 보내야겠다는 생각이 들었다.

"아니에요. 리나, 앞으로 당신이 좋아질 것 같다는 생각이 들어요."

"……어머나, 저도 그래요."

처음 보는 사이에 이렇게 친근감을 느끼긴 쉽지 않은데 엘리샤는 참 다행이다 싶었다. 앞으로 블랙 윈터 성에서 지낼 나날들도 즐거워질 것 같았다.

"마님, 마님. 계속 문 앞에 서 계실 참은 아니시지요? 이제 방 안을 구경하실 차례랍니다. 어서요."

리나의 재촉에 방 안에 발을 내딛은 엘리샤의 눈앞에는, 기절할 만큼 예쁜 방이 기다리고 있었다.

*　　*　　*

'저기 계시는군그래.'

반트의 날카로운 눈이 루자크를 포착했다. 그는 아직도 집사 복장으로 예비 배우자의 방이 보이는 삼 층 복도 끝 난간에 기대어 있었다.

반트가 다가와서 정갈한 자세를 갖추며 말했다.

"각하? 이제 연극은 그쯤 하고 제자리로 돌아오실 시간입니다."

"……이런, 언제 그렇게 소리 소문 없이 다가오신 겁니까, 대집사 랜디어스 경?"

"진심으로 말씀드리는데 그쯤 하십시오."

뜬금없는 주군의 존칭에 반트는 화가 머리끝까지 날 지경이었다. 지금 한가하게 이럴 시간은 없었다. 오늘 저녁부터 내일 아침까지 곧장 스트레이트로 봉신들과의 회담이 있었고, 각 지역마다 올 수확기 현황을 체크해야 하는 등…….

당장 입으로 읊을 수 있는 일만 해도 십여 개는 되었다. 그리고 그 일정을 관리하는 것은 전부 대집사이자 공작의 보좌관인 반트였다.

평소의 계획대로였다면 지금쯤 회담에 들어가기 전에 주인의 체력을 밤샘에 지장이 없게 만들어 놓고, 준비 서류를 검토하게 만들었을 터였다.

그런데 쓸데없는 집사 행세를 하면서 모든 게 헝클어진 셈이었다. 이 와중에도 예비 마님을 힐끔거리면서 의복도 갈아입지 않고 있다니…… 잠깐, 주군이 예비 마님에게 관심을 보이고 있다는 뜻인가? 이내 반트의 눈매가 슬쩍 가늘어졌다.

"설마, 자네 화난 건가?"

"……대체 생각이란 게 있으신 겁니까? 각하께서는 지금 당장 수면을 취하셔야 합니다. 마차 여행 후에 아무런 휴식 없이 그대로 밤샘 회담이라니…… 각하가 쓰러지면 지금 누가 가장 피해를 보는 줄 인지하고 계신 겁니까? 진짜 집사라도 그렇게 몸을 혹사시키진 않을 겁니다. 주군께서는 누구십니까? 테본과 블랙 윈터 성의 주인이십니다. 누누이 말씀드렸습니다. 체력과 컨디션 관리는 필수라고 말입니다."

쉼표라고는 없는 반트의 공격에 루자크는 그를 먼저 달래야겠다고 생각했다.

"진짜 화났군. 아아, 알겠네. 자네 말대로 정말 이쯤 하도록 할 테니까. 오늘 저녁이었지, 아마? 아일레스 강의 교량 설치 건에 대한 회담."

살짝 효과가 있었던 모양이었다. 아직 표정은 풀리지 않았지만 반트가 고개를 주억거렸다. 그러나 이번에는 다른 공격을 했다.

"예비 마님께는 언제 말씀드릴 겁니까?"

쏘아보는 눈빛에도 루자크는 능글맞은 미소로 되물었다.

"무얼 말인가?"

"……몰라서 물으시는 말씀은 아니겠지요? 예비 마님께서 남편이 될 신랑감을 집사라고 굳게 믿고 있지 않습니까?"

"그거야 밝히는 것이 뭐 어렵겠나."

또 저런 식으로 미끈하게 빠져나가시려는 모양이었다.

"한시라도 빨리 밝히십시오."

"그리고 보니 나도 자네에게 따져 물을 것이 있어. 영애는 자네의 보고와 단 하나도 일치하는 점이 없더군. 아까 자네도 보아서 알겠지만 말이야. 이게 어찌 된 일이지?"

루자크의 지적에 판세가 뒤바뀌었다.

"……아! 그건 뭔가 착오가 있었던 모양이야."

상황이 불리해지자 은근슬쩍 반말로 바꾸는 반트를 루자크는 더욱 몰아붙였다.

"이상하군. 일 처리 하나는 확실하던 자네가 그런 실수라니…… 게다가 그녀를 보라구. 저 꼬마 숙녀가 다 자라려면 삼년은 족히 걸릴 것 같단 말이지. 몸도 얼굴도 한~참 아기야. 내 이상형에 어긋난다고. 책임져."

"잠깐, 어째서 그 책임이 나에게! 하지만 여기까지 모셔 온 것이야말로 각하의 마음에 든다는 뜻이 아닌가?"

"……몰라. 확실치 않네, 그건."

반트는 주군이자 친우인 루자크의 얼굴을 다시 한 번 살폈다. 여자를 보는 데 있어서 호와 불호가 확실했던 주군인데 이런 뜨뜻미지근한 반응은 처음이었다.

"아무튼 자네가 책임져!"

뚜벅뚜벅, 복도 끝을 긴 다리로 걸어가는 주군의 뒤를 쫓으며 반트가 말했다.

"대체 무얼 책임지라는 말씀이십니까?"

"인성이나 품행, 성격은 다 괜찮아. 하지만 그녀를 섹시하고 성숙해지도록 관리해 달란 말이야."

반트로서는 골이 띵해지는 요구 조건이었다.

"……그게 대체 가당키나 한……."

"자네를 믿겠네. 리나와 상의하면 되잖아?"

"……그건 대집사의 업무와는 동떨어진……!"

"위에서 까라면 까야지. 별수 있겠나?"

"……악마."

"훗, 그럼 나는 잠시 눈 좀 붙이고 지옥 불에 들어갔다가 회담 준비를 하도록 하지."

그리 말하면서 집무실 안으로 쏙 들어가 버리는 루자크가 반트에게는 정말로 악마로 보였다. 집사의 업무에 예비 마님의 몸매 관리까지 추가할 심산인가?

반트는 구시렁구시렁 악독한 고용주를 욕하면서 걸음을 옮겼다. 멀리 오셨을 예비 마님의 식단을 점검하러 가야 했다. 바쁘다, 바빠 소리가 절로 튀어나왔다. 펜블렌가의 대집사의 본분을 다하는 길은 멀고도 험난했다.

* * *

"부디 예비 마님 마음에 드셨으면 좋겠어요."

"아, 여기가……."

엘리샤는 쉬이 말을 잇지 못했다. 영롱한 보석을 본 양 물결치는 그녀의 보라색 눈동자를 들여다본 리나가 입술을 다물었다.

엘리샤는 방 입구에서 한 발 내디뎌 들어갔다. 발바닥에 전해지는 카펫의 촉감은 메이플 성, 제 방에서는 느껴 보지 못한 폭신한 것이었다.

엘리샤의 새 방은 그녀가 평생 동안 꿈꾸어 본 적도, 상상해 본 적도 없을 만큼 아름다웠다. 말 그대로 동화 속의 우아한 공주님이 살고 있을 법한 공간이었다.

방의 한가운데에는 아이보리색 캐노피가 달린 커다란 나무 침대가 있었고, 건너에는 자연광이 그대로 비추는 하얀 창문이 두 개나 있었다.

침구와 커튼, 카펫은 전부 디자인과 원단을 세트로 맞춘 것으로, 연두색 바탕에 하얀 풀꽃이 그려진 천에 프릴 장식이 달려 있었다. 청순하고 여성스러움이 가득했다.

창문 옆에는 아기자기한 목재 화장대가 있어서 단장할 때마다 상쾌한 기분을 선사할 것이 분명했다. 나머지 빈 벽면에는 장식장과 풍경화를 담은 액자들이 오순도순 모여 있었다.

천천히 방 안을 둘러보는 예비 마님의 뒤를 따르며, 리나가 스스로 뿌듯함을 감추지 않은 채 말했다.

"아직 혼인 전이시니 심플하게 꾸며 보았답니다. 혼인을 하시면 조금 더 화려한 안방을 갖게 되실 거예요."

하지만 그녀의 친절한 설명에도 방의 주인은 아무 말이 없었다. 리나의 이야기를 듣고 나서도 어리벙벙한 표정을 짓고 있는 예비 마님이었다. 그 모습에 살짝 걱정이 든 리나가 조심스레 여쭈었다.

"예비 마님? 방은 어떠세요? 혹여…… 마음에 안 드시는 부분이나 원하시는 방향이 있으시다면 다시 새롭게 단장을 하겠습니다."

자신의 기색을 살피는 리나의 물음에 현실로 돌아온 엘리샤가 그제야 고개를 저었다.

"……아뇨! 천만에요. 너무나 예쁜 방이에요. 정말, 정말 마음에 꼭 들어요."

쪼르르 침대로 가서 앉은 엘리샤가 가녀린 손가락으로 시트를 쓸어 보았다.

"상상도 하지 못할 만큼 예뻐요. 고마워요, 리나."

"아아, 저야말로 기뻐해 주시니 영광입니다."

감동에 젖은 듯한 엘리샤의 반응에 리나는 안심하고 다시금 뿌듯해졌다. 사실 아직 혼인 전이시라서 화려함은 줄이고 줄인 내부 디자인이었다. 이렇듯 황홀한 반응을 보일 줄은 몰랐던 터라 방을 꾸민 리나도 마음이 따뜻해졌다.

세련되고 우아한 수도의 귀족 아가씨라고 들었다. 리나의 상상 속 예비 마님은 새침한 깍쟁이이실 줄 알았는데, 인상도 그렇고 성격이나 말씀하시는 것도 그렇고 모든 것이 사랑스러운 분이었다.

그동안 다른 귀족가의 저택에서 일을 하면서, 직업적으로 시녀 일을 해 왔던 리나는 테본에서 여러 귀족가의 여인들을 상대해 왔었다.

예비 마님의 생기발랄함은 서민 소녀의 그것 같으면서도, 천성적으로 예의나 기품이 자연스럽게 깃든 자세와 언행, 몸가짐 같은 것이 흘러 테본의 어느 귀족가의 여식들보다도 돋보였다. 이런 것은 타고났다고밖에 설명할 길이 없다. 마치 황족이 거지의 옷을 입는다고 해서, 거지가 될 수 없듯이 말이다.

다만 아직 너무 어려서 그 빛을 덜 뿜어낸다고 해야 할까? 수줍게 다문 꽃봉오리처럼 청초한 소녀 같아서 차츰 시간이 지나 활짝 핀다면 누구보다도 매혹적인 여인이 될 터였다. 리나는 제 촉을 의심하지 않았다. 테본의 사교계를 주름잡는 귀족 부인이나 영애들 중 그녀의 예상을 비껴 나간 적이 없었다.

성의 안살림과 공작 각하를 보좌하는 것이 집사 반트의 일이라면, 안주인을 정성껏 모시고 보좌하는 것이 바로 시녀장 리나의 일이었다. 그건 즉, 마님의 머리카락 한 올까지 모두 그녀의 손을 거치게 된다는 뜻이었다.

테본의 사교계 역시 황궁이 있는 수도에 비할 바는 아니어도 화려하고 시끄러움이 극치인 곳이었다. 게다가 테본의 주인인 펜블렌 공작가에는 사교계 활동을 누릴 여인이 단 한 명도 없었기에 사교계에서는 늘 열외였다. 공작 각하 역시 성문을 단단히 걸어 잠그고, 그쪽으로는 문외한을 넘어 흉흉한 소문이나 만들면서 처다도 보지 않으셨다.

리나는 예비 마님이 마님의 자리에 오르시는 그때를 위해서 이날까지 펜블렌가에서 일해 왔다는 생각이 들었다. 그녀는 반드시 이 반짝이는 원석 같은 예비 마님을 사교계의 정점에 올려놓고야 말겠다는 야심 찬 포부를 속으로 불태웠다.

리나가 자신을 두고 그런 원대한 의지를 불사르는지도 모르고, 순진한 엘리샤가 침대 옆에 늘어진 태피스트리 천을 살짝 들추었다. 그쪽에는 다른 방으로 이어지는 소복도가 있었다.

"랜디어스 경 말대로 이쪽에도 길이 있구나."

복도에서 오른쪽은 옷장과 장신구가 있는 방이었고, 왼쪽은 다른 길로 이어졌다. 아까 반트 경이 설명을 해 주었던 것을 떠올리자면 이쯤에 욕실이 있을 터였다.

"어머나, 예비 마님! 이쪽으로 오세요. 이 방에는 훌륭한 드레스와 비단, 보석들이 얼마나 많은지 몰라요."

뒤늦게 따라온 리나가 옷장과 장신구가 있는 작은 방을 구경시켜드리려고 예비 마님의 손목을 끌었다.

"드레스요? 꼭 보고 싶어요."

"좋아요."

보석보다는 드레스라는 말에 엘리샤는 눈을 동그랗게 뜨고는 반색했다. 곧장 리나가 바지런히 장미 문양이 새겨진 나무 옷장의 문을 전부 열어젖혔다.

"아……."

절로 탄성이 나왔다. 종류와 디자인이 다양한 수십 벌의 드레스들이 색깔별로 잘 정돈되어 있었다. 전부 테본에서 제일가는 재봉사들의 손을 거쳐 탄생한 드레스들이었다. 엘리샤는 직접 만져 보고 꺼내 보면서 드레스들의 디자인을 하나하나 확인했다.

테본은 추운 기후 때문인지 드레스의 두께가 대체로 두꺼운 편이었고, 어두운색이 많았다. 아예 오버 드레스 위에 걸치는 망토형의 코트도 있었고, 짐승의 가죽이나 털로 제작한 겉옷도 있었다.

또한 얇은 레이스나 리본보다는 털 장식이나 사파이어와 루비 같은 유색의 보석 장식이 많아서 중후하고 고급스러운 느낌이었다. 수도와는 유행이 많이 다른 것 같았다.

드레스의 소매 부분까지 세세하게 관찰하는 예비 마님을 보곤 리나가 속으로 생각했다.

'어쩜, 귀여우셔라. 드레스에 관심이 많으시구나. 하긴 귀족가의 아가씨들이라면 드레스에 관심이 없을 수가 없지.'

"시간은 걸리겠지만 전부 입어 보셔도 된답니다. 이 드레스들은 오로지 마님만을 위해 존재해요. 제가 차근차근 단장을 도와드릴 테니까요."

"아…… 괜찮아요."

드레스를 부풀게 하는 후프와 파니에가 든 상자를 꺼내면서 리나가 말했다.

"사실 여기 있는 드레스들은 대략적인 치수로 만들어진 의상이랍니다. 마님의 몸에 제대로 완벽하게 맞지 않겠지만, 당장 재봉사들을 불러서 의뢰를 맡기면 된답니다. 장신구와 모자, 구두도 마찬가지여요."

"그렇군요."

리나가 친절하게 설명해 주었다. 그러나 엘리샤는 드레스를 입어 보고 싶은 게 아니라 구경하고 싶은 것뿐이었다.

"제가 도와드릴게요."

벌써 엘리샤의 옷을 벗기려고 리나의 손길이 다가오자, 그녀는 가볍게 저항의 손짓을 했다.

"앗, 아니요. 새 드레스를 입어 보는 설렘은 나중으로 미룰게요. 지금 전부 입어 보면 나중에는 새롭지 않잖아요."

"……예에?"

뜻밖의 말에 리나가 아쉬운 얼굴로 말을 이었다.

"……드레스는 새로 맞추시면 되는걸요. 각하께선 그렇게 인색한 분이 아니세요. 그럴 만한 자산도 충분히 있으시고 또……."

"그래도 각하의 예산을 낭비하고 싶지는 않아요."

'이 드레스도 제가 만들었는걸요.'

엘리샤는 뒷말을 삼켰다. 왠지 리나에게는 엘리샤가 옷을 만든다는 사실을 조금 나중에 밝혀 두어야 할 것 같았다. 그녀는 엘리샤를 단장시켜 주는 모든 일을 진심으로 즐거워하고 있었다.

"낭비라니요! 성의 안주인이 되실 마님께서 충분히 누리실 수 있는 것들이에요."

"……무슨 말씀인지는 잘 알겠어요, 리나. 나중에 그러고 싶은 마음이 든다면 그럴게요."

"예, 알겠습니다."

리나도 더는 그에 관해서 말을 하지 않았다. 수도 아가씨치고는 유달리 검소한 아가씨구나 싶으면서도 옷에 대한 관심이 각별하신 것 같아서 그 사정이 궁금했다.

엘리샤가 싱긋 웃고는 드레스들을 재차 이리저리 살폈다. 엘리샤의 관심사는 드레스를 입는 것이 아니라 '만드는 것'이었다.

하지만 리나의 말대로 안주인으로서 웬만큼은 누려 보는 것도 나쁘지는 않을 것이다. 다양한 드레스를 입어 보아야 더욱 편하고 아름다운 드레스를 만들 수 있었다. 분명 좋은 공부가 될 터였다.

사실 마차 여행을 하는 동안 새틴 드레스를 입고 이동했던지라 불편함이 상당했다.

엘리샤는 자신이 만든 드레스 밑단을 들어 보았다. 바닥에 끌리고 흙이 묻어서 레이스 부분이 더러워졌고, 엉덩이 부분의 주름 장식은 구겨졌다.

자연스럽게 리나의 시선도 그녀가 입고 있는 드레스에게로 향했다.

"어머, 그리고 보니 지금 입고 계시는 드레스도 너무나 예쁘네요. 하지만 세탁을 해야겠어요."

"네, 마차를 타느라 더러워지고 구겨졌어요."

"목욕을 마치시고, 의복을 갈아입으시긴 해야겠어요. 미리 드레스를 한 벌 골라드릴까요?"

"좋아요."

엘리샤도 이번에는 동의하는 바였다. 직접 골라서 입고 싶었지만 리나의 안목도 궁금했다. 엘리샤는 요구 사항을 이야기했다.

"편안한 디자인이 좋겠어요. 하지만 저녁 식사에도 입고 가야 하니까 적당히 멋부린 걸로요."

"알겠습니다."

리나는 제가 모시는 주인의 얼굴과 체형, 피부색과 모발 색을 다시 확인하면서 드레스를 고르기 시작했다.

"작고 가녀린 체형에 피부도 하얀 편이셔서 무슨 색이든 잘 어울리실 거예요."

예비 마님의 어린 나이를 고려하면 흰색이나 연한 분홍, 노랑, 하늘 같은 청순하고 흐린 색이 어울리실 테지만 테본에는 그런 색깔의 드레스는 거의 유행하지 않았다. 게다가 머리카락이 무척 붉으셔서, 테본에서 유행하는 빨강이나 자주색도 추천해드릴 수가 없었다. 검정이나 회색 드레스는 머리 색과 잘 어울리겠지만, 첫 저녁 식사에 입기에는 다소 무거운 느낌이 있었다.

살짝 고민에 빠져 있던 리나는 남색과 청록색 드레스들 중에 고르기로 했다. 드레스의 위치를 전부 외워 둔 리나는 얼마 지나지 않아서 드레스 세 벌을 꺼냈다. 리나는 예비 마님이 잘 보실수 있도록, 세 벌의 드레스를 각각 펼쳐 놓았다.

"첫 저녁 식사인 만큼, 과하지 않으면서도 예비 마님의 우아하고 고운 자태를 뽐내시면 좋을 것 같았어요. 목욕을 마치고 이드레스들을 한 번씩 입어 보시면서 고르시는 게 좋겠어요. 그럼욕실로 이동하실까요?"

엘리샤가 뻐근해진 목을 주무르면서 대답했다.

"네, 좋아요."

공작 성은 욕실마저도 고풍스러웠다. 고급 시설인 벽난로가욕실에 설치되어 있다니, 신세계였다. 그래서일까. 욕실 안의 내부 공기는 일반 방보다도 훨씬 따뜻했다. 그 훈훈한 온기에 이미몸이 흐물흐물해지는 것 같았다. 뒤늦은 노곤함이 몸 안 가득 피어올랐다.

"후아암."

엘리샤는 삐져나오는 하품에 입을 가렸다. 뒤따라온 리나가생긋 웃으면서 말했다.

"많이 피곤하시죠? 물이 식기 전에 어서 안으로 들어가세요.몸을 좀 녹이시면 피로가 풀리실 거랍니다."

"네, 그러는 게 좋겠어요."

김이 모락모락 나는 욕조 안에는 따끈한 물 위로 장미꽃이 한가득 띄워져 있었다. 덕분에 향긋한 내음이 폐부를 적시는 느낌이었다.

가운을 입은 채로 들어가려던 엘리샤의 가운을 다른 시녀가 가볍게 풀었다. 시녀가 친절하게 말했다.

"욕조 안에는 전부 벗고 들어가셔야 해요."

"네?! 아니, 잠깐만요……."

순식간에 낯선 사람들 앞에서 혼자 알몸이 되어 버리자 당황스러웠지만, 엘리샤는 이내 타원형의 나무 욕조 안으로 천천히 발을 디뎠다.

따끈한 물의 감촉이 엘리샤의 몸을 막처럼 감아 왔다. 어쩐지 조금 민망해서 엘리샤는 그 뒤로 아무 말도 할 수 없었다. 코가 닿기 직전까지 물속으로 쑥 들어가 버린 엘리샤였다. 뽀그르르, 호흡할 때마다 기포가 수면 위로 올라왔다.

'저렇게 수줍으실까?'

밑도 끝도 없이 부끄럼을 타시니 오히려 놀리고 싶은 생각이 들어 버린 리나가 장난기 가득한 말투로 불쑥 말했다.

"예비 마님께서는 어쩜, 새하얀 피부가 도자기 인형이 따로 없으신데요? 분명 각하의 사랑을 독차지하실 거예요! 후후후!"

그러자 물속에 얼굴을 처박고 있던 엘리샤의 얼굴이 더욱 새빨갛게 달아올랐다.

"……무, 무슨 말씀을 하시는 거예요!"

"쿡쿡, 아무것도 아니어요. 순진한 분께 제가 앞서 나갔네요. 그나저나 몸을 일으켜 보세요. 몸을 씻겨드리려면……."

리나의 요청에 엘리샤는 겨우 팔 한쪽만을 내밀었다. 그것도 부들부들 떨면서 어색한 움직임이었다. 알몸을 보이는 게 부끄러우신 모양이었다.

"같은 여자잖아요. 부끄러워하실 필요 없어요. 나중에 대욕장으로 저와 함께 목욕을 다녀오시면 어색함도 사라지고 좋을 거예요."

"네에? 마, 망측하게 목욕을 함께한단 말예요? 윽."

엘리샤가 깜짝 놀라며 물었다. 이제껏 엘리샤는 한 번도 다른 사람과 같이 목욕을 하는 일이 없었다. 친한 자매가 있었다면 으레 그렇게 했겠지만, 엘리샤는 그럴 기회가 전혀 없었다. 그렇다고 해서 이복 언니인 코넬리아와 같이 목욕을 한다는 건 생각만 해도 끔찍했다. 엘리샤가 도리질을 쳤다.

"이곳에서는 지극히 자연스러운 일이에요. 대욕장에 함께 모여서 목욕을 하지요. 테본은 날씨가 추워서 추위와 피로를 이겨 내려고 목욕 문화가 발전했거든요."

"아아, 테본과 아를렌은 다른 점이 많네요."

"어머나. 그럼 아를렌에서는 시녀들이 목욕 시중도 들어드리지 않나요?"

엘리샤는 흠칫했다. 귀족이 제 손에 물을 묻히지 않는다는 것은 테본이나 아를렌이나 마찬가지였으니까! 사실 코넬리아의 경우만 봐도 쟌이 목욕 시중을 든다는 것을 익히 알고 있었다.

"……음, 사실 저는 그런 경험이 별로 없어서 아주아주 어색해요!"

어릴 때를 제외하면 사실은 별로 없는 게 아니라, 이번이 머리 털 나고 두 번째였다. 엘리샤는 구태여 그 사실은 밝히지 않기로 했다. 리나는 다소 놀랐지만 배려를 담아 말했다.

"아, 그래서 이렇게 당황하시고 얼굴이 붉어지셨군요. 혹시 혼자 목욕하시는 것이 더 편하신가요? 그렇다면 간단히 등 쪽을 닦아드린 뒤에 저희들은 이만 물러가겠습니다. 밖에서 대기할 테니 필요하실 때 불러 주세요, 예비 마님."

엘리샤는 리나의 말에 반가움을 표시했다.

"앗, 좋은 생각이에요. 그래 줄래요? 실은 이 욕실 분위기가 너무 좋아서 여유를 만끽하고 싶어요."

"알겠습니다."

리나와 시녀가 엘리샤의 등을 부드러운 천으로 닦아 내고는 조용히 물러갔다.

"어휴…… 고고한 공작가의 부인이 되려면 부끄러움도 없어야 하나 봐."

긴장이 탁 풀린 얼굴로 엘리샤는 중얼거렸다. 이제야 마음껏 알몸을 내놓고 있을 수 있었다. 욕조 안에서 몸을 반쯤 빼 벽난로를 쬐면서 다가갔다. 타닥타닥 장작이 벌어지면서 타들어 가는 소리가 듣기 좋았다. 엘리샤의 입가에 보스스 웃음기가 감돌았다.

어쨌든 이 벽난로가 있는 욕실은 마음에 꼭 들었다. 따뜻하고 아늑한 게 하루 종일 있어도 좋을 만큼.

"……이러니까 너무 좋아. 정말로 귀부인이 된 기분이야."

엘리샤는 자신도 모르게 중얼거리면서 매끈한 두 다리를 물 밖으로 들었다 내리며 장난질을 쳤다. 틀어 올린 붉은 머리가 가닥가닥 흩어져 내려와 하얀 어깨 위에 곡선을 그렸다.

지금만큼은 온 세상이 아늑하고, 평온하고 따뜻했다. 그동안의 걱정이 무색할 만큼 아직까지 테본은 그녀에게 행복감만을 선사하고 있었다.

'나…… 이렇게 행복하고 편안해도 되는 걸까?'

'마음 푹 놓고 즐기기만 해도 되는 걸까?'

그런 의문을 품자 누군가 잠잠한 호수에 돌을 던져 파문이 일 듯이, 고요하던 마음에 물음표가 생겼다. 제 인생이 순조롭게 돌아갔던 적이 한 번도 없었던지라 엘리샤는 지금의 이 평화로운 시간들이 금세 사라질까 봐 겁이 났다. 자꾸만 괜한 걱정이 들었다.

아직 얼굴을 뵙지도 못한 공작 각하와의 결혼, 그 일만 생각하면 가슴이 졸아드는 것 같았다. 더군다나 자신은 코넬리아가 아닌 가짜였다. 어느 때이든 거짓이 들통난다면 지금 누리는 이 모든 것들도 사라지고 말겠지.

아직도 꿈만 같았다. 자신에게 친절하고 호의 넘치는 사람들, 호화로운 방과 드레스들, 보석들, 근사한 욕실까지. 이제는 그 어떤 영애도 부럽지 않을 만큼 엘리샤를 위해서 모든 게 준비되어 있었다.

그러나 그 모든 것들은 루비츠 백작가의 장녀 코넬리아에게 허락된 것이지, 서녀인 엘리샤에게 허락된 것이 아니었다. 온전히 자신만의 몫은 아니라는 생각이 들었을 때, 엘리샤는 밀려드는 허탈감에 옅은 한숨을 내쉬었다.

'들키면 끝이야.'

영원히 코넬리아인 채로, 붉은 머리로 살아야 한다는 사실이 조금 서글펐지만 살기 위해서는 어쩔 수 없었다.

까짓것 못 할 것도 없었다. 지금까지 말실수 한번 없이 잘 해내고 있었고, 성에 도착해서도 아무 문제없었다. 분명 그분을 만나도 실수만 하지 않으면 전혀 눈치채지 못할 것이다.

"그래, 그럴 거야. 그러니까 괜히 걱정하지 말자."

그렇게 마음을 편하게 먹자 엘리샤는 어느새 시름 따위는 잊은 얼굴로 양손을 잡고는 중얼거렸다.

"그나저나 드레스 만들고 싶은데……."

테본은 수도인 아를렌과는 전혀 다른 드레스가 유행 중이었다. 마차 여행 중에 드레스를 입었던 경험 덕분에 아름다운 드레스가 전부가 아니라는 사실도 알게 되었다.

하지만 아직은 드레스를 만들 수 없었다. 자신은 재봉사로서 온 것이 아니라, 공작과 결혼을 하기 위해서 왔다. 테본에서의 생활에 어느 정도 익숙해지고 나서 가능한 일일 터였다.

목욕을 마친 엘리샤는 다시 옷 방으로 돌아가, 리나가 골라 준 세 벌의 드레스를 하나씩 입어 보았다. 처음 입어 본 건 청록색의 부드러운 벨벳 드레스였다. 특이하게도 페티코트를 입지 않아서 몸의 실루엣이 그대로 드러나는 모양이었다.

"역시 잘 어울리실 줄 알았어요. 한결 성숙해 보이세요."

리나의 칭찬에 엘리샤의 볼이 붉어졌다. 성숙해 보인다는 칭찬은 처음 들었다. 전신 거울 앞에 선 엘리샤가 드레스 자락을 매만지면서 말했다.

"리나, 이런 스커트 라인은 처음 보는 것 같아요."

"네, 이 드레스는 기존 스커트보다 풍성함이 다소 덜하답니다. 요즘에는 지나치게 화려한 것보다는 이렇게 실용적인 형태가 유행이거든요. 요즘 사교계에서 유명한 한 귀족 아가씨가 유행시켰대요."

사교계? 유행?

그런 단어들이 튀어나오자 엘리샤가 귀를 쫑긋 세웠다. 스커트 라인을 유행시킬 정도라니 대단한 사람일 것 같았다. 혹시 자신처럼 옷을 직접 만들어 입는 영애일지도 몰랐다. 엘리샤는 그녀를 직접 만나고 싶다는 생각이 들었다.

"새로운 유행을 선도하다니 멋진 분일 것 같아요. 대단하네요."

엘리샤가 감탄의 말을 흘리자, 리나가 웃으면서 말해 주었다.

"아, 카미엘 자작가의 영애라고 들었어요. 카미엘 자작은 공작 각하의 봉신이랍니다. 나중에 사교 파티에 가게 되시면 만나게 되실 거예요."

"사교 파티라……."

"저도 무척이나 기대된답니다! 이래 봬도 사교계의 유명 인사를 모신 전적이 있답니다. 제가 전쟁에서 이길 수 있도록 완벽하게 도와드릴게요. 아셨죠?"

엘리샤는 제 손을 잡고, 기대에 가득 찬 얼굴로 말하는 리나를 보며 마지못해 고개를 끄덕여 주었다. 사교계에 데뷔해 본 적이 없는 엘리샤에게는 아직 감이 오지 않았지만.

"참, 이제 다른 드레스를 입어 보시겠어요?"

나머지 드레스들도 모두 입어 본 엘리샤는 마지막으로 입은 남색 드레스를 선택했다. 흰색 레이스 칼라에 커다란 루비 브로치를 단 것으로, 자연스럽게 퍼지는 스커트의 헴 라인이 우아했다.

머리는 단정하게 땋아서 올림머리를 하자, 평소보다 새침하고 얌전한 인상이 되었다.

"붉은 머리와 루비라니 완벽한 조합이에요!"

거울을 본 엘리샤도 자신의 모습이 꼭 마음에 들었다. 평소보다도 우아하고 성숙해 보였다. 마음에 들지 않는 건 붉은 머리카락뿐이었다.

"마음에 들어요. 성의 안주인은 밥 먹으러 가기도 힘들군요."

엘리샤의 장난스러운 푸념에 리나가 옷맵시를 만져 주면서 말했다.

"그럼요, 성의 안주인은 언제나 항상 아름다우셔야 하니까요!"

"그건 다시 태어나도 불가능하다구요."

엘리샤의 말에 리나가 풋 하고 웃음을 터뜨리면서 말했다.

"……이제 식당으로 모시겠습니다."

특이하게도 블랙 윈터 성의 식당인 문홀은 성의 가장 높은 층인 오 층에 위치했다. 리나가 문홀의 입구까지 엘리샤를 모시고 오자, 대기하고 있던 반트가 걸음을 옮겼다.

"어서 오십시오. 예비 마님. 체임버러 양의 시중은 괜찮으셨습니까?"

당사자가 눈앞에 있는데 그런 질문을 하는 것은 명백하게 골리려는 의도로 느껴졌지만, 리나는 엘리샤의 대답에 귀를 기울이기로 했다.

"물론이에요. 완벽한 시중을 받았어요. 벌써 리나와는 친한 사이가 됐는걸요."

"……그리 말씀해 주시니 무척 영광입니다. 즐거운 저녁 시간 보내세요, 마님. 필요하신 일이 있으시면 불러 주세요."

공손히 인사하며 돌아서서 나오는 리나의 얼굴에 웃음꽃이 벌어졌다.

'자, 보라고. 마님께선 나를 인정하고 계신단 말이야. 이 무례한 남자야!'

리나가 그렇게 목에 힘을 주며 사라지자마자, 반트가 작은 목소리로 엘리샤에게 주의 깊게 말했다.

"그렇습니까. 체임버러 양은 붙임성이 지나치게 좋으니 마님께서 적당히 받아 주시는 편이 좋습니다. 불편한 점이 있으시거든 제게 말씀 주십시오."

그러나 엘리샤는 고개를 저으며 말했다.

"그런 활발하고 기운찬 모습이 바로 리나의 매력이에요. 분명 제가 염려되어서 이런 말씀을 하시는 거겠지요? 마음 씀씀이는 고마워요. 하지만 그녀에 대해서 이러쿵저러쿵 본인만 느낀 점을 몰래 말하는 건 옳지 않아요. 랜디어스 경."

반트의 안경 너머 검은 눈동자가 크게 흔들렸다. 그가 즉시 고개를 숙였다.

"……제가 주제넘었습니다. 부디 용서하십시오."

지난번에도 고의는 아니었지만 예비 마님 앞에서 벌써 두 번이나 실수를 저지른 듯했다.

"아니에요. 그만큼 랜디어스 경이 나를 챙겨 주신다는 뜻으로 알겠어요."

생긋 웃는 그녀의 미소에 반트는 참으로 뜻밖이다 싶었다. 테본의 새 안주인은 모난 데 없이 둥글고 온화한 성격이면서도, 올곧았다. 이처럼 선하고 밝은 빛 같은 사람이 귀족이라는 게 믿을 수가 없었다.

어리고 여린 아가씨인 줄로만 알았는데, 속 안에는 강단도 제법 있었다. 반트는 미소를 지으면서 예비 마님을 바라보았다. 그녀는 앞으로의 성장이 기대되는 사람이었다.

* * *

짧은 시간 숙면을 취한 루자크는 습관처럼 침대에서 몸을 일으켰다. 그는 한두 시간씩 끊어서 자는 일에 몹시 익숙했다. 처리해야 할 일이 있으니까. 이유는 단지 그뿐이었다. 오늘 해야 할 일은 밤을 지새워서라도 오늘 처리해야 직성이 풀렸다. 간혹 그렇게 해도 해결되지 않는 일들이 비일비재했지만 말이다.

회담에 들어가기까지는 이제 세 시간 남짓한 시간이 남았다.

말 많고 꽉 막힌 늙은이들과 긴 시간 토론을 벌일 것을 생각하니 벌써부터 골머리가 아팠다.

한숨 자고 일어났더니, 속이 텅 빈 듯했다. 반트가 협탁에 가져다 놓은 수프와 빵은 이미 식어 버린 지 오래였다. 루자크는 스스럼없이 줄을 당겼다.

줄을 당기고 보니 저녁 시간이 된 듯했다. 대충 식사를 할 테니 부르지 말라고 반트에게 으름장을 놓긴 했지만, 막상 혼자 먹으려니 오늘의 저녁 식사가 궁금했다. 그것도 무척이나! 공작 성에 영애가 들어왔으니 주방장 민스첼이 솜씨를 좀 부렸을 것이다.

얼마 지나지 않아 시종이 들어왔다.

"찾으셨습니까."

"그래, 예비 마님께서 식사에 드셨나?"

"예, 조금 전 문홀에서 식사를 시작하셨다고 합니다."

"그렇군."

"혹시 필요하신 것이 있으십니까?"

"아니, 더 필요한 것은 없네. 일 보도록 해."

블랙 윈터에는 식당이 총 네 개였다. 문홀이라. 미리 알아보지 않고 그레이트홀이나 다른 식당으로 향했으면 허탕을 칠 뻔했다.

루자크는 씩 웃으면서 집무실을 나섰다. 어쩐지 주인의 발걸음이 경쾌해 보여서 시종도, 지나가던 다른 시녀도 그의 뒷모습을 흘끔 바라보며 중얼거렸다.

"저런 모습은 처음 뵙는 것 같아요."

"무언가 기분 좋은 일이라도 있으신 모양이야."

평소 얼음 군주처럼 늘 차가운 아우라를 뿜으면서 돌아다니던 주인이 아니었다. 마주치는 성의 사용인들마다 다시 돌아볼 정도로 루자크의 얼굴은 활짝 피어 있었다. 그래서일까. 오늘따라 유려한 외모가 더욱 빛나 보였다.

문홀의 입구에 도착한 루자크는 벽에 몸을 붙이고는 살짝 내부를 훔쳐보았다. 호화로운 금빛 테가 둘러진 식탁 위에 한가득 차려진 진미들이 보였고, 영애의 옆모습도 보였다. 그녀의 모습을 발견하자마자 입가에 엷게 퍼지는 미소.

테본식의 드레스도, 땋아 올린 머리 모양도 제법 어울린다는 생각이 들었다. 그녀의 변화를 찾는 일이 썩 재밌었다. 자신도 모르게 비실비실 웃고 있다는 사실을 깨달은 루자크는 문득 속으로 생각했다.

'한데 내가 여기에서 뭘 하고 있지?'

뭐하긴. 식사를 하러 온 것이다. 식당에 온 것은 순전히 배가 고파서였다. 다 식은 음식으로 대충 먹자니 미식가인 그에게는 내키지 않는 일이었다. 사실 시종에게 따끈한 것으로 다시 가져다 달라고 명을 내릴 수도 있었지만 어째서인지 여기까지 와 버렸다.

식사를 하러 왔다고 생각하면서도 루자크의 몸은 벽에서 떨어질 줄을 몰랐고, 시선은 여전히 영애에게 고정되어 있었다.

쇠고기 스테이크와 소시지, 닭 훈제와 오리구이, 블루치즈와

싱싱하고 푸른 야채와 와인들까지 끊임없이 쏟아져 나오는 요리를 보면서 영애는 신이 난 듯했다. 역시나 제 정혼녀의 식성은 알아주어야 했다. 참 열심히도 먹는 그녀였다.

루자크의 텅 빈 속이 배고픔을 호소하는 소리를 내자, 미간이 좁혀졌다. 이제 더는 못 참을 것 같았다. 그때 마침 영애의 시중을 들던 반트가 잠시 밖으로 나왔다.

루자크가 재빨리 반트의 팔을 끌어당겼다. 반사적으로 저항하는 움직임이 있었지만, 몸 쓰는 일에 있어서는 루자크가 그보다 위였다.

"반트, 나일세."

"……각하? 분명히 오늘 식사 자리는……."

"쉿, 조용히."

"……또 그놈의 집사 놀이를 하려는 겁니까? 그렇게 입술이 떨어지지 않는다면 제가 대신 지금 이 자리에서 당장 밝히겠……."

왈칵 화가 치솟아서 그대로 영애에게 가려던 반트를 루자크가 다시금 단단히 붙잡았다.

"이봐, 반트. 진정해. 5분이면 돼. 내가 대신 영애의 식사 시중을 들 테니까, 자네는 회담 장소 점검 좀 해 두라고."

반트의 눈이 가늘어지자 루자크가 덧붙였다. 상큼한 미소와 함께.

"명령일세. 친구."

"물론 그러시겠지요. 각하."

가시 돋친 말투를 입에 물고는 반트가 스윽 사라지면서 속으로 생각했다.

'대체 무슨 생각인 거야. 고귀하신 공작 나리께서 친히 식당에 와서 영애의 식사 시중을 들겠다니…… 스스로 영애는 자신의 취향이 아니라더니.'

방해꾼이 사라지자 루자크는, 고고하고 우아한 펜블렌 공작이 아닌 다정한 집사 얀으로 돌아갈 태세를 마쳤다.

"흠흠!"

짧은 헛기침을 하면서 매끄러운 대리석 바닥 위를 걸어갔지만 바로 뒤까지 다가갔음에도 그녀는 눈치를 채지 못했다. 나이프와 포크가 바쁘게 오가고, 분홍빛 입술 안으로 스테이크가 쏙쏙 들어가는 중이었다. 시선은 그다음에 마실 와인으로 향해 있었다.

목이 말랐던 터였다. 스테이크를 한참 씹은 후에야 자신이 와인을 전부 마셔 버렸다는 것을 알아챈 엘리샤는 고개를 들어 주변을 두리번거렸다. 곁에서 식사 시중을 들던 랜디어스 경이 잠시 자리를 비우겠다고 떠났는데, 아직 돌아오지 않았다.

이제 배는 불렀지만 진귀한 요리들이 너무도 많아서 그만 먹을 수가 없었다. 특히 이 쇠고기 스테이크는 입 안에 넣자마자 사르르 녹을 듯 부드러웠다. 엘리샤는 입 안을 황홀케 하는 그 맛에 감탄했다.

"으음…… 아, 천국의 맛이야."

엘리샤는 만족한 얼굴로 고개를 주억거렸다. 이 맛은 여행자 여관에서 먹었던 스테이크와는 비교도 안 될 정도로 훌륭한 맛이었다. 주방장의 얼굴이 궁금할 정도로!

"공작 성의 요리에만 길들여져서 얀도 그때 스테이크를 먹고 표정이 안 좋았었구나."

고기를 음미하면서 엘리샤는 얀의 마음이 십분 이해되었다.

그러고 보니 그동안 쭉 함께 마차 여행을 하면서 말동무가 되어 준 그가 통 보이질 않았다. 분명 블랙 윈터 성에 도착할 때까지만 해도 있었는데! 엘리샤가 성에 도착한 후로 스리슬쩍 어디론가 사라진 것 같았다.

"이제야 제 마음을 이해해 주시는군요."

무심코 들려온 목소리에 엘리샤는 커다란 눈동자를 끔벅거렸다.

"······응? 방금 얀의 목소리가 들려온 것 같은데."

"저 맞습니다, 코넬리아 아가씨. 아니, 마님이라고 불러야 하나요?"

"어어! 얀!"

느닷없이 얀이 잘생긴 얼굴을 드러내자 엘리샤는 놀라움보다도 반가움이 컸다.

"성에서 쉬고 있었어요? 식사는 한 건가요? 세상에······ 이 스테이크 드셔 보셨어요? 단언컨대 이곳 주방장은 천재임에 틀림없어요. 어떻게 이런 맛을 낼 수가 있죠?"

엘리샤가 쉴 새 없이 말을 쏟아 내는 통에 얀은 어떤 질문부터 대답해야 할지 혼란을 느꼈다.

"아, 참. 얀, 죄송하지만 목이 너무 말라요. 제가 와인을 전부 마셔 버렸거든요. 헤헤."

해맑게 웃는 그녀를 향하는 얀의 눈동자가 커졌다.

"……와인을 드셔도 괜찮은 겁니까? 이런, 반트에게 주의를 줘야……!"

"어라, 아니에요. 아니에요. 이건 어린아이도 마실 수 있는 와인이라고 했어요. 그런데 얀, 그렇게 안 봤는데 대집사님의 이름을 함부로 부르고 그러면 안 되죠. 직급으로 보나 나이로 보나 랜디어스 경이 훨씬 위가 아닌가요?"

엘리샤의 지적에 얀은 대충 얼버무리면서 대답했다. 랜디어스 경보다 키로 보나, 지위로 보나 자신이 위였다.

"에에? 아…… 뭐어, 그렇습니다."

"그래서는 안 돼요! 질서가 흐트러지니까요."

"주의…… 하겠습니다."

루자크는 이 굴욕적인 말을 반트가 없는 데서 들어서 퍽 다행이라고 여겼다.

"좋아요. 반성의 의미로 와인을 주세요."

"……."

와인 창고는 성의 가장 지하에 있었다. 그곳에 직접 가서 아이들이 마실 수 있는 와인을 찾는 데까지도 시간이 제법 걸릴 것이다. 차라리 훅 갈 정도로 센 와인을 찾으라면 금방 찾겠지만.

루자크는 머리를 굴렸다. 좋은 생각이 떠올랐다. 주방에는 주방장 민스첼이 있었다. 루자크는 그녀를 설득하기로 했다.

"와인을 드시면 달콤한 디저트를 드시지 못할 텐데, 괜찮으신 가요?"

"어머, 디저트요?"

"예, 케이크라거나, 푸딩이라거나 쿠키라거나?"

"아아……."

커다란 보라색 눈동자가 호기심을 띠었다. 어느새 영애는 침을 삼키고 있었다. 역시 디저트라면 사족을 못 쓸 인상이었다. 작고 강아지 같은 순한 인상, 말랑말랑하고 상큼하고 달콤한 음식들만 먹을 것 같았다.

"주방장에게 요청하고 오겠습니다. 혹시 와인도 드시겠습니까?"

그러자 그녀가 고개를 저었다.

"아뇨, 주방장 특제 디저트로 할래요."

분홍빛 혀를 쏙 내미는 모습이 영락없이 어린 강아지였다.

"좋습니다. 요청해 드리지요."

얀은 싱긋 웃고는 식당과 이어져 있는 주방 안으로 들어갔다. 주방에는 민트색 머리카락을 가진 민스첼이 침낭에 누워서 쿨쿨 잠을 자고 있었다. 그는 요리를 만들지 않는 시간에는 거의 잠을 잘 정도로 나무늘보처럼 게을렀다. 아니, 차라리 나무늘보가 나을지도 몰랐다. 저 녀석은 침실에 가서 자는 것조차 귀찮아서 주방 옆에 침낭을 두고 있었다.

"이보게. 일어나."

루자크는 민스첼에게 가까이 다가가 어깨를 흔들었다. 하지만 일어나려는 기색이 없었다. 주인 앞에서 이렇듯 태평한 태도를 보이는 건 이놈이 유일했다. 그럼에도 그를 해고하지 않는 건, 영애의 말을 빌리자면 그 '천국의 맛'을 낼 수 있는 요리 실력을 가졌기 때문이었다.

루자크는 그의 귓가에 다정하게 속삭였다.

"민스첼, 냄비가 타고 있네!"

효과는 빨랐다. 마리오네트처럼 몸을 일으킨 민스첼이 반쯤 감긴 눈으로 냄비를 찾았다. 그러곤 멍한 말투로 말했다.

"……타는 냄비, 없는데요. 각하."

"누누이 드는 생각이지만, 내가 들어왔을 때부터 이미 잠에서 깨어 있던 거지?"

"……그러고 보니 언제 들어오신 거죠?"

루자크의 눈이 가늘어졌다. 수상하지만 정말 모르겠다는 얼굴로 하품을 쏟아 내는 민스첼에게는 화를 내는 시간조차 아까웠다.

"예비 마님에게 드릴 수제 디저트를 하나 만들어 줘. 달콤하고 상큼한 것으로. 그래, 딸기가 든 것이 좋겠군."

"마님께서…… 아직 식사 중이셨군요."

민스첼은 모래시계를 보면서 중얼거렸다. 새삼스럽지만, 저 녀석이 시계를 본다는 사실은 언제나 신기했다.

"다 만들어지면 가져다드릴게요."

"아니야. 내가 직접 기다렸다가 가져가지."

"예."

곱슬거리는 머리카락 위에 크림색 모자를 뒤집어쓴 민스첼은 곧장 디저트 만들기에 돌입했다. 온실에서 재배한 귀한 생딸기로 장식한 타르트와 우유 푸딩, 딸기 주스를 만들 생각이었다. 마침 타르트 반죽이 있어서 조리 시간이 더욱 단축될 듯했다.

눈앞에서 횡횡 날아다니는 민스첼을 보면서 루자크는 초조하게 기다렸다. 가장 먼저 만들어진 예쁜 빛깔의 딸기 주스부터 식탁으로 대령했고, 그다음은 우유 푸딩, 마지막으로 생딸기 타르트까지 만든 민스첼에게 루자크가 말했다.

"이제 내일까지는 안 깨우도록 하지."

"감사합니다, 각하. 스테이크가 남았습니다."

그리고 보니 정작 루자크 본인은 아무것도 먹지도 않고 있었다는 사실이 떠올랐다.

"고맙네."

"천만에요."

민스첼은 별 감흥 없이 말하고는 주인에게 고개 숙여 인사했다. 이만 자겠다는 뜻이었다. 루자크는 웃으면서 주방을 나갔다.

식당으로 나가자 영애의 모습은 보이질 않았다. 대신에 식탁의 반대편에 아직 손대지 않은 음식 접시들을 가지런히 가져다 놓은 게 보였다. 그리고 둥글둥글한 글씨체로 적은 메모 하나가 있었다.

<환상적인 디저트 잘 먹었어요. 딸기 타르트는 얀에게 양보할

게요. 이 음식들도요. 참, 주방장님께 감사하다고 전해 주세요.>

루자크는 살풋 미소를 지었다. 일반적으로 마님과 집사는 같은 식탁에서 식사를 하는 예절이 없었다. 그걸 알고 자신이 배고플까 봐 그녀는 배려를 한 모양이었다.

"쓸데없이 이러지 않아도 될 텐데⋯⋯."

스테이크와 생딸기 타르트를 식탁에 놓고는 루자크는 식사를 하기 시작했다. 평소의 루자크 펜블렌이었다면 절대로 있을 수 없는 일이었다. 식탁에 남은 음식을 먹는 것도, 달콤한 타르트를 푹 떠서 먹는 것도.

새콤달콤한 딸기와 부드러운 생크림 케이크의 맛이 조화롭게 밀려들었다. 루자크는 혀를 한번 굴렸다. 생각만 해도 웃음이 나오는 듯했다.

입 안에 감도는 달콤한 맛처럼 그녀의 존재도 여운이 짙었다.

*　　　*　　　*

"그럼 푹 쉬세요. 내일 뵙겠습니다."

"잘 자요, 리나."

리나와 수다를 한껏 떨고 옷을 갈아입으니 어느새 한적한 밤이었다. 이제야 오롯이 혼자 지내는 시간이구나 싶었다.

엘리샤는 얇은 슈미즈 차림으로 고양이처럼 살금살금 옷 방으로 갔다. 그러고는 시종들이 옮겨 준 짐 가방을 뒤적거렸다.

가방 맨 밑에서 잠들고 있는 그것, 테일러 키트를 꺼내기 위해서였다.

덜그럭, 달그락!

엘리샤의 손이 닿자마자 도구들이 흥분했는지 소리를 내기 시작했다.

"오, 안 돼. 제발, 진정해."

엘리샤는 걱정스러우면서도 도구들의 마음이 조금은 이해되었다. 자신마저도 벌써 며칠째 마법도 안 쓰고 옷도 만들지 않으니…… 손도 근질근질하고 마음이 답답했다.

이럴 때는 가만히 앉아서 옷을 만드는 게 상책이었다. 어차피 잠도 오지 않고, 옷이나 만들까? 테일러 키트를 사용하면 어떤 옷이든 금방 만들 수 있었다.

엘리샤는 다시 한 번 방의 문고리를 제대로 잠갔는지 확인하고는, 작은 방으로 돌아왔다.

테일러 키트의 도구함을 열자, 도구들이 조로록 늘어지듯이 나왔다. 이번에는 튀어나오듯이 요란스럽게 나오지는 않았다. 마치 엘리샤의 눈치를 살피는 것 같았다.

엘리샤는 선심 쓰듯이 말했다.

"너희들 많이 답답했지? 우리…… 옷 만들래?"

그 말을 듣는 순간, 도구들이 제각기 신이 난 듯 움직이기 시작했다. 실과 바늘은 스스스 날아다녔고, 가장 시끄러운 가위는 허공에 싹둑싹둑 가위질을 해 댔다.

"쉿, 조용해. 안 그러면 다시 도구함 닫는다?"

이윽고 도구들이 얌전해졌다. 엘리샤는 우선 가장 먼저 초크를 붙잡았다. 초크는 자신이 선택받았다는 사실이 기쁜지 작게 꿈틀거렸다. 마차 여행이나 활발한 이동에도 불편함이 없는 드레스를 만들고 싶었다. 정성껏 만들었던 드레스도 너무나 긴 길이 탓에 끌리고 더러워지지 않았던가. 그래서 늘 드레스 자락을 들고 다녀야만 했다. 엘리샤는 고민에 휩싸였다.

"드레스가 조금만 더 짧았어도 좋았을 텐데."

엘리샤의 머릿속에 길이가 무릎 아래까지 향하는 짧은 헴 라인을 가진 드레스가 떠올랐다.

"좋아. 초크! 그려 줘!"

시동어를 들은 초크가 부지런히 몸을 놀리기 시작하더니 금방 종이 위에 드레스 스케치를 그려 냈다. 엘리샤의 머릿속에 떠오른 드레스 모양 그대로였다. 하지만 아직 세부적인 디자인은 생각하지 못해서 다소 밋밋한 느낌의 드레스였다.

그래도 드레스의 전체적인 느낌은 알 수 있었다. 드레스가 무릎길이로만 짧아져도 훨씬 활동하기 편할 터였다. 하지만 발목조차도 드러내지 않는 여인들이 이 드레스를 입으려고 할까? 게다가 경박하다는 말을 들을지도 몰랐다.

제국 어디에서도 이렇게 짧은 옷을 입고 다니는 건 가난한 서민들 외에는 없었다. 귀족들은 도리어 옷자락을 길게 늘이면 늘였지, 결코 줄이는 법은 없었다. 자신의 부나 지위를 과시하기 위함이었다.

하지만 옷이란 아름다운 것도 중요하지만 편안함도 빼놓을 수 없지 않을까.

무시무시하게 길고 무거운 옷자락이나, 잔뜩 졸라맨 코르셋, 과하게 부풀다 못해 원통처럼 커다란 드레스 후프, 계단보다도 높은 구두.

불편하고 아름다운 것들은 전부 호화로움을 상징했다. 귀족들은 손 하나 까딱하지 않아도 되니 불편도 감수할 만큼 허영과 사치에 물들어 있었다.

그럴 생각이라면 차라리 옷 대신 보석과 금을 옷에 걸치는 게 나을 것 같다는 생각이 들었다. 엘리샤는 누군가 그녀의 드레스를 비난하더라도 감수하고, 짧은 드레스를 만들어 보기로 결심했다.

밤이 깊어 가는 줄도 모르고, 엘리샤는 새로운 드레스를 스케치했다. 초크의 도움으로 스케치본을 여러 장 완성한 엘리샤는 뿌듯한 마음으로 그것을 서랍장에 넣고는 테일러 키트를 정리했다.

잠깐이나마 드레스를 마음껏 고민했더니 그동안의 갈증이 조금 해소되는 것 같았다. 멜드레 선생님이나 콜린 자작님이라도 있었다면 조언을 구할 수 있었을 텐데. 새삼스럽게 그들이 그리워졌다.

엘리샤는 침대에 누웠다. 그러고 보니, 얀은 딸기 타르트를 맛있게 잘 먹었을까? 주방장 솜씨를 보아하니 분명 얀의 입맛도 사로잡았을 것 같았다. 엘리샤는 기분 좋게 잠에 들면서 생각했다.

'그러고 보니 얀의 방이 어디인지도 묻지 않았네. 내일 만나면 방을 알려 달라고 해야겠어.'

리나도, 랜디어스 경도 무척이나 친절했지만 마차 여행에서부터 함께 곁에서 있어서일까. 얀이 더 친근하게 느껴졌다. 그가 싱긋 웃을 때마다 엘리샤는 자못 조바심이 나서 더욱 쾌활한 척 떠들었다.

그의 미소에 얼굴이 붉어지고 싶지 않았다. 알몸을 보인 것도 아닌데, 알몸을 보인 것 같은 기분이 드는 자신이 이상했다.

'대체 내가 왜 이러는 걸까?'

엘리샤는 잠시 고민하다가 까무룩 잠이 들었다. 새근새근 잠든 그녀의 방 안 창문을 별빛이 비추었다.

루자크는 영애의 방 창문이 어두워진 것을 확인하고는 반트를 따라서 걸음을 총총 옮겼다. 밤새워 일하러 가는데도 그의 얼굴은 낭창하게 밝았다.

4.
다가서는 마음

어느새 날은 밝아 오고 있었지만 회담의 격렬한 분위기는 좀 처럼 식을 줄을 몰랐다. 긴 탁자에는 봉신들을 비롯해 기사들과 상업 길드의 마스터까지 도합 스물에 달하는 사람들이 좌우로 도열해 앉아 있었다.

그 가운데에는 루자크 공작이 매처럼 날카로운 눈을 빛내면 서 봉신들의 이야기를 듣고 있었으나, 그들은 몇 시간째 소모적 인 말싸움을 하고 있었다.

그들의 이야기를 충분히 들어 주는 것도 주군으로서의 할 일 이기에 루자크는 인내심을 시험한다는 기분으로 잠자코 앉아 있었다.

교량 설치에 찬성하는 쪽인 쥘슨 백작이 말했다. 그는 리마 공국에서 가죽을 들여오는 상권에도 손을 대고 있었다.

"매년 아일레스 강의 수량이 높아지는 탓에 이제 말이나 사람이 직접 강을 건너기에는 무리가 있습니다. 집중호우가 쏟아지기라도 하면, 강을 건너기 위해서 하루 이틀을 꼬박 기다리는 자들도 태반입니다. 한시라도 빨리 교량을 설치해서 테본도 수도의 문화와 문물을 받아들여야 더욱 발전할 것입니다. 그렇지 않습니까?"

"쥘슨 백작의 말이 맞소!"

"저도 그리 생각합니다."

찬성파들이 앞다투어 쥘슨 백작의 의견에 고개를 끄덕였다. 그의 말은 틀리지 않았지만, 반대쪽 주장도 강경했다. 공작의 봉신들 중 가장 나이가 많은 오스번 후작이 노기 가득한 목소리로 말했다.

"당치도 않소이다. 우리 테본을 감싸듯이 끼고 도는 아일레스 강은 외부로부터의 방패 역할을 단단히 하고 있는 강이오. 아일레스 강에 교량을 설치한다면 우리를 노리는 자들에게 칼자루를 쥐어 주는 것과 마찬가지 꼴이란 말이오!"

"오스번 경의 말씀이 백번 옳습니다. 안 그래도 크라우프의 약탈자들이 빈번하게 우리 테본을 넘보고 있질 않습니까? 다리가 생기면 그들은 가만히 있지 않을 겁니다."

오스번 후작을 지지하는 반대파 쪽 봉신이 이어 말했다. 그러자 쥘슨 백작이 답답하다는 듯 말했다.

"이러다가 우리 테본만 제국에서 크게 뒤처지면 어찌합니까?

안 그래도 제국에서 가장 폐쇄적인 변방 지역이라는 오명으로 유명하지요. 아니 그렇습니까?"

"어허! 뒤처지다니? 쥘슨 경은 손에 쥐고 있는 상권 때문에 그런 주장을 펼치는 게 아니요? 당장의 개인적인 이익 때문에 영지를 위험에 몰아넣을 거요?"

"거참, 말이 심하십니다!"

우왕좌왕 서로가 잘난 듯이 떠들어 대는 꼴을 지켜보던 루자크는 봉신들을 비웃듯이 느른한 미소를 지을 뿐이었다. 그러나 푸른 눈빛에는 싸늘한 냉기가 감돌았다. 공작의 뒤에 서 있던 반트는 속으로 중얼거렸다.

'곧 터지겠군. 쓸데없는 논쟁을 들어 주는 것도 한계가 있지.'

"각하! 저들의 말을 곧이곧대로 들으시면 안 됩니다. 테본이 지금까지 평온하게 지낼 수 있었던 것은 전부 아일레스 강이 있었기 때문입니다."

오스번 후작이 쐐기를 박듯이 공작에게 말했다. 그러자 루자크가 웃음을 베어 문 채 물었다.

"오스번 경, 경은 아무래도 너무 오래 그 자리에 계신 것 같군. 나와 내 기사단의 군사력이 그리 못 미더우신 거요? 마치 우리 테본의 병력이 아일레스 강 하나보다 못하다, 그런 말씀을 돌려서 하고 있는 것으로 들리는군."

공작의 살벌한 말에 오스번 후작이 식은땀을 흘렸다. 전대 펜블렌 공작부터 모셔 왔던 그가 보기에 루자크 펜블렌은 아버지에 비하면 얼음으로 만든 검 같은 사내였다.

웃는 얼굴로 심장을 차갑게 후비고, 반백년을 훌쩍 넘게 산 자신의 다리마저 후들거리게 만들었다. 전대 공작의 온화한 성격은 하나도 닮지 않은 것이다.

"……예, 예에에? 처, 천만에. 그, 그럴 리가 있습니까. 제가 어찌 강대한 태본의 주인이신 각하의 힘을 의심하오리까."

공작의 한 마디에 오스번 경은 고개를 깊이 숙이면서 깨갱하는 강아지처럼 꼬리를 말았다. 그러자 순간 반대파 쪽 분위기는 냉랭하게 얼어붙었다. 수장격인 오스번 경이 저렇듯 공작에게 공격을 당하니 그 누구도 입을 열지 못했다.

그러자 찬성파에 앞장서는 쥘슨 백작이 제 승리를 확신하는 웃음을 흘리면서 말했다.

"각하와 펜블렌 기사단은 제국에서 제일가는 병력이지요! 드래곤이 나타나도 뼈도 못 추리지 않겠습니까. 아일레스 교량 설치는 태본 영지의 발전을 위해서 반드시 필요한 일입니다."

쥘슨 백작의 말에 루자크는 그 역시 차가운 눈으로 말했다.

"쥘슨 경, 경은 진심으로 태본의 발전을 바라는 거요? 아니면 경의 자산이 발전하길 바라는 거요? 경이 올린 교량 설치 제안서를 검토했는데, 과도하게 많은 수의 교량을 제안했더군. 특히 경이 겸하고 있는 가죽 상업 길드의 거점과 가까운 위치였소. 그건 어떻게 설명할 건가?"

"……그, 그것이 아니라…… 가, 각하. 저는 그저……"

공작의 다그침과 추궁에 쥘슨 백작은 꿀 먹은 벙어리가 되었다. 루자크가 일어서서 모두를 바라보며 말했다.

"경들의 말이 끝없이 길어지니 내가 정리해야겠소."

"예, 각하. 공정한 명을 내려 주십시오."

"저희는 각하를 믿습니다."

"아일레스 강의 상류는 잘 알다시피 크라우프와의 접경 지역이지. 그곳은 교량을 설치하지 않겠소. 크라우프에서 넘어오는 자들이 우리를 노리더라도 아일레스 강이 시간을 벌어 줄 거요. 대신에 강의 중류인 노르두아에는 교량을 하나만 설치하는 거지. 그동안 우리 테본은 수도에서 가장 먼 지역으로 문화 문물의 도입이 늦었던 게 사실이오. 물론 테본 고유의 특성을 지킬 수 있었던 것도 그 때문이라 생각하오. 하지만 언제까지 그럴 수도 없지. 그래서 내린 결론이 교량을 단 하나만 설치하는 거요. 교량 인근에는 커다란 관문을 함께 지어서 더욱 테본을 안전하게 지킬 거요. 이의가 있으면 이 자리에서 말하시오."

분위기가 숙연한 가운데 오스번 후작이 고개를 주억거렸다.

"……가히 현명하신 의견입니다. 각하."

그러자 모두 고개를 주억거리면서 공작의 명을 따랐다. 사실, 감히 그 누구도 공작의 말에 이의를 달 수 있는 자가 없었다. 공작의 눈에 벗어나서 토지를 몰수당하고 싶지는 않았다.

테본의 주인은 자신에게 충성을 약속한 봉신들에게는 타 지역의 주군보다도 넓은 봉토를 내리는 자였다. 기본적으로 테본의 땅덩어리가 큰 탓도 있었지만 공작은 아끼는 신하에게 상을 내리는 일에 배포가 컸다.

"그리고 경고하겠소. 회담을 여는 족족 매번 이런 식이라면 아에 열자는 말도 꺼내지 마시오. 경들의 말다툼을 들어 주는 것도 지긋지긋하거든. 이번 회담은 이만 마치겠소."

루자크 공작이 그리 말하고는 자리를 빠져나갔다. 봉신들은 불안한 얼굴로 소곤댔다. 평소에는 회담을 마치면 축배라도 들었는데, 오늘은 공작이 아예 정이 떨어졌다는 얼굴로 냉담하게 나가 버린 것이었다. 젊은 공작은 허용치를 넘어서면 무섭도록 차가워졌다.

반트가 자리를 아직 지키고 있는 봉신들에게 말씀을 올렸다.

"각하의 명으로 조찬이 마련되어 있으니, 즐기고 가시길 바랍니다."

봉신들은 공작이 없는 조찬 자리가 썩 달갑지는 않았지만, 지은 죄들이 있기에 반트가 안내하는 대로 순순히 자리를 옮겼다. 군이 공작의 노여움을 살 일을 추가로 만들 필요는 없었던 터였다.

"아무도 들이지 마."

"예, 각하."

문 앞에 대기하던 시종에게 간단히 명을 내린 루자크는 들어오면서 신경질적으로 목을 감싸던 크라바트를 거칠게 풀어 던졌고, 뒤이어 셔츠의 단추를 풀고는 침대로 곧장 쓰러졌다.

침구 안으로 몸을 파묻자 느껴 오는 아늑한 감촉에 그는 눈을 감았다. 온 신경이 사나워진 탓에 수려한 얼굴은 아직도 잔뜩 찌푸린 채였다.

컨디션이 안 좋았다. 몸은 자꾸만 축축 늘어지고, 두통이 왔다. 속도 메슥거렸다. 빈속인데도 무언가를 억지로 삼킨 것처럼 위장에 이물감이 가득했다.

그래서 평소보다 조금 더 회담을 일찍 끝냈다. 봉신들과의 회담은 늘 소모적이라는 것을 잘 알고는 있었지만 오늘은 그의 인내심이 바닥을 칠 뻔했다.

루자크는 씁쓸하게 입술을 잘근 씹었다. 그는 적어도 자신이 분노 조절도 하지 못하는 멍청이는 아니라고 생각했다. 그런데 그 생각이 빗나간 것 같았다.

사람이 냉철한 이성을 유지하는 데에는 적절한 신체의 휴식이 반드시 필요했다. 오늘은 정말 체력이 바닥을 친 것 같았다. 조금만 더 그 회담 자리에 길게 있었더라면, 봉신들에게 그만 좀 닥치고 끝내자고 쌍욕을 퍼부었을지도 몰랐다. 페이스 조절에 실패한 자신이 우스워 그는 자조적인 미소를 지었다.

완벽을 늘 꿈꾸지만 언제나 오롯이 완벽한 자신은 어디에도 없었다. 그 괴리가 주는 모멸감에 마주칠 때면 루자크는 서늘한 얼음덩이에 목을 대고 있는 것만 같은 기분이었다.

휴식을 취해야 한다는 반트의 경고와 만류에도 그는 스스로를 과신했다. 그리고 그 대가를 지금 달게 받고 있었다. 다시금 머리가 지끈거렸다. 잠시 신경과민일 것이다. 자고 나면 말짱해질 것이다. 망연자실한 얼굴로 루자크는 눈을 감고 생각했다.

'루자크 드 펜블렌의 허용치는 여기까지로군.'

추가로 기나긴 마차 여행으로 피곤에 찌든 몸이 여기저기서 비명을 질렀다. 제아무리 강철 체력을 가진 자라고 할지라도 이쯤 되면 기절하는 게 맞았다.

어제 더 쉬었어야 했는데, 코넬리아 영애를 보러 식당까지 걸음 했던 터였다. 이래저래 머리는 아프고 몸은 몸살 난 것처럼 무거웠지만, 사실 루자크는 도리어 마음이 편안한 상태였다.

이제 영애를 테본으로 데려다 놓았으니, 별다른 걱정은 들지 않았다. 영애가 어떤 스타일인지는 충분히 알게 되었고, 혼인을 서두를 건 없었다.

최악의 상대는 아니었으므로 만족스러웠다. 그녀를 생각하자 피식 웃음이 났다. 달콤한 건 절대로 먹지 않는 자신에게 딸기 타르트를 먹인 건 영애가 유일했다.

집사 놀이는 퍽 재밌었다. 가식 없는 그녀의 맨모습을 보는 것도 그가 집사일 때만 누릴 수 있는 즐거움이리라.

그가 집사의 가면을 벗고 펜블렌 공작으로 얼굴을 들이밀면 영애는 과연 어떤 표정을 지을지, 그 순간이 사뭇 궁금했다. 분명한 건 지금처럼 편하게 그를 대하는 일은 없을 거라는 계산이었다.

*　　*　　*

눈을 비비면서 일어난 엘리샤는 졸린 눈으로 화장대 거울 앞에 가서 섰다. 부스스하게 헝클어진 분홍색 머리카락이 여기저기 엉망으로 뻗쳐 있었다.

잠을 자고 나면 머리 색을 바꾸어 놓은 마법이 종종 풀리곤 했다. 컨디션이 좋을 때는 이틀이 넘게 마법이 유지되기도 하지만, 피곤한 날에는 잠이 들면서 자연스럽게 풀려 버리는 것 같았다. 그녀는 리나가 들이닥치기 전에 얼른 붉은 머리카락으로 위장해야 했다.

"휴우, 귀찮지만 어쩔 수 없지."

엘리샤는 반쯤 감긴 눈을 억지로 뜨고는 굽실굽실한 제 머리카락을 매만지면서 주문을 중얼거렸다.

"새빨간 장밋빛 키스로, 나를 물들여 다오."

그러자 허공에서 나타난 장미 꽃잎이 엘리샤의 머리 위에 살포시 떨어졌다. 엘리샤가 눈을 감고 집중하자, 분홍색이던 머리카락이 천천히 붉게 물들었다.

눈을 떠 거울 속 붉은 머리를 확인한 엘리샤는 한숨을 폭 내쉬었다.

"휴우……."

분홍 머리 색은 엘리샤가 자부하는 신체적 장점이었다. 머리 색 때문에 아버지에게 미움을 당하면서도 그랬다. 분홍빛의 따스함이 엄마를 생각나게 해서 그랬을까? 무엇보다도 그 작자보다는 엄마를 닮아서 다행이라는 안도감마저 들었다. 그런데 이렇게 제 고운 머리 색을 꼭꼭 숨기고 있으려니 어쩐지 조금 슬퍼졌다.

"아침부터 맥없는 생각하지 말자. 엘리샤!"

엘리샤는 정신 차리기 위해서 스스로 뺨을 살짝 두드렸다. 그녀의 머릿속에 간밤에 그려 둔 옷본들이 떠올랐다.

"맞아. 리나나 양을 만나면 의견을 물어봐야겠다."

부스럭부스럭.

엘리샤는 그려 둔 옷본을 서랍에서 꺼내어 다시 살펴보았다. 여러 장을 그렸지만, 그중 가장 마음에 드는 것은 아를렌식이나 테본식 등 어느 한 지역의 유행에 따르지 않는 얌전한 디자인이었다. 마차 여행을 위해서 입을 드레스였으니 무난한 것이 가장 좋을 거라는 생각에서였다.

상의 보디스는 프릴이 목까지 올라오는 단정한 모양에 벨벳 리본 장식을 하고, 소매와 밑단에는 이중 프릴을 달아 발랄함을 더했다. 무엇보다 스커트 헴라인이 무릎까지 올라온 새로운 드레스 형태였다.

엘리샤는 옷본을 챙기고는, 침대 옆에 늘어진 줄을 잡아당겼다. 곧장 리나에게 보여 주고 싶었다. 그녀라면 옷에 대한 안목과 감각이 좋으니 좋은 의견을 줄 수 있을 터였다.

이내 기다렸다는 듯이 리나가 하녀를 대동한 채 밝은 얼굴로 문을 열고 들어왔다.

"예비 마님, 잘 주무셨나요?"

"네, 좋은 아침이에요."

"그럼 단장을 시작하겠습니다."

"좋아요."

세안을 마친 엘리샤는 두 팔을 위로 들었다. 그러자 리나가 슈미즈를 위로 벗겨 내고는, 미리 골라 둔 진회색 드레스를 입히기 시작했다.

"마님께선 원체 마르셔서 코르셋이 매번 필요 없네요."

드레스를 다 입히고 나서 리나가 옷매무시를 가다듬어 주고는 웃으며 말했다. 진주 귀걸이와 목걸이까지 채운 뒤, 리나는 엘리샤에게 화장까지 곱게 해 주었다. 엘리샤는 하녀와 함께 나가려던 그녀의 손을 붙잡고 말했다.

"리나에게 의견을 구할 게 있어요."

"어머나, 제 의견을 구하시다니 영광이에요."

엘리샤는 옷본을 하나 그녀에게 내밀었다. 그걸 받아 든 리나의 눈동자가 반짝거렸다.

"이건 드레스 옷본이잖아요."

"맞아요. 내가 그린 거예요. 사실 말은 못 했지만 옷을 만드는 취미가 있거든요."

"아…… 그러셨군요."

리나는 그제야 의문이 조금 풀리는 것 같았다. 그래서 마님은 드레스에 그렇게 각별하게 관심이 있으신 모양이었다. 그러나 취미라기에는 실력이 너무 훌륭했다.

"맙소사, 마님. 절대로 취미로 보이지 않잖아요!"

엘리샤는 그 뒤로 약 5분 가까이 리나에게 칭찬 세례를 듣느라 진땀을 뺐다. 옷본만으로도 이 정도라면, 만든 드레스를 보여 주면 기절이라도 할 태세였다. 그러나 엘리샤의 목적은 이게 아니었다.

"그만 진정해요, 리나. 있잖아요. 무릎길이까지 올라오는 드레스를 귀부인들은 어떻게 생각할까요?"

엘리샤의 질문에 리나가 솔직한 의견을 전해 주었다.

"조금 파격적이지만 저는 너무 좋아요, 마님! 확실히 활동하는 데에 훨씬 편안할 거예요. 게다가 이 디자인이라면 품위가 떨어진다는 생각도 하지 못할 것 같네요. 다만 세간의 사람들은 아직 이렇게 트인 생각을 하지 못해서 말이지요. 아니면 제게 좋은 생각이 있어요."

"응? 그게 뭐지요?"

"입지 않으시는 드레스를 짧게 수선하셔서 직접 성안에서 입어 보시는 거지요. 바르텔 경이나 랜디어스 경에게도 직접 보여 주시는 거예요. 사실 영애나 귀부인들은 남자들의 시선을 사로잡기 위해서 꾸미기도 한답니다."

"오, 좋은 생각이네요. 리나."

엘리샤가 고개를 주억거리면서 말했다. 역시 리나에게 말하길 잘한 것 같았다. 당장이라도 옷을 수선해야겠다. 테일러 키트가 아닌 제 손으로 직접 말이다.

"다 됐다."

반나절 동안 방에 틀어박혀 작업을 끝마친 엘리샤는 기지개를 켰다. 그리고는 수선한 드레스를 한번 들어 보였다. 몸 위에 대어 보니 무릎 중간까지 올라왔다. 사실 테일러 키트를 사용하면 금방 새로 한 벌 만들었을 테지만, 그 사실을 리나에게 설명할 길이 없었다.

엘리샤는 수선한 드레스를 입어 보기로 했다. 길이가 짧아서인지 리나의 도움이 없이도 혼자서 입는 데 큰 어려움이 없었다.

드레스를 입고 거울 앞에 선 엘리샤는 한번 자신의 모습을 비춰 보았다. 또 방 안에서 빙글 돌아보고 몇 발자국 걸어 보기도 했다. 확실히 긴 드레스를 입고 다녔을 때보다 훨씬 편했다. 마구 뛰어다녀도 좋을 정도로 활동성이 좋았고, 종아리가 드러난 스커트도 자꾸 보니 예쁜 것 같았다. 그러나 그건 그녀 혼자만의 생각이었다.

엘리샤가 짧게 수선한 드레스를 입고 방문 밖을 나선 뒤로 마주치는 시종들은 살짝 놀라는 기색은 있었지만 별다른 반응을 보이지 않으려 애쓰며 고개를 숙였다. 하지만 왠지 등 뒤로 시선이 느껴지는 듯했다.

일 층의 홀을 거닐고 있자, 집사 반트의 얼굴이 보였다. 엘리샤는 그의 반응을 살피기로 했다. 반트는 엘리샤가 채 다가가기도 전에 드러난 그녀의 다리를 보고 시선을 돌렸다. 다급한 얼굴로 그가 말했다.

"예비 마님, 그 드레스는 찢어지기라도 하신 겁니까? 당장 수선할 재봉사를 부르겠습니다."

"아니요. 가지고 있는 드레스의 길이를 내가 줄인 것이에요. 어떤가요?"

"예에?"

반트는 적잖이 당황스러웠다. 귀족 영애가 다리를 훤히 내놓고 다니는 건 처음 보았던 터였다.

"글쎄요. 예비 마님, 귀족 영애 중에서는 한 번도 이렇게 입고 다니는 분을 본 적이 없는 것 같습니다. 죄송합니다."

반트는 그리 말하면서 그녀의 다리를 애써 보지 않으려고 노력했다.

"그런가요? 하지만 활동적이고 편안한걸요. 게다가 나풀나풀 거리는 치맛자락이 예쁘지 않나요?"

엘리샤는 제자리에서 빙그르 회전을 해 보였지만, 그의 표정은 나아지지 않았다.

"물론 그렇습니다만, 신체가 드러나시는 옷이라 무어라 말씀 드리기 어렵습니다. 조금 더 테본의 안주인에 어울리는 옷을 입으시는 게 좋지 않을까 합니다."

"으음…… 무슨 뜻인지 알겠어요, 랜디어스 경."

"도움이 되어드리지 못해 죄송합니다."

"아니에요. 괜찮아요."

엘리샤는 반트의 불편한 반응에 자신마저 민망해지는 듯했다. 반트가 이 정도라면 세간의 사람들도 별반 다르지 않을 터였다.

'어쩔 수 없지.'

엘리샤는 터덜터덜 제 방으로 올라가려다가, 원형 탑 계단을 내려오던 훤칠한 남자와 마주쳤다. 하얗고 수려한 얼굴, 얀이었다. 그는 평소와 다르게 무척이나 나른한 표정이었다. 게다가 걸치고 있는 의복 또한 고급스러운 가죽 갑옷이었다.

"어?"

엘리샤의 보라색 눈동자가 자신을 향하자 얀은 살짝 놀란 눈치였다. 항상 다정한 얼굴로 인사를 건네더니 오늘은 왜 이렇게 놀란 얼굴일까? 엘리샤가 먼저 말을 걸었다.

"얀! 당신이군요. 마침 잘 만났어요. 같은 성에서 살고 있는데 왜 이리 얼굴 보기가 힘들어요?"

"아…… 예비 마님. 아시다시피 블랙 윈터 본성은 무척 넓으니까요."

말을 섞은 후에야 얀은 무언가 안심한 듯한 미소를 지어 보였다.

"그건 그래요. 저는 아직도 본성을 전부 돌아보지 못했는걸요. 얀은 어디 가는 길이에요?"

"안돌프와 잠깐 검술 대련을 하러 가는 길입니다. 괜찮으시다면 함께 가시는 것도 좋을 것 같군요. 성안에서만 계시면 답답하실 테니까요."

얀의 제안에 엘리샤의 입이 단번에 벌어졌다.

"와, 검술 구경하는 건 처음이에요. 좋아요! 참, 그전에 얀에게 물어볼 것이 있어요."

"하문하시지요. 무엇이든 대답해드릴 터이니."

얀이 싱긋 웃으면서 말했다. 그의 미소에 엘리샤는 눈이 다 환해지는 기분이었다. 어쩜 사람이 저렇게 말끔하게 웃을 수 있는지…….

엘리샤는 정신 차리고, 계단을 다시 내려가서 그가 드레스를 잘 볼 수 있게 포즈를 잡았다. 그의 푸른 눈이 자신을 향하자 어쩐지 심장이 콩닥콩닥 뛰는 듯했다.

"드레스의 길이가 이 정도라면 어떤가요? 사실 마차 여행을 갔을 때 긴 드레스가 너무 불편해서 편안한 드레스를 생각하고 있거든요. 랜디어스 경은 반응이 좋지 않았고, 리나는 좋다고 했어요. 얀, 당신은요? 어때요?"

그러자 얀이 나직하게 웃음을 터뜨렸다.

"응? 왜 웃는 거죠? 뭐가 웃긴 거예요?"

엘리샤가 고개를 갸웃거리며 물었다. 얀이 말했다.

"마차 여행 시 입는 용도라면, 그 정도 길이도 적당해 보이는군요."

얀의 의견에 엘리샤가 반색했다.

"그렇죠?"

"하지만……."

"하지만?"

"크흠."

"왜요?"

"……다리는 부츠나 다른 의복으로 가리시는 게 좋을 것 같군요. 공작 각하는 꽤나 보수적이십니다."

"아…… 보수적이시군요. 얀 말대로 부츠를 신든지 판탈레츠(pantalettes)를 입어야겠어요. 고마워요!"

엘리샤는 그제야 답을 얻은 것 같았다.

"판탈레츠?"

"아, 치마 안에 입는 속바지에요."

얀은 속바지를 스스럼없이 언급하는 엘리샤의 말을 못 들은 척하곤, 앞장서며 말했다.

"······그럼 가실까요?"

"좋아요."

얀을 따라서 홀을 빠져나가자, 그가 마구간에서 말 한 필을 데리고 왔다. 눈망울이 맑고 튼튼해 보이는 백마였다.

"예비 마님. 잠시만 제 목을 끌어안으세요."

뜻밖의 말에 엘리샤는 귀를 의심했다. 뭘 하라고요, 라는 질문이 절로 터질 뻔했지만 다행히도 입술 밖으론 내지 않았다.

"네?"

"말에 오르시게 도와드릴 테니······"

"아! 알겠어요."

엘리샤는 그제야 이해하고 얀의 목을 꼭 끌어안았다. 그러자 얀이 엘리샤를 안아 올려서 안장 위에 탈 수 있도록 도와주었다. 그러고 나서 눈 깜짝할 사이에 뛰어오르듯 자신도 말 위로 올라 탔다.

순간 엘리샤는 그의 민첩함에 놀랐지만, 곧바로 숨을 죽였다. 얀의 단단한 팔이 곧 자신을 감싸 안듯이 지나서 고삐를 붙들었기 때문이었다. 엘리샤는 눈을 끔뻑거린 채 인형처럼 앉아 있었다. 어쩐지 그와 접촉이 생기면 이렇게 아무 생각도, 아무 말도 못 하겠다.

두근······ 두근······.

'으으, 나 또 왜 이러지?'

"그럼 이동하겠습니다. 이랴! 하!"

다그닥, 다그닥!

말을 타고 이동하는 동안, 엘리샤는 눈앞에 펼쳐진 아름다운 풍경이 하나도 보이지 않았다. 자신의 등 뒤로 느껴지는 그의 거친 숨이 귓가에 들려왔기 때문이었다. 힘찬 속도와 더불어 그녀의 가슴도 세차게 뛰는 것 같았다.

본성의 동문을 빠져나와 두 사람이 다다른 곳은 기사단이 보이는 너른 풀밭이었다. 엄밀히 따지자면 이곳도 블랙 윈터 성안이지만, 본성과는 다소 거리가 있었다.

풀밭에서 안돌프가 검 두 자루를 들고 기다리고 있었다. 그는 전에 보았을 때 입은 무장한 갑옷이 아닌 가벼운 가죽 갑옷을 걸치고 있었다.

"안돌프! 특별한 관객을 모셔 왔네."

"그래서 조금 늦으셨군요."

이번에 말에서 내릴 때는 안돌프의 도움을 받았지만, 아까와 같은 기분은 들지 않았다. 그녀를 지면에 내려 준 안돌프가 고개를 숙이면서 말했다.

"예비 마님, 다시 뵙게 되어서 영광입니다."

"잘 지냈나요? 내가 두 사람의 시간을 방해한 건 아니겠지요?"

"천만의 말씀입니다. 가끔 이렇게 찾아 주시면 사기가 솟을 겁니다."

"그렇다면 자주 와야겠어요."

"부디 그래 주십시오."

안돌프와 엘리샤가 마주 보며 웃었다. 말을 매 두고 돌아온 얀이 말했다.

"예비 마님께서는 안전하게 뒤로 살짝 물러서 계시는 게 좋겠군요."

엘리샤는 얀이 알려 준 위치로 가서 섰다. 의외로 재미있는 구경이 될 것만 같아서 새삼 기대가 되었다.

"이제 시작하기로 할까?"

"좋습니다."

안돌프가 얀에게 들고 있던 검 두 자루 중 한 자루를 내밀었다. 그리고 두 사람은 서로를 향해 검을 잡고 대련 전에 예를 표했다.

그러자 유순한 인상이던 안돌프의 눈빛이 일순 날카로워졌다. 얀 역시 마찬가지였다. 평소의 다정하던 눈이 아니라 마치 차가운 검사 같았다. 검을 쥐기만 했는데도 두 사람 모두 달라져 있었다.

'검이 저렇게 사람을 달라지게 하는구나.'

엘리샤는 문득 신기하기도 하고, 궁금하기도 했다. 이내 몇 미터 떨어져 있던 두 사람이 서로를 향해 달려들었다.

챙!

차가운 바람을 가르며 두 개의 검이 맞부딪쳤다. 완력이나 기량으로는 안돌프가 뛰어났으나, 얀도 민첩하고 재빨라서 쉽사리 승부가 날 것 같지 않았다. 엘리샤가 말했다.

"안돌프! 기운 내세요!"

속으로는 얀을 응원하고 있었지만, 왠지 입 밖에 내기가 부끄러웠다. 게다가 안돌프는 그녀를 호위했던 기사이니 그의 편을 들어주어야 할 것 같았다.

휘익!

"흐아아압!"

엘리샤의 응원에 힘입은 안돌프가 얀을 몰아붙였다. 얀은 다소 아슬아슬하게 안돌프의 공격을 막아 냈다.

"얀! 잘했어요!"

엘리샤의 외침을 들은 얀이 씩 웃어 보였다. 한참이나 검을 맞부딪친 두 사람은, 나란히 풀밭 위로 쓰러졌다. 두 사람이 숨을 고르자 엘리샤가 폴짝 뛰어와 그들을 내려다보면서 말했다.

"무승부로군요?"

"마님께서 한 번만 더 저를 응원해 주셨다면 제가 이겼을지도 모르지요."

얀이 장난스레 웃으면서 눈을 감고 말했다. 어느덧 그의 얼굴에 땀이 송골송골 맺혀서 흘렀다. 땀을 흘리는 그 모습조차도 섹시한 것 같았다. 엘리샤는 그의 얼굴을 보다가 대답을 하지 못한 것이 쑥스러워, 부러 심술스럽게 말했다.

"에이, 거짓말쟁이. 안돌프를 응원할 걸 그랬어요."

그러자 눈을 반짝 뜬 얀이 벌떡 일어나서는 말했다.

"정말로 그러시면 후회하실 거예요."

그의 푸른 눈동자가 한없이 가늘어져 있었다.

'설마 지금 토라진 걸까?'

엘리샤는 속으로 생각했다. 안돌프가 몸을 툭툭 털면서 얀에게 손을 슥 내밀었고, 얀은 그 손을 잡고 일어섰다.

"두 분 다 서로가 많이 친근해지신 모양입니다."

안돌프의 말에 엘리샤와 얀이 동시에 대답했다.

"누가요!"

"설마요!"

그 모습을 본 안돌프가 조용히 웃으면서 말했다.

"바르텔 경, 오늘 대련은 이만하지요."

"누구 마음대로 그리하지? 나는 한 번이 아니라 두 번도 더 검을 들 수 있는데……."

얀이 그리 말하면서 검을 다시 집어 들었다. 호기로운 눈빛이었다. 그러나 안돌프가 고개를 저었다.

"예비 마님께서 오셨으니 마님께서 원하는 것을 여쭤어 보지요."

엘리샤는 자신에게로 선택권이 넘어오자 잠시 고민했다. 사실 꼭 하고 싶은 게 있었다. 아직 공작 각하를 뵙지도 못한 채 있어서 말로 꺼내지는 못했던 일이.

"좋아요. 그럼 본성 밖에 나가서 테본의 시내를 구경하고 싶어요."

"시내 구경이라……."

엘리샤의 말을 들은 얀이 중얼거렸다. 그가 잠시 무언가를 생각하는 듯하더니 이내 대답했다.

"……좋습니다. 함께 가지요."

"정말이죠? 그런데 랜디어스 경의 허락을 안 받아도 될까요?"

"그건 걱정하지 않으셔도 좋습니다. 제가 나중에 말할 테니까

요."

"사실 각하께서 오시지 않았는데 성 밖으로 나가도 괜찮을지 고민했어요. 그럼 앞으로는 종종…….."

뜻밖의 시내 구경까지 가게 되자, 엘리샤는 들뜬 말투로 조잘거렸다. 그러나 얀이 고개를 저었다.

"그건 안 됩니다. 각하가 돌아오시기 전까지, 외출은 오늘 한 번으로 만족하시는 게 좋을 것 같습니다."

그러자 엘리샤가 다소 흥분을 가라앉히고 말했다.

"알겠어요. 그래도 좋아요. 고마워요, 두 사람."

"마님의 안전을 위해서 그런 것입니다. 그럼 저도 말을 가져오겠습니다."

안돌프가 그리 말하자 얀이 제지했다.

"아니, 오늘은 저 혼자 모시겠습니다. 안돌프, 자네는 덩치가 커서 눈에 띈단 말이지."

"그런가요. 알겠습니다. 두 분 잘 다녀오시지요."

안돌프가 군말 없이 인사를 하곤 뜻 모를 미소를 지었다.

'분명 단둘이서 다녀오고 싶으신 모양이다.'

두 사람이 탄 말이 바람을 가르며 달리기 시작했다.

*　　　*　　　*

"시내 구경이라."

루자크도 마침 바람을 쐬고 싶었다. 게다가 살 물건이 생겼다. 코넬리아 영애는 성 밖으로 나간다고 해서 잔뜩 들뜬 모양이었다. 단박에 얼굴 표정이 밝아진 게 보였다. 그 모습이 귀여웠지만 다음 발언에 루자크는 흠칫했었다.

—사실 각하께서 오시지 않았는데 성 밖으로 나가도 괜찮을지 고민했어요. 그럼 앞으로는 종종…….

앞으로 종종 외출을 다니면 자신이 아닌 다른 사람과도 외출을 나가겠다, 그 말인가? 사실 그럴 확률이 높았다.

오늘처럼 루자크가 바쁘지 않은 날은 드물었으니까. 그러나 이런 날이 자주 있지는 않았다. 성 밖으로 종종 나가도 되는 것이라고 영애에게 인식을 심어 주어서는 안 되었다.

"그건 안 됩니다. 각하가 돌아오시기 전까지, 외출은 오늘 한 번으로 만족하시는 게 좋을 것 같습니다."

그리 대답한 루자크는 곧바로 영애를 살폈다. 다행히 오늘 시내 구경을 간다고 해서인지 영애는 마냥 기분이 좋은 것 같았다.

루자크는 말을 가지러 가는 안돌프의 등에 대고 외쳤다.

"아니, 오늘은 저 혼자 모시겠습니다. 안돌프, 자네는 덩치가 커서 눈에 띤단 말이지."

'무슨 소리인가, 이 눈치 없는 녀석. 당연히 나와 영애, 단둘이 가야지.'

루자크는 그리 말한 뒤 자신의 말 에드를 데려왔다. 코넬리아 영애를 번쩍 안아 들어서 말에 태우곤, 자신도 훌쩍 말에 올라탔다. 고삐를 쥔 루자크는 제 품 안에 쏙 들어와 있는 그녀가 몹시도 귀여웠다. 풍성한 붉은 머리카락에서 흐르는 꽃향기가 자꾸만 코끝을 간질였다.

테본의 시내는 언제나처럼 북적거렸다. 수도 아를렌보다는 덜하겠지만, 테본 역시 전통이 깊은 지역이었다. 비슷하면서도 다른 구석이 분명 있을 터였다. 그래서인가 영애의 자그만 몸은 벌써부터 돌아다니고 싶어서 한시도 가만있지 않고 들썩거렸다. 시내의 마구간에 말을 맡긴 루자크가 그녀에게 단단히 주의를 주었다.

"너무 저와 떨어져서 다니진 마십시오. 아셨지요?"

"알겠어요. 얏! 저것 좀 봐요. 저쪽에서 뭔가를 하고 있나 봐요."

영애가 고개를 끄덕이더니, 뭔가를 발견한 모양이었다. 곧장 그쪽으로 몸을 돌렸다. 루자크는 그녀의 시선이 향하는 방향을 바라보았다. 커다란 눈썰매와 방한복들을 팔고 있는 상점 앞에서 인형극이 벌어진 모양이었다.

"인형극일 겁니다. 수도에서는 아마 인형극이 없지요?"

"수도에는 음유시인의 공연이 전부인걸요! 재밌겠어요."

자그만 체구의 영애가 웅성거리는 구경꾼들 사이를 비집고 들어가자, 루자크는 그녀의 손을 재빨리 붙잡았다. 그녀가 놀라서 뿌리치려고 했지만, 그가 놓지 않았다. 여기서 손을 놓았다가는 뿔뿔이 흩어질지도 몰랐다.

"얏? 이 손…… 아파요."

루자크는 어느새 영애가 얼굴을 붉히면서 찡그리고 있다는 걸 깨닫고는 손을 놓아주었다. 살짝 붙잡았을 뿐인데도 그녀의 손목이 붉어져 있었다.

"아, 죄송합니다. 하지만 제 곁을 벗어나서는 곤란합니다."

"응. 그럴게요."

재빨리 손을 가져가 버리는 영애에게 미안함을 느끼면서, 루자크는 인형극을 구경하는 그녀에게서 주의를 거두지 않았다.

붉은 벨벳 상자로 천을 감아 놓은 무대 안에서 벌어지는 마리오네트들의 춤과 노래. 10세 미만의 어린이들이나 좋아할 법한 유치한 내용이었지만, 영애는 눈을 떼지 않고 시시때때로 천진난만한 웃음을 터뜨리며 보고 있었다.

'저리도 재밌을까?'

루자크는 지루한 공연 대신 그녀의 얼굴을 힐끔 감상하고 있었다. 하얗고 고운 이마에서부터 동그란 코끝, 아기처럼 통통한 볼살과 분홍빛 입술까지 하나하나 다 자그맣다. 하긴 그녀는 체구도, 손도, 발도 전부 작아 보였다. 인형극에 나오는 마리오네트보다도 그녀 자신이 더 인형 같다는 걸 본인은 모르는 것 같았다.

인형의 익살맞은 춤을 보던 영애가 시선을 느꼈는지 고개를 돌리자, 루자크는 냉큼 시선을 거두고 딴청을 피웠다.

이윽고 인형극이 막을 내리자, 루자크는 누구보다도 먼저 박수를 쳤다. 곧 사람들이 우르르 흩어지려고 주변이 부산스러워졌다. 루자크는 자그맣게 욕설을 내뱉었다. 사람들이 우왕좌왕

하는 틈에 영애의 모습이 눈에 들어오질 않았다. 보통 사람보다도 덩치가 작은 그녀였다. 루자크의 눈동자가 샅샅이 주변을 훑어보는 가운데, 조용히 제 옷깃을 붙드는 조그만 손길이 느껴졌다.

"얀이 떨어지지 말라고 했잖아요."

배시시 웃는 하얀 얼굴을 내려다보며 루자크는 잠시 심장을 스치는 부드러운 바람을 느꼈다.

"잘하셨습니다. 혹시 배가 고프진 않습니까?"

"실은…… 아까 인형극 구경하기 전부터 저 건너에 길쭉한 막대기에 꽂아서 파는 걸 먹고 싶었어요! 맛있는 냄새가 폴폴 났거든요."

루자크는 영애가 먹고 싶다는 길거리 음식점을 바라보았다. 단 한 번도 먹어 본 적은 없지만, 저급해 보이는 음식이었다.

"저런 길에서 파는 음식 말고 더 맛있는 음식을 드시는 게……"

"아뇨. 저게 꼭 먹고 싶어요."

안 사 주면 금방이라도 커다란 보라색 눈동자에서 눈물이 쏟아질 것만 같은 모양이라, 루자크는 고개를 끄덕였다.

가까이 가니 제법 고소하고 구수한 냄새가 코를 자극했다. 꿀과 버터를 발라서 구운 통실통실한 문어구이였다.

영애가 코를 살짝 벌름거리면서 냄새를 맡았다.

"음— 향긋해라."

인상 좋은 여상인이 물었다.

"맛 좋은 문어구이랍니다. 한번 드서 보세요. 두 개 드릴까요?"

"얀도 먹을래요?"

"아니요, 괜찮습니다. 하나만 주세요."

노릇노릇하게 구워진 문어구이를 뜯어 먹는 영애의 눈동자가 흐물흐물해졌다.

"이거, 너무 맛있어요. 얀도 먹어 봐요."

루자크는 내키지 않았지만 영애의 황홀한 표정을 한번 믿어 보기로 했다. 입 안에 쏙 넣고 씹자마자, 쫄깃하면서도 사르르 녹아내리는 짭짤한 맛이 버터, 꿀과 어울러져 환상적이었다.

루자크는 길거리 음식에서 이런 맛이 난다니 믿을 수가 없었다. 다른 한편으로는 조금 충격이었다. 자신의 입맛이 이런 음식을 받아들일 줄 몰랐던 터였다. 루자크는 나직이 주문을 추가했다.

사이좋게 하나씩 나누어 먹는데, 다시금 영애가 폴짝거리면서 뛰어다니는 모습이 신경 쓰였다. 정확히는 치마 아래로 드러난 그녀의 하얀 다리가 신경 쓰였다.

다리가 이렇게나 예쁠 줄은 몰랐다. 보는 눈도 많은데 부끄러움도 없이 그녀는 잘도 돌아다녔다. 루자크는 시내의 상점가를 지날 때 눈여겨보았던 한 구두 상점을 가리켰다.

"저곳에 잠시 들리죠."

"응? 구두를 보려고요? 좋아요."

제법 화려하게 생긴 구두 상점이었다. 상점의 주인은 세련되고 말끔한 차림의 중년 여자였다. 그녀는 방문한 손님의 행색을 보면서 가늠했다. 이십 대 중반으로 보이는 젊은 남자는 집사의 행색을 하고 있었지만, 그의 구두는 무척이나 고가였다. 함께 들어온 십 대 후반의 여자는 여느 귀한 가문의 영애인 듯싶었다. 다만 드레스의 길이가 무척 짧은 점이 특이했다.

"어서 오세요. 렐시의 구두 상점입니다. 찾으시는 물건이 있으신가요?"

렐시는 주인의 이름인 듯했다. 루자크는 기다렸다는 듯이 말했다.

"이 아가씨께서 신으실 긴 부츠를 보여 주시오."

"얀? 갑자기 부츠라니……."

"이 날씨에 그렇게 다니시면 건강에 좋지 않으십니다. 게다가 그 스커트는 아무래도 너무 눈에 띄니까요."

는 핑계고 루자크는 사실 다른 남자들이 보지 못하게 하고 싶었다. 그녀의 드레스를 본 순간 그의 기분이 언짢아졌고, 신경이 쓰인 탓이었다. 영애는 몹시도 감동한 얼굴로 말했다.

"고마워요, 얀. 그렇게 내 생각을 해 주다니…… 얀은 정말로 좋은 사람이에요."

영애가 바싹 다가오기에 와락 안기는 줄 알고 그는 마음의 준비를 하고 있었는데 그건 아니었다.

'지금 내가 뭘 기대한 건가.'

루자크는 말에 태웠을 때 품에 쏙 들어오던 그녀의 포근함에 무척이나 안온한 기분을 느꼈다. 자신도 모르게 든 엉큼한 생각에 루자크는 정신을 퍼뜩 차렸다. 아직 귀엽고 해맑기만 한 영애인데, 그런 시커먼 생각을 품다니…….

렐시라는 구두상이 영애의 발 사이즈를 측정하더니, 부츠를 여러 개 골라서 보여 주었다. 영애는 이것저것 신어 보았다.

하나같이 잘 어울리는 것이 모두 그녀의 것 같았다. 루자크는 모두 사 주고 싶었다.

"전부 주시오."

"얀? 이걸 전부 다요?"

"전부 다 어울리십니다."

루자크의 말에 그녀가 깜짝 놀란 표정을 지었고, 구두 상인은 흡족한 미소를 지으면서 포장을 하러 갔다. 영애가 작게 소곤거리며 물어 왔다.

"저기, 얀. 미안하지만 나는 돈을 가지고 오지 않았어요. 이렇게 살 마음도 없다고요!"

"걱정 마시지요. 제가 값을 치를 겁니다."

"으엑? 얀이 무슨 돈이 있어서…….""

루자크는 그녀의 말에 품속의 주머니에서 금화를 꺼내고는 신발값을 지불했다. 사실 고작 신발 몇 켤레가 아니라, 이 가게의 신발 전부라도 당장 사 줄 수 있었다. 그러나 그는 펜블렌 공작이 아닌 집사의 신분이었으므로 이 정도만 하기로 했다.

갈색의 긴 부츠를 신은 영애의 모습을 보니 그제야 그는 안심이 되었다. 영애의 시선이 마치 홀린 듯이 의상실로 향하는 것을 눈치챈 루자크는 조용히 그 뒤를 따랐다.

무얼 하는가 봤더니, 어느 틈에 드레스의 라인을 스케치하고 있었다. 그녀의 옷을 향한 열망이 조금은 보이는 것 같아서 루자크는 말없이 뒤에 서 있었다. 스케치가 끝나자, 영애가 뒤를 돌아보면서 부끄러운 듯 말했다.

"아…… 미안해요, 얀. 많이 기다렸죠?"

"아닙니다. 얼마든지 더 그리셔도 기다리지요."

"아니에요. 다 됐어요. 리나에게 테본의 유행에 대해서 들었지만, 직접 옷을 만들려면 더 많이 공부해야 할 것 같아서요."

그렇게 말하는 영애의 눈동자는 그 어느 때보다 초롱초롱했다.

"테본의 유행에 대해 배우려면 아무래도 사교 파티에 나가시는 게 가장 좋겠군요."

"맞아요. 하지만 공작 각하께서는 사교 파티에 한 번도 나간 일이 없으셨다고 들었어요."

그녀의 말에 루자크는 뜻밖의 공격이라도 받은 듯한 얼굴로 말했다.

"……정무가 워낙 바쁘셔서 그럴 겨를이 없으셨을 겁니다."

"그러실 거라 생각했어요. 그럼 저도 사교 파티에 나가는 건 무리겠어요."

"……."

영애의 말에 루자크는 잠시 말을 잇지 못했다. 정무는 사실 핑계였다. 그가 원치 않은 것이다. 그러나 그녀에게 필요한 일이라면…… 상황이 달랐다. 반트에게 일러둘 사항이 몇 가지 늘었다.

*　　*　　*

"얀, 오늘 덕분에 너무너무 즐거웠어요."

엘리샤는 성으로 돌아와 그에게 인사를 전했다. 진심으로 고마웠다.

"저야말로 즐거웠습니다. 그럼 고단하실 테니 푹 쉬세요. 드레스 완성, 기대하지요."

"알겠어요, 힘낼게요!"

얀의 마지막 말에 엘리샤는 힘이 나는 것 같았다. 얀에게는 언제나 받기만 하는 것 같다는 생각이 들었다. 나중에 기회가 된다면, 그에게도 멋진 옷을 만들어 선물하고 싶었다.

엘리샤는 제 방이 있는 삼 층으로 향했다. 그러고 보니, 복도 끝에 있는 계단만 매일 이용했는데 한 번쯤은 성의 중앙에 있는 원형 탑의 계단으로 가 보고 싶었다.

나선형의 계단을 따라서 삼 층으로 가자, 복도 끝을 이용할 때보다 훨씬 빠른 것 같았다. 빙글빙글 도는 계단을 올라간 탓에 살짝 어지럽긴 했지만 그것마저 기분이 좋았다. 간만의 나들이로 기분이 붕붕 뜨는 것 같았다.

룰루 콧노래를 부르며 엘리샤는 습관처럼 문을 열어젖혔다. 문의 손잡이 위치가 조금 어색했지만 그러려니 했다. 그러나 방에 들어가자 마주친 풍경에 엘리샤는 멍하니 헛숨을 들이켰다.

"……흐읍?!"

예상치 못한 뜻밖의 살색 풍경에 엘리샤의 눈동자가 커다래졌다. 옷을 벗고 있는 남자의 등이었다. 정확히는 상반신만 탈의한 상태였지만, 엘리샤는 이미 정신이 혼미해지기 시작했다. 그녀는 그대로 눈을 감은 채 소리를 빽 질렀다.

"끼야아아앗!"

"누구냐!"

엘리샤의 비명에 남자가 뒤를 돌아보았다. 날카로운, 그러나 익숙한 목소리였다. 그의 푸른 눈동자와 눈이 마주쳤다. 알몸의 남자는 다름 아닌 얀이었다. 얀이 일굴을 찡그리면서 다가오며 물었다.

"……코넬리아 영애?"

훤히 드러난 그의 상반신에 엘리샤는 시선 처리를 어찌해야 할지 몰라서 바닥으로 떨어뜨렸다.

"어? 야…… 얀이에요? 으아, 미, 미, 미안해요! 내 방인 줄 알고."

보지 않으려고 해도 자꾸만 그의 맨살을 보게 되자, 엘리샤는 손으로 두 눈을 가리면서 뒷걸음질을 쳤다. 자신의 방인 줄 알고 마음 편히 들어왔는데 이게 웬 날벼락이람! 아…… 그리고 보니 삼 층에는 엘리샤의 방만 있는 게 아니었다. 원형 탑을 기준으로 오른쪽은 엘리샤의 방이지만, 왼쪽은 펜블렌 공작이 사용하는 방이라고 들었다. 원형 탑 계단을 이용하면서 자신이 방향을 착각한 모양이었다. 그녀는 일단 여기를 벗어나야겠다는 생각이 들었다.

뒷걸음질 치던 엘리샤는 기다란 책장에 몸을 쿵하고 박았다. 아구, 아파라 하면서 등을 쓰다듬으려는데 화아악, 몸이 끌어당 겨지면서 누군가가 자신의 몸을 감싸는 걸 느꼈다. 순식간에 벌 어진 일이었다. 엘리샤의 심장이 쿵쿵거렸다.

그는 엘리샤의 몸을 완전히 꼭 끌어안고 있었다. 그 짧은 순 간 그의 따스한 체온이 느껴져서 엘리샤는 눈도 깜빡이지 않은 채 꼼짝 않고 있었다.

이윽고, 장식장 위에 놓여 있던 무거운 장식품들이 와르르 쏟 아져 그의 등에 생채기를 냈다. 얀은 신음 소리 한번 내지 않은 채 엘리샤를 감싸 안고 있었다.

"얀?"

"가만히 계십시오."

엘리샤는 그의 말에 숨죽이고 있으면서도 너무나 미안하고 또 고마웠다. 그는 장식장 위의 장식품들이 떨어질 걸 알고서 자 신을 감싼 것이다.

이내 그의 팔 힘이 스르륵 풀리면서 엘리샤를 놓아주었다. 엘 리샤는 놀라서 그의 등을 살폈다.

"얀, 어디 봐요. 괜찮은 거예요? 어째서 그런 거예요……."

그의 매끄러운 등에 살점이 살짝 패이고 긁힌 상처가 있었다. 엘리샤는 자신 때문에 그가 다친 것에 마음이 아팠다. 하지만 얀 은 별것 아니라는 듯 말했다.

"하마터면 머리를 맞으실 뻔했습니다. 큰일을 막았으니 다행 이지요."

"하지만 당신 머리에 맞을 수도 있었잖아요."

"머리는 어떻게든 피하려고 노력했습니다. 예비 마님을 감싸느라 등은 포기했습니다만."

얀이 싱긋 웃으면서 말했다. 어쩜 아픈 내색을 하나도 하지 않았다.

"……고마워요, 고맙고 미안해서 무슨 말을 해야 할지 모르겠어요. 안 아파요?"

"보다시피 근육으로 다져진 몸이라 이만한 상처쯤은 괜찮습니다."

"약 같은 건 어디에 있어요? 리나를 불러서 약을 좀 가져올게요. 근데 여기에서 무얼 하고 있었어요? 여긴…… 공작 각하의 방이 아닌가요?"

그제야 정신을 차리고 위치 파악을 제대로 한 엘리샤가 물었다. 얀의 낯빛이 살짝 굳어졌다. 엘리샤는 순간 자신이 무언가 실수라도 저지른 것만 같아서 잠자코 있었다.

마침내 정적을 가르고 얀이 대답했다.

"……각하의 방을 정돈하고 있었습니다. 그러다 보니 조금 더워서……."

그는 살짝 식은땀을 흘리고 있었다. 머리칼을 가볍게 쓸어 넘기던 얀이 미간을 좁혔다. 어쩐지 그는 평소보다 부자연스러워 보였지만, 엘리샤는 급작스러운 마주침 때문이라고 여겼다.

엘리샤는 얀의 상처가 걱정되었다. 자신 때문에 다쳤는데 이대로 둘 수는 없었다.

"……그럼 당신 방으로 가서 치료를 하도록 해요. 각하는 어차피 안 계시니까 방은 나중에 정돈하면 되잖아요."

엘리샤는 그를 데리고 갔다. 그녀보다 훨씬 더 체구가 큰지라 부축을 해 주려 해도, 얀이 괜찮다며 웃었다. 원형 탑의 문을 통해서 건너편 복도로 가는데 익숙한 모습이 보였다. 리나였다. 두 분이 함께 있자 다소 얼떨떨한 표정을 짓고 있던 리나에게 엘리샤가 말했다.

"어머, 리나! 마침 잘 만났어요. 얀이 다쳤어요. 의사를 불러 주세요."

"……의사까지는 됐습니다. 상처 연고로 충분합니다."

"……그래요? 그럼 상처 연고를 좀 얀의 방으로 가져다주세요."

"예, 그, 그런데 바르텔 경 방이 어디셨더라……."

리나가 땀을 삐질 흘리면서 물었다. 성안에는 집사 얀 바르텔의 방 따위는 없었으니까. 얀이 손가락을 뻗어 가리켰다.

이 층 가장 끝 방, 거긴 반트 랜디어스의 방이었다.

"이런, 대집사님과 내가 같은 방을 쓰고 있다는 걸 깜빡했군요. 체임버러 양."

"아아, 그랬었지요. 참. 그리로 가져다드리겠습니다."

얀과 랜디어스 경이 같은 방을 쓰고 있다는 건 엘리샤도 처음 아는 사실이었다. 이윽고 다다른 방문을 열고 들어가자, 갈색 톤의 방은 흐트러짐 없이 깨끗했다. 침대 시트까지 누운 흔적 없이 아주 깔끔하게 정리 정돈되어 있었다. 랜디어스 경은 무척이나 깨끗한 성격인 듯했다.

"얀, 여기에 누워요."

"……네."

얀이 셔츠를 벗자 다시금 드러난 탄탄한 가슴에 엘리샤는 다른 곳을 애써 쳐다보았다. 하지만 자꾸만 시선이 갔다. 민망하긴 했지만 그래도 감탄스러웠다. 얀은 얼굴만 조각이 아니라, 몸은 더하구나.

엘리샤 같은 체구의 여자를 두 명은 끌어안아도 넉넉할 만큼 넓은 가슴은…… 테본의 황금 들판처럼 드넓었다. 게다가 탄탄하게 갈라진 근육과 두꺼운 팔뚝은 생각 외로 남성스러움이 철철 넘쳤다.

벗은 건 얀인데 괜스레 제 볼이 붉게 달아오르는 것 같았다. 엘리샤는 느닷없이 아까 얀의 따스한 체온이 생각나서 머리를 흔들었다.

얀이 등 쪽을 보이게 누웠다. 등의 골격도 크고 곧게 뻗어 있었다. 탄탄함도 마찬가지였다. 어느 한 군데 모자람이 없는 사람 같았다.

엘리샤가 그의 몸을 감상하고 있자, 리나가 방문을 두드렸다. 살포시 웃음을 지으며 리나는 약초로 만든 연고와 붕대가 들어 있는 상자를 건네고 총총 사라졌다. 마치 일부러 빨리 가려는 사람처럼.

"여기 있습니다, 예비 마님. 그럼 저는 이만……"

"엇, 리나?"

'이 상태에서 둘이 있으면 분위기 어색한데…… 조금만 더 있다 가지. 하는 수 없지. 어서 약을 발라 주고 나가자.'

엘리샤는 연한 초록빛이 나는 연고를 가득 짜서 얀의 상처에 골고루 발라 주었다. 그가 통증이 있는지 얼굴을 살짝 찡그렸다. 다행히 심한 상처는 아니었지만 타박상으로 시퍼렇게 멍이 든 곳도 있었다.

"잠깐 일어나 줄래요? 붕대를 감아야……"

얀이 일어나 상체를 세웠다. 붕대를 감는 손이 미세하게 떨렸지만, 엘리샤는 옷을 입힌다 생각하면서 부지런히 둘둘 감았다. 리본 매듭으로 마무리를 하자 제법 그럴싸했다.

"다 됐어요. 그만 쉬어요."

그를 다시 침대에 누이고, 엘리샤는 이불을 덮어 주었다.

"이 정도 상처라면 바로 움직일 수 있어요. 저를 너무 약골로 보시는군요?"

"……안 돼요, 얀. 그래도 누워 있어요. 안 그러면 내 마음이 편치 않으니까요."

"고맙습니다."

"저는 그만 가 볼게요, 얀. 드레스를 만들어야겠어요."

엘리샤는 그만 이 자리를 빠져나가고 싶었다. 단지 그가 걱정되어서 치료를 해 주었을 뿐이다. 더 오래 있으면 남의 이목에도 좋지 않을 뿐 아니라…… 다른 문제도 생길 것 같았다.

"네, 저 때문에 괜히 쉬지도 못하셨군요. 집사 주제에 예비 마님께 보살핌을 받다니 부끄럽습니다."

"아니에요. 얀은 내 소중한 친구니까 보살펴 주는 건 당연해요."

"한낱 집사인 저를 그리 여겨 주시다니, 당치 않습니다."

그의 푸른 눈동자에 이채가 돌았다. 의외의 말을 들은 얼굴이었다. 엘리샤는 그도 그렇게 생각하기를 바라면서 밝게 웃었다.

"나는 진심이에요. 얀 덕분에 항상 즐거웠는걸요. 앞으로도 좋은 친구가 되어 주세요. 그리고 빨리 낫도록 하세요. 아셨죠?"

"알겠습니다."

다시 일어나서 몸을 일으키려는 얀을 제지하고는, 엘리샤는 훌쩍 방을 떠났다. 엘리샤는 자신의 방으로 돌아와서 이불을 폭 뒤집어썼다.

"휴우, 겨우 빠져나왔어."

이상하다.

그와 단둘이 있는 동안 왜 이렇게 사소한 모든 것이 하나하나 신경이 쓰이는지 모르겠다. 오늘 하루 동안 있었던 일들이 눈에 선연히 떠올랐다.

두근두근, 심장이 한시도 가만있지를 않고 뛰고 있었다. 그저 친절한 사람일 뿐인데 그의 눈빛과 말투, 행동 하나하나까지도 모두가 자신의 마음을 설레게 했다.

무엇보다도 부드럽고 강하고 단단한 그 품 안에 있었을 때의 그 기분이란…… 아, 말로 설명할 수가 없다. 그냥 모든 걸 잊고 싶을 정도로 포근했다. 좋았다. 엘리샤는 얀의 품을 떠올리면서 얼굴을 잔뜩 붉혔다.

"미쳤어. 넌 미친 거야, 엘리샤."

자꾸만 눈치 없이 뛰기 시작하는 심장을 모른 척해 왔지만, 지금도 뛰고 있었다. 대체 이걸 어찌해야 할까.

'이 상태로는 도저히 공작 각하와 혼인할 수 없어. 나는 공작님과 혼인할 자격이 없는 여자야!'

엘리샤는 이불 끝을 잘근잘근 씹으면서 생각했다. 그러고는 베개를 팡팡 때렸다.

"으으…… 모르겠어, 정말로!"

이 비밀스러운 마음이 왜 이렇게 자꾸 움트려고 하는 건지 엘리샤는 몹시도 심란해졌다. 당분간은 그의 얼굴을 보지 않는 편이 나을 것 같기도 했다. 눈에서 멀어지면 마음도 멀어진다지.

'제발 그에게 마음이 가지 않게 해 주세요.'

엘리샤는 베개를 폭 끌어안으면서 기도했다.

*   *   *

고작 등짝에 잔상처가 났다는 이유로 간호를 받고 부하의 침대에 누워 있는 자신의 상황에 루자크는 실소가 터졌다. 전장에서는 이 정도 상처쯤은 아무것도 아니었다. 이 침대의 주인 역시 지금 그를 본다면 망할 그 안경 너머로 싸늘한 조소를 날릴 것이다.

'대체 뭘 하고 있는 것이지?'

어린 시절에도 해 본 적이 없는 소꿉장난을 하고 있는 기분이랄까. 부하나 시종에게 시중을 받는 것과는 달랐다. 누군가에게 진심 어린 따뜻한 보살핌을 받아 보는 것은 제법 오랜만이었다. 아니, 가족 외에는 처음이었다. 그가 귀찮고 필요 없는 것이라 치부했던 일들이었다.

루자크는 십여 년의 긴 시간 동안 사람과의 관계를 멀리했었다.

스스로 벽을 만들고, 성을 쌓고 단단히 문을 걸어 잠그면서 사적으로는 철저히 외부인과 단절하는 삶을 살았다. 오직 가까이 두고 마음을 여는 이는 수족과 같은 친우 반트 랜디어스뿐.

한꺼번에 소중한 두 사람을 잃었던 바로 그날을 기점으로 어린 루자크는 결심했다. 절대로, 절대로 자신에게 소중한 사람을 만들지 않기로…….

혹여 그럴 만한 계기가 생기지 못하게 막았다. 자신에게 사적으로 다가오려는 이들을 모두 칼같이 쳐 냈다. 과거에는 보름마다 한 번 파티가 열렸던 사교계의 성지였던 이곳, 블랙 윈터 성의 성문을 걸어 잠그고 아무도 만나지 않았다.

사교계에 나서는 일은 일체 없어졌다. 스스로도 그는 영향력이 큰 자리에 있다는 것을 잘 알고 있었다. 세간에서 주목받거나 화제가 되고 싶지 않았다. 뭇 사람들의 선망의 대상이 되고 싶지도 않았다.

그저 죽은 듯이 조용히 살고 싶지만 공작이라는 위치에 선 이상 그건 불가능했다. 대신에 그는 그림자가 되어 살기로 결심했다. 공작이 마땅히 해야 할 실질적인 모든 일은 수행했지만, 대외적인 자리에는 모습을 비추지 않기로. 외부적인 행사나 황제를 알현하고 수도를 오가는 일도 최대한 삼갔다.

처음에는 영지민들도 모습을 드러내지 않는 공작을 두려워했으나, 그의 올곧은 치세를 알고 펜블렌가를 향해 환호했다. 루자크는 영지민의 신뢰를 얻기 위해서 과중한 세율을 내리고 부정을 벌이는 귀족들이 없도록 관리했다.

화려한 파티 자리에 참석하는 대신, 그는 조용히 영지를 시찰하고 적들의 목을 베었다.

테본 내의 봉신인 귀족들만 그의 얼굴을 알았고, 타 지역과 교류가 거의 없어 루자크 공작의 실체를 모르는 귀족들이 대다수였다. 그에게는 유령이 들끓는 까마귀 성의 흉측한 공작이라는 소문이 전부였다.

루자크는 차라리 그편이 더 좋았다. 그런 소문이 막아 주지 않았다면 황후의 외조카에, 과거 그의 조상 대대로 내려온 개국공신의 가문, 전쟁에 큰 공을 세운 명문가라는 타이틀이 그를 가만 놔두지 않을 터였다. 그리되었다면 조용히 살고 싶은 그의 소망과는 다른 삶을 살고 있었을 것이다.

모두가 두려워한다는 건, 그만큼 관심을 돌릴 수 있는 좋은 미끼였다. 루자크는 자신의 주위로 누구도 다가오지 못하도록 얼음 성을 쌓았다. 스스로 자처한 고독함은 그것이 익숙해지자 버틸 만했다. 그만큼 바쁘고 혹독하게 살아왔다. 외로움을 느낄 틈 없이.

그렇게 차곡차곡 쌓아 온 얼음 성에 균열이 갈 것만 같은 불길한 예감이 들었다. 많은 귀족가의 부부가 그렇듯이, 그도 그냥 형식적인 아내가 생길 뿐이라고 생각했다.

그 자리에 앉는 사람이 누가 되더라도 최선을 다했을 터였다. 하지만 그녀는 무언가 달랐다. 하나부터 열까지 예상에 들어맞지 않았고, 어쩐지 자꾸 신경이 쓰였다.

'대체, 왜지?'

이성적으로 끌리는 게 아니라면서도, 그녀의 말간 얼굴을 마주하면 마음 한구석에 살랑살랑 바람이 이는 듯 간지러웠다. 분명 그녀와 자신 사이에 어떤 알 수 없는 힘이 작용하는 것 같았다.

영애 대신에 다치고 나서 가장 먼저 든 감정은 안도감이었다. 그녀가 무사하다는 안도감. 여린 몸에 생채기가 나거나, 영애가 크게 다칠 것을 생각하면 눈앞이 아찔했다. 그건 결코 있어서는 안 되는 일이다.

그녀처럼 작고 여린 여자는 처음 보았다. 아기처럼 보드라운 살결은 자신이 강하게 그러잡기만 해도 붉게 자욱이 나리라.

루자크는 문득 등에 생생하게 남아 있는 여리고 부드러운 손끝의 감촉이 생각나서, 셔츠를 걸치고, 단추를 꼭꼭 채워 잠갔다. 무언가 스스로 용납하기 어려웠다.

이런 건 자신이 아닌 것만 같은 느낌.

루자크는 몸을 일으켰다. 이런 사사로운 생각을 하는 것 자체가 여상스럽고 낯설었다. 당분간은 영애와 마주치지 말아야겠다. 물론 매일 처리해야 할 일이 쌓여 있으니 정무에 매진한다면 가능한 계획이었다.

　이 이상한 기분들을 말로 설명할 수 있을 때까지는 그러는 게
좋을 것 같았다.

5.
그림자 공작

반트는 자신의 침대 위에서 발견한 주군의 모습에 놀라는 대신에 아무렇지 않게 들어와 겉옷을 벗어 가지런히 걸어 놓았다.

그가 셔츠를 벗고는 다른 편안한 옷으로 갈아입기 시작했다. 루자크는 모로 누운 상태로 침대의 주인에게 능청스럽게 말을 걸었다.

"이봐, 놀라는 척이라도 안 하나?"

"……별로 놀랍지도 않습니다만."

"재미없긴."

"재미로 집사를 하시는 각하를 보니, 차라리 재미없게 사는 게 훨씬 이로울 듯싶습니다."

반트는 눈을 더욱 가늘게 뜨면서 안경을 들어 올렸다.

"이제 그만 제 침대에서 내려오시죠. 엉망이 된 시트를 정리해야겠습니다."

"알겠네."

루자크는 반트의 핀잔에 몸을 일으켰다. 대충 걸친 셔츠 차림을 반트의 날카로운 눈이 지나가듯 훑었다. 이윽고 붕대로 몸을 감고 있는 모습이 보이자, 반트가 루자크에게 다가와 그의 어깨를 붙들었다.

"……잠깐. 루자크, 다친 건가?"

"아, 별것 아닐세."

"별것 아니긴. 어디 좀 봐."

반트가 루자크의 셔츠를 젖혀 기어이 등을 확인했다. 그러고는 설명을 요구하는 눈초리를 보냈다.

"장식장 위의 물건들이 쏟아져 내렸어."

"가만히 있던 물건들이? 우리 공작 각하께서 마법을 배웠다는 이야기는 들은 바가 없는데?"

'적당히 좀 넘어가 줘.'

"장식장에 부딪쳐서 그랬어. 자잘한 상처야."

한눈에 보기에도 큰 상처는 아니었다. 게다가 누군가가 돌보아 준 흔적도 있었다. 어설프게 상처에 붕대를 감고, 매듭을 지어 놓았다. 누구인지는 빤했다.

"예비 마님을 위해서 이제 상처도 불사하는 모양이군."

"귀신같이 맞히는군."

"시내 구경을 가셨다고 안돌프에게서 들었어. 별일 없었겠지?"

"당연하지."

루자크는 그리 말하면서 씩 웃었다. 반트는 왠지 그 얼굴을 슬쩍 흘겨보았다. 수상쩍었다. 외부에 나서는 일을 좋아하지 않던 루자크가 사람들이 바글대는 시내 구경이라니? 알다가도 모를 일이었다. 반트가 그리 속으로 생각하는 사이에, 루자크가 말했다.

"참, 코넬리아 영애의 식단은 잘 관리하고 있겠지?"

"그건 민스첼에게 넘겼습니다, 각하."

"옳지, 그건 그렇고 그녀가 참여할 만한 사교계 모임이 있나? 명단을 뽑아 줘."

제아무리 주군이라지만, 직속 부하의 침실에서 일 이야기를 하는 건 도가 지나치지 않나? 그렇게 생각하는 것도 잠시, 반트는 그에 대한 반론을 하는 것도 입이 아플 것 같았다.

"아직 예비 마님은 혼인 전이시라, 혼인 후 공작 부인의 이름으로 자연스럽게 활동하시는 게 좋을 겁니다."

"흠, 확실히 그것도 그렇군. 미혼 상태에서 활동하는 건 나도 반대니까. 괜한 날파리가 꼬여 들 수 있어."

반트가 비꼬듯 말했다.

"그 미혼 상태를 만들고 계신 게 바로 각하 아닙니까."

그 말에 루자크는 머쓱한지, 잠시 고민하는 척 눈동자를 굴리다가 반트에게 눈을 맞추며 말했다.

"그럼, 드레스 제작 의뢰를 받아다 줄 수 있겠나?"

"드레스 제작 의뢰라니……."

"그녀가 드레스 만드는 데 소질이 있더군."

루자크의 이야기를 들은 반트의 눈이 세모꼴로 변하더니, 콕 집어서 말했다.

"그 일 역시 혼인 후에 진행하시는 게 좋겠습니다. 펜블렌가의 공작 부인으로서 더욱 입지를 다지실 수 있으니 말입니다."

"그건 그렇지."

반트의 말도 일리는 있었다. 루자크는 고개를 끄덕이면서 입술을 연신 깨물었다. 모든 것은 혼인을 하면 시작할 수 있었다. 그건 무엇보다도 잘 알고 있었다. 하지만 지금의 유희는 사라지겠지. 더 이상 그녀는 이제 제 앞에서 맑고 투명한 웃음을 보여 주지 않을 것이다. 펜블렌 공작이 아닌, 집사 얀에게 지어 주는 그 미소를 다시는 볼 수 없을지도…….

* * *

늦은 밤 엘리샤가 옷본을 보면서 골무를 낀 손가락을 까딱하자, 재봉 도구들의 움직임이 일사불란해졌다. 옷본대로 일은 착착 진행되고 있었지만, 자꾸 머릿속에는 누군가에 대한 생각이 차올랐다.

그녀가 이 세상에서 가장 좋아하고 자신 있는 일이 옷 만들기다. 지금 술렁이는 마음의 파도를 붙잡고 안정시키는 데에도 도움이 될 만한 일은 오직 이것뿐이었다. 어떻게든 얀 생각을 하지 않기 위해서는 쉼 없이 무언가를 계속해야 했다. 엘리샤는 자그만 분홍빛 입술을 꼭 깨물었다.

그럼에도 자꾸 떠오르는 그의 푸른 눈동자에 엘리샤는 심장이 울렁거렸다. 그 푸른 눈은 가끔은 너무나 맑고 새파란 하늘색이었다. 그래서 그의 눈을 들여다볼 적이면, 그 안에 빠지고 싶다는 생각이 종종 들었다. 자신도 모르게 얀을 떠올렸다는 걸 깨달은 엘리샤는, 볼멘소리로 중얼거렸다.

"……윽, 제발. 엘리샤, 그 생각은 안 하기로 했잖아."

엘리샤는 다시 마음을 가다듬고는, 마법의 옷감을 주르륵 펼쳤다. 아직 원단을 어떤 것으로 할지 고르지 못했다. 실용성을 강조한 드레스이므로, 원단은 면직물이 가장 좋을 듯했다. 엘리샤는 옷본에 원단을 갈색 면직물이라고 적었다. 세탁을 하기에도 손쉽고, 입었을 때도 편안할 것이었다.

마법의 옷감이 있어서 참으로 다행이었다. 이게 없었다면 엘리샤는 옷을 제작하는 데 더욱 많은 돈과 시간을 들여야 할 터였다. 엘리샤는 마법의 옷감을 쓸어내리면서 말했다.

"갈색 면직물 원단으로 부탁해."

이윽고 마법의 옷감이 사르륵 면직물로 변했다. 이번에는 가위를 불러 옷본대로 자르려고 했는데, 순간 엘리샤의 머리로 번뜩 지나가는 생각이 있었다. 그래, 그녀에게는 이게 있었다. 무슨 옷감이든 될 수 있는 마법의 옷감. 실크와 면직물도 만들어냈으니, 값비싼 다마스크도 가능하지 않을까? 지난번에는 드레스를 복구하는 데만 급급했고, 이 마법의 옷감의 가치를 지나쳤다.

순간 엘리샤의 눈동자에 호기심이 슥 일었다.

다마스크는 바다 건너에서 들여오는 최고급 원단으로, 한쪽에만 광택이 있어 무늬가 더욱 도드라져 보이는 귀한 옷감이었다.

"다마스크를 실제로 사면…… 값이 어마어마하겠지? 보라색 다마스크로 부탁해."

그러나 마법의 옷감은 들은 체 만 체였다. 색상이나 원단의 변화 없이 투명한 무지갯빛 그대로였다. 엘리샤의 고개가 기울어지더니 이내 이유를 알아챘다.

"아! 옷본에 적어 줘야 하는구나? 새침하긴! 초크, 그려 줘!"

엘리샤의 명령대로 초크가 옷본 위에 슥슥, 글씨를 적자 마법의 옷감이 스르륵 빛을 발하면서 보라색 다마스크로 변했다. 보면 볼수록 신기했다. 엘리샤는 마법의 옷감을 뺨에 비벼 보았다. 까슬함 하나 없이 매끄러운 광택이 도는 어두운 보라색 원단은 그 자체만으로도 기품이 어렸다.

"……이 빛깔 고운 것 좀 봐. 가만 그러고 보니까 이 원단만 잘라서 팔아도 엄청난 부자가 될지도 몰라. 한 번만 해 볼까?"

옷감은 시동어가 통하지 않지만, 가위는 시동어가 통하니까 시험해 볼 필요가 있었다. 어차피 힘이 드는 것도 아니니까! 엘리샤가 가위를 바라보면서 외쳤다.

"잘라 줘! 열 장만!"

시동어를 알아들은 가위가 움직이면서 마법의 옷감으로 다가와 원단을 자르기 시작했다.

싹둑싹둑.

금속이 천을 가르는 소리. 듣기에도 참 좋았다.

'이게 바로 돈이 쌓이는 소리구나.'

엘리샤는 두 손을 꼭 마주 잡은 채 가위의 몸놀림을 지켜보았다. 평생 동안 돈 걱정을 해 오며 살아오던 그녀였는데, 이제는 그럴 필요가 없었다. 엘리샤에게 주어진 화려한 사치품들, 그건 공작의 재산이지 오롯이 엘리샤의 것은 아니지 않은가.

그러나 이건 달랐다. 이 재봉 도구가 만들어 내는 것들은 순전히 엘리샤 혼자만의 것이다. 엘리샤는 사랑스럽다는 듯 재봉 도구들을 바라보았다.

"어라?!"

어쩐 일인지 한 번 원단을 자른 가위는 더 이상 움직이지 않았다. 가위는 옷을 만드는 데 필요한 원단만 자르고서는 얌전해진 터였다. 재단을 마치면 마법의 옷감은 원래대로의 투명한 무지개색으로 돌아왔다.

"이럴 수가…… 이럴 리가 없는데."

엘리샤는 가위에게 다시 한 번 외쳤다.

"잘라 줘!"

그러나 가위는 옷본에 필요한 만큼만 다시 재단을 시작했다. 엘리샤의 보라색 눈이 빛났다.

"……그렇단 말이지. 무조건 옷본대로 따르는구나."

엘리샤는 좋은 생각이 났다. 암, 부자가 되는 꿈을 포기하기엔 이르지.

"그럼 이렇게 하면 되잖아."

엘리샤는 초크를 이용해서 아무런 재단이나 바느질 과정 없이 그대로 원단을 사용하는 옷본을 만들었다. 물론 귀한 다마스크 원단으로! 옷본 형태 자체가 사각형의 긴 원단이 되는 셈이었다. 엘리샤는 완성된 옷본을 든 채로 가위에게 말했다.

"잘라 줘!"

엘리샤의 생각은 정확히 맞아떨어졌다. 순식간에 값비싼 다마스크 원단 열 장이 생겼다.

"……이제 난 부자야!"

귀한 원단을 만들어 낸 마법의 옷감을 보듬으며 엘리샤는 새록새록 꿈을 키웠다. 돈을 모으면 가장 먼저 하고 싶은 건 자신만의 멋진 의상실을 차리는 거였다. 콜린 자작님의 의상실처럼. 엘리샤는 가슴이 콩닥거렸다.

턱을 괸 채 앉아 있던 엘리샤는 공중을 떠다니고 있던 실과 바늘에게 명령을 내렸다. 엘리샤는 하품을 하면서 외쳤다.

"꿰매 줘."

얼른 옷을 완성해야겠다는 생각이 들었다. 테일러 키트가 있는 한 쉬는 게 손해였으니까! 그러나 무턱대고 방 안에만 틀어박혀서 옷만 만들 수도 없었다. 엘리샤가 테일러 키트로 옷을 만드는 건 그녀만이 알고 있는 비밀이어야만 했다.

* * *

반트는 자신을 부르는 목소리에 걸음을 멈췄다. 짙은 초록빛 머리카락, 단정한 인상의 리나였다.

"랜디어스 경!"

"무슨 일입니까, 리나 체임버러 양."

리나의 눈동자에는 원망과 불만 같은 것이 서려 있었다.

"……각하께서는 언제까지 예비 마님을 이대로 놔두실 심산 이시래요?"

"거야 나도 모릅니다."

"……두 분은 사적인 비밀도 모두 공유하던 사이 아니셨나요? 가지도 않은 영지 시찰을 구실로 언제까지 예비 마님을 혼자 내 버려 두시려고요. 이건 말도 안 돼요. 마님이 너무 가엾지 않으 세요? 생각해 보세요. 낯선 땅으로 시집왔는데 정혼자는 자리를 비운 채 깜깜무소식이라니…… 평생을 함께해야 할 사람의 환영 조차 없는 혼인을 기다리는 일이 여자로서 얼마나 슬픈 일인지 아시냐구요!"

감정에 복받친 듯 목소리가 점차 커지는 리나를 달래면서, 안 쪽에 계시는 마님이 이 이야기를 들을까 봐 반트는 노심초사했 다.

"체임버러 양, 잠깐 진정 좀 하는 게. 예비 마님께서 듣기라도 하면 어쩌려고……"

"……흑. 가여운 우리 예비 마님. 꽃 같은 나이에 시집오셨는 데 이게 대체……."

"제발 진정 좀 하라니까."

반트는 리나의 뒤로 나타난 주군의 싸늘한 얼굴을 마주하곤 그녀를 나무랐다.

"소란스럽군."

반트의 옷자락을 움켜쥐면서 울분을 토로하던 리나는 이내 입술을 다물었다.

"……각하!"

"자네 말대로 가혹한 처사인 건 알고 있어. 하지만 난 도리어 그녀에게 시간을 좀 주고 싶어. 내가 지켜본 그녀는 아직 결혼보다는 다른 것에 관심이 많아 보이더군. 그래서 조금 더 지켜보는 것뿐이니 이해해 주었으면 하는군."

"……예, 저는 그저 예비 마님이 걱정되어서……."

"자네 마음은 잘 알겠네. 하지만 거기까지만 해 줘."

제아무리 당돌한 리나 체임버러라도 주군이 이렇게 이야기하니 아무 말도 하지 못했다. 주군의 말이 전부 거짓이고, 그저 자신의 재미 때문에 저런다는 것을 알고 있는 반트로서는 그저 가식적인 그의 말에 동조하지 않는다는 눈빛만 보낼 뿐이었다.

*　　*　　*

보름 후.

엘리샤는 조금 우울했다.

이곳 블랙 윈터 성에 온 지 한 달이 가깝도록 펜블렌 공작이

성으로 돌아왔다는 소식은 들려오지 않았다. 원치 않는 혼인을 해야 하는 입장에서는 반가운 일이었지만, 그녀가 공작 성에서 안온하게 지낼 수 있는 건 예비 안주인으로 예정되어 있기 때문이었다. 그러니 늦어지는 혼인을 좋게만 받아들일 일도 아니었다.

만약 공작이 혼인을 원하지 않아서 영영 미룬다면 그녀는 다시 아를렌으로 내쳐지는 신세가 될 수밖에 없을 터였다.

명문가에 시집온 신부의 존재 가치는 혼인으로써 완성되고 유지되는 것이었으니까. 남편의 거부로 인해서 혼인이 이루어지지 않는다면 그것만큼 귀족 영애에게 수치스러운 일도 없을 것이다.

레오나드 백작은 엘리샤에게 가문을 더럽혔다면서 더욱 모질게 대할 것이 불을 보듯 빤했다.

그래서 엘리샤는 공작과의 결혼이 두려우면서도 그에게 기댈 수밖에 없었다. 그저 남편 될 사람에게 한 가지 바라는 게 있다면,

'거칠고 난폭한 분이시라고 했지만 조금이라도 상냥한 분이라면 좋겠어. 얀의 반의반만큼이라도······.'

그것뿐이었다. 방치나 무시는 참을 수 있지만 목숨을 위협받으면서 살고 싶지는 않았다. 문득 엘리샤는 자신도 모르게 얀을 공작과 비교 대상으로 삼았다는 사실에 잠시 변명할 구실을 찾고 있었다.

'얀은 집사이니까 나에게 상냥한 게 당연해. 그게 그의 의무인

걸.'

스스로의 머리를 콩 쥐어박고 싶었다.

하지만 쉽게 열리지 않는 그의 입술에서 다정한 목소리가 들려올 때면, 아무 생각도 할 수가 없었다. 차가운 외모와는 다르게 그의 푸른 눈동자에서 따스함을 찾을 때면, 아무 말도 할 수가 없었다.

'아…… 멜드레 선생님. 지금 상담이 필요해요, 저.'

엘리샤는 조그만 어깨를 추욱 늘어뜨렸다. 보기 좋게 한쪽으로 정돈해 내린 탐스러운 머리카락이 흔들렸다. 엘리샤는 화장대 밖으로 보이는 창문을 열어 놓은 채 찬바람을 쐬고 있었다.

그녀의 마음처럼 흐린 잿빛 하늘이었다. 금세 빗방울이라도 떨어질 듯했다.

"예비 마님! 오늘은 왜 이리도 기운이 없으신 거예요? 달콤한 간식이라도 가져올까요?"

리나가 조심스레 물어 왔다. 오늘은 온종일 방 안에만 조용히 계시는 모습이 자못 의아했다. 엘리샤는 고개를 저었다.

"아뇨, 괜찮아요."

"무언가 고민이라도 있으신가요? 저라도 괜찮다면……."

마음 씀씀이는 고마웠지만 성안의 그 누구에게도 꺼낼 수 없는 이야기였다. 어차피 엘리샤는 모든 것을 혼자서 껴안아야 하는 입장이었다.

"괜찮아요. 날씨 탓이에요. 그보다 고향에 있는 지인들에게 편지를 쓰고 싶어요. 리나는 쉬도록 하세요."

"예, 알겠습니다. 언제든 필요하실 때 불러 주셔요."

리나가 조용히 물러가자, 엘리샤는 개인 서재로 향했다. 복도의 가장 끝 방이었다.

엘리샤는 책상에 앉아서 종이와 깃펜, 잉크를 꺼냈다. 멜드레 선생님과 유모 마린에게 편지를 짤막하게 썼다. 테본에서 너무나도 잘 지내고 있다고, 꿈만 같다고. 하지만 마침표를 찍을 때까지도 결국 속마음은 아무에게도 털어놓지 않았다.

스스로도 지금 이 감정이 무언지 모르겠는데 누구에게든 섣불리 말하고 싶지 않았다. 어쩌면 영원히 비밀로 간직하게 될지도 몰랐다. 혼인이 정해진 여자가 다른 누군가에게 관심을 가질 수 있다는 건 어린 그녀에게 용납하기 어려운 일이었다.

그보다 엘리샤를 안타깝게 하는 건, 최근 얀을 보지 못했다는 사실이었다. 물론 그와 마주치지 않으려고 노력하긴 했다. 그러나 이렇게까지 보기 힘들어질 줄은 몰랐다. 근 보름 가까이 엘리샤는 얀과 마주친 적이 없었다. 아니, 그의 뒤통수 혹은 그림자조차 본 적이 없었다.

단 한 번도 말이다.

"어떻게 그럴 수 있지?"

공작성이 아무리 넓다고 한들, 다른 사용인들은 자연스럽게 하루, 적어도 이틀에 한 번 이상 마주치곤 했다. 그들은 공작과 그의 예비 아내를 위해서 일하는 자들이니까.

그런데 랜디어스 경이나 리나의 업무는 제대로 전해 들었지만, 얀의 주 업무가 무엇인지는 들은 바가 없었다. 그저 직책이

집사라고만 들었다. 정혼자를 직접 데리고 오게 할 정도라면 공작으로부터 상당한 신뢰를 쌓은 것일 텐데 그는 정확히 하는 일이 뭘까?

대집사인 반트가 있으니, 같은 집사라고 해도 무언가 다른 일을 할 것 같았다. 어쩐지 얀은 비밀을 잔뜩 가지고 있는 사람 같았다.

엘리샤는 다 쓴 편지를 가문의 인장으로 봉한 뒤 침실로 돌아와 줄을 당겼다. 곧 리나가 들어왔다.

"편지를 다 쓰셨군요."

"그래요."

"주시면 담당 시종에게 전하겠습니다."

"고마워요, 리나. 혹시 집사 바르텔 경은 어디 갔나요?"

예비 마님의 입술에서 튀어나온 바르텔 경이라는 생소한 이름에 리나는 잠시 대답을 곧장 하지 못하다가 가까스로 떠올린 듯 말을 이었다. 하지만 표정이 편치 못해 보였다.

"아아…… 네. 바르텔 경은 지금 성안에 없어요. 자세한 사정은 모르지만 그렇다고 들었어요. 그에게 급히 시키실 일이라도 있으신가요? 제가 대신 명을 따르겠습니다."

"……아, 아니에요. 그에게 직접 물어볼 것이 있는데 요즘 도통 보이질 않아서 물어봤어요. 성에 없어서 안 보였군요."

엘리샤는 리나의 공손한 말에 고개를 저었다. 성을 비울 정도라면 무슨 중요한 볼일이라도 있는 것일까? 혹시 공작 각하의 명령으로……? 아무래도 리나는 전혀 모르는 것 같으니까, 랜디어스 경에게 물어봐야 할까?

응접실로 나가자 마침 랜디어스 경이 평온한 얼굴로 엘리샤를 맞이했다. 평소처럼 아무렇지 않은 표정이었지만, 랜디어스 경은 묘하게 눈빛이 날카로워져 있었다. 무언가 신경을 쓰는 일이 있는 듯했다. 하지만 엘리샤 앞에서는 티를 내지 않으려 애를 쓰며 미소를 지었다.

"향이 좋은 차가 들어왔는데, 아주 먼 이방에서 들여온 것이라는군요. 예비 마님이 좋아하실 만한 향입니다."

"어머, 그래요? 그렇다면 한번 맛보아야겠어요."

마침 물어볼 것도 있으니 차 이야기는 반가웠다. 엘리샤는 응접실 소파에 가지런히 앉았다.

잠시 후에 반트가 찻주전자와 찻잔을 가져왔다. 금빛 테가 둘러진 주전자와 찻잔은 물결 모양이 우아하면서도 앙증맞아 보였다.

우러난 찻잎을 확인한 반트가 주전자를 들어 찻잔에 쪼로록 차를 따랐다. 분홍빛이 도는 맑은 빛깔이었다. 실내를 가득 채우는 달콤하면서도 상큼한 내음에 엘리샤는 저절로 입술을 벌렸다. 엘리샤가 찻잔을 들었다.

"이렇게 향이 좋은 차는 처음 봐요."

"저도 그렇습니다. 산사라는 붉은 열매를 말린 것입니다."

차를 한 모금 넘기자, 청아하면서도 새콤달콤하게 넘어가는 맛이 입 안을 감돌았다.

호로록 계속해서 차를 마시던 엘리샤는 찻잔을 모두 비우고 나서야 내려놓았다.

"너무 맛있는걸요?"

"좋아하실 줄 알았습니다."

"참, 랜디어스 경."

"예, 예비 마님."

엘리샤가 자신을 부르자 반트는 그녀를 응시했다.

"바르텔 경이 성에서 자리를 비웠다고 하던데, 혹여 공작 각하의 부름이 있었나요? 각하께서는 언제 놀아오시나요?"

"······아."

곤란한 질문이 한꺼번에 두 개였다. 반트는 당혹감을 지우려고 애썼다. 바르텔 경이 바로 그 공작이라고 큰 소리로 외쳐 주고 싶었지만, 그랬다가는 루자크가 돌아와서 무슨 짓을 할지 몰랐다. 알다가도 모를 각하의 사기극에 대놓고 합류를 하게 되는 것 같아서 영 기분이 찝찝했다.

"각하께서 따로 그를 부른 것은 아닙니다. 바르텔 경은 개인 사정이 있어서 그의 고향으로 갔습니다. 또한 각하가 돌아오시는 일정이 조금 지연되었다고 들었습니다. 조금만 더 기다리시면 소식이 올 겁니다."

자신이 말하고도 민망한 새빨간 거짓말. 이렇게 반트의 거짓말 기술은 나날이 오르고 있었다.

완전히 거짓말은 아니었다. 루자크는 호위 기사 안돌프와 함께 아일레스 강에 교량을 설치하는 지역 인근을 시찰하기 위해서 일주일째 성을 비우는 중이었다. 오늘이나 내일 돌아올 테지

만 그가 얀 바르텔로 돌아올지, 루자크 드 펜블렌으로 돌아올지
는 아직 알 수 없었다.

*　　*　　*

아일레스 강의 교량 설치는 착실하게 이루어지고 있었다. 봉
신들과의 회담이 끝나고 사흘이 지나서 공사가 착수되었다. 측
량사와 목수, 석공들도 여럿 투입되어 교량과 관문 건설에 필요
한 기초 작업을 준비 중이었다.

며칠간 안돌프와 함께 직접 막사를 짓고 야영을 하면서 정찰
을 한 결과, 크라우프의 접경 지역과 인근 숲도 비교적 잠잠한
편이었다. 아마 이번 일로 펜블렌가를 비롯한 봉신들 측에서 배
치한 많은 수의 병력 때문에 위협이 되어서라도 쉽사리 움직이
지 못할 터였다.

"각하, 딱히 문제는 없어 보입니다."

안돌프의 말에 루자크도 동의하듯 고개를 끄덕였다.

"그런 것 같군. 이만 본성으로 돌아가지."

"예."

그렇게 둘이 이야기를 막 끝냈을 무렵이었다. 공작의 막사 앞
으로 전령이 도착했다.

"각하, 황성에서 초청이 왔습니다."

"초청이라니?"

루자크는 귀찮은 표정이 역력한 투로 말했다. 그놈의 황성에

서는 아직도 자신을 포기하지 않은 것인가…….

"예, 황태자 전하의 탄신 파티에 예비 공작 부부 두 분 내외를 초청하셨습니다. 이번에도 참석하지 않으시면 이유를 따져 물으시겠다고 황제 폐하께서 직접 명하셨습니다……."

"뭐라고?"

루자크는 방금 들었지만 귀를 의심하면서 물었다. 병사는 아까와 가감 없이 똑같은 말을 전했다.

루자크의 미간이 좁혀지면서 속으로 투덜거렸다.

'일이 매우 귀찮게 되었군.'

게다가 단순한 황태자의 초청도 아닌, 황명까지 내려오다니. 그가 아무리 제멋대로 사교계와 등을 져도, 황명을 거역할 수는 없었다.

갑자기 코빼기도 보이지 않던 남편이 황실 동반 모임에 함께 가자고 하면 제아무리 착한 여자라도 화를 낼 것이다. 그렇다고 그녀를 혼자 보낼 수도 없고, 자신이 혼자 가는 편이 그나마 나은 방법이리라. 하지만 황실에서 그녀에 대한 평판이 안 좋아질 게 자명한 일이었다.

루자크는 이 짜증스럽고 귀찮은 일을 어찌 감당해야 할지 머리가 핑 도는 것 같았다. 우선은 본성에 있는 영애에게도 이 두 가지 사실을 빨리 알리는 게 좋을 것 같았다. 루자크는 가장 발이 빠른 말을 선택해 본성으로 전령을 보냈다.

〈하나. 내일 당장 영애와 함께 수도의 황성으로 갈 것이다. 사유는 황명으로 내려온 황태자의 탄신 파티 참석.

둘. 시간이 없으니 나의 친애하는 대집사 반트 랜디어스 경, 그대가 영애에게 잘 설명해 주었으면 한다. 나는 안돌프와 오늘 밤 본성에 당도한다.

－루자크 드 펜블렌〉

주군의 전령을 전해 받은 반트는 그 자리에서 굳고 말았다. 가만히 앉아 있다가 뺨이라도 얻어맞은 것처럼 화가 치밀었다. 부들부들, 주먹을 꾹 쥔 손이 분노로 인해서 자신도 모르게 떨렸다. 반트는 안경을 벗고는 급히 피로해진 눈가를 꾹꾹 눌렀다.

사람이 참는 데 한계가 있거늘. 주군은 이번 일로 자신의 충심 혹은 우정을 단단히 시험에 들게 할 심산인 것 같았다.

황태자 탄신 파티에 당장 내일 출발한다는 것만으로도 펄쩍 뛸 만큼 깜짝 놀랄 일인데, 그의 주군은 양심이 없었다. 그동안 자신은 분명 누누이 말했다. 영애에게 하루빨리 진실을 밝히라고…….

그의 경고를 무시해 왔던 건 바로 다름 아닌 루자크 본인이었다. 기어이 이런 사태가 벌어졌다. 어길 수 없는 황명이 떨어졌으니, 예비 마님에게는 자신더러 잘 설명해 달라고? 무엇을 어떻게? 한 달 동안 남편분께 속아 오셨습니다, 이렇게라도 말해야 하나?

그런 중요한 말을 직접 자신의 입도 아닌, 집사에게 들으면 예비 마님의 처지는 뭐가 되고, 그 원망은 전부 누가 듣게 될는지……

반트는 두 번째 전령은 철저하게 무시하기로 마음먹었다. 당장 루자크가 눈앞에 있었다면 거친 독설로 쏘아붙였을 것이다. 제발 스스로 싼 똥은 스스로 치우라고 말이다.

고작 영애에게 잘 설명해 달라는 말로 이렇게 커다란 사안을 자신에게 떠넘겨 버리다니…… 이건 해도 해도 너무한 처사였다.

이런 무책임한 행동을 루자크가 했다는 사실에 짜증이 난 반트는 씩씩거리면서 걸음을 옮겼다. 어찌 되었든 황실에 갈 준비는 해야 할 터였다.

'이 자식. 돌아오기만 해 봐라.'

반트는 이를 바드득 갈면서 생각했다.

*　　*　　*

엘리샤의 얼굴에 모처럼 화색이 돌았다. 엘리샤는 일주일에 한 번 정도, 다마스크 원단을 대량 제작(?)해서 포목상인에게 넘기는 작업을 하고 있었다. 물론 의복으로 가공해서 판다면 더욱 큰 단위의 돈을 벌 수는 있겠지만, 여러모로 이 방법이 가장 편했다.

시간 대비 효율이라든가, 고유의 창작성이 들어가지 않은 단순한 작업 방식이라든가. 게다가 다마스크로 만든 옷 한 벌 사려

는 이보다 다마스크 원단 수십 장을 사려는 상인을 구하는 편이
훨씬 용이했다.

이를테면 엘리샤는 다마스크 원단을 제조해 내는 작은 공장
을 하나 차린 셈이었다. 덕분에 그녀는 매일 늦은 시간까지 작업
을 하고 잠이 들었다. 수고는 마법의 옷감과 가위가 한 터라, 엘
리샤는 시동어를 내리면서 손바느질을 하기도 했다.

"어머나, 이번에는 더 많이 쳐주셨네요?"

"핫핫, 쥘슨 백작가에서 침구며 커튼을 모조리 다마스크로 주
문했다고 합니다. 그래서 평소보다 높게 가격을 책정해드렸습
지요. 게다가 마님이 파시는 것처럼 이렇게 품질 좋고 훌륭한 다
마스크는 어디에서도 볼 수 없었습니다."

"고마워요, 제라드 씨."

"제가 더 감사합니다요."

엘리샤는 포목상인 제라드로부터 제법 묵직한 금화 주머니를
넘겨받았다. 첫 거래를 트고 나서, 이번이 두 번째 거래였지만
다마스크 원단을 팔아 남긴 이윤은 제법 짭짤했다. 이곳 테본에
서는 아직 무역로가 발달하지 않아서 수도보다도 더 구하기 힘
들었다는 점을 노린 것이 잘 맞아떨어졌다.

엘리샤는 방문한 포목상인에게 혹여 의류에 사용할 부자재를
싸게 들일 만한 길드나 상점이 있는지 물었다.

"글쎄요. 소인은 원단밖에 다루지 않아서 잘 모르겠습니다요,
마님."

"그렇군요. 고마워요, 살펴 가세요."

"예, 도움이 되어드리지 못해서 죄송합니다. 그럼 안녕히 계십시오."

제라드는 마차에 물건을 잔뜩 싣고는 기분 좋게 떠났다. 창밖을 바라보면서 응접실에 앉아 있던 엘리샤는 몸을 일으켰다. 곧장 리나가 다가와서 물었다.

"마님, 원단은 잘 파셨나요?"

"덕분에요. 그는 정말 좋은 거래상이에요."

"세상에…… 루비츠 백작님께서는 정말로 마님을 귀애하셨나봐요. 시집가는 딸에게 이렇게 보탬이 되어 주시다니요."

"하하, 아버지께는 늘 감사하고 있어요. 언젠가는 은혜를 갚아야지요."

'리나가 생각한 것과는 다른 의미의 은혜지만…….'

엘리샤는 리나 앞에서 미소를 흘렸다. 이렇게 말해 두지 않으면 그녀로서는 다마스크 원단을 일주일 만에 백 장이 넘게 생기는 일을 어떤 말로도 설명하기가 어려웠을 터였다. 이건 그야말로 마법이니까.

밤새도록 빈 마차에 다마스크 원단을 채워 놓는 것이 그나마 가장 큰 노동이었지만, 그것마저 새벽에는 마법을 사용하면 되었다.

엘리샤가 그 생각으로 흐뭇한 미소를 짓고 있을 때쯤, 응접실로 누군가가 들어왔다. 반듯한 걸음걸이와 옷차림, 안경이 몹시도 어울리는 사람, 랜디어스 경이었다.

그는 자못 심각한 표정을 지으며 들어왔다.

"예비 마님, 전해드릴 소식이 있습니다."

"랜디어스 경, 표정이 안 좋은데요. 무슨 일인가요?"

엘리샤는 걱정 어린 말투로 물었다. 그러나 반트는 그런 기색들을 순식간에 지우고 차분하게 말했다.

"갑작스러운 소식입니다. 황명으로 내일 황태자 탄신 파티에 가셔야겠습니다. 공작 각하와 함께 참석하셔야 합니다."

"……네에?"

엘리샤는 이 뜬금없는 소식이 현실로 와닿지 않아서 눈을 동그랗게 떴다.

"저도 이제야 전령을 받게 되었습니다. 일정이 이리 될 줄은…… 차질 없이 황성에 무사히 당도하실 수 있도록 최선을 다하겠습니다."

엘리샤의 귀에는 이미 반트의 말이 웅웅 멀리서 들려오는 것처럼 들렸다. 엘리샤는 왠지 기운이 쭉 빠졌다. 공작 각하께서 어떤 분인지는 몰라도, 적어도 그분이 이 결혼을 기뻐하지는 않는 것 같았다. 그렇지 않으면 이렇게 모습조차 드러내지 않을 리가 없었다.

'황명이 떨어지고 나서야 겨우, 이제야 겨우 그분을 뵐 수 있게 되는구나.'

그럼 황명이 없었다면, 나타나지 않으셨을까? 한 번도 만난 적 없는 분이지만 조금은 섭섭하고 서운한 마음이 드는 게 사실이었다. 처음에는 그저 무서운 소문의 공작을 늦게 보는 일에 기뻐했지만, 이리 소홀한 냉대를 받으니 이건 이것대로 마음이 안 좋았다.

"예비 마님, 괜찮으십니까?"

이리저리 흔들리는 상념 속을 랜디어스 경의 목소리가 파고들었다. 엘리샤는 눈을 감았다가 떴다.

"……이번에야말로 각하를 직접 뵐 수 있게 된다는 말씀이로군요. 드디어."

엘리샤는 담담하게, 조금은 쓸쓸한 어조로 말하면서도 마지막 말을 강조했다. 반트는 그녀를 볼 낯이 없어서 고개를 떨어트렸다.

"각하께서는 워낙에……."

"알고 있어요. 워낙에 업무로 인해 바쁘신 분이잖아요. 예비신부 얼굴도 보지 않을 만큼요."

엘리샤는 자신도 모르게 뾰족하게 나와 버린 뒷말을 삼키지 않은 걸 깨달았지만 후회스럽지는 않았다. 못할 말을 한 것도 아니었다.

"오해십니다. 각하께서는 마님에게 지대한 관심을 갖고 계십니다. 한시 빨리 만나 뵙기를 원하십니다."

"……랜디어스 경은 참 좋은 분이세요."

엘리샤가 응접실에서 일어나려 하자, 재빨리 반트가 말을 가로막았다.

"황궁에 가실 준비는 오늘 밤을 새워서라도 완벽하게 하도록 하겠습니다. 체임버러 양?"

"네."

응접실 밖에 잠시 대기하고 있던 리나를 부른 반트가 말했다.

"우선은 예비 마님의 드레스와 보석, 구두 상인 등 치장에 필요한 모든 이들을 본성으로 부르도록 하시오. 지금 당장."

"알겠어요. 맡겨만 주세요."

리나는 부리나케 시종들을 부르러 가려 했지만, 엘리샤의 목소리가 그녀를 붙잡았다.

"잠시만요! 전부 새것으로 살 필요는 없지 않겠어요? 그리고, 여기 테본과 황성은 유행도 다르고, 계절도 많이 달라요. 드레스는 제가 알아서 할게요. 그리고 보석은 공작가에서 보유하고 있는 걸로 착용하겠어요. 그럼 신발과 모자만 맞추면 되겠네요. 어때요, 일이 훨씬 줄었죠?"

엘리샤의 말을 듣고 있던 리나는 넋이 나가 버렸다. 반트 역시 다소 놀라웠지만 그는 침착함을 유지했다.

"예, 예비 마님! 그건 말도 안 돼요! 황실 파티 자리인데 당연히 새것을……."

"리나, 흥분하지 말고 내 말 들어요. 돈과 명예가 문제가 아니에요. 지금 당장 그들을 부르고, 드레스를 고른다고 해도 시간이 많이 걸릴 거예요. 내 말대로 해요. 알겠죠?"

"가히 현명한 의견이십니다. 저는 따르겠습니다."

반트가 그리 대답하자, 리나도 어쩔 수 없이 따랐다. 갑작스러운 일정 탓에 무리이긴 했다. 예비 마님께서 드레스를 미리 준비라도 해 놓으신 걸까? 리나는 무슨 방도라도 있으리라 기대하면서 못내 대답했다.

"……흐윽, 아, 알겠습니다."

"그럼 일단 신발과 모자 상인에게 연락부터."

"네. 알겠습니다!"

쏜살같이 사라지는 리나의 뒷모습을 보곤, 반트가 한시름 놓았다 싶은 얼굴이었다.

"마님께서 빠르게 상황 판단을 내려 주신 덕에 저희 일이 많이 줄게 되었습니다. 덕분에 각하의 예산도 말이지요."

"……생각 같아서는 재산을 탕진하고 싶지만 그건 나중으로 미루겠어요."

어째 아직도 뾰족하게 날이 서 있었지만, 이미 표정은 소녀스러운 본래의 예비 마님으로 돌아와 있었다. 이렇게 이해심 많고 검소한 귀족 영애가 있다니, 세상은 오래 살고 볼 일이었다.

"반트 경, 보석은 드레스를 고른 후에 선택하는 게 좋겠어요. 그리고……"

"예, 하명하십시오."

"……아, 아무것도 아니에요."

엘리샤는 각하께서 도착하시거든 꼭 알려 달라고 부탁을 하려다가 말았다. 이런 부탁을 하는 것조차 무언가 자신 쪽에서만 안달이 난 기분이었다. 일 처리 확실한 랜디어스 경이라면 당연히 자신에게 고할 것이다. 그리고 내일 황성에 함께 가는데, 오늘이라면 반드시 각하께선 도착하시겠지.

"저는 이만 방으로 가 보겠어요."

"……예, 필요한 일이 있으시면 말씀하십시오."

"그럴게요."

방으로 돌아온 엘리샤는 서랍장 깊숙이 넣어 두었던 공작의 초상화를 꺼냈다. 무섭고도 야속한 사람, 이제는 그를 받아들여야 할 시간이 왔는데 왜 이렇게 마음은 무겁기만 한 걸까.

혹 아버지에게 버림받았듯이, 남편에게도 버림받는 건 아닐까? 그런 무서운 생각이 들 때마다 엘리샤는 그것들을 떨쳐 내려고, 고개를 흔들었다.

'그럼 너무 비참한데…….'

자신도 모르게 꾹꾹 참았던 감정들이 열린다. 눈물이 흐르는 가운데서 가장 떠오르는 얼굴은 상냥하게 웃어 주던 얀이었다.

얀 바르텔.

언제부턴가 자꾸 그 사람 생각을 하게 되고 만나지 않기를 바라면서도 다른 한편으로는 만나기를 바랐다.

그냥 그의 눈빛, 따스한 손의 온기. 그런 것들이 실을 엮은 것처럼 조로록 그녀의 마음속을 두드리고 울렸다. 참 우습다. 공작가의 집사와 공작 부인이라니.

연애소설에나 나올 법한 이상한 스캔들이었다.

그리고 그 끝은 두 가지뿐.

함께 도망가거나, 둘 중 하나가 죽거나.

그래, 그런 건 말도 안 되는 소설 속에서나 가능한 이야기. 현실에서는 하등 쓸모없는 이야기였다.

"잠깐. 나 혼자 무슨 생각을 하는 거람. 어차피 나 혼자만 이러는 것뿐인데……."

참 바보 같다. 못났다. 어떻게 이럴 수 있을까. 엘리샤는 갑자기 모든 게 서러워서 엉엉 울고 싶었다. 그래서 조금만 울기로 했다. 눈물이 뺨을 타고 거침없이 흘렀다. 그동안 참아 온 게 신기할 정도로 순식간이었다.

"흑⋯⋯."

이렇게 바보같이 구는 것도 오늘로써 마지막이다. 이제 내일부터는, 공작 각하를 뵙고 나서는 그분에게 신실한 마음으로 대해야 한다.

사라져 버린 얀의 생각 따위, 다시는 하지 않을 거야.

'나의 남편이 될 사람에게 죄를 지으면 안 된다구.'

엘리샤는 대충 소매로 눈물을 훔치곤 일어서서 방의 옷장을 열어 옷을 살폈다. 옷들은 역시 전부 테본식 유행에 맞춘 두꺼운 드레스들뿐이었다.

"쿨쩍⋯⋯ 아, 역시 만들어야겠지?"

엘리샤는 훌쩍거리면서 테일러 키트를 꺼내 들었다.

*　　　*　　　*

거울 앞에 선 엘리샤는 자신을 바라보았다. 그토록 싫어하는 붉은 머리를 하고, 자신의 남편이 될 그분 앞에서 밝게 미소 지어야 한다는 사실이 어쩐지 못 견디게 슬퍼졌다.

하지만 지금 당장은 그럴 여유가 없었다. 공작 각하를 만나면 언제 그랬냐는 듯 생긋 웃을 거다. 만인이 보는 앞에서 그러기 위해서 자신을 데려가는 것일 테니까.

엘리샤는 반나절 동안 총 두 벌의 드레스를 만들었다. 탄신 파티는 오 일 연속 열린다고 했으니 혹시 몰라서 여벌의 드레스까지 준비한 것이다. 테일러 키트 덕분에 만드는 시간은 그리 오래 걸리지 않았지만, 옷본을 떠올리는 데 더 많은 노력이 필요했다.

그래도 콜린의 의상실에서 참고했던 경험을 바탕으로 엘리샤는 어렵지 않게 아를렌의 유행에 맞춰서 두 벌의 드레스를 만들 수 있었다. 하나는 화사한 흰색의 드레스였고, 또 하나는 귀여움을 강조한 노란색 드레스였다. 아직 식전이니 아가씨들이 입는 발랄한 디자인을 입고 싶어 제작한 것들이었다.

무엇보다 그 자리에는 코넬리아와 제 아버지 루비츠 백작도 참석하리라.

그들 앞에서 초라하게 보이고 싶지는 않았다. 드레스만큼은 코넬리아보다 잘 차려입을 자신이 있었다. 자신은 이제 예전의 단벌 소녀 엘리샤가 아니었다.

다만 걱정되는 건 공작 각하와 둘만이 있을 때였다. 표정 관리조차 제대로 할 수 있을지 벌써부터 눈앞이 아찔했다.

"예비 마님! 문 앞에 모자 상인과 구두 상인이 대기하고 있습니다. 들어가도 괜찮을까요?"

리나의 목소리가 들려오자 퍼뜩 정신을 차린 엘리샤는 만들어 놓은 두 벌의 드레스를 걸어 놓고 대답했다.

"좋아요. 들어오도록 하세요."

이내 방문이 열리자 리나가 두 사람을 데리고 들어왔다. 한 사람은 콧수염이 멋들어지게 난 젊은 남성이었는데, 특이한 가발을 착용하고 있었다. 그는 다소 과장된 인사를 했다.

"트로엘입니다. 아름다운 마님을 만나 뵙게 되어 무한한 영광입니다. 아를렌에서 오셨다고 들었습니다. 저 역시 아를렌 출신이랍니다. 아를렌의 최신 유행을 잘 알고 있지요."

"어머나, 그렇군요. 반가워요."

엘리샤가 반색을 표하자, 리나가 말했다.

"트로엘 씨. 가져온 모자들을 안으로 들여와서 보여 주세요."

이윽고 시종들이 줄줄이 가져온 상자에는 갖가지 모양의 모자들이 모습을 드러냈다. 꽃과 리본, 깃털 장식이 달린 챙이 넓은 모자들도 있었고, 얼굴을 폭 감싸는 보닛도 있었다. 얼굴까지 레이스가 내려오는 베레모도 있었다. 원단의 종류도 줄무늬, 꽃무늬를 비롯해서 다양했다.

엘리샤는 만든 드레스를 보여 주면서 말했다.

"이 드레스에 어울리는 것으로 하고 싶어요. 너무 화려한 건 말고요."

일단 색깔을 맞추려면, 흰색과 노란색이 유력했다. 트로엘이 가져온 모자 중에서 엘리샤의 눈에 유독 띄는 모자가 있었다.

흰색의 널따란 챙에 연노란색 리본과 산호색 깃털이 앙증맞게 달린 모자였다. 귀여우면서도 여성스러운 모자였다.

"이 모자가 마음에 들어요. 이걸로 할게요."

엘리샤는 그 모자를 머리에 써 보았다. 자그만 머리에 쏙 들어간 모자가 그녀를 한층 발랄하고 예쁜 아가씨처럼 보이게 만들어 주었다. 금방이라도 피크닉을 가는 왕녀님처럼 보였다.

모자를 보여 준 지 채 몇 분도 지나지 않아서 골라 버린 예비 마님 덕분에 트로엘은 모자를 추천하는 것도 까먹을 뻔했다. 그러나 그는 돌발 상황에도 당황하지 않고 생각한 고가의 모자를 추천했다.

"……아, 그 모자라면 마님의 사랑스러움을 한층 배가시킬 것 같군요. 드레스와도 안성맞춤입니다. 하지만 이 우아한 베레모를 보십시오."

트로엘은 가장 상단에 위치한 미색의 베레모를 가져와 엘리샤의 머리에 씌웠다. 장미 자수와 진주가 촘촘하게 박힌 우아한 디자인이었다. 얼굴을 슬며시 가려 주는 레이스가 입술까지 내려와 신비로워 보이기도 했다.

리나마저도 이 베레모를 보자, 탄성을 터뜨렸지만 엘리샤는 고개를 저었다. 조금 더 노숙한 부인들에게 어울릴 법한 디자인이었다.

"……음, 이건 마치 결혼식용 같은걸요. 그리고 너무 성숙하게 멋을 부린 게 아닌가 싶어요."

"……그, 그렇습니까?"

엘리샤의 단언에 주춤한 트로엘은 그 뒤로도 이것저것 화려한 모자들을 권했지만 전부 실패했다. 엘리샤는 그의 추천 대신에 추가로 노랑색 리본이 달린 보닛을 선택했다.

이제 다음은 구두 차례였다. 구두 상인은 테본의 시내에서도 만난 적 있는 렐시였는데, 트로엘보다는 훨씬 얌전했기에 엘리샤는 금세 구두 고르기도 끝낼 수 있었다. 그녀는 리본이 장식된 검은색 구두와 무늬 없는 흰색 벨벳 구두, 두 켤레를 골랐다.

호쾌한 예비 마님의 선택 덕분에 일이 생각보다 빨리 진행되어서 리나는 속이 시원하면서도 아쉬움이 가득했다. 이렇듯 급하게 파티를 준비하는 것도 참 드문 일이었다. 상인들이 모두 물러가고 엘리샤와 리나 둘만이 방에 남았다.

"리나, 오늘 수고했어요. 아직 모든 게 끝나지는 않았지만."

"……수고라니요, 예비 마님. 배려 덕분에 마음도 몸도 한가롭답니다. 그런데 저 드레스들은 대체 어디에서 가져오신 건가요? 너무나 아름다워요."

"아…… 예전에 제가 만들어 둔 것인데 친정에서 다마스크 원단과 함께 마차 편으로 보내 주었어요."

"어머나…… 세상에! 너무 아름다워요."

리나는 입이 다물어지지 않은 채로 드레스를 쓰다듬어 보고 예비 마님의 손을 한번 쓰다듬었다. 마님께 옷을 만드는 특별한 재주가 있다는 건 알고 있었지만, 이렇게 만들어진 옷을 눈으로 보자니 믿을 수가 없었다.

테본의 숱한 재봉사를 보았어도 이렇게 어리고 젊은 아가씨는 없었다. 이만한 실력을 썩히는 것도 아까울 만큼.

"마님의 재주는 보통이 아니세요. 그동안 제가 드레스를 골라 드린 게 부끄러울 지경이네요."

리나가 말하자, 엘리샤는 고개를 저었다.

"……그렇지 않아요. 리나의 안목은 정말 좋았어요. 게다가 나는 테본의 유행에 대해서는 잘 알지 못하잖아요. 앞으로도 많이 알려 줘요. 리나 덕분에 많은 걸 알게 됐어요."

엘리샤가 리나의 손을 꼭 잡았다. 진심이었다. 리나가 없었다면 엘리샤는 테본의 유행에 대해서 아무것도 몰랐을 터였다.

"……그나저나 황성에 가시려면 피곤하실 텐데 조금 쉬시겠어요? 보석을 고르는 일이 남았지만요."

"그럴까요? 사실 너무 긴장돼요. 처음으로 사교 파티에 가는 일도, 공작 각하를 만나는 일도요."

엘리샤의 고백에 리나는 의외라는 듯, 그녀의 검은 눈동자가 커졌다. 예비 마님은 늘 의젓하게 행동하셔도 어린 아가씨임은 분명했다. 그 말을 마친 그녀는 양 볼에 금세 홍조가 올라와 있었다. 리나는 마치 여동생에게 하는 양 다정하게 말했다.

"마님께선 누구보다 빛나실 거예요. 하지만 너무 빛나셔도 곤란하겠는걸요. 아직 미혼이신 황태자 전하의 탄신 파티를 이렇게 대대적으로 한다면 목적은 하나죠. 황태자비 후보를 뽑는 것. 영애들의 기 싸움이 대단하겠는걸요? 그렇다고 너무 걱정 마세요. 경쟁자들에게만 그럴 테니까요. 마님께서는 그저 느긋하게 파티를 즐기고 오시면 되는 거랍니다. 테본에서의 파티라면 또 다르겠지만요."

"아아, 역시 그런 목적이 있는 거군요."

엘리샤도 그 사실은 익히 잘 알고 있었다. 코넬리아가 노래를 불렀던 바로 그 황태자 탄신 파티였다. 황태자비가 될 꿈에 부풀

어서 펜블렌 공작가와의 혼인을 자신에게 넘긴 이유가 바로 그
것이었으니까. 모를 리가 없지. 그러나 엘리샤 자신이 그 파티에
참석하게 되리라고는 생각도 못했다.

엘리샤가 그런 생각을 하는 사이 리나가 다시 한 번 그녀의 손
을 꼭 잡았다.

"……그리고 공작 각하 일은 너무 긴장하지 않으셔도 돼요.
하지만 너무 쉽게 웃어 주시면 안 돼요. 각하는 혼쭐이 나셔야
해요. 이렇게 어여쁜 예비 마님을 혼자 두셨으니까요. 저는 무조
건 백 번 천 번 예비 마님 편이에요."

다정한 리나의 말에 엘리샤의 바짝 얼었던 마음이 조금은 녹
아내리는 것 같았다.

"고마워요…… 나는 정말이지 그분에게 미움받고 있는 게 아
닌가 하고 걱정했어요."

엘리샤는 예상치 못하게 위로를 받게 되자 자신도 모르게 리
나의 품에 폭 안겼다. 따스한 토닥거림이 느껴졌다.

*   *   *

테본에 첫눈이 내렸다.

망토에 묻은 눈을 털어 내린 루자크는 말의 안장에서 내렸다.
갑자기 눈이 내리는 탓에 돌아오는 길이 더 늦어졌다. 별 탈 없
이 자신을 태우고 온 백마의 갈기를 쓰다듬어 주고 난 루자크는
마구간지기에게 말했다.

"최대한 휴식을 취하게 하도록."

"예, 걱정 마십시오."

루자크보다 늦게 본성의 성문으로 들어온 안돌프가 말에서 내렸다. 그가 웃으며 말했다.

"각하, 바람처럼 사라지시는 줄 알았습니다. 왜 그렇게 서두르셨습니까?"

"……지은 죄가 있으니 별수 있겠나."

"랜디어스 경 말입니까?"

"아니. 그보다는 더 큰 죄를 지은 상대가 있지 않은가."

주군의 말에 안돌프가 픽, 웃음을 터뜨렸다.

"어서 자백하시고, 용서받으십시오. 예비 마님이라면, 활짝 웃으면서 이해해 주실 겁니다."

"……후, 그랬으면 좋겠군. 이렇게 최악의 타이밍도 없을 테지만 어쩔 수 없지. 상황이 이리되었으니……."

루자크는 쓰게 웃으면서 성안으로 들어갔다. 홀 앞을 귀신처럼 지키고 있던 반트는 돌아온 주군을 쏘아보았다. 감히 불경한 눈빛이었지만 루자크는 싱긋 웃으면서 말했다. 더없이 상큼한 미소였다.

"전령은 잘 받았나? '친애하는' 랜디어스 경."

"……."

"내 애정이 부족해서 그런가?"

"……."

주군의 장난스러운 농이 더욱 마뜩잖았다. 늘 이런 식으로 문제가 생길 때마다 어슬렁 넘어가는 태도라니. 반트는 피곤하다는 투로 입술을 열었다.

"하명하신 대로 예비 마님께 전해드렸습니다만, 공작 각하 본인의 정체를 밝히는 건 스스로 하시기 바랍니다. 이상입니다."

"……그것까지 밝혀 줄 거라고 기대하진 않았네."

"하…… 적어도 약간의 양심은 있군요. 그럼 지금 당장 각하께서 도착했다고 예비 마님께 전하지요."

"됐어. 내가 직접 가도록 하지. 그녀는 지금 어디에 있지?"

"원형 탑의 가장 꼭대기 층에 계시다고 들었습니다."

"……거긴 무슨 일로. 바람도 찬데."

"마음이 오죽 답답하시니 그리하시겠습니까?"

반트의 핍박 어린 눈길에 루자크는 더는 말을 꺼내지 않고, 곧장 원형 탑으로 올라갔다.

본성의 원형 탑은 외부로 연결된 테라스가 층층이 딸려 있었다. 그래서 루자크도 가끔씩 탑의 꼭대기로 올라가서 머리를 식히곤 하는 장소였다. 아무런 생각도 하고 싶지 않을 때, 누구에게도 방해받고 싶지 않을 때 그는 이곳을 찾았다.

순식간에 꼭대기까지 다다른 루자크는 테라스에 서 있는 코넬리아 영애의 모습을 바라보았다. 몰래 그녀의 모습을 훔쳐보았던 걸 제외하면, 만나서 말을 섞은 지도 벌써 이 주가 넘었다.

* * *

휘이이잉.

쉬이 그치지 않는 바람이 붉은 머리칼을 잔뜩 헝클어 놓았다. 하늘에서는 펄펄 눈이 내렸다. 엘리샤는 성 아래를 내려다보았다. 펼쳐진 풍경은 적막하고 고독했다.

저벅저벅.

누군가의 발소리가 들려왔다. 엘리샤는 리나가 따라 나온 줄 알고 잠시 뒤를 돌아보았다가 숨이 턱 막히는 것을 느꼈다.

"코넬리아 영애, 드디어 만나게 되었군."

심장이 내려앉을 만치 착 가라앉은 중저음의 목소리였다. 엘리샤는 제 눈앞에 나타난 남자를 뚫어져라 바라보았다. 훤칠하게 키가 크고 체격이 늘씬한 남자였다. 푸른빛이 도는 흑발에 푸른 눈이 누군가를 떠오르게 했다. 얼굴의 절반은 검은색 가면으로 가린 채였다.

"⋯⋯예?"

그가 방금 스스로의 입으로 분명히 밝혔지만 쉬이 와 닿지 않았다. 이분이 바로 펜블렌 공작 각하라고?

엘리샤는 제 눈과 귀를 의심했다.

'대체 어떻게 된 거지?'

눈앞의 공작은 절름발이도 아니었고, 꼽추도 아니었다. 말짱한 사람으로 보였다. 더욱이 수려한 풍모를 지니고 있었다. 그것도 몹시! 가면 아래에 어떤 얼굴을 숨기고 있을지는 모르겠지만.

"영애, 괜찮소?"

잠시 얼빠진 얼굴을 하고 있던 엘리샤는 재빨리 정신을 차렸다. 그러고 보니 그에게 인사도 제대로 드리지 않았다.

"……아, 고, 공작 각하를 뵙습니다. 코넬리아 드 루비츠입니다."

엘리샤는 드레스 자락을 살며시 쥐고는 공손하게 고개를 숙여 인사했다. 바들거리며 떠는 모양새가 심히 떨고 있었다는 걸 들킬 것 같았지만, 도무지 감출 재간이 없었다. 목소리마저 떨려 와 부끄러웠다.

"이리 만나니 좋군."

"네, 저, 저도 만나 뵙게 되어 영광입니다, 각하."

'오, 제발. 엘리샤. 말더듬이 같잖아…….'

스윽, 공작이 엘리샤의 손을 가져가 손등에 입을 맞추곤 말했다. 엘리샤는 하마터면 숨이 멈춰 버리는 줄 알았다. 이내 공작의 목소리가 귓가에 울렸다.

"……진짜로 못 알아보는군."

"……."

손등에서 그의 입술이 떨어지자, 재빨리 손을 다소곳하게 모아 비비면서 엘리샤가 말했다. 장갑을 끼긴 했지만, 촉촉하고 따뜻한 그의 입술이 닿은지라 민망했다.

'무슨 말씀을 하시는 거지? 아, 초상화를 보냈는데 왜 몰라봤느냐, 그런 뜻인 걸까?'

엘리샤가 불안한 듯 커다란 눈동자를 데룩데룩 굴렸다. 이내 공작의 선홍빛 입술 한쪽이 비쭉 올라가 호를 그렸다. 그것마저도 카리스마가 가득했다.

소문에 무척 무섭고 난폭한 성정이시라더니 성가신 계집아이라고 여기실지도 몰랐다. 엘리샤는 죄지은 것도 없는데 자꾸만 고개가 떨어졌다. 평소의 씩씩하고 밝은 엘리샤는 어디로 갔는지 소심한 그녀만 남아 있었다.

"진정 나를 못 알아보겠소?"

이건 또 무슨 말씀이실까.

"……가면을 쓰고 계셔서 미처 알아보지 못했어요."

엘리샤의 대답에 그가 느른하게 입가를 말아 올리면서 말했다.

"흐음, 가면을 벗은 모습이 궁금한 거요?"

엘리샤는 혹시 자신이 실수한 것인가 싶었지만, 자신은 잘못이 없었다. 예비 남편의 얼굴 한번 보기가 이렇게 어려운 일인지 처음 알았다. 하지만 엘리샤는 생긋 웃으면서 말했다.

"……각하의 가면 아래 얼굴이 궁금하지 않다면 거짓일 테지요."

그는 가볍게 고개를 저었다.

"그냥 벗어 주긴 싫소."

"그럼 어떻게 하면 가면을 벗으시나요?"

이윽고 공작의 몸이 가까이 훅 다가왔다. 그리곤 귓가에 옅은 숨과 함께 속삭였다.

"아주 간단한 방법이 있지. 나에게 키스하시오."

키스라니…… 순간 엘리샤의 얼굴이 귀부터 볼이며, 목까지 화악 달아올랐다. 공작의 입가에 짓궂은 미소가 떠올라 있었다.

엘리샤는 그가 자신을 놀리고 있다는 사실을 알아채곤 말했다.

"저를 희롱하시려거든 제발 그만두세요, 각하."

"희롱이라. 영애는 내가 전혀 궁금하지 않은 거요?"

그리 말하는 공작은 빙글빙글 능청스러운 웃음만을 짓고 있었다. 엘리샤는 그가 얄미워 말했다.

"……궁금하다 해도 이런 식은 싫……!"

찰나의 순간이었다. 엘리샤의 다음 말은 가로막혀 나오지 않았다. 부드러운 무언가가 제 입을 단숨에 막아 버렸다. 그녀의 재잘거리는 분홍빛 입술 위로 공작의 입술이 겹쳐진 터였다. 그녀의 등을 감싸 안는 그의 손길이 느껴졌다.

엘리샤는 너무도 놀라서 눈을 크게 떴다. 입술에 맞닿는 감촉은 믿을 수 없이 따뜻하고, 부드러웠다. 정신이 아찔할 만치 심장이 쿵쾅거렸다. 엘리샤는 놀란 심장을 진정시키면서, 그를 밀어냈다.

입술은 떨어졌지만, 그의 몸은 아직도 엘리샤를 감싸 안은 채였다. 공작이 씩 웃으면서 말했다.

"이제 가면을 벗겨도 좋소."

"……아니요. 각하는 정말 제멋대로인 분이시군요."

엘리샤는 화가 났다. 제아무리 공작 각하라고 해도 이런 짓을 하는 것은 참을 수가 없었다. 이제 가면 아래 얼굴 따위 보고 싶지도 않았다.

엘리샤는 그의 품을 벗어나려 애를 썼다. 그러나 완강한 힘 때문에 그럴 수 없었다.

"코넬리아, 진정하고 어서…… 보면 깜짝 놀랄 거야."

엘리샤는 차갑게 고개를 돌렸다. 그녀의 손목이 공작에게 붙잡혔다. 공작은 천천히 엘리샤의 손을 자신의 가면 위로 가져갔다. 그러자 나긋하게 들려오는 음성.

"내가 누구인지, 진정 모르겠어요? 코넬리아 아가씨."

쿵. 또다시 심장이 내려앉는 기분이었다.

'이건…… 얀? 설마, 얀이 공작 각하였다고?'

그리고 보니, 머리 색도 체구도, 목소리도, 눈빛도 전부 얀과 똑같은 것 같았다. 엘리샤는 단숨에 그의 가면을 벗겼다. 정말로 얀이었다. 믿을 수가 없었다.

"공작 각하가…… 바로 얀, 당신이었어요?"

엘리샤는 그 자리에서 털썩 주저앉을 뻔했다.

'말도 안 돼. 어떻게 내게 이럴 수가 있지?'

"그동안 밝히지 못해서 정말 미안하오."

얀, 아니 펜블렌 공작이 입술을 달싹이며 사과했지만 엘리샤는 아직도 당혹감에 쉬이 말을 이을 수가 없었다. 얀은 엘리샤가 테본으로 오는 동안 가장 의지하던 사람이었다. 언제나 다정하게 말을 걸어오던 그의 눈빛에 설레었고, 그의 친절에 마음 졸이면서 그를 좋아하는 마음이 커질까 봐 발을 동동 굴리왔었다.

그런데 그는 그동안 자신을 가지고 놀았다는 생각에 배신감이 퍼뜩 온몸을 때렸다. 그동안 집사 행세를 하면서 깜빡 속은 자신을 보고 각하는 즐거워했었던 걸까?

"코넬리아 영애?"

"그동안 저를 속이면서 얼마나 즐거우셨나요, 각하? 저는……
저는 각하 때문에…… 그래요. 아무 말도 하지 않겠어요. 공작가
의 안주인이 되려면 무슨 일이든지 참아야 하니까요. 실례하겠
어요."

말을 억지로 마친 그녀의 입술이 바르르 떨렸다. 그러곤 그대
로 몸을 돌려서 도도도 달려가 버렸다.

"잠깐만. 코넬리아!"

그가 외치면서 그녀의 팔을 붙들었지만 엘리샤는 뿌리쳤다.

"놓으세요."

엘리샤는 차갑게 말했다. 그리고 그대로 자신의 방으로 달아
나 버렸다. 그의 얼굴을 더 이상 보고 있기가 힘들었다.

제 방으로 돌아온 엘리샤는 문을 잠갔다. 맺혀 있던 눈물이
한 줄기 흘렀다. 이 낯선 테본에서 진심으로 믿었던 사람, 그리
고 좋아하게 된 사람이었다. 그런데 그는 자신을 속이고 기만했
다. 배신감이 들었다. 그렇게 친절하게 웃음 지었으면서…….

어째서 처음부터 집사로 나타났던 것일까. 이해가 되지 않았
다. 그러나 그것보다도, 그동안에 그와 하나씩 쌓아 왔던 시간들
이 모조리 조작당한 것만 같은 느낌에 너무나 맥이 빠졌다.

6.
황성 연회

루자크는 영애의 방문 앞까지 왔지만, 차마 두드리지 못했다. 그녀는 진심으로 화가 단단히 난 것 같았다. 이 엉켜 버린 실타래를 어디서부터 풀어야 할지 난감했다.

자신이 얀이라는 것을 밝히면 영애가 조금 토라질 줄은 알았지만, 이 정도로 화가 날 줄은 몰랐다.

예상 밖의 상황에 루자크의 심장 한편에도 차가운 눈이 콕 박힌 것만 같았다. 영애가 자신에게 크게 실망해서 다시는 얼굴을 보지 않겠다고 하면, 어쩌지? 그런 쓸데없는 고민들로 머릿속이 가득 차 버려서 아무 생각도 할 수 없었다.

그때 예비 마님의 방을 찾아온 리나가 문 앞을 서성이는 공작을 발견했다.

"각하? 여기서 무얼 하고 계시나요?"

"……후."

"안색이 어두우신 걸 보니, 드디어 말씀하신 모양이군요."

"그래, 체임버러 양. 그녀가 단단히 화가 난 것 같아. 어찌하면 좋겠나?"

"가엾은 우리 마님…… 어쩌시긴요. 백배사죄하시고, 처분을 기다리셔야지요."

"처분? 내가 누군가의 처분을 기다려야 하는 처지란 말인가?"

"마님께서 그동안 받았을 상처를 생각해 보세요. 가지고 노셨다고 생각하실 거예요."

"……집사로 나타나는 일이 재미있긴 했지만, 결코 그녀를 가지고 놀려는 의도는 없었는데."

"마님께선 순진하고 여린 분이니 분명 그렇게 여기실 거예요. 너무하셨어요. 저라면 다시는 얼굴을 보고 싶지 않을지도 모르겠습니다."

"……설마."

루자크의 얼굴을 보고는 아직도 혼이 덜 나신 모양이다 여기던 리나는, 탐탁지는 않지만 슬쩍 말해 주었다.

"아직 마님께서 황성 연회에 단장하실 보석을 고르시지 않았다고 해요. 선물이라도 보내심이 어떨까요?"

"보석이라, 알겠어. 고맙네."

루자크가 방법을 찾았다는 듯 얼굴이 조금 밝아지면서 탑의 계단을 향해 걸어갔다.

"잠깐만요, 이야기를 끝까지 듣고 가셔야 해요."

"이야긴 다음에."

리나는 벌써 사라진 그의 뒤에 대고 중얼거렸다.

"그냥 보석만 슥 보내시면 안 되는데…… 진심을 다한 마음부터 전하신 후에 보내셔야 한다고요, 에휴."

*　　　*　　　*

다음날 엘리샤는 리나와 안돌프를 대동하고 황성으로 떠났다. 어젯밤의 일 때문인지 공작은 황성으로 직접 가겠다는 소식을 들었다.

지난번과는 다르게 테본에서 황성 기사단으로 직접 이어지는 마력 증폭 터널을 이용하자, 훨씬 이동 시간이 단축되었다. 마차로 종일 달리면 닷새가 걸리는 거리를 하루가 채 걸리지 않아서 도착한 셈이었다. 이것도 황제 폐하의 초청이 있었기에 누릴 수 있는 혜택이었다.

엘리샤는 성 루카의 탑에 올라가야만 보이던 벨벳 성에 직접 발을 딛고 있다는 것이 믿을 수가 없었다.

황성답게 황성의 기사단들이 기거하는 공간 역시 화려함의 극치였고, 곳곳마다 웅장함을 뽐고 있었다. 황백색의 기사단 건물과 널따란 훈련장을 지나자, 기사들의 힘찬 기합과 함께 창검을 휘두르는 소리가 들려왔다.

훈련장 가운데 세워진 전쟁과 승리의 신 카르다인의 전신상은 무척 역동적이었다.

기사단을 빠져나가자, 황성의 시녀장이 펜블렌 공작가 일원을 맞이하러 마중을 나와 있었다. 무척이나 꼼꼼하고 깐깐한 인상의 노부인이었다. 그녀는 고개를 숙이며 인사했지만 전혀 공손하다는 느낌을 받을 수 없었다.

"먼 길 오신 것을 환영합니다. 그런데 테본은 여전히 추운 기후인가 봅니다."

시녀장이 구사하는 세련된 악센트에 엘리샤는 귀를 기울였다. 시녀장은 펜블렌 공작가의 일원, 특히 예비 공작 부인의 옷차림을 주시하고 있었다.

마차 이동 시 입은 갈색 드레스와 갈색의 털 망토. 망토 중앙에는 진주 브로치를 달아서 장식했지만, 다소 수수한 맛이 있었다.

'……왜 이렇게 나를 훑어보는 걸까?'

황성에서 일하는 시녀들 역시 전부 명문가의 부인들이라는 걸 알고 있었지만, 이렇게나 콧대가 높게 구는지는 미처 몰랐다.

저 시녀장이 본래 어떤 작위를 가졌던, 지금은 황성에 초청받은 자신에게 예의를 차려야 했다. 엘리샤는 입술을 열었다.

"맞아요. 테본은 춥지만 아름다운 곳이에요. 하지만 이 따스한 아를렌의 황성이 좀 더 춥게 느껴지는군요. 싸늘한 시선 때문에 말이에요. 내가 그런 시선을 받아야 할 이유가 있나요?"

엘리샤의 말뜻을 알아차린 시녀장의 얼굴이 금세 벌겋게 달아올랐다.

"……그, 그런. 제 시선이 불편하셨다면 사죄드리겠습니다."

시녀장은 그제야 눈앞의 어린 소녀가 그저 시골 아가씨가 아닌 예비 공작 부인이라는 것을 새삼 깨닫고, 고개를 꾸벅 숙였다.

내심 시녀장의 태도가 불만이었던 리나는 속으로 환호했고, 안돌프는 여자들만의 대화인지라 굳이 나서지 않고 잠자코 있었지만 얼굴에는 미소가 피어올라 있었다.

한마디 해서일까. 그 후로 시녀장은 무척이나 공손해졌다. 그러게 진작 그렇게 나오시면 좀 좋았을까. 하지만 불쾌한 감정은 모두 사라졌다. 걸어가는 동안 나타난 그림 같은 정원을 마주했을 때는 시야가 다 환해지는 느낌을 받았다.

아름답게 꾸며진 정원으로 쏟아지는 햇살들이 청명하고 환했다. 장미와 백합, 달리아, 튤립 등등 갖가지 꽃들이 화사한 자태를 자랑하고 있었다.

"정원이 정말 아름답군요."

"황성에서는 달마다 여러 명의 정원사가 꽃을 골고루 심고 가꾼답니다. 황후 전하께서는 꽃을 정말 사랑하시기 때문이지요."

"……어머나, 그렇군요."

엘리샤는 이것 하나만큼은 황성이 부러울 것 같았다. 꽃이 잘 자라는 온화한 날씨.

테본의 본성은 황성에 비하면, 정원이라고 말하기도 어려울 것 같았다. 물론 단풍나무와 가을꽃들을 심어 놓았지만, 눈이 내리기 시작한 후로는 나무들이 앙상한 가지만을 내놓고 있었기 때문이었다. 대신에 사철나무들이 운치를 더해 주고 있었다.

향긋하게 피어난 장미꽃들은 엘리샤의 원래 머리 색과 비슷한 밝은 분홍색이었다. 엘리샤는 저도 모르게 장미 가까이로 다가가 향기를 맡았다.

황성은 크게 다섯 개로 나뉘어 있었다. 황실의 일원들이 머무르고, 연회가 열리는 중앙의 본궁. 그리고 부채꼴 모양으로 퍼져 있는 네 개의 별궁.

펜블렌가 공작가의 일원들이 머물게 된 곳은 그중 가장 오른편에 있는 장미궁이었다. 별궁 중에서는 제법 화려한 축에 속하는 곳이었다. 장미궁이라는 이름 때문인지 화사한 장미가 궁의 정원에 가득 피어 있었다.

방을 배정받고, 쉬고 있자 곧 리나가 들어왔다. 몇 분 쉴 틈도 없이, 엘리샤는 다시 치장을 해야 했다.

각하는 도착했을까? 그런 궁금증이 지나갔지만, 엘리샤는 아직도 화가 풀리지 않았다. 연회에서만 인형처럼 웃어 주면 될 터였다. 그 외에는 그와 상대를 하지 않을 생각이었다. 리나가 엘리샤를 바라보았다. 뭔가 할 말이라도 있는 듯했다.

"예비 마님, 공작 각하께서 이것을 마님께 전해 달라고 하셨답니다."

리나가 손에 들고 온 것은 검정색 벨벳으로 휘감긴 작은 상자였다. 엘리샤는 상자에게 잠시 시선을 주었다가 이내 고개를 돌렸다.

"이건 받지 않겠어요. 내가 왜 이러는지는 알고 있죠? 리나, 당신도 전부 알고 있었나요? 각하가 얀이라는 것 말이에요."

엘리샤의 투명한 보라색 눈동자가 향하자, 리나는 고개를 깊이 숙이면서 무릎을 꿇었다.

"……처음부터 안 것은 아니지만, 눈치로 알게 되었습니다. 처분을 내려 주세요, 마님."

분명 리나도 어쩔 수 없었을 터였다. 그녀를 향해 엘리샤가 말했다.

"일어나세요. 리나는 잘못이 없다는 것 알고 있어요."

"……마님."

"하지만 또다시 이런 일이 생기지는 않았으면 해요. 바보가 되고 싶지 않아요."

밤새 부은 눈가가 아직도 덜 가라앉아 있었다. 리나가 일어나서 엘리샤의 손을 마주 잡았다.

"절대로 마님을 속이지 않을게요. 무슨 일이 있더라도……."

"그래요. 리나, 믿을게요."

"예, 그럼 마님, 이 선물은 어떻게…… 그냥 놔둘까요?"

"일단 주세요. 내가 직접 돌려줘야겠어요."

"알겠습니다."

"각하께 장미궁의 테라스에서 뵙고 싶다고 전해 주세요."

새하얀 펌프스를 신은 발걸음이 여느 때보다 재빨랐다. 엘리샤는 장미궁의 테라스에 도착해 두리번거렸다. 테라스는 이 층에 있었지만, 대리석 계단이 아름다운 화원으로 이어져 있었다. 향긋한 장미 내음과 풀 내음들이 코끝을 간질이고 있었다.

자신도 모르게 계단을 내려온 엘리샤는, 분수대 가까이로 자리를 옮겼다. 테라스에서도 잘 보이는 위치라 각하께서 오시면 곧장 찾으실 수 있을 만한 곳이었다.

졸졸졸 물이 흐르는 분수대를 정면으로 바라보면서 엘리샤는 마음을 가다듬고는, 그가 보내온 벨벳 상자를 바라보았다. 열어 보지도 않은 상자에는 무엇이 들어있는지 모르겠지만, 이런 물질적인 것으로 사과를 하려는 그의 의도는 명백했다. 이쯤 했으니 그만 이 선물을 받고 마음을 풀어라, 이런 뜻이 아닌가?

엘리샤는 그 행위에 더욱 화가 났다. 차라리 보석을 보내오는 대신에 장미꽃 한 송이를 주면서 진심을 담아 사과했다면 그녀의 마음이 풀어졌을지도 몰랐다.

참으로 야속했다. 아직까지 그에 대한 원망스러운 마음이 가득 차 있는 한편, 자신 역시 그를 속이고 있다는 죄책감이 가슴 한편을 짓눌렀다.

정말로 그를 속이고 기만한 죄를 짓고 있는 건 공작 각하가 아니라, 자신인지도……

어쩌면 제게는 이렇게 화를 낼 자격이 없을지도 몰랐다. 하지만…… 하지만 견딜 수가 없었다. 마음이 괴로웠다. 복잡했다.

오늘은 그 어느 때보다 화려하고 아름답게 치장했지만, 엘리샤의 얼굴은 한시도 웃고 있지 않았다. 분수대 아래에 비친 자신의 얼굴이 몹시도 어색했다.

엘리샤가 무심코 테라스로 고개를 들었을 때, 루자크가 계단을 밟고 내려왔다. 오늘의 그는 무척이나 근사한 차림이었다. 은

사로 월계수를 새긴 남색의 코트와 흰색의 셔츠가 대조를 이루었다. 작은 삼각형 모양의 크라바트로 목을 장식해서 멋스러웠다. 군더더기 없이 우아하고 격식 있는 옷차림이었다.

여지없이 마주한 그의 촉촉한 눈빛은 가슴이 시릴 만큼 푸른 빛이었다. 엘리샤는 그 눈을 보지 않으려고 애써 가슴으로 시선을 두었다.

그가 점점 다가왔고, 엘리샤는 꼼짝 않고 제자리에 서 있었다. 다가온 루자크는 입술을 뗐다. 어쩐지 반가워하는 기색이 역력했다.

"영애, 안 그래도 내가 에스코트를 하러 데리러 가려고 했었는데, 불러 줘서 정말이지 고맙소. 내가 보고 싶었던 모양이지."

루자크는 농담처럼 싱긋 웃으면서 말했다. 엘리샤는 그의 장난스러운 말에 정색하며 말했다.

"……각하를 뵙고 싶어서가 아닙니다."

이내 싱긋 미소 지었던 루자크도 표정을 굳혔다. 그의 시선이 그녀의 목을 훑고 지나갔다.

"그런데…… 그것, 내가 준 목걸이를 하지 않았군."

그가 다소 실망한 듯 말했다. 엘리샤는 그를 보지도 않고 입술을 열었다.

"……보내 주신 물건은 받지 않겠어요."

평소의 상냥함 대신 냉랭함을 유지하며 엘리샤는 벨벳 상자를 그에게 내밀었다. 그가 작게 한숨을 내쉬었다.

"……열어 보지도 않은 건가?"

"그래요."

"간밤에 그대를 위해서 고르고 또 고른 것인데……."

엘리샤는 조용히 내리깔고 있던 고개를 들고 그제야 그의 푸른 눈을 마주했다.

"각하, 저는 아무것도 받고 싶지 않아요. 물질적인 것으로 마음을 대신하지 마세요."

영애의 당돌한 말에 루자크가 언짢은 듯 말했다.

"……그게 무슨 뜻이지? 앞으로 내 모든 호의를 거절하겠단 뜻인가? 그대는 내 아내가 될 사람이오."

"……."

엘리샤가 침묵하자, 루자크는 연신 입술을 깨물면서 말했다.

"그래, 내가 전부 잘못했소. 용서해 주시오. 이렇게 사과하는데도 안 받아 줄 거요?"

엘리샤는 다짜고짜 선물을 들이밀고, 사과 한 마디로 화해를 요청하는 그에게 어이가 없었다. 그는 아직 진심 어린 사과를 하지 않았고, 그러니 그녀의 마음이 풀리려면 시간이 더 필요했다. 엘리샤는 샐쭉한 표정으로 말했다.

"그저 그 한 마디 하시면 모든 일이 없던 게 되나요?"

루자크는 답답했다. 자신이 할 수 있는 모든 것을 다 해도 영애의 마음은 쉽게 풀리지 않을 것 같았다.

"말꼬리 잡으려면 끝이 없어. 우린 지금 당장 가야 해. 이제 연회장으로 들어갈 시간이오. 자꾸 고집부릴 건가?"

에스코트를 청하기 위해서 공작이 손을 내밀었다. 엘리샤가 망설이자 루자크는 강제로 그 손을 붙잡아 올려놓았다. 엘리샤는 일단 잠자코 있기로 했다. 어찌 되었든 사이좋게 황성 연회는 참석해야 했다.

*　　*　　*

루자크는 그의 손 위에 자신의 손을 얌전히 얹고서 긴 복도를 걷고 있는 영애를 내려다보았다. 아직도 풀리지 않았는지 시종일관 차갑게 토라진 얼굴이었다. 웃음을 터뜨리던 소녀가 얼음 인형이라도 된 것 같았지만, 이 모습마저도 신선하고 매력적이었다.

하얀색의 드레스를 입은 영애는 흡사 요정이나 천사 같았다. 공들여 단장을 하니 누구보다도 예뻤다. 솔직히 처음 영애를 보았을 때는 미인이라거나 예쁜 얼굴이라는 생각은 들지 않았는데, 이상한 일이었다.

그저 귀엽긴 하지만 평범하던 그 얼굴이 어느 날부터 예뻐 보였다. 아니, 날이 갈수록 어여쁘고 사랑스러워 보이기도 했다. 대체 무슨 마법에라도 걸린 것일까?

루자크는 웬만한 미인을 데려와도 예쁘다는 생각을 해 본 적이 없었다. 그만큼 미적 가치 기준이 높기도 하거니와, 누군가를 관심 어린 애정의 대상으로 보지 않았기 때문이었다.

어두컴컴한 복도를 얼마쯤 걸었을까.

어느덧 연회장 근처에 다다르자, 긴장으로 인해서 영애의 얼굴이 붉게 상기된 것이 보였다. 얼굴에 감정이 다 드러나니 파악하기 쉬웠다.

루자크는 이 상황에도 왠지 모르게 웃음이 났다. 그는 들어가기 전 그녀에게 주의를 주었다.

"안에 들어가면 황제 폐하와 황후 전하, 그리고 황태자 전하와 여러 고위 귀족들이 많이 참석했을 거요. 예법대로 인사하고, 다른 말은 하지 않고 미소만 지어도 좋소. 그리고 가장 중요한 것. 내 곁에 꼭 붙어 있으시오."

루자크가 다정하게 당부했지만, 엘리샤는 입술을 아직 삐죽 내민 채 말했다.

"……명심하겠습니다만 각하, 마지막 말은 못 들은 걸로 하겠어요."

그리 말한 그녀가 새침한 표정으로 고개를 다른 곳으로 돌렸다. 루자크는 요 아가씨를 어떻게 할까 싶다가, 일단 내버려 두기로 하였다.

*　　*　　*

화려한 천장화 아래 아롱지는 샹들리에의 불빛.

파티는 이미 무르익은 분위기였다. 궁중 악사들이 끊임없이 악기를 연주하고, 온갖 산해진미가 테이블에 오르내렸다. 모두 먹고 마시고, 춤을 추었다.

코넬리아는 아버지 루비츠 백작의 에스코트를 받으며 고개를 꼿꼿하게 들고 들어왔다. 연녹색 드레스 자락이 더욱 잘 보이도록 걷는 것도 잊지 않고.

그녀의 목에는 큼지막한 에메랄드가 영롱한 빛을 뿜어내고 있었다. 펜블렌 공작가에서 받은 돈으로 구입한 보석이었다. 본래 제 머리 색처럼 새빨간 루비를 사고 싶었지만 매물이 없었다.

코넬리아는 에메랄드가 잘 보이도록, 목을 더 쭉 빼고 걸음을 옮겼다.

"어머나, 루비츠가의 여식이죠? 엄청 화려한걸요……!"

"저 에메랄드 좀 봐요."

화려한 드레스와 보석으로 무장한 귀부인과 영애들은 둥그렇게 무리별로 모여, 부채를 흔들면서 이야기꽃을 피우고 있었다. 그 시작은 뭐니 뭐니 해도 주목을 받는 영애의 의상과 액세서리의 품평회였다.

새치름한 표정으로 코넬리아는 다른 영애들의 치장한 꼴을 가늠해 보았다.

'촌스럽기는.'

아무리 훑어봐도 저보다 훌륭하게 차려입은 영애는 없어 보였다. 게다가 달고 있는 얼굴들마저도 보잘것없으니, 자신이 이긴 게임이나 다름없었다. 코넬리아는 입가를 씰룩이면서 황태자가 등장하기를 기다렸다.

그런데 저만치에서 훤칠한 기사의 에스코트를 받으며 들어오는 한 영애가 눈에 띄었다. 칠흑처럼 새카만 머리칼에 하얀 얼굴과 핏빛 입술이 대조를 이루는 미녀였지만, 코넬리아에게는 자신보다는 급 낮은 얼굴로만 보였다. 그녀가 들어오자마자 무리 여기저기에서 속닥거리기 시작했다.

"어머나. 베르디 자작가의 셀레이스 영애 좀 보세요. 나날이 예뻐지는 것 같지 않나요?"

"그러게 말이에요. 에스코트하는 기사도 황성 기사단 소속인 앨버트 경이죠? 정말 보기 좋은 남매에요."

귀부인들의 속닥거리는 소리에 코넬리아는 비웃음을 피식 흘렸다. 보기 좋기는…… 베르디 가문은 루비츠 백작가에 비하면 하등 보잘것없는 가문인 데다가, 베르디 자작은 작위를 빼면 능력 없는 영감탱이었다.

느지막한 나이에 장가를 잘 가서 부인의 내조 덕에 그나마 사교계에 비빌 자리를 겨우 얻은 자였다.

코넬리아는 셀레이스 영애를 대놓고 쏘아보면서 위아래를 훑었다. 그녀의 하늘색 드레스는 진부하다 못해, 애처로울 지경이었다. 코넬리아가 그녀를 비웃으며 쯧쯧 혀를 차고 있을 때쯤, 루비츠 백작이 그녀의 어깨를 톡톡 두드리면서 말했다.

"애야…… 저쪽을 좀 보거라."

"네, 아버지?"

루비츠 백작은 대답 대신 방향을 가리켰다. 연회장으로 황태자가 들어서고 있었다. 코넬리아의 얼굴이 곧장 밝아졌다.

'황태자 전하!'

"라이몬드 황태자 전하께서 듭시옵니다."

전장에서 검을 쥐고 있다가 돌아온 듯 강인한 황태자는 마치

한 마리의 사자 같았다. 제 영역을 확인하듯 매서운 적갈색 눈동자와 그을린 갈색 피부, 태양의 빛처럼 찬란한 백금발. 갑옷을 입지 않았음에도 위압적으로 보이는 몸체는 그가 강력한 사내라는 것을 말하지 않아도 보여 주고 있었다.

황태자의 등장에 여러 곳에서 탄성과 시선이 쏟아졌다. 귀부인과 영애들의 무리였다. 황태자의 탄신을 축하하기 위한 파티였지만, 영애들이 손꼽아 기다리고 있는 것은 따로 있었다.

바로 황태자비의 후보에 드는 것이었다. 대놓고 후보를 뽑지는 않았지만, 사교계의 내로라하는 쟁쟁한 가문의 아가씨들이 모두 참석했다. 그러니 이 자리에 있는 것만으로도 황태자의 눈에 들 수 있는 기회를 잡을 수 있다는 뜻이었다.

라이몬드 황태자 앞으로 각 제국의 가문들이 하나둘씩 나서서 축하 인사와 함께, 값비싼 선물들을 바쳤다. 하나같이 여식이나 조카딸을 데리고 나섰다.

레오나드 백작과 코넬리아는 그들을 비웃으며 자신들의 차례가 돌아오기를 기다렸다. 이윽고 황제가 여덟 번째 만에 루비츠가 쪽으로 시선을 주었다.

백작은 기다렸다는 듯 부리나케 황제와 황후, 황태자 앞으로 달려 나가 고개를 숙였다.

"황태자 전하의 탄신을 경축 드리옵니다."

"이렇게 참석해 주니 고맙소, 루비츠 경. 그리고……"

"제 아끼는 여식 코넬리아라 합니다."

"올해 나이가 몇이더냐?"

황제가 묻자, 레오나드 백작이 흐뭇한 얼굴로 말했다.

"올해 스물입니다. 소인이 꽃처럼 아끼는 여식입니다, 폐하."

"그래, 어여쁘구나. 그렇지 않으냐."

황제가 제 곁에 서 있는 아들에게 은근히 말하자, 그제야 황태자의 시선이 힐끔 코넬리아를 향했다. 황태자의 시선이 제게 닿자, 코넬리아는 앙큼하게도 그와 시선을 마주치려 노력했다. 그러나 황태자는 곧바로 시선을 돌렸다.

루비츠가의 차례는 금세 넘어갔다. 곧바로 베르디 자작이 달려 나왔기 때문이었다.

연회가 무르익었지만, 아직까지 라이몬드 황태자의 댄스 신청을 받은 영애는 아무도 없었다. 사실 황태자는 등장한 지도 오래되었건만 여러 귀족들과 인사만 나눌 뿐 춤을 출 생각은 없어 보였다. 그저 느긋한 맹수처럼 자리를 지키고 있을 뿐이었다.

코넬리아는 뚫어질 듯이 황태자를 응시했지만, 그는 이제 그런 시선에 익숙해서인지 별다른 반응이 없었다. 코넬리아는 그가 야속했지만 포기하지는 않았다.

그러나 이미 인사도 전부 건넨지라, 먼저 말을 걸 기회도 없었기에 이렇게 어여쁘게 차려입고 그를 바라보는 것밖에는 달리 할 일이 없었다.

그런 생각을 가지고 있는 건 비단 코넬리아뿐만이 아닌지, 다른 영애들의 시선도 모두 황태자에게 고정되어 있었다.

'대체 왜 춤을 추시지 않는 것이지? 오늘 컨디션이라도 안 좋으신 거야, 뭐야?'

코넬리아는 왈칵 짜증이 났다. 오늘을 위해서 발목이 부러질 때까지 구두를 신고, 춤 연습을 했다. 벌써 춤곡이 몇 번이나 바뀌었는데도 황태자는 미동도 없었다.

코넬리아는 시종들이 건네는 와인 한 모금으로 목을 축였다. 그러는 동안, 갑자기 장내가 수군거리는 소리로 가득해졌다.

"세상에! 펜블렌가의 예비 공작 부부래요."

"그럼 저 훤칠한 청년이 펜블렌가의 공작이란 말이에요?"

"말도 안 돼! 절름발이에 꼽추가 아니잖소."

"그러게 말이에요."

저마다 공작에 대한 감탄을 흘리며 사람들은 떠들기 바빴다. 그리고 그 관심은 이내 공작의 곁에 있는 예비 공작 부인에게로 옮겨졌다.

"어머, 예비 공작 부인은 사랑스러운 아가씨인걸요!"

"그러고 보니 어느 가문의 영애죠?"

"글쎄요."

"저도 모르겠어요."

"혼인 전에 황성 파티에 나란히 오다니, 무척 사이가 좋은가 봐요. 게다가 드레스를 좀 보세요. 저런 훌륭한 드레스는 처음 보는걸요."

"어머나, 그러게 말이에요. 혹시 콜린 자작의 작품이 아닐까요?"

"……공작 각하께 단단히 사랑 받고 있는 모양인데요?"

들려오는 귀부인들의 말들이 성가셔서 코넬리아는 인상을 찌푸렸다.

'시끄러워 죽겠네! 엘리샤 계집애가 대체 여기에 왜 나타났지?'

코넬리아는 관심 없는 척하고 싶었지만, 시선이 저절로 갔다. 공작은 출중한 젊은 청년으로 보였고, 그 곁에 있는 엘리샤는 저를 대신해서 아름다운 차림으로 주목을 받고 있었다.

꼴같잖았다. 원래라면 자신이 누렸을 호사를 저년이 다 누리고 있었다. 당장 황태자를 잡지 못하면, 앞으로 자신은 엘리샤보다도 못한 꼴이 될 것만 같았다.

그녀에게는 그것이 가장 견디기 어려운 일이었다. 코넬리아는 눈을 부릅뜨고는, 분을 삭였다. 자신이 숨 쉬고 있는 한, 그런 일은 절대 일어나지 않을 것이다.

코넬리아는 당장이라도 엘리샤의 머리채라도 흔들어야 분이 풀릴 것 같았지만, 참았다. 그래도 한 마디라도 해 주어야겠단 생각이 들었다.

"아버지, 저길 좀 보세요. 엘리샤가 왔네요? 가서 인사라도 해야겠어요."

"……그래, 코넬리아. 펜블렌 공작에게 이야기라도 잘해 달라고 엘리샤에게 속삭이고 오는 게 좋겠구나."

*　　*　　*

루자크의 에스코트를 받으면서 연회장으로 들어선 엘리샤는 이제야 정신이 들었다. 아직까지도 자신이 황성 연회에 와 있다는 사실이 믿기지 않았다. 수많은 귀족들 사이에 서 있다는 게 꿈만 같았다.

엘리샤는 한껏 긴장한 채 옆에 있는 공작을 바라보았다. 그 역시 사교 파티에 나간 적은 없다고 알고 있었는데, 만면에는 여유로움이 가득했다. 사람들이 무어라고 떠드는 소리가 귓가에도 들려왔다.

펜블렌 공작과 함께 예비 공작 부인이라는 호칭이 입에 오르내렸다. 이렇게 눈앞에 사람이 있는데 대놓고 이야기를 한다는 사실이 조금 이상하게 느껴졌지만 대부분 감탄과 부러움이 가득한 말들이었다.

"우린 저 안쪽으로 갈 거요. 황제 폐하와 황후 전하, 황태자 전하께 정식으로 인사를 올려야지."

루자크가 그녀의 어깨를 감싸 안고는 귓가에 대고 말했다. 그의 행동에 엘리샤는 몸을 약간 움찔하면서도 말했다.

"알겠어요."

엘리샤는 다시금 심호흡을 하고 허리를 곧추세웠다.

황제 폐하와 황후 전하, 황태자 전하…… 그야말로 하늘의 별처럼 바라보기도 어려운 분들을 한 번에 뵙게 된다니, 간이 콩알만 해지는 것 같았다. 그러나 곁에 있는 공작 각하 덕분에 조금은 안심이 되었다.

'이렇게도 각하를 의지하게 되는구나.'

엘리샤의 걸음이 멈칫하자, 루자크는 기다렸다가 그녀의 기색을 살피곤 물었다.

"혹시 불편하면 인사가 끝난 후, 올라가서 쉬어도 좋소. 얼굴을 보였으니 의무는 다한 셈이지. 몸이 안 좋다고 내가 적당히 둘러댈 테니까."

자신을 걱정하는 루자크의 말이 고마웠다. 엘리샤는 살짝 마음이 누그러졌지만, 입술에서는 반대로 말이 삐죽하게 나갔다.

"저는 괜찮으니까, 신경 쓰지 마세요, 각하."

"······그러지."

루자크가 씁쓸히 대답하자, 엘리샤도 마음이 불편해졌다. 말 없이 안쪽으로 향하던 루자크의 걸음이 멈추자, 엘리샤는 따라서 섰다.

붉은색의 높은 제단 위 황금으로 장식한 황좌에 앉아 있는 중년 남성이 보였다. 그가 바로 엘노아 제국의 황제, 샤를 데 바르체스였다.

약간은 빛바랜 백금발에, 붉은 눈에는 위엄이 가득했다. 그의 곁에는 푸른 눈동자와 푸른 머리를 가진 가녀린 여인이 앉아 있었다. 그 푸른 눈을 보자마자, 엘리샤는 루자크의 눈동자와 무척이나 흡사하다는 것을 알아챘다.

'황후 전하는 공작 각하와 눈동자가 참 닮았구나.'

엘리샤가 그런 생각을 품고 있을 때, 루자크가 입술을 열었다.

"오랜만에 찾아뵙습니다. 여기 이 사람은 제 정혼녀인 코넬리아 영애입니다."

루자크의 소개에 엘리샤가 공손하게 예를 올렸다. 무척이나 떨렸지만, 마음속으로 주문을 걸었다.

'침착하자. 엘리샤.'

"코넬리아 드 루비츠가 황제 폐하와 황후 전하께 인사 올립니다."

황제와 황후의 시선이 닿았다. 어려 보이지만 자태는 음전해 보여서 호감이 가는 영애였다.

"오, 그래. 참한 영애로군."

황제가 고개를 주억거리면서 예비 공작 부부를 내려다보고는 입을 열었다.

"드디어 우리 펜블렌 공작의 얼굴을 보게 되었구나. 이리 가까이들 오게. 참으로 보기 좋은 한 쌍이오. 그렇지 않소?"

"네, 무척이나 잘 어울리네요. 이렇게 짝을 데려오니 내 마음이 다 놓이는구나, 루자크."

황후도 두 사람을 보면서 흐뭇한 미소를 짓고 있었다.

"그간 염려를 끼쳐드려 죄송했습니다, 황후 전하."

"그래, 보란 듯이 잘 살아야 한다. 언니를 위해서라도 말이야……."

황후의 입술에서 그 말이 나오자, 루자크의 얼굴이 일순 굳었다. 아주 찰나의 순간이었다. 루자크는 다시 만면에 미소를 띠웠다.

"미안하다. 나도 모르게 그만."

"괜찮습니다, 전하. 이제는 아무렇지 않습니다."

"네가 그렇다니 다행이구나."

"그런데 오늘의 주인공이신 황태자 전하가 보이지 않으시는군요."

"라이몬드는 아까 축하 인사만 받고 나서 어디론가 가 버렸구나."

인사를 마치고 루자크와 엘리샤는 연회장의 테이블 하나에 자리를 잡았다. 멀리서 아는 얼굴을 보았는지 루자크가 엘리샤에게 동의를 구했다.

"잠시 혼자 있을 수 있겠소?"

"물론이에요."

"곧 돌아오겠소."

"예."

엘리샤가 그리 대답하자, 루자크는 그녀에게서 시선을 떼는 것이 아쉬운지 조심스럽게 자리를 비웠다. 정신이 하나도 없었다. 멀리서 우러러봐야 할 분들을 가까이에서 뵙고 나니 현기증이 나고 골이 살짝 띵했다.

잠깐 어지러워서 가만히 제자리에 서 있는 엘리샤에게 황후가 친히 다가와 말했다.

"괜찮으면 나와 함께 산책이라도 갈까요? 코넬리아라고 했던가요?"

다정한 목소리가 들려오자 엘리샤는 조신한 태도로 말했다.

"예, 황후 전하. 걱정해 주시니 송구합니다. 황후 전하와의 산책이라니 영광입니다."

엘리샤는 떨리면서도 내심 설레었다. 상상도 할 수 없는 일이었다. 황후 전하와 단둘이 산책이라니! 긴장이 되면서도 좋았다. 황후의 인상이 무척이나 좋았던 터였다.

엘리샤의 입가에 보스스 미소가 떠올랐다. 황후 전하와 공작 각하가 외사촌 지간이라는 건 듣긴 했지만, 이렇듯 가까이에서 이야기도 친근하게 나누게 될 줄은 전혀 몰랐다. 엘리샤는 문득 생각난 듯 말했다.

"황후 전하와 공작 각하는 푸른 눈동자가 꼭 닮으셨습니다. 너무 아름다워요."

"아, 펜블렌가의 특성이지요. 푸른 눈동자. 루자크의 어머니도 푸른 눈동자였답니다."

"그러셨군요. 아, 말씀 낮추십시오. 전하."

"그럴까?"

"예."

황후가 흐뭇하게 웃자, 엘리샤도 눈매를 곱게 휘었다. 황후는 엘리샤를 조목조목 훑어보면서 말했다.

"참으로 인상이 선하구나. 루자크가 영애처럼 맑은 사람과 혼인하게 되어서 맘을 놓았어."

"아, 과찬이십니다, 전하. 부족한 점이 많습니다."

"루자크에게 많은 보탬이 되어 주도록 하렴. 그 애가 어려서부터 무척 외롭게 자라서 걱정이 많았지. 그 일이 있고 나서는 더더욱……"

엘리샤는 그가 외롭게 자란 것은 익히 알고 있었지만, 자세한 사정은 알지 못했다. 그러나 황후 전하에게 물어볼 성질의 것은 아니라는 생각이 들었다.

"예, 전하. 제가 곁에서 잘 보필해드리겠어요."

"꼭 그래 주려무나. 루자크에게 반드시 소중한 사람이 되어 주길 바란다."

"소중한 사람⋯⋯."

"그래, 소중한 사람. 그 애는 한꺼번에 소중한 사람을 둘이나 잃었어. 그 상처가 얼마나 컸을지⋯⋯ 나도 짐작할 수가 없구나. 그래서 그 애가 그렇게 성안에 꼭꼭 갇혀 있게 된 거야. 사교 자리에도 전혀 나오지를 않았고⋯⋯."

엘리샤는 황후 전하와의 산책을 마치고 돌아오는 동안, 생각에 잠겼다. 자신 역시 소중한 사람을 잃었던 적이 있었다. 어머니가 돌아가셨을 때⋯⋯ 그때는 하늘이 무너지고, 세상이 끝난 것만 같았었다.

'⋯⋯그도 나와 같은 일을 당했었구나. 그래서 세상과 닫고 살았구나. 나는 그것도 모르고⋯⋯.'

엘리샤의 눈은 어느새 루자크를 찾고 있었다. 그동안 얼마나 아팠을까, 헤아리면서.

*　　　*　　　*

라이몬드는 후원에 앉아 있었다. 따분한 이야기와 풍만한 가슴을 들이미는 무식한 영애들을 피해서 밖으로 나와 있던 터였다. 그런 그의 눈에 자신의 어머니와 산책을 하고 있는 영애가 보였다. 자그만 체구와 환한 미소를 본 라이몬드가 중얼거렸다.

"……아드리안?"

라이몬드는 제 눈을 의심하면서 벌떡 일어났다. 꿈에 그리던 아드리안, 그녀가 그의 눈앞에서 숨을 쉬고 살아 있었다.

아드리안은 라이몬드의 전 약혼녀였다. 라이몬드는 그녀를 반드시 지켜 주겠노라고 약속했지만, 그 약속을 결국 지킬 수 없었다. 그녀는 원체 병약하게 태어났던지라, 17살이 되던 해 사망했다.

"아드리안일 리가 없지. 그 애는 죽었으니……."

그러면서도 제 어머니와 정답게 이야기를 나누고 물러가는 영애의 뒷모습을 계속 바라보았다.

'저 영애는 누구지?'

오늘 황태자 탄신 파티에 참석한 귀족가의 여식이라면 한 번씩 제게 잘 보이기 위해서, 선물과 함께 인사를 올렸었다. 그런데 저 영애는 처음 보는 얼굴이었다. 붉은 머리를 가진 귀족이라면, 아드리안의 가문이자 이 나라의 재상인 스칼라 후작가(家)가 있다.

그리고 또 하나는…… 아까 축하 인사를 올렸던 가문인 루비츠 백작가(家). 스칼라 후작에게는 딸이나 조카딸이 더 이상 없으니 그녀는 루비츠 백작가의 자제라는 소리였다.

'그런데 어째서 내게 축하 인사도 올리지 않았지?'

라이몬드는 고개를 비뚜름하게 기울이면서 아버지를 닮은 적갈색 눈을 빛냈다. 마치 사냥감을 찾은 듯한 눈빛으로.

＊　　＊　　＊

'분명 이쪽이었던 것 같은데……'

다시 연회장으로 들어선 엘리샤는 루자크가 있었던 방향을 찾기 시작했다. 음악에 맞추어 춤을 추는 사람들을 뒤로한 채 열심히 살펴보았지만 조금 헷갈렸다.

이윽고 얼마 가지 않아 둥그렇게 사람들에게 둘러싸인 채 루자크가 서 있는 모습이 보였다.

십수 년 만에 모습을 드러낸 젊은 공작의 베일이 벗겨지자, 호기심 많은 사람들은 그와 친분을 쌓고 싶어 했다. 더욱이 테본의 주인인 그를 보기란 매우 어려웠기에 이번이 기회였다.

'각하께서는 바쁘시구나.'

그 틈을 비집고 가 볼까 했지만 도저히 엄두가 나지 않았다. 곤란한 얼굴로 서 있던 엘리샤에게도 곧 영애들이 몰려오기 시작했다.

"어머나, 안녕하세요?"

이름 모를 귀족들이 인사를 해 오면서 칭찬을 퍼부은 뒤, 결혼은 언제 할 것인지, 아이는 몇이나 가질 것인지, 드레스는 어디서 맞추었는지 질문 세례를 늘어놓았다.

'이, 이런 게 사교 파티인가.'

아무래도 이런 자리는 아직 내성이 부족한 것 같았다. 엘리샤는 대화를 잘 이끌어 나갈 수 없으면 받아 주기라도 잘해야 하니 그저 네에, 호호호 하고 웃음만 흘리고 있었다.

그때, 익숙한 음성이 들려왔다.

"코코, 얘 오랜만이야."

엘리샤는 순간 그 말이 자신을 부르는지도 몰랐다. 다른 영애들 틈을 비집고 들어온 코넬리아가 생전 처음 듣는 애칭으로 자신을 부르면서 꼭 껴안았다. 코넬리아의 커다란 가슴에 뺨이 눌릴 정도였다.

'……미쳤나?'

가식을 몇 겹이나 쓴 코넬리아의 모습에 엘리샤는 역겨웠다.

"코코, 그동안 널 보고 싶어서 혼났단다. 공작 각하께서는 잘해 주시는 거지?"

"물론이야, 코넬리아 언니."

"테본에서 지낸 이야기 좀 들려줘. 성이 그렇게 으스스하다며, 사실이니?"

"……성은 훌륭해."

"이를테면?"

"……."

"언젠가 이 언니도 한번 초대해 주렴."

"글쎄, 내가 많이 바빠서. 그럼 이만 실례할게."

"잠깐, 기다려!"

엘리샤는 코넬리아의 부름에도 도망치듯 그 자리를 빠져나왔다. 이내 영애들 사이에 둘러싸인 건 코넬리아가 되었다. 코넬리아는 자신과 엘리샤가 얼마나 다정한 자매 사이인지 늘어놓기 바빴다.

'날이 갈수록 미쳐가는구나.'

엘리샤는 고개를 절레절레 저었다. 분명 펜블렌 공작가가 황실과 인연이 있으니 저렇게 행동하는 게 틀림없었다. 철저히 계산속으로만 움직이는……

엘리샤는 그 이기적인 태도에 속이 뒤틀렸다.

공작은 여전히 사람들에게 둘러싸여 있었다. 그를 바라보면서 엘리샤는 생각에 잠겼다.

황성의 파티는 화려하고 아름다웠지만, 왠지 허무하기도 했다. 자신에게 다가오는 사람은 모두 겉을 보고 다가오는 이들뿐이었다. 펜블렌 공작의 위세를 등에 업지 않았더라면, 다들 쳐다도 보지 않았을 것 같았다.

쓸쓸함에 와인을 홀짝홀짝 마셔 대던 엘리샤의 어깨를 누군가 톡톡 건드렸다. 어느 틈에 다가온 것일까. 눈앞에는 펜블렌 공작이 서 있었다. 그가 그녀를 나무라듯이 말했다.

"내 곁에 꼭 붙어 있으라고 했잖소."

"각하……."

엘리샤는 고개를 들어서 자신의 정혼자를 물끄러미 바라보았다. 그를 찾았으면서도 막상 만나자 아무 말도 떠오르지 않았다. 어느새 우아하고 느린 춤곡이 시작되었다. 눈치 빠른 궁정 악사가 공작의 움직임을 보고 연주하기 시작한 터였다.

"나와 한 곡 추겠소?"

루자크가 천천히 엘리샤에게 인사하고는 손을 내밀었다. 그녀의 손은 그의 손 위에. 그녀의 허리에는 그의 손이 감겼다. 루 자크가 엘리샤의 귓가에 속삭였다.

"나를 더 단단히 잡으시오."

마치 밀어를 속삭이는 것처럼 뜨거운 숨을 불어넣은 탓에, 엘 리샤의 귓불은 금세 붉어졌다. 엘리샤는 그의 요구대로 그를 더 욱 단단히 붙들었다.

루자크 역시 엘리샤의 허리를 바짝 제 몸에 붙였다. 이제 두 사람의 상체는 서로 밀착되어 있었다. 루자크의 입술이 열렸다. 그의 얼굴은 자못 진지했다.

"영애, 정말 미안해. 나는 사실 이 결혼을 원하지 않았소."

엘리샤는 그의 말에 심장이 쿵 떨어지는 것 같았다. 그녀는 겨 우 목소리를 냈지만 그것은 가느다랗게만 들렸다.

"······그렇다면 어째서 결혼을 계속 진행하는 거죠? 각하께서 원치 않으신다면 파혼을······"

"아니, 원하지 않을 줄 알았소. 처음에는 그대의 소문만을 듣 고서 나는 그대를 시험해 보고자 집사 노릇을 했으니까."

엘리샤는 그 말에 유리구슬이 톡 깨지는 것만 같았다. 자신 역 시 공작의 소문을 듣고 두려워하고 무서워했었지 않은가. 루자 크는 춤을 추면서 말을 이었다.

"하지만 당신은 그렇지 않았어. 허영에 들뜬 여자도 아니었고, 품행이 나쁘지도 않았어. 맑고 싱그러운 들꽃 같았지. 그리고 난 당신과 결혼을 하기로 마음먹었소······."

엘리샤는 조용히 되물었다.

"얀…… 그럼 그때 왜 나에게 사실대로 말씀해 주지 않은 거죠?"

"집사 얀과 있을 때 즐거워하는 당신이 너무 예뻐서, 말할 수가 없었지. 이제 공작으로 돌아가면 두 번 다시 이 여자의 예쁜 모습을 볼 수 없겠구나 싶었소……."

한 발 한 발 내딛었다가 핑그르르 돌면서 엘리샤는 그의 품 안에 갇혀 버린 듯한 기분이 들었다.

"그런…… 그래도 불공평해요. 제가 얀을 얼마나 좋아했는지 모르실 거예요."

"……나 역시 그런걸. 내가 영애를 얼마나 좋아했는지 모를 거야."

그 말에 여지없이 엘리샤는 그간의 서러움이 눈 녹듯이 사라져 버렸다. 턴을 하던 중, 파르르 엘리샤는 잘게 떨었다.

루자크가 그대로 당기자 힘없이 끌려가고 말았다. 아니, 끌려가고 싶었다. 이대로 이 남자가 하는 대로 따라가고 싶었다. 루자크의 붉은 입술이 다시금 그녀의 귓가로 향했다.

"그나저나 춤이 처음이오?"

"……아, 너무 어색했나요?"

"아니, 춤은 어색하지 않아. 다만 표정은 잔뜩 긴장해서 영 어색하군. 아까처럼 조금 웃는 게 좋아. 시선은 자연스럽게."

그 말에 엘리샤의 얼굴이 살짝 달아올랐다. 엘리샤는 고개를 끄덕이면서 루자크를 자연스럽게 바라보았다. 뻣뻣하던 몸과 고개가 한결 나아지는 것 같았다.

"각하께서는 댄스가 무척 능숙하시네요. 댄스를 좋아하시나요?"

"능숙하다고 전부 좋아하는 건 아니지. 단, 예외도 있어."

그리 말하면서 루자크는 미소를 깊이 삼켰다. 초콜릿처럼 감겨 오는 낮은 목소리를 듣고 있던 엘리샤도 옅은 미소를 지으면서 물었다.

"무엇이 예외이지요?"

"……키스."

"……글쎄요."

루자크의 장난 어린 말에 엘리샤는 모른 척 말했다. 음악이 끝났지만, 공작은 댄스를 멈추지 않았다. 마지막으로 그녀를 더욱 제게로 단단히 끌어당기곤 귓가에 속삭였다.

"여기서 확인시켜 줄 수도 있는데."

"……윽, 그. 그만해요. 누가 들어요."

끈적하게 달라붙은 목소리가 지워지지 않을 것처럼 새겨졌다. 루자크가 빙글거리면서 웃었다.

"당신이 못 듣는다면 여기서 외칠 수도 있지."

"……제발요, 각하."

엘리샤의 얼굴이 화아아악, 목부터 귀까지 빨개지고 나서야 공작은 그녀를 놓아주었다. 예비 공작 부부의 사이가 뜨겁다는 소문이 한동안은 연회를 달궈 놓을 듯했다.

"저…… 각하? 어디로 가시려는 거죠?"

"찾고 있소."

엘리샤의 자그만 손을 붙잡은 채 연회장을 벗어난 루자크는 주위를 살폈다. 분위기가 한창 무르익고 있었지만, 그는 연회 따윈 안중에도 없었다.

보라색 눈동자에 호기심이 담뿍 떠올랐다. 문득 그는 그녀의 눈동자 안을 오로지 자신만으로 채우고 싶다는 욕망이 들었다.

"무얼 찾으시는데요?"

"둘만이 있을 곳."

영애는 그의 말에 아무 대꾸도 하지 않았다. 어두워서 보이지 않았지만, 그녀의 뺨은 잔뜩 붉어져 있을 터였다.

이제야 겨우 그녀가 마음을 열어 주었다. 둘만이 있고 싶다는 생각이 머릿속을 강하게 지배했다.

대화를 하든, 얼굴을 들여다보든 뭘 해도 상관이 없을 것 같다. 아니, 함께 있기만 해도 좋을지도.

오직 둘만이서. 아무런 방해 없이.

황성은 두 사람의 모습쯤은 가뿐히 숨겨 줄 정도로 크고 작은 정원이 많았다. 루자크는 어렵지 않게 둘만이 있을 곳을 찾아냈다.

꽃과 나무가 만발하고 높은 담장과 조각상이 곳곳을 지키는 곳. 메인 정원의 중간 문을 통과하면 신들의 정원이 비밀스러운 모습을 드러냈다. 사방은 어둑하면서도 한적했다.

달이며 별들이 기울면서 소담스레 길을 밝혔다.

루자크는 붙잡은 그녀의 손을 놓지 않은 채 걸음을 재촉했다. 자박자박 그의 걸음을 부지런히 따라오는 영애는 마치 엄마 오리를 따르는 새끼 오리처럼 약간은 버거워 보였다.

말없이 걸으니 숨결 몇 자락이 침묵의 사이사이를 채웠다. 그런데도 적막함이나 어색함이 없이 친근했다.

정원의 한가운데서 하얀색 벤치가 나왔을 때, 엘리샤가 불쑥 말을 꺼냈다.

"찾았네요. 둘만이 있을 곳."

그녀의 말에 루자크도 벙싯 미소가 터졌다.

"그런 것 같소."

루자크의 발걸음이 멈추었다. 벤치에 그대로 앉으려는 엘리샤를 제지한 그는 목에 두른 흰색의 크라바트를 풀더니, 벤치 위에 깔았다.

엘리샤가 눈을 맞추면서 냉큼 앉고는 말했다.

"아…… 고맙습니다, 각하."

앉자마자 다리를 살짝 주무르는 그녀의 행동에 루자크가 눈썹을 찡그리면서 물었다.

"……다리가 아프기라도 한 건가?"

"살짝 오래 서 있었나 봐요. 괜찮아요."

"……."

루자크가 서슴없이 무릎을 굽히더니, 엘리샤의 구두를 벗겨 냈다.

꼼짝없이 드러난 하얀 발목은 퉁퉁 부어 있었고, 짓눌린 발가락은 살이 까지고 쓸린 상태였다.

얼마나 아팠을까. 그가 영애의 얼굴을 슥 올려다보았다.

"……이 지경이 되도록 참았다고?"

"아직은 구두가 익숙지 않아 그래요. 내일이면 나을 거예요."

"내게 말을 하지 그랬어. 아프거나 불편하면 의자에 앉아 쉬었어야지. 바보같이……."

루자크의 잔뜩 일그러진 얼굴을 보며 엘리샤가 문득 말했다.

"각하…… 왜 화를 내시는 거예요."

그녀의 말에 그제야 루자크는 깨달았다. 자신이 정말로 화가 났다는 사실을…….

그는 그녀의 여린 몸에 작은 생채기 하나도 두고 볼 수가 없었다. 그녀가 스스로를 좀 더 소중히 여겨 주기를 바랐다. 왜인지는 알 수 없지만, 그녀가 털끝 하나라도 다치는 모습은 보고 싶지 않았다.

"코넬리아, 당신은 좀 더 자신을 아끼는 게 좋겠소."

루자크는 엘리샤의 부은 발목을 천천히 주물렀다. 이내 그녀의 입술에서 자지러지는 비명이 터졌다.

"으윽, 아, 아파요! 그만두세요!"

"피로가 여간 쌓인 모양이지. 참아요."

"……얀! 그만두라고요."

그녀의 다급한 외침에 루자크가 씩 웃으면서 발을 계속 주물렀다.

"얀이라. 계속 그렇게 부르는 것도 나쁘지 않겠어. 약속해요, 둘이 있을 때는 그렇게 부르기로."

"……그, 그건. 잘못 튀어나온 것뿐이에요."

"싫다면 별수 없지."

루자크는 발을 조금 더 세게 주무르기 시작했다.

"으윽…… 흑. 너무하잖아요! 알았어요. 얀이라고 부를게요."

어느새 영애의 눈가에 눈물이 그렁그렁 맺혀 있었다. 그 모습이 꼭 아기 사슴 같아서 루자크는 왠지 가슴 한구석이 말랑말랑해지는 기분이 들었다.

"영애, 말을 잘 들으니 상을 줘야겠어."

"네?"

루자크가 그녀의 발을 구두 위에 얌전히 놓아주고는 몸을 일으켰다. 그리고 품 안에서 무언가를 꺼냈다.

그녀가 거절했던 바로 그 상자였다. 그녀는 그가 상자를 내밀기도 전에 못을 박았다.

"……아, 이건 정말로 받지 않겠어요."

"이게 무엇인 줄 알고……?"

"……무엇인지는 모르겠지만 이제 사과 선물을 주실 필요가 없잖아요. 그리고 결혼 전에 과분한 선물도 받고 싶지 않아요."

커다란 눈동자를 깜빡이지도 않은 채 그녀가 말했다. 루자크는 그럼에도 상자를 열었다.

"이건 사과의 의미가 아니야. 나의 정혼자에게 주는 결혼 선물이지."

은은한 달빛에도 영롱한 무지갯빛으로 반짝이는 다이아몬드 목걸이.

자그마치 수십여 개나 되는 작은 보석이 큰 보석을 감싸고 있었고, 전체적으로는 물결무늬를 이루고 있었다.

펜블렌 공작가에 대대로 내려오는 가보 중 하나로, 그 역사적, 경제적 가치를 전부 환산할 수 없을 정도로 귀한 목걸이였다.

영애는 커다랗게 입을 벌리면서 물었다.

"……이게 뭔가요? 오묘한 색이에요. 빨강, 주황, 노랑, 초록, 파랑, 보라, 분홍까지…… 총천연색으로 빛나는걸요? 혹시 마법?"

그녀는 진지한 얼굴로 마법이냐고 묻고 있었다. 루자크는 엷은 웃음을 터뜨렸다.

"쿡, 마법이라니…… 내게 그런 재주는 없어. 아, 설마 다이아 몬드를 처음 보는 건가?"

"……이 보석의 이름이 다이아…… 몬드인가요?"

"그렇소."

영애의 표정은 정말로 신기한 것을 보았다는 얼굴이었다. 그녀는 다이아몬드를 이리 비추고, 저리 비추면서 찬란한 빛을 감상하기에 바빴다.

"……아름답네요."

"그대에게 주는 거요. 우리 결혼식은 한 달 후로 하지."

그의 말에 엘리샤가 중얼거렸다.

"결혼……."

드디어 결혼 날짜가 정해졌다. 엘리샤는 그 말을 듣는 순간 왠지 모르게 가슴이 울렁거렸다.

"이제 이걸 받을 이유는 충분하겠지?"

루자크가 목걸이를 풀어 그녀의 하얀 목에 걸어 주었다. 엘리샤는 그를 올려다보면서 말했다.

"하지만 아직 결혼하지 않았잖아요."

"나를 위해서 주는 거요."

"……그게 대체 무슨 말씀인지 모르겠어요."

"내가 주고 싶어서 그래. 내 것이라고 영애의 목에 이름표를 채울 수는 없잖아. 그 대신에 주는 거야. 그 목걸이는 펜블렌가의 안주인만이 가질 수 있는 것이니까."

"……각하."

루자크의 손길이 영애의 목걸이를 매만지다가 그녀의 턱으로 올라갔다. 그의 검지가 그녀의 붉은 입술을 꾹 눌렀다.

"얀이라니까."

"……알겠어요, 얀."

루자크가 천천히 검지를 입술에서 뗐다. 동시에 그녀를 안으로 끌어당겼다.

바짝 끌려온 그녀의 입술에서는 꽃보다도 더한 향기가 났다. 와인의 잔향이 아직 남아서인가. 그는 보드라운 입술을 마셔 버리고 싶은 충동이 들었다. 어쩐지 오늘은 좀 위험하다.

루자크는 고개를 저었다. 섣불리 그녀에게 덤벼들고 싶지 않았다. 그랬다간 이 어린 아가씨는 제게서 등을 돌리고, 도망쳐 버릴 것 같았다.

그녀는 몰랐다. 자신이 얼마나 새카만 인간인지를. 이 아무것도 모르는 순진한 어린 양을 향해서 얼마나 입맛을 다시고 군침을 흘리는지를.

몹시도 이상한 일이었다. 마르고 작기만 한 그녀가 왜 이렇게 매혹적인 건지…….

평소 끌리지 않는 딸기 타르트를 순식간에 달게 먹어 치운 그날처럼.

그는 자꾸 입맛을 다시고 있었다. 이상하다. 자신도 알 수 없었다. 그는 어느새 눈까지 감고 그녀를 향해 다가갔다. 마주 닿는 촉감은 실크보다 더하다.

"……으음!"

알 수 없는 끌림을 느끼며 루자크는 보드라운 입술을 조심스레 벌리고 들어갔다. 딸기처럼 상큼한 과즙이 그의 입 안을 가득 채웠다.

그것을 전부 훑고 또 훑어서 마셨다. 정신없이. 한 방울도 남김없이.

꼴깍하고 목구멍으로 넘기는 그 즉시, 채워졌다가 다시 갈증이 났다. 다시 같은 짓을 반복했다.

제 손으로 감싼 그녀의 얼굴이, 입술이 바르르 떨려 왔다. 감미로웠다. 아무리 훌륭한 와인이라도 이런 맛은 내지 못할 것 같았다.

키스만으로도 이렇게 자신이 달아오를 수 있다는 것을 처음 깨달았다. 아니, 어쩌면 그 이전부터 준비되어 있었을지도 몰랐다.

작게 달싹이는 영애가 숨이 가쁜지 키스를 멈추려고 그를 밀어냈다.

웃기는군. 누구 마음대로 끝내려고. 루자크는 끝낼 생각이 없었다.

키스가 섹스보다 뜨거울 수 있다니…… 그에게는 새로운 감각이 트이는 느낌이었다.

*   *   *

엘리샤는 정신을 차릴 수가 없었다. 숨 막히는 키스는 도무지 끝날 기미가 보이지 않았다.

그와 닿은 입술이 불에 덴 것처럼 뜨거웠다. 루자크는 그녀를 자꾸만 몰아세우고 있었다.

아찔한 높이에서 떨어지는 것처럼 정신이 까마득해졌다. 뜨겁고 촉촉한 붉은 혀가 굴려져, 그녀를 붙들었다. 묶어 놓고 아무것도 하지 못하게 누군가 마법이라도 건 것 같았다.

지난번 공작의 가면을 벗길 때 나누었던 짧은 입맞춤은 지금 하는 이것에 비하면 아무것도 아니라는 생각이 들 정도였다.

그의 커다란 손이 얼굴을 꼭 감싸 쥔 채 몇 번이고 키스를 퍼부었다. 엘리샤는 그가 쏟아 내는 열정을 받아 내는 것만으로도 힘에 부쳤다.

몸이 휘청거릴 만치 뜨거운 키스. 그녀가 감당하기 힘들 만큼 뜨거웠다. 온몸이 뜨겁고, 쿵쿵 울리는 심장은 놀랄 만큼 더 빨라졌다.

'……못 빠져나가겠어.'

밀어내고 벗어나려고 하면 할수록, 짓궂게도 그의 키스는 더욱 강하게 그녀를 빨아 마셨다. 엘리샤는 두 눈을 꼭 감은 채, 그를 느끼고 있었다.

얼마나 그렇게 서로의 입술을 탐했는지도 모르겠다. 루자크가 입술을 떼자, 그제야 엘리샤는 숨을 몰아쉴 수 있었다. 아주 긴 달리기를 마친 것 같았다.

숨결이 오르락내리락했다. 그 역시 마찬가지였다. 서로의 눈빛과 얽히면서 둘은 가쁜 숨을 내쉬었다.

엘리샤는 이내 고개를 돌렸다. 너무 부끄러워서 그의 얼굴도 제대로 보지 못할 지경이었다.

'……뭘까. 이대로 그냥 숨고 싶어. 그렇지만 좋다…….'

"코넬리아."

구태여 돌린 고개를 다시 자신에게로 고정하는 루자크는 쪽, 하고는 버드 키스를 했다.

"……으앗!"

"뭘 그리 매번 놀라는 거야? 내가 키스할 때마다 깜짝깜짝 놀랄 건 아니겠지?"

"……갑자기 하시니 그렇죠. 너무해요, 얏! 내가 생각한 얏은 조금 더 신사적이고……"

엘리샤는 볼을 부풀리면서 투덜거리다가 말을 삼켰다. 그가 그녀를 내려다보면서 허리에 손을 감았기 때문이었다.

"신사적이고? 그 뒷말은 뭐지?"

"신사적이란 말은 취소해야겠어요."

엘리샤는 그의 스킨십 하나에 일일이 크게 반응하고 있었다. 그도 그럴 것이 정혼자라고는 해도 아직 결혼 전이었고, 그는 자신에게 마음을 고백한 일조차 없었다.

"……얏, 당신은 너무 조급해요. 우린 아직 결혼도 안 했다고요."

그녀의 말에 루자크는 단칼에 말했다.

"그 말은 정혼녀에게 키스도 마음껏 못 한다는 뜻인가?"

"……으, 이건 당신이 제멋대로 해 버린 거잖아요."

"하지만 좋았잖아."

그렇게 단언해 버리는 루자크에게 엘리샤는 잠시 할 말을 잃었다.

"아닌가? 싫었나?"

"……지금 그 문제가 아니잖아요!"

엘리샤가 화를 버럭 냈다.

"그럼 무엇이 문제지?"

"너무 빠르다고요, 각하. 저는 아직…… 마음의 준비가……."

쪽.

"각하라고 하면 이제부터 벌을 줄 거요."

그녀의 말을 듣고 있던 루자크가 재빨리 뺨에 입술을 부딪쳤다. 엘리샤는 얼굴을 붉히면서 말했다.

"저기…… 지금 제 말 듣고 계신 거예요?"

"물론 잘 듣고 있어."

"……."

루자크의 능청스러움에 엘리샤는 무방비 상태로 당하고 있는 것만 같았다.

"아무래도 이만 돌아가 봐야겠어요."

엘리샤는 벤치에서 일어나곤, 자박자박 걸어가기 시작했다.

걸을 때마다 쓸리고 부은 발 때문에 아팠지만, 그녀는 내색하지 않았다. 그녀보다 보폭도 크고 걸음이 빠른 루자크가 앞을 가로막았다. 그는 걱정스러운 얼굴로 그녀의 발을 내려다보았다.

"……괜찮겠어?"

"괜찮아요. 저는."

번쩍하고 그녀의 몸이 들려졌다. 멋대로 그녀를 안아 올린 루자크의 음성이 귓가에 감겼다.

"내가 안 괜찮아."

그의 말에 엘리샤의 가슴이 울렸다. 자꾸자꾸 울려서 한 겹씩 한 겹씩 덧씌워진다. 그에게 천천히라는 제한은 없어 보였다.

엘리샤 역시 그랬다. 엘리샤는 마음속으로 생각했다. 그동안 얀을 좋아했던 마음들이 수면 위로 다시 떠올랐다.

친구나 우정이란 감정으로 꾹꾹 눌러 담을 필요가 없었다.

'……나 이제 더 이상 짝사랑할 필요 없겠지? 그런 거겠지?'

행복감이 드는 동시에 불안감도 엄습했다.

공작은 자신에게 친절하고 상냥했지만 단 한 번도 그녀를 좋아한다거나, 사랑한다는 말은 없었다. 이렇게 그의 품에 있는데도, 그와 한껏 깊은 키스를 나누었는데도 아직 확신이 서지 않았다.

엘리샤는 그럼에도 그가 너무 좋았다. 다정한 말투와 눈빛, 격정적인 키스와 따스한 손길마저도.

장미궁 엘리샤의 방까지 그녀를 품에 안은 채 걸어온 루자크는 문을 열고, 그녀를 침대 위에 내려놓았다.

조심스럽고 사랑스럽게 자신을 대하는 루자크의 태도에 엘리샤는 녹아 버릴 것만 같았다.

"데려다주셔서 고마워요, 얀."

"잘 자요, 내 아가씨."

루자크는 그리 말하면서 그녀의 손등 위에 진하게 입술을 비볐다. 이 남자는 왜 이렇게까지 매혹적인 건지 엘리샤는 짧게 고민했다.

"각…… 얀도 안녕히 주무세요."

그는 그녀의 손에 깍지를 낀 채 그대로 그녀의 얼굴을 내려다보았다. 누운 상태로 그의 얼굴을 올려다보던 엘리샤는 순간 얼굴이 상기된 채 숨을 꼴깍 삼켰다.

'설마…… 또 벌을.'

그녀의 예상은 적중했다. 쪽, 하고 그녀의 입술에 가볍게 키스한 루자크가 씩 웃었다. 그 미소에 흔들리면서도 엘리샤는 억울하다는 듯 따졌다.

"……저, 저는 분명 얀이라고 했어요."

그러자 별스럽다는 듯이 루자크가 그녀의 뺨을 쓸면서 능청스럽게 말했다.

"이건 굿나잇 키스였는걸. 잘 자요."

그 말을 남기고 루자크는 사라졌지만, 엘리샤는 그의 흔적들 때문에 쉽사리 잠을 이룰 것 같지가 않았다.

그의 손이 닿은 감촉, 입술이 닿은 열기에 심장은 콩콩 뛰었다. 엘리샤는 괜스레 투덜거렸다.

"얀…… 원래 저런 사람이었던 거야? 세상에…… 완전히 능글 능글해졌어."

집사 얀이었을 때는 무엇이든 조심스럽고 상냥했는데, 공작이 된 그는 무엇이든 거침없었다.

뜨거운 눈빛도, 말도, 행동도, 입술마저도. 하지만 그럼에도 싫지 않았다. 그의 모든 것들이 그녀의 심장을 쿵쿵 울렸다.

엘리샤는 루자크가 했던 말이 아직도 귓가에 맴돌았다.

─우리 결혼식은 한 달 후로 하지.

드디어 결혼 이야기를 공작의 입으로 들었다. 예정된 결혼이었지만, 이제야 확정이 된 듯한 기분이었다.

엘리샤는 좀 얼떨떨했다. 마치 그에게서 프러포즈를 받은 것처럼 그녀의 심장 속으로 그의 말이 깊숙이 스며들었다.

어떤 반응을 해야 할지 몰랐는데, 이제야 확실해졌다. 그냥 행복한 표정을 지으면 되는 거였다.

잠자코 있어도 가슴이 벌렁벌렁거려서 참을 수가 없고, 그의 얼굴만 떠올려도 온몸이 간지러운 이 느낌. 이걸 뭐라고 해야 하지? 엘리샤는 이불을 잔뜩 끌어 올리고 눈을 꼭 감았다.

*　　*　　*

잠자리를 청하며 루자크는 생각에 잠겼다.

한 달 후면 영애는 온전히 제 사람이었다. 루자크는 평소 그답지 않게 하얀 얼굴 가득히 미소를 지었다.

가만히 있어도 웃음이 포실포실 삐져나왔다. 일반적으로 결혼을 준비하는 기간을 생각한다면 짧았지만, 그에게 한 달이라는 시간은 결코 짧지 않았다.

제 곁에 꼭 두고서 보고 싶을 때마다 보고, 만지고 싶을 때마다 만지고 싶었다. 그런데 문득 자신만 이렇게 애가 달아 있다는 기분이 들었다.

영애는 결혼 날짜를 이야기해 주었을 때도 별 감흥 없이 멀뚱한 표정을 짓고 있었다. 하기야 미리 예정된 결혼이었으니, 그녀는 언제 하든 별 상관이 없을지도 몰랐다. 이미 루비츠가를 떠나올 때부터 만반의 준비를 해 왔을 테니……

─너무 빠르다고요, 각하. 저는 아직…… 마음의 준비가…….

'그런데 영애의 그 말은 무슨 이야기지? 너무 빨라? 마음의 준

비?'

키스 한 번에 마음의 준비까지 필요하다니, 생각할수록 귀여운 아가씨였다.

'무척 부드러웠지……'

그보다 그녀와 나누었던 키스 생각에 루자크는 쿡 웃음을 터뜨렸다. 촉촉하고 보드라운 입술이 마치 과실주를 마신 듯 그를 달콤하게 취하게 했었다.

그러나 영애는 너무나 서툴렀다. 아무래도 이번이 첫 키스인 것 같았다.

꽁꽁 얼어 버린 듯한 어설픈 자세하며, 각도, 키스를 받아들이는 것만으로도 힘에 부친 듯 숨을 고르게 쉬지 못했다. 꼼짝없이 그 모습까지도 그에게는 전부 사랑스러웠지만.

아무래도 자신이 어떻게 된 것만 같았다. 마음을 꽁꽁 닫아 놓고 살아왔던 지난 시간들이 멀리 달아나 버리고, 희미해져 갔다.

불과 두 달 전만 해도 루자크 드 펜블렌은 이렇게 누군가에게 따스하게 눈길을 보내는 남자가 아니었다. 제게 매달리는 여자들에게 차갑게 등을 돌려왔던 그였다.

그의 키스 한 번이라도 갈구하는 그녀들이 이해가 되지 않았는데.

이제야 조금은 알 것도 같았다. 키스 한 번에 온 마음이 녹아내리는 적은 처음 있는 일이었다.

이건 마치, 뭐라고 해야 할까. 태어나서 처음 느끼는 알 수 없는 감정이었다. 무어라고 정의 내릴 수가 없는⋯⋯.

이후 루자크는 몇 번이다 뒤척이다가 겨우 잠에 들 수 있었다.

이튿날, 루자크는 본인의 의사와는 상관없이 이른 아침부터 황제, 황태자와 함께 야외 사냥에 참석해야만 했다.

황제는 소위 사냥광이라 누구든 만나면 함께 사냥을 하는 것을 즐기곤 했는데, 그동안 황성에 얼굴을 내밀지 않은 루자크와의 사냥을 내심 기대한 모양이었다.

피융! 턱!

꾸르륵, 컥, 끅!

루자크가 활시위를 당기자, 도망가던 멧돼지의 목덜미에 명중했다.

다그닥, 다그닥.

이내 말을 몰면서 황제와 황태자 라이몬드가 다가왔다. 멧돼지의 둔부에 박힌 화살을 루자크는 단숨에 뽑아냈다. 멧돼지가 커윽, 하는 신음을 내면서 바르작거렸다. 황제는 흡족한 얼굴로 루자크를 보면서 말했다.

"검만 쓰는 줄 알았더니, 활도 제법 다룰 줄 아는군. 훌륭했다. 펜블렌 경."

루자크가 고개를 숙이면서 말했다.

"운이 좋았습니다, 폐하."

"허허, 겸손하긴. 그래, 이번에는 라이몬드 네가 한번 쏴 보거라."

황제의 말에 라이몬드는 적갈색 눈을 빛내면서 말했다.

"좋습니다."

자신감이 넘치는 태도였다. 라이몬드는 호탕한 성격상 인내심이 필요한 활보다는 직접 휘두르고 부딪치는 검이나 창이 더 알맞았다. 아니나 다를까. 라이몬드는 활 대신 창을 들었다.

푸드드드.

한참 동안 사냥감을 찾아 헤맨 끝에, 수풀 속에서 힘차게 날아오르는 한 마리의 매가 모습을 드러냈다. 라이몬드는 그 순간 숨을 죽이고 기다렸다가 힘껏 창을 던졌다.

그러나 날개 달린 매가 더욱 빨랐다.

라이몬드는 입술을 깨물고는, 빠르게 매를 추격했지만 이제는 창으로 나는 새를 잡기에는 무리였다. 어쩔 수 없이 활로 바꾸어 들었지만 조급함은 활쏘기에서는 도리어 독이 되었다.

황제는 말없이 아들을 지켜보며, 속으로는 어리석다며 혀를 차고 있었다.

활로 매를 잡기란 여간 어려운 것이 아니었다. 수십 년 동안 활을 들었던 자신도 하늘을 나는 새를 쏘아 맞춘 것은 굉장히 드물었으니.

피융, 퓽!

"이런……."

황제의 예상대로 라이몬드의 화살은 매의 근처까지 가지도 못했다. 그의 얼굴에 그늘이 졌다. 적어도 루자크만은 이기고 싶었는데, 허사가 되어 버렸다.

황제가 다가와서 그를 나무랐다.

"라이몬드, 처음부터 사냥감을 잘못 잡았다. 너도 멧돼지를 선택했더라면 능히 잡았을 게 아니냐."

"……멧돼지 따위로 만족하고 싶지는 않았습니다, 폐하."

라이몬드는 루자크의 얼굴을 힐끔 보면서 말했다. 분명 그를 견제하는 듯한 태도였지만, 정작 루자크는 아무렇지 않은 얼굴이었다.

말끔하고 곱상한 얼굴에는 아무런 감정이 떠오르지 않았다. 황태자를 이겼다는 승리감이나 상대를 낮추어 보는 기색도 딱히 없었다.

그저 백지처럼 깨끗했다. 그 점이 더욱 라이몬드의 신경을 긁고 있었다. 자신 혼자서만 열을 올렸다는 치기 어린 생각이 드는 터였다. 게다가 무슨 생각을 하고 있는지 저 푸른 눈동자는 전혀 들여다볼 수가 없었다.

분명 어렸을 때는 형이라 부르면서 자신도 루자크를 잘 따랐지만, 이제는 모두 옛날 일이었다.

테본에서 한 발자국도 벗어나지 않는 펜블렌의 젊은 공작. 황실에서는 그를 몇 번이고 불러들였지만 그때마다 그는 공식적인 일로만 방문한 게 전부였고, 친근한 사촌 지간의 정을 나눈 기억이 최근에는 없었다.

황태자인 자신에게 잘 보이기 위해서 더욱 사적으로 다가올 수도 있는 위치였지만, 루자크는 그러질 않았다. 아니, 그럴 생각이 조금도 없어 보였다. 그래서 이렇게 마주하는 지금도 약간은 서먹한 사이였다.

"펜블렌 경. 사냥이 끝나면 쉴 겸 체스나 둘까 하는데 어떻소?"

"좋은 생각이십니다, 황태자 전하."

한편, 루자크는 라이몬드에게 대답을 하면서도 다른 생각을 하고 있었다. 황태자와 체스를 두고 나면, 아마도 정오가 다 될 터였다.

'영애의 얼굴을 보려면 정오에나 가능하겠군.'

연회는 총 닷새에 걸쳐 계속되었지만, 루자크는 내일 테본 영지로 돌아갈 생각이었다. 어차피 얼굴을 비치는 것으로 그의 소임은 끝이었다.

라이몬드가 놓친 매를 황제가 잡는 것으로 이번 사냥은 마무리되었다. 루자크는 황제의 실력에 감탄하면서 존경의 예를 표하기 위해 활을 집어넣었다.

"이른 아침부터 즐거웠네. 다음에 또 함께하지."

황제는 무척이나 만족스러운 듯했다. 루자크는 활을 다루지 못하는 척을 할 걸 그랬나 하는 후회가 들었다.

황성으로 돌아오자, 라이몬드는 자신의 방으로 루자크를 데려갔다. 황금으로 덧칠한 듯한 화려한 방이었지만 루자크는 별다른 감흥이 없었다. 라이몬드는 그 모습을 보곤 시종에게 명했다.

"체스판을 준비하여라. 차도 같이."

"예, 전하."

시종이 준비를 하러 간 동안, 황태자는 루자크를 돌아다보면서 말했다.

"내가 어제 간밤에 아드리안과 꼭 닮은 영애를 보았지 뭐요."

"……."

"아, 경은 아드리안이 누구인지 모르려나. 그녀는 내 첫사랑이자 약혼녀였지. 경은 이런 이야기 잘 모르겠지만."

"……모를 리가 있겠습니까. 그녀의 일은 유감입니다."

황태자의 오랜 약혼녀가 지병으로 사망한 일은 온 나라를 애도와 추모의 물결로 만들었던 사건이었다.

"그래, 의외로군."

라이몬드의 적갈색 눈동자가 루자크의 속을 가늠하듯 보았다. 그러나 루자크는 빙긋 웃을 뿐이었다. 같은 사내가 보기에도 반할 만큼 수려한 미남의 미소.

'얼굴 하나는 참 번지르르하군.'

마침 시종이 체스판과 체스 말을 가져왔고, 조용히 게임은 시작되었다.

루자크가 먼저 흑말을 집어 들면서 웃었다. 자연스럽게 라이몬드가 백이 되었다. 백이 무조건 먼저 시작하는 규칙이었다. 라이몬드가 슬쩍 입가를 늘이면서 말을 움직였다.

"내게 선을 준 것, 후회하지 않길 바라겠소."

"살면서 후회 같은 건 아직까지 해 본 적이 없습니다."

"하, 그것참 대단하군! 나는 후회투성이 삶을 살았는데 말이야. 진심으로 부러워."

두 사람은 잠시 대화를 잇는 대신 곧바로 체스에 열중했다.

그들은 한 수, 한 수 말을 두면서 서로의 눈동자를 읽어 내려 안간힘을 쓰고 있었다.

루자크가 비숍을 옮길지, 나이트를 옮길지 고민하던 찰나였다.

"경의 약혼자 말이야. 아드리안을 꼭 닮았더라고…… 순간 그녀가 환생해 다시 돌아온 줄 알았지 뭐요. 깜짝 놀랐지."

루자크의 짙은 검은색 눈썹이 살짝 치켜 올라갔다. 말에게 향하던 손이 미세하게 떨렸다.

"……아무래도 태자 전하께서 지나친 생각을 하신 것 같군요."

"아니…… 내 눈은 정확했어. 무척 닮았더군."

적갈색 눈을 번뜩이면서 라이몬드가 말했다. 루자크는 비숍을 움직여 곧장 빈틈을 발견한 백색의 킹을 잡았다. 라이몬드가 허망한 듯이 중얼거렸다.

"……체크 메이트로군. 경은 대체 부족한 게 뭐요?"

"글쎄요. 너무 많아서 헤아리기 어렵습니다만. 짧은 시간이나마 즐거웠습니다, 전하. 저는 이만 정혼자에게 돌아가야겠군요."

정혼자라는 말에 라이몬드가 더욱 목소리를 드높였다.

"오…… 날 버려두고 가실 거요? 펜블렌 경. 아니, 루자크 형님. 그렇지, 원래 예전에는 이리 불렀던 것 같은데."

"까마득한 호칭이군요."

"루자크 형님, 확실히 이쪽이 친근하긴 한 것 같소만. 둘이 있을 땐 말 편히 하는 게 어떨까."

"⋯⋯좋으실 대로."

루자크는 예의 그 미소를 지으면서 황태자의 방을 나섰다. 대리석 기둥이 가득한 복도를 지나면서 여러 가지 생각이 들었다.

라이몬드가 한 말이 목에 걸린 생선 가시처럼 거슬렸다. 자신의 정혼녀와 아드리안 영애가 닮았다니⋯⋯ 황태자가 그냥 던져 본 말이겠지 싶으면서도 뭔가 자꾸 뒤가 켕겼다.

이미 그녀는 자신의 정혼녀로 만천하에 알려진 상태였다. 설마 황태자가 그녀에게 반해서 저런 도발을 던진 것인가? 그게 사실이라면 그는 제정신이 아닐 테지. 사촌 형의 아내를 넘보는 그런 무뢰배는 아닐 것이다. 루자크는 영 개운치 않은 찝찝한 뒷맛에 불안감이 삐죽 솟았다.

복도가 끝나자 황궁 정원에서 티타임을 가지고 있는 한 무리의 여인들 사이에 햇살처럼 맑은 웃음을 베어 문 소녀가 보였다. 그녀였다.

오늘은 병아리처럼, 노란색의 모자와 드레스를 걸치고 있어 더욱이 앳되고 귀여워 보였다.

루자크는 멀리서 그녀를 뚫어져라 바라보았다. 이내 다른 이의 이야기에 까르르 웃고 있던 그녀에게, 누군가 공작의 존재를 일러 주었다.

그녀의 고개가 드디어 그에게로 향하자, 루자크는 싱긋 웃어 보였다. 귀부인들의 감탄사와 웃음소리가 들려왔다.

루자크는 영애의 즐거운 시간을 방해하지 않기 위해 그 상태로 고개를 돌리려 했지만, 쭈뼛거리던 영애가 어느새 자신 쪽으로 쪼르르 다가오고 있었다.

"오늘은 어디 다녀오시는 거예요?"

말간 보라색 눈동자에는 자신을 두고 어딜 갔냐는 원망의 눈총도 살짝 들어 있었다.

"눈 뜨자마자 보고 싶었는데, 황제 폐하와 사냥을 가야 했지. 사냥 후에는 황태자 전하와 체스를 두었고. 마치고 나오는 길에 이리도 만나게 되었군."

루자크의 대답에 그녀가 호기심 가득한 눈망울을 굴렸다.

"사냥이라고요? 다음에는 저도 꼭 데려가 주세요."

"다음에 내 꼭 그리하지."

"근데 말이에요. 나이 많으신 부인들은 왜 자꾸 꼬치꼬치 캐묻는 걸까요? 그것도 대답하기 곤란한 질문들만 물으시니 어찌할 바를 모르겠더라고요……."

그동안 하고 싶었던 말을 한꺼번에 쏟아 내는 영애가 귀여워, 루자크는 저도 모르게 그녀의 붉은 머리칼을 쓰다듬었다.

"……저런, 급하기도 하지. 한 가지씩만 말해 보시오. 부인들이 무얼 물었길래?"

"어젯밤 댄스를 추고 나서 어디 갔었느냐고요. 정원으로 사라지는 걸 보았다고."

"그래서?"

"꽃구경도 하고 산책했다고 둘러댔어요. 아니 그걸 솔직히 전부 말할 수는 없잖아요."

어느 틈에 그녀의 얼굴이 홍당무처럼 다시 빨개져 있었다. 루자크는 그 모습이 우스웠다. 이렇게 얼굴을 붉히면서 꽃구경과 산책을 했다고 하면 아무도 믿지 않았을 터였다. 그는 괜스레 정색하는 척 말했다.

"결혼할 사이인데, 키스가 어때서?"

"……얀도 참! 그래도 어떻게 그걸 내 입으로 말해요."

"그럼 행동으로 보여 주면 되겠군."

"……네에?"

루자크는 그녀의 자그만 얼굴을 붙잡고는 무작정 돌진해 버렸다. 자그만 영애의 입술을 침범하는 공작의 붉은 입술이 고집스레 머물렀다.

그 모습은 환한 햇살 아래 티타임을 나누던 귀부인들, 정원을 관리하던 정원사, 황성을 부지런히 오가던 시녀와 시종들의 시선까지 붙들었다.

황성에서 이렇게 공개적인 키스를 한 것은 펜블렌 공작이 최초였을 터였다. 특히 지켜보던 귀부인들은 놀람과 환호의 탄성을 동시에 보냈다.

그 소리에 창밖을 내다보던 황태자 라이몬드의 눈에도 그 모습이 선연하게 들어왔다. 펜블렌 공작은 저렇게 공개적으로 애정 공세를 펼치는 성격이 아니었다.

그렇다는 건 지금 저건 모두 계산된 행동이라는 생각이 들었다. 자신의 영역 표시를 하려는 것처럼 말이다.

*　　*　　*

무도회는 매일 저녁마다 열렸다. 오늘은 두 번째 날이었지만, 엘리샤에게는 황성에서의 마지막 밤이었다.

엘리샤는 대낮의 키스 소동 덕분에 귀부인들 사이에서 인기가 대단했다. 어디를 가나 그녀에게 말을 걸어오는 바람에 엘리샤는 온종일 정신이 없었다.

"······내 평생 그토록 설레는 키스는 처음 보았어요. 키스가 저 정도면 다른 것은 걱정하지 않아도 되겠어요. 오호호홋! 상상만 해도 내가 다 행복하군요."

"······그, 그런가요. 부인. 잠시만 실례할게요."

연회에서 나누기에는 사뭇 민망한 이야기만을 골라서 꺼내는 부인에게 인사한 엘리샤는 잠시 숨을 돌리려고 만찬이 차려진 연회 테이블로 다가갔다.

엘리샤의 눈이 홀 내부를 훑었다. 루자크는 아직 돌아오지 않은 듯했다. 평소 수도의 귀족들과 교류가 없는 공작이었으니, 이번 기회에 테본과의 교류를 트려는 자들이 꽤 많을 터였다.

연회 테이블에는 수십 가지에 달하는 음식들이 향연을 이루고 있었지만, 음식을 본격적으로 즐기는 이들은 별로 없었다.

다들 체면치레를 하는 탓인지, 아주 소량의 디저트 같은 음식만을 먹고 있었다. 그러나 엘리샤는 음식에 대한 예의를 아는 여성이었다. 그 예의를 지키려면 지금은 일단 구석으로 자리를 잡아야 할 것 같았다.

엘리샤는 주변을 살피면서 부지런히 음식을 입 안으로 나르기 시작했다. 고기부터 시작해, 디저트까지 오물거리면서 식사를 하고 있는데 누군가의 목소리가 들려왔다.

"어머, 코코!"

이 낯간지러운 애칭으로 부를 이는 단 한 명밖에 없었다. 이렇게 사람들이 많으니 그저 억지웃음으로 응대해 주는 수밖에……

"우리 잠깐 이야기 좀 해."

코넬리아는 엘리샤가 열심히 먹고 있는 포크를 빼앗아서 내려놓고는, 팔짱을 끼고 밖으로 데려갔다.

"이거 놓고 가."

엘리샤는 내키지 않는 얼굴로 억지로 따라갔다.

궁궐 뒤쪽, 인적이 드문 곳으로 가서야 코넬리아가 팔짱을 풀고는 손을 털었다.

"엘리샤, 네가 나를 좀 도와줬음 해."

"……"

기어이 그 말을 꺼내는구나 싶었다. 엘리샤는 대답을 하지 않은 채, 따분하다는 표정으로 일관했다. 듣고 싶지 않은 이야기였다.

"그분은 펜블렌 각하와 외사촌이시잖니. 내가 황태자 전하의 눈에 들 수 있도록 네가 도와 달란 말이야. 내 덕분에 공작 부인이 되었잖아. 은혜는 갚아야지 않겠어?"

밉살스럽게 움직이는 저 입술에서 기가 차는 말들이 쏟아져 나왔다. 엘리샤는 그녀를 가만히 노려보다가 말했다.

"코넬리아, 네가 감히 나에게 그런 말을 할 자격이 있을까?"

"뭐…… 뭐야? 코넬리아? 이게 돌았나?"

"너 내 언니 아니잖아. 한 번도 그렇게 생각한 적 없잖아. 나도 마찬가지야. 그러니까 내게 도와 달라는 말 한 마디만 더 하기만 해 봐. 가만 안 둘 거야."

"……뭐. 뭐라고? 야! 너 은혜를 원수로 갚는 거야? 배은망덕한 것아!"

코넬리아는 목에 핏대까지 세우더니 우악스럽게 엘리샤의 머리채를 휘어잡았다. 엘리샤는 인상을 쓰면서 외쳤다.

"이거 놔!"

코넬리아의 손아귀는 더 억세졌다. 이제는 머리채를 붙잡고 흔들기 시작했다. 엘리샤도 가만히 있을 수는 없었다. 똑같이 그녀의 붉은 머리채를 확 쥐었다. 코넬리아는 감히 네까짓 게! 하는 얼굴로 엘리샤를 노려보면서 발광했다.

"악, 이 망할 년. 공작 부인이 되니까 이제 내가 우습니? 어머, 이것 봐라?"

엘리샤의 목을 무심코 내려다보던 코넬리아의 눈이 번쩍 뜨였다. 목 아래에서 찬란한 빛을 뿜어내고 있는 다이아몬드가 보였다.

커다란 크기의 다이아몬드를 중심으로, 수십 개의 작은 다이아몬드가 물결 모양으로 반짝이는 찬란함 그 자체였다.

엘리샤는 순간적으로 코넬리아가 자신의 목에 걸려 있는 목걸이를 바라보는 시선을 느꼈다. 아니다 다를까. 코넬리아의 입술이 비틀리면서 말했다.

"이건 너 따위가 할 물건이 아니잖아?"

펜블렌가의 귀중한 보물, 공작이 자신에게 준 결혼 선물이었다. 이대로 있다가는 이게 위험했다. 코넬리아가 나머지 한 손을 목걸이에 대려고 할 때쯤이었다.

저벅저벅. 누군가 서서히 거리를 좁혀 오기 시작했다.

"무척이나 소란스럽군."

젊은 남자의 목소리가 들려옴과 동시에 엘리샤는 손을 풀었지만, 코넬리아는 멧돼지처럼 씩씩거리면서 엘리샤의 머리채를 더욱 뒤흔들었다. 머리카락이 당겨지는 아픔을 참으면서도 엘리샤는 생각했다.

'저 바보.'

엘리샤는 고개를 들었다. 다가오는 남자는 인상적이었다. 레몬빛의 환한 금발, 구릿빛 피부를 가진 건장한 체격은 마치 한 마리의 맹수를 보는 것과 같았다. 이를테면 사자 같은⋯⋯.

그가 입고 있는 황금색 의복 역시 위용을 뿜고 있었다. 잠깐, 이렇게 황금색의 화려한 의복을 입을 수 있는 사람은 분명 황족일 터였다.

뒤늦게 다가오는 남자의 얼굴을 확인한 코넬리아가 깜짝 놀라서 외쳤다.

"화, 황태자 전하!"

코넬리아는 냉큼 덜덜 떨면서 엘리샤의 머리채를 놓았다. 그녀의 얼굴에 떠오른 감정이 재밌어서 엘리샤는 피식 실소가 나왔다.

라이몬드의 시선이 엘리샤에게 닿으며 살짝 흔들렸다.

"붉은 머리가 둘이라. 루비츠가의 영애들이시오?"

"예, 전하. 둘도 없는 자매 사이랍니다."

라이몬드의 물음에 코넬리아는 얼굴을 살짝 붉히면서 대답했다. 조금 전까지는 악독하게 자신의 머리칼을 잡아 뜯던 주제에 둘도 없는 사이라니, 황태자를 바보로 아는 듯싶었다.

엘리샤와 같은 생각이었는지 라이몬드는 얼굴을 살짝 찡그리면서 말했다.

"앞으로 그리 지내겠다는 말인가."

"그, 그렇습니다. 전하. 여기 있는 제 여동생 코넬리아는 전하와 외사촌인 펜블렌 공작의 정혼 상대랍니다. 저 역시 같은 이름을 가졌지요."

펜블렌 공작을 운운하면서 친근함을 과시하려는 코넬리아의 의도였다. 그러나 라이몬드의 시선은 엘리샤에게 붙박이처럼 고정되어 있었다.

라이몬드는 고개를 기울였다.

"익히 알고 있소. 자매끼리 같은 이름을 쓰다니, 신기하군."

"어머나, 안 그래도 그런 이야기를 많이 듣는답니다. 후후. 앗, 그런데 전하께서는 어쩜 그렇게 늠름하고 멋있으신가요? 이쪽으로 걸어오시는데, 태양이 비추는 듯하였답니다."

코넬리아는 눈앞의 황태자에게 잘 보이기 위해서 갖은 아양을 떨고 있었다. 그러나 라이몬드는 코넬리아가 아닌, 엘리샤를 흥미롭다는 얼굴로 바라보았다.

엘리샤는 황태자와 직접 대면하는 것은 처음인지라 인사를 올려야겠다는 생각이 들었다.

"아! 늦었지만 탄신 축하드립니다, 황태자 전하. 어제는 뵙지를 못했네요."

"내가 어제는 바삐 돌아다녔지요. 고맙소."

인사를 올리면서 퍼지는 맑은 미소가 그의 눈에 들어왔다. 보면 볼수록 시선이 가는 영애였다.

처음에는 아드리안을 닮아서 놀랐으나, 자세히 보면 느낌이 다르긴 달랐다. 아드리안이 병약하고 예쁜 온실 속의 꽃이었다면, 이 소녀는 길가에 핀 들꽃 같았다.

코넬리아는 황태자의 시선이 자신을 향하지 않자, 급히 입술을 놀렸다.

"저, 전하! 저 역시 전하의 탄신을 축하하기 위해서 참석하였는걸요."

"알고 있소."

황태자는 다소 귀찮은 어조로 코넬리아에게 대꾸했지만 그녀는 눈치를 전혀 채지 못한 듯했다.

"전하, 전하께서는 댄스를 좋아하지 않으시나요? 저는 오늘만을 위해서 댄스 연습을 수천 번도 더 했습니다."

"……댄스? 그런 것은 크게 흥미 없소."

"그, 그러시면 어떤 것에 가장 흥미가 있으시지요?"

코넬리아의 눈동자가 커지면서 그의 말이 떨어지기를 기다렸다.

"나 역시 황태자지만 평범한 사내요. 강해지는 것, 그리고 내 마음에 드는 여자. 그 두 가지에 가장 흥미가 있소."

라이몬드의 대답을 들은 코넬리아의 얼굴이 발그레해졌다.

"……어, 어머나. 그렇군요."

코넬리아의 콧소리 섞인 목소리만으로도 엘리샤는 그녀의 속마음이 다 드러나는 듯했다. 정말이지 꼴 보기 싫었다. 엘리샤는 공손히 인사를 올리고는 말했다.

"그럼 두 분 즐거운 대화 나누시길 바라겠어요. 저는 이만 물러가 보겠습니다."

그리 말하고 돌아서려는 엘리샤에게 라이몬드가 말했다.

"……루자크 형님을 뵈러 언젠가 테본 영지에 들르도록 하지요."

라이몬드의 말에 엘리샤는 미소로 화답했지만, 어쩐지 조금 이상했다. 의아한 것도 잠시, 엘리샤는 그대로 그곳을 떠났다.

"어머나, 전하. 저와 마음이 잘 통하시는가 봐요. 저도 테본 영지에 꼭 한번 가 보려고 했답니다."

코넬리아가 기대 가득한 얼굴로 끼어들자, 라이몬드가 이를 드러내며 웃었다.

'이런. 더럽게 눈치 없는 계집이군.'

그가 웃어 주자 코넬리아가 환하게 마주 웃었다.

"이만 안으로 들어갑시다."

"예, 전하. 들어가서 우아한 음악에 맞추어 댄스라도…… 아,

댄스를 싫어한다고 하셨지요? 그럼 무엇을 할까요? 저는 전하와 함께 이렇게 이야기를 하는 것만으로도 좋지만 말이에요."

코넬리아의 말을 들은 라이몬드의 표정이 구겨졌다.

"눈치도 없고, 머리는 더 없군."

"예?"

"아무것도 아니오. 그럼 즐거운 밤 보내길."

라이몬드는 그리 말하고는 급히 발걸음을 옮겼다. 빨리 이 여자와 떨어지고 싶었다.

"앗! 전하! 저도 들어가려던 참이었는데……."

그러나 그는 이미 사라진 후였다. 그래도 황태자 전하를 코앞에서 대면하고, 급기야 대화까지 했다. 이 얼마나 진취적인 발전인가! 코넬리아는 흥분으로 인해서 땀이 다 날 지경이었다.

가까이서 본 그는 늠름하고 빛이 나서, 현기증이 날 정도로 멋진 분이었다. 그런 황태자 전하에게 어울리는 짝은 바로 자신뿐이다.

"분명 내 자태에 한눈에 반하셨을지 몰라."

코넬리아는 그 자리에서 빙글 돌았다. 이럴 줄 알았으면 조금 더 가슴이 파인 드레스를 입을 걸 하는 후회가 들기도 했다.

코넬리아는 드레스의 매무새를 가다듬고는, 연회장 안으로 다시 엉덩이를 살랑살랑 흔들면서 들어갔다.

시녀를 불러 헝클어진 머리를 다시 매만진 엘리샤가 연회장으로 들어섰다. 루자크는 멀리서도 그녀를 알아보곤 다가오기 시작했다. 몇 시간 동안이나 귀족들과 세상 돌아가는 이야기를 하다 왔더니, 연회에 와서도 일하는 기분마저 들었다.

그리 고단하게 쌓인 피로가 그녀의 맑간 얼굴을 보는 순간 단번에 풀리는 듯했다. 그녀의 노란 모자를 살짝 들추곤 루자크가 말했다.

"병아리 아가씨. 이제야 오는군. 어딜 다녀온 거요?"

루자크의 물음에 엘리샤는 말했다.

"아, 언니와 잠시 이야기를 나누었어요."

"언니? 아, 그랬군."

"네에……."

그러고 보니 첫날 루비츠 백작과 함께 다가와서 유난스럽게 말을 걸던 모습이 기억났다. 집사인 줄로만 알았는데 깜짝 놀랐다면서…….

엘리샤의 얼굴이 어두워, 루자크는 걱정스러운 얼굴로 그녀를 살폈다. 집사로 갔을 때 그도 분명 두 눈으로 보았다. 둘은 결코 사이가 좋아 보이지는 않았다.

"피곤해 보이는데, 우리는 내일이면 테본으로 돌아갈 테니 일찍 쉬는 게 좋겠소."

"아, 그게 좋겠어요."

"그래, 가서 결혼 준비도 해야 하고. 할 일이 산더미니까."

엘리샤는 고개를 주억거렸다. 이제는 메이플 성보다 블랙 윈터 성이 더욱 제집처럼 느껴졌다.

"네, 당신 말대로 해야 할 일이 많아요."

"드레스 만드는 일?"

"네, 결혼식에 입을 드레스를 제 손으로 만들고 싶어요."

루자크의 눈동자가 약간 놀라는 가 싶더니 이내 눈매가 부드럽게 휘어졌다.

"그 일을 정말 사랑하는군."

"맞아요. 정말 사랑해요."

"음. 앞에 빼먹은 단어는 붙여 주도록, 쓸데없이 내 심장이 놀라니까 말이야."

"……푸훗. 각하도 참."

의외였다. 그는 사랑한다는 말을 듣고 싶은 걸까? 순간 그런 생각이 들었다. 하지만 그 역시 자신에게 사랑한다는 말을 한 번도 해 준 적이 없었다. 아니, 좋아한다는 말조차 없었다.

사실 엘리샤는 조금 혼란스러웠다. 그의 달콤한 말과 행동을 보면 분명 좋아하는 이들에게 하는 것과 같은데, 직접적인 언어의 표현은 없었다.

그래서 더욱 진심을 모르겠다. 그저 남편 될 사람의 의무라고 생각해서 자신에게 잘해 주는 것일지도 모르니까.

그리 생각하니까 어쩐지 좀 답답했다. 정말 의무감에 잘해 주는 것뿐이라면…… 그러면…… 그러면 나는 어찌해야 할까.

심장이 쿵 내려앉으면서 살짝 가슴이 저몄다. 이렇게나 당신은 내 앞에서 웃고 있는데, 나도 웃고 있는데. 그가 자신을 좋아하지 않는다는 상상만으로도 가슴이 시리고 아픈 것 같았다.

다음날 테본으로 돌아가는 마차 내에서도, 블랙 윈터 성에 돌아와서도 오래도록 엘리샤의 마음에는 그 고민이 남았다.

'그가 나를 좋아하지 않는다면 나는 그걸 감당할 수 있을까……?'

처음에 그를 얀이라고 알고 있었을 때는 짝사랑만으로도 족했는데, 아무 욕심 없었는데. 인간은 참 간사스럽기가 짝이 없는 생물이었다.

엘리샤는 자꾸만 채워지는 달콤한 행복 앞에서 만족하지 못하고, 비워진 또 다른 욕심을 소망하면서 괴로워하고 있었다.

이 모순적인 마음이 드는 건 왜일까?

그의 마음이 궁금했다. 키스는 곧잘 하면서도 어째서 자신에게 아무런 고백이 없는지…….

루자크의 진심을 알고 싶었다. 예쁘다, 보고 싶다는 말 대신에 어째서 다른 속마음은 알려 주지 않는 것인지…….

7.
마음을 확인하는 법

본성에 돌아와 휴식을 마친 루자크는 반트와 리나를 자신의 서재로 불렀다. 그가 서재에서 부른다는 건 긴히 내릴 중요한 명령이 있다는 뜻이었다.

공작의 서재로 가는 복도에서, 궁금함을 참지 못한 리나가 반트의 옷깃을 슬쩍 붙잡고는 물었다.

"대체 무슨 일일까요?"

"글쎄요, 들어 보면 알겠지요."

반트는 그녀의 손이 닿았던 옷자락을 툭툭 털면서 말했다. 리나는 괜히 물어봤다 싶었다. 이 남자가 자신의 편인 적은 단 한 번도 없었지, 아마.

리나는 황성 시녀에게 들은 이야기를 그에게 들려주었다.

"그렇지만 두 분 황성 연회에 계시는 내내 사이가 무척 좋으셨다고요. 모두가 보는 가운데서 뜨거운 키스까지 나누셨다고…… 제가 그걸 꼭 봤어야 하는데 아깝군요."

"으음, 무슨 일이 있긴 했던 모양이군. 그렇게 공개적으로 예비 마님에 대한 애정을 표시할 만한 이유가 필요했을지도."

"……이유?"

"각하가 아무런 생각 없이 그렇게 공개적인 키스를 했을 것 같진 않아서 말이오. 그보다 이만 안으로 들어갑시다."

반트가 고동색의 나무문 앞에서 발을 멈추었다. 어느새 공작의 서재 앞이었다.

두 사람이 안으로 들어서자, 책상에 앉아 있던 루자크가 보고서를 향해 있던 고개를 들었다.

"어서 와. 중요한 전달 사항이 있어서 두 사람을 불렀네."

"하명하십시오."

루자크는 보고서를 덮고는 일어나서 말했다.

"두 사람도 많이 기다렸을 거야."

"……."

"한 달 후에 코넬리아 영애와 결혼식을 올릴 생각이야. 최대한 성대하고 경건한 결혼식으로. 시간이 얼마 없겠어. 한 달이야. 이번 결혼식의 총 책임은 체임버러 양이 맡아 주었으면 하는군."

한결 나긋해진 공작의 말투와 따스한 시선에 리나는 잠깐 넋을 잃고 보다가 정신을 차렸다. 이 얼마나 고대하던 순간이던가!

리나는 예비 마님이 안주인이 되는 이날만을 기다렸다. 가슴이 뭉클하면서도 긴장되어, 리나는 살짝 말을 더듬었다.

"……마, 맡겨만 주십시오, 각하."

"반트, 자네도 체임버러 양이 예산을 짜는 걸 돕도록 하게."

"알겠습니다. 각하."

고개를 숙이고 나서면서 리나의 얼굴은 마치 자신이 신부가 되는 양 발갛게 물들었다.

"……아아아, 너무 기대되는걸요. 세기의 결혼식을 만들어 드리겠어요!"

잔뜩 흥분해서 외치는 리나를 보고 반트가 시니컬하게 말했다.

"누가 보면 본인이 결혼하는 줄 알겠군."

"……세상에 두 분의 결혼식이잖아요. 제 결혼보다 기쁘다고요! 그런데 랜디어스 경도 오랫동안 바라던 일이었잖아요. 좋지 않으세요?"

"뭐……."

대수롭지 않다는 표정을 하고 있었지만, 반트로서도 속 시원한 일이었다. 루자크가 결혼을 하고 안정된 가정을 갖는 것, 꼭 꼭 닫아 둔 성문이 열리는 일이었다.

"예산을 짜려면 가장 먼저 리스트부터 작성해야겠어요. 그렇죠, 랜디어스 경?"

리나가 신난 어조로 떠드는 동안 반트는 입가에 가볍게 머물렀던 미소를 지우고는 말했다.

"차근차근하시오. 하나라도 빠뜨리면 곤란하니까."

"어머나, 경도 참. 제가 그런 실수를 할 것처럼 보이세요?"

"너무 흥분 상태라서 그렇소. 일단 오늘 밤은 푹 쉬고, 내일부터 일을 해 봅시다."

"좋아요. 내일 봐요!"

활기 넘치는 몸짓으로 인사를 하곤 리나가 제 방으로 사라졌다. 능력은 인정하겠지만, 너무 소란스러운 여자였다. 반트는 고개를 흔들면서 제 방으로 걸어갔다.

*　　　*　　　*

"좋은 아침이에요, 랜디어스 경!"

다음날 아침 그레이트 홀로 힘차게 들어서던 엘리샤는 그대로 걸음을 멈췄다. 식탁에 뜻밖의 사람이 앉아 있었다. 바로 루자크였다. 그는 아침 햇살처럼 싱그러운 미소를 짓고는 엘리샤를 향해 다정하게 말했다.

"어서 들어와 앉아요."

"오셨습니까, 예비 마님."

"……각하가 와 계신 줄 전혀 몰랐어요."

엘리샤가 들어오자 반트가 의자를 빼 주었다. 루자크가 유리잔을 들어 물을 마시곤, 말했다.

"그렇게 신기한 눈으로 볼 것 없어. 이제부터는 매일 아침을 함께 먹을 테니까."

엘리샤도 목을 축이기 위해서 유리잔을 들었다. 늘 그녀 혼자서 반트의 시중을 받으며 먹곤 했는데, 그런 일상이 조금은 달라지겠구나.

그런데…… 그동안 각하는 혹시…… 엘리샤는 머릿속에 떠오른 것을 말했다.

"혹시 그동안 저 때문에 아침을 제대로 못 드신 것은 아닌가 걱정이 들었어요."

"……그럴 리가 없지."

루자크는 웃으면서 고개를 저었지만, 엘리샤의 짐작은 사실이었다. 자신이 공작임을 숨기기 위해서 그는 평소보다 아침을 늦게 먹거나, 방 안에서 대충 때운 적이 많았다. 그의 대답을 들은 엘리샤가 안심한 듯 웃었다.

"그렇다면 다행이네요."

엘리샤는 문득 자신을 빤히 바라보는 그의 시선에 보라색 눈을 끔벅거렸다. 무슨 할 말이라도 있으신 걸까? 기다려 보았지만, 그는 별다른 말은 하지 않았다.

결국 궁금증을 참지 못하고 엘리샤가 먼저 말을 꺼냈다.

"뭔가 제게 하실 말씀이라도 있으신 거예요?"

"음……."

"제 얼굴을 빤히 바라보시기에 여쭈어 봤어요."

이내 루자크가 골똘히 고민하는 듯한 눈빛으로 턱을 괴었다.

"……그냥 예뻐서 바라봤어."

"……."

순식간에 얼굴이 또 달아오른다. 아무래도 괜히 물어본 것 같았다. 엘리샤는 온몸이, 사르르 녹아내릴 것 같았다. 느끼하니 제발 그만하시라고 말이라도 전해 주고 싶었다. 엘리샤는 최대한 유하게 돌려서 말을 꺼내 보았다.

"……각하. 사실 요즘 적응이 잘 안 돼요. 각하는 원래 이런 분이셨던 거예요?"

엘리샤의 이런 분이라는 말에 루자크는 흠칫, 정신이 드는 것 같았다.

"이런 분? 그럼 어떤 분을 기대한 거지?"

"……아, 특별히 어떤 모습을 기대한 것은 아니지만. 요즘 각하께서는 부쩍 저에게 스킨십을 비롯해서 달콤하고 뜨거운 말들만 골라 하시니 저는 약간 당황스럽고, 어찌할 바를 모르는 중이에요."

엘리샤가 말을 마치자, 루자크가 벙찐 얼굴로 그녀를 바라보고 있었다. 음식을 가져오던 반트마저 걸음을 멈춰 버렸다.

'나 뭔가, 실수해 버린 건가? 그치만 각하께서는 요즘 정말 이상하신데…… 내가 알던 얀이라고는 믿을 수 없을 만큼, 적극적이란 말이야. 적응이 안 되는 건 사실이야.'

잠깐의 침묵을 뚫고, 루자크의 나지막한 목소리가 울렸다.

"영애, 한 마디로 내가 너무 적극적이라서 부끄럽다는 거야? 하지만 사실인걸. 내가 얀이라고 밝힌 후 한 번도 난 거짓으로 그대를 대한 적이 없어. 키스하고 싶은 순간에 키스했고, 보고 싶어서 보았고, 내 눈에 예쁘니 예쁘다고 말한 것뿐. 그게 죄는 아니잖아?"

"……하지만 잘 모르겠어요, 저는 각하의 진심을 아직 잘 모르겠어요."

"내 진심을 잘 모르겠다라……."

"아무것도 아니에요. 식사 중에 제가 괜한 이야기를 꺼냈어요."

"아니. 짚고 넘어가야 할 문제인 것 같아. 반트, 식사는 조금 있다 하겠네."

"예, 각하."

루자크의 신호에 반트는 음식을 가지고 그레이트 홀 밖으로 나갔다. 거대한 풍경화가 자리한 웅장한 그레이트 홀의 기다란 식탁 위로 긴 침묵이 흘렀다.

엘리샤는 바짝 굳은 채 식탁 앞에 앉아 있었다. 마치 벌을 받고 있는 듯한 느낌이었다. 그녀는 슬쩍 루자크의 매끄러운 얼굴을 가만히 올려다보았다. 그는 어쩐지 조금 화가 난 듯 굳은 얼굴이었다.

"영애."

"……네, 각하."

엘리샤는 다소 긴장한 듯 대답했다. 그가 자리에서 일어나 천천히 그녀에게로 다가와 앞에 섰다.

자신도 일어나야 하는 게 아닐까 하는 고민할 겨를도 없이, 루자크가 얼굴을 자신에게 드밀었다. 그의 미끈한 콧날이 곧장 다가왔고, 붉은색의 단정한 입술도 코앞에 있었다.

엘리샤는 숨을 쉬는 것을 잠시 잊을 뻔했다. 따스한 숨결이 서로 얽히고 있었다.

"난 영애와 내가 서로 마음을 아주 잘 안다고 생각했는데……."

귓가에 감겨 오는 낮은 목소리가 초콜릿처럼 달착지근하게 착 달라붙었다. 이내 입술에 따뜻하게 그의 입술이 파고들었다. 하지만 엘리샤는 그를 다급하게 밀어냈다.

"……읍! 아뇨, 우린 아직 서로의 마음을 모르는 것 같……!"

제 입술을 다시 한 번 꾹 내리누르는 그의 입술에 엘리샤는 기운이 탁 풀려 버렸다.

어째서 키스는 이렇게 쉽게 하면서 그 말은 하지 않는 것일까? 좋아한다고…… 한 마디면 되는데. 딱 한 마디면 되는데…… 어째서?

입 안으로 밀려들어 오는 감미로움에 엘리샤는 몸을 떨었다. 입을 맞춘 채 루자크가 그녀를 천천히 일으켰다.

허리를 단단히 감은 그의 손길이 그녀를 꽁꽁 묶은 채, 놓지를 않았다. 그녀의 치열부터 입 안 구석구석을 훑어 내린 그가, 더욱 거칠게 엘리샤를 빨아들였다. 그녀의 입술을 끝없이 어루만지고, 살살 건드렸다.

허리를 감고 있던 손길 하나가 그녀의 손을 잡았다. 따뜻한 손이었다. 그가 입술을 떼자 엘리샤는 꼭 감은 눈을 떴지만, 이내 그의 입술은 미끄러지듯 그녀의 희고 뽀얀 목덜미로 향했다.

생전 처음 느끼는 간지럽고 찌릿한 감촉에 엘리샤는 발작하듯 깜짝 놀라며 몸을 움츠렸다. 그러나 루자크는 그녀의 목을 따라서 혀를 굴렸다. 쪽, 소리가 나도록 빨기도 했다.

엘리샤는 갑자기 돌변한 그가 낯설었다. 왜 이러는 걸까?

각하는 어쩌면 자신을 정말로 좋아하는 게 아니라, 이 몸이 좋아서 그런 것일지도 모른다는 바보 같은 생각마저 스치고 지나갔다. 이제 다정한 친구 얀을 그에게서 더는 기대할 수 없는 것일까?

엘리샤가 그런 우울한 생각을 하고 있자, 루자크는 그녀의 얼굴을 감싸면서 속삭였다.

"……왜 그렇게 불안한 얼굴을 하고 있는 건가."

"당신이 낯설어요, 내가 알던 얀이 아닌 것 같아서……."

"나와 이러는 게 싫은가?"

싫지는 않았지만 내키지 않았다. 사실 느낌은 달콤했지만 그녀의 마음이 아직은 아니었다. 엘리샤는 가만히 고개를 끄덕였다.

루자크의 푸른 눈이 커다랗게 뜨였다. 그는 뭔가를 잔뜩 참고 있는 사람처럼 보였다.

"……그랬군. 그동안 오해를 잔뜩 하고 있었군. 미안해. 하기 싫은 일들을 억지로 시켰군. 나는 영애도 좋은 줄 알았지. 나와 같은 마음인 줄 알았어. 그런데 그게 아니었군. 나 혼자서만 좋았던 것 같아. 용서하시오. 앞으로는 절대로 이런 일 없을 거야."

그의 몸이 엘리샤에게서 떨어졌다.

"각하."

"식사는 꼭 하고 나오시오."

루자크는 조용히 뒤돌아서 걸음을 옮겼다. 엘리샤는 무어라고 말을 하고 싶은데, 목이 메어 아무 말도 하지 못했다. 그대로 나가려던 루자크가 문 앞에 멈춰서 말했다.

"……이거 하나만은 명심했으면 좋겠군. 영애가 원하든 원치 않든 결혼은 그대로 진행할 거라는걸."

쿵! 그가 문을 닫고 그레이트 홀을 나갔다. 그의 마지막 목소리는 무척이나 차가웠다. 처음으로 듣는 싸늘하고 냉랭한 목소리였다. 엘리샤는 그 자리에서 주루룩 눈물이 흘렀다.

'어쩌면 좋을까…….'

그는 무척이나 화가 난 것 같았다. 이번 일로 그에게 오해를 잔뜩 산 게 분명했지만, 아무리 생각해도 그를 이해할 수가 없었다.

*　　*　　*

서재로 돌아온 루자크는 허망한 표정을 지은 채, 일관된 자세로 앉아 의미 없이 보고서를 팔랑팔랑 넘기고만 있었다.

"젠장, 젠장, 젠장!"

기어이 보고서를 멀리 던져 버리곤 관자놀이를 문질렀다. 어떻게 그레이트 홀을 빠져나왔는지조차 기억이 나지 않았다.

영애에게 거부를 당했다. 영애는 자신과 마음이 다르다고 이야기했다. 그 사실을 왜 이제야 알았을까. 자신은 아무것도 몰랐다. 그동안 영애에게 푹 빠져서 다른 아무것도 보지 못한 모양

이었다. 스스로의 마음에만 취해 있었다. 어리석었다. 어리석고
또 어리석었다.

심장이 미친 듯이 아팠다. 몹시도 아파서 어떻게 되어 버릴 것
만 같았다.

그녀도 자신과 같은 마음인 줄 알고, 좋아서, 그저 좋아서 했
던 모든 달콤한 행동과 말들이 그녀에게는 견디기 어려웠던 일
이라는 것을 알게 된 순간 비참했다.

자신이 너무나 비참해져서 사고조차 제대로 이을 수가 없었
다.

─저는 각하의 진심을 아직 잘 모르겠어요.
─당신이 낯설어요, 내가 알던 안이 아닌 것 같아서…….

그녀의 말이 비수가 되어서 귓가를 웅웅 맴도는 것 같았다.
'그랬군. 그랬단 말이지.'

아마 실연을 당한다면 이런 기분일까?

지금껏 수십 번 여자에게 실연을 안겨 주었지만, 단 한 번도
실연을 당한 적이 없었다. 그만큼 진심으로 누군가를 좋아한 적
이 없었던 그였다.

맑게 웃던 그녀의 웃음이 자꾸만 떠올라서 루자크는 이 상황
을 감내하기가 어려웠다. 그러나 그녀는 누가 뭐라 해도 자신의
아내가 될 여자였다. 그녀 자신이 싫다고 해도, 강제로 자신이
취할 수도 있는 여자.

물론 그렇게 되면 정말로 절망적이겠지만…….

그렇게 해서라도 영애가 자신을 보게 만들 것이다. 제 품 안에 가둘 것이다.

루자크는 이런 상황에서까지 사납게 치솟는 욕망에 짜증스러웠다. 아직도 뜨거워진 몸이었다. 키스만으로는 한참 부족한데, 이제는 그 키스마저 하지 못한다는 생각에 안타까웠다.

무엇보다 꼼짝없이 자신을 좋아하는 줄 알았던 영애의 마음이 자신을 향하지 않았다는 사실에 가장 화가 났다.

'반드시 그렇게 만들 거야. 그녀가 나를 먼저 원하도록.'

루자크는 쉽사리 그녀를 포기할 생각이 없었다. 어떻게든 자신이 원하는 방향으로 만들 것이다. 그게 루자크 드 펜블렌의 방식이니까.

*　　*　　*

그레이트 홀에서의 아침 사건 이후로 엘리샤는 공작을 만날 수 없었다. 의도적으로 피하는 것인지 그의 방문을 두드려도 대답이 없었다. 일부러 그와 마주치기 위해서 블랙 윈터 성의 곳곳을 돌아다녀 보았지만, 루자크는 그림자도 보이지 않았다.

언젠가 우연히 마주친 적이 있었는데, 그는 가볍게 인사를 하곤 그녀를 지나쳐 가 버렸다. 그날 엘리샤는 심장을 바늘처럼 뾰족한 무언가로 찌르는 듯한 통증을 느꼈다.

'각하께서 나를 피하시는구나.'

그런 생각이 들자, 걷잡을 수 없이 서러움이 커졌다. 엘리샤는 입술을 살짝 깨물고는 방으로 들어갔다. 방 앞에는 리나가 생긋 웃으면서 그녀를 기다리고 있었다. 리나의 손에는 서류 하나가 들려 있었다.

"예비 마님, 결혼식에 필요한 리스트를 짜 보았답니다. 확인해 주시겠어요? 그리고 추가하고 싶으신 사항이 있으시다면 말씀해 주세요."

"고마워요, 리나."

엘리샤의 얼굴이 어두운 것을 확인한 리나가 물었다. 그녀는 행복한 예비 신부의 얼굴이 아니었다.

"왜 이리 기운이 없으신 거예요?"

"……리나. 남자들은 마음이 없어도 아무렇지 않게 키스할 수 있다고 들었는데, 사실일까요?"

그러자 리나의 검은 눈동자가 반짝이더니 엘리샤의 양손을 꼭 붙잡았다. 예비 마님의 얼굴이 어두운 이유를 조금은 알 것 같았다.

황성에서 공개적인 키스를 했다더니, 펜블렌 각하가 조급하게 나서신 모양이었다. 그러나 공작의 눈은 분명 사랑에 빠져 있었다. 그것은 자신이 확실히 알 수 있었다.

"어머나. 우리 아기 같은 예비 마님. 물론 남자들은 진정으로 사랑하지 않아도 스킨십을 나눌 수 있답니다. 하지만 정말로 사랑에 빠지면 늘 상대 생각만 하니까 오히려 더욱 뜨겁게 달아오르지요. 각하의 눈동자를 한번 보세요. 그 안에 답이 있어요."

리나가 그리 말하자, 엘리샤가 대답했다.

"각하는 이제 나에게 눈길도 주지 않는걸요! 아무래도 저를 피하고 계신 게 틀림없어요."

"예? 그럴 리가요."

리나는 깜짝 놀랐다. 그동안의 두 분 사이에 무슨 일이 있지 않고서야. 분명 자신은 놓친 게 없다고 생각했는데 뭘까.

"그게 언제부터인가요?"

"이, 이틀 전 아침 식사에서부터……."

"그날 무슨 이야기를 나누셨어요?"

"각하께서 나를 좋아하지 않는 것 같아서 직접 말했어요. 각하의 마음을 모르겠다고요. 한 번도 나에게 좋아한다, 사랑한다 말 한 마디 해 주신 적이 없었어요. 다정한 말씀도 곧잘 하시고, 입을 맞추긴 했지만……."

"아…… 그러니까 각하께서는 고백의 말도 없이 예비 마님에게 애정 표현을 하셨다는 거군요?"

엘리샤는 고개를 끄덕였다. 리나는 당황스러웠다. 순진한 예비 마님은 그렇다 치고, 공작 각하까지 그렇게 연애에 있어서 아무것도 모르실 줄은…….

"……음. 그래서 두 분 사이에 오해가 생기신 거로군요. 제가 확신할 수는 없지만 각하께선 예비 마님께 푹 빠져 계세요. 애정 표현을 하셨는데, 그 마음이 거절당하자 마음이 상하신 것 같아요."

"그렇다면 어떻게 해야 하죠?"

"……기다리세요."

"네?"

"각하의 인내심이 한계에 다다를 때까지 꾹 참으시면서 결혼 준비를 하시면 돼요."

"하지만…… 그전에 차라리 내가 먼저 고백을 하는 게 낫지 않을까요?"

"네에?"

리나는 뜻밖의 대답에 자신도 모르게 반문했다.

"죄송합니다, 예비 마님. 하지만 직접 고백을 하신다고요?"

"네. 언젠가 꼭 그분의 옷을 만들어 주고 싶다고 생각을 한 적이 있었어요. 이번 결혼식에 입을 예복을 만들어서 선물해야겠어요. 그의 입에서 나오는 말만 기다리다가 일이 이렇게 되어 버렸으니까요."

"세상에, 각하께서는 정말 복 받은 남자라니까요. 그럼 결혼 예복을 직접 만드신다는 말씀이시죠?"

"그래요. 예복은 리스트에서 빼 주세요."

"알겠습니다, 마님."

리나가 물러가고, 엘리샤는 그녀에게 털어놓고 나니 조금 마음이 후련해진 것 같았다. 예복을 선물하면서 그에게 진심을 전할 것이다.

당신이 얀이었던 때부터 좋아했었노라고, 고백의 말도 없이 키스부터 하는 당신의 마음을 확신할 수 없었다고, 그렇게 모든 것을 솔직하고 가감 없이 털어놓을 계획이었다.

'만약에…… 만약에 그렇게 말했는데도 루자크가 차갑게 반응을 보이면? 그는 진심으로 자신을 좋아하는 게 아니라면?'

엘리샤는 고개를 저었다. 정말 그리된다면…… 모르겠다. 아무렇지 않은 척 지낸다고 해도 무척 고통스러울 것이다. 하지만 리나를 믿어 보자. 리나는 각하께서 자신에게 푹 빠져 있다고 말했다.

'정말일까?'

공작의 부드러운 눈빛이며 말들, 입맞춤까지 전부 사랑에 빠진 자만이 할 수 있는 황홀한 것들처럼 보이긴 했다. 그래서 더욱 긴가민가했다.

공작은 그동안 자신의 앞에서 집사 연기를 훌륭하게 해낸 전적이 있었다.

그 해답을 찾으려면, 예복을 완성하는 게 먼저였다. 엘리샤는 문단속을 하고 테일러 키트를 꺼냈다.

그러고는 곰곰이 생각에 잠겼다.

머릿속에 떠오른 생각들은 거침없이 초크에게 명령을 내려서 옷본으로 만들었다. 세상에서 가장 특별한 날에 입을 드레스와 예복이니만큼, 신중하게 만들고 싶었다.

드레스와 예복의 색상은 순백색으로 통일하는 것이 좋을 듯했다. 순결하고 진실하고 순수한 결혼식이 저절로 떠올랐다. 엘리샤는 그날을 상상하는 것만으로도 가슴이 벅차올랐다.

'예복이 완성되면 고백할 거야.'

한편으로는 자신이 온전하게 순결하고 진실하지 못하다는 생각이 들었다.

루자크에게 엘리샤는 숨기고 속이는 것이 있었다. 이름과 머리 색을 언니 코넬리아로 바꾸어 그를 속여 이곳 테본으로 왔고, 그녀가 이렇게 마법을 부린다는 것도 그는 전혀 모를 터였다.

어쩐지 마음 한구석이 조금 불편했지만 절대 전부 밝힐 수는 없었다. 그렇게 되면 그를 모욕하고 기만한 것이 되어 버리니까.

최악의 결말은 모든 진상을 알게 된 루자크가 파혼을 요구하는 것이었다. 만약 그리 된다해도 그녀는 할 말이 없었다.

*　　　*　　　*

반트 랜디어스와 리나 체임버러에게서 결혼 준비가 수월하게 진행되고 있다는 보고를 들은 루자크는 알겠다는 대답을 한 채, 리나만을 내보냈다.

예산 비용이 생각보다 적었지만, 그는 따져 묻지 않았다. 아무래도 영애가 건드렸을 가능성이 컸지만, 추궁하고 싶지는 않았다. 무엇이든 그녀가 좋은 대로 해 줄 참이었다. 예산 비용의 세 배를 넘기는 금액이 나왔다고 해도, 그는 눈 하나 깜짝하지 않고 요구를 들어줄 생각이었다.

대신에 루자크는 그녀 몰래 한 가지 계획하고 있는 일이 있었다.

"반트, 내가 알아보라고 한 것은?"

"정원사를 여섯 명 불러들였으니, 내일부터 작업을 시작할 겁니다."

"그래, 시일은 얼마나 걸리지?"

"최소 두 달은 족히 걸립니다."

두 달이라는 단어를 들은 루자크가 눈썹을 까딱 치켜 올렸다. 마음에 들지 않는다는 뜻이었다.

"이 주로 당겨."

"예? 각하, 그건 무립니다만."

"인력은 얼마든지 추가해도 좋아. 결혼식 전에 내 정혼녀에게 황성보다 아름다운 장미 정원을 선물하고 싶군."

"……알겠습니다."

반트가 미간을 구기면서 대답하자, 루자크는 옅은 웃음을 흘렸다. 오랜만에 지어 보는 미소였다.

영애와 지난번 아침 식사에서 틀어진 이후로 입가에 웃음기 비슷한 것도 띄우지 않았던 그였다.

누군가에게, 특히 이성에게 거절당한 경험이 없던 터라 루자크는 그 순간이 자꾸만 악몽처럼 떠올랐다. 영애의 난처한 얼굴이. 흔들리는 커다란 보라색 눈동자는 금방이라도 눈물을 쏟아 낼 것만 같았다.

입을 맞추는 것마저 그리 싫었던 것일까. 그럼에도 다디단 그녀의 체향이 자꾸만 코끝을 아른거렸다. 중독적일 만치 싱그러운 향이었다.

그의 푸른 눈에 불꽃이 일렁였다. 지금 당장이라도 달려가서 자신을 바라봐 달라고 말하고 싶지만, 자존심이 허락지 않았다.

늘 사랑을 갈구하는 쪽은 상대였지, 자신이 아니었다.

그만큼 예측을 벗어난 일이었다. 제 정혼녀가 자신을 거부하는 일이 생기리라곤, 조금도 생각해 본 적 없었다. 집사 얀으로 함께 지내면서 애틋하게 느낀 감정들은 저 혼자서만 모조리 안고 있었던 모양이었다.

루자크는 그것이 못내 괴로웠다. 영애는 이런 제 마음을 조금도 모르는 것 같았다.

엉켜 버린 실타래를 어디서부터 풀어야 할지 모르겠다. 그녀에게 차갑게 대할 때마다 오히려 스스로의 가슴이 더 찔리는 것 같았다. 지금도 심장 끝이 저며 왔다. 날카로운 무언가로 콕콕 건드리는 것처럼 따가웠다.

자신도 모르게 잔뜩 찡그린 채로 생각에 잠겼던 루자크를 보고, 반트가 물었다.

"괜찮으십니까?"

"어? 아…… 아무것도 아니야."

"저녁 식사는 어떻게 하시겠습니까?"

"간단히 내 방에서 먹겠어."

"각하, 예비 마님과 아직도 풀지 않은 겁니까?"

"……어차피 이제 곧 결혼이야."

"예비 마님께서 혼자 식사하실 적마다 각하의 안부를 물으십니다."

그녀의 이야기가 나오자, 루자크의 눈빛이 미세하게 흔들렸다.

"그렇군. 걱정 마시라 전해 주게."

"오늘은 함께 식사하시는 게 어떠십니까? 부쩍 외로워 보이십니다."

"그녀가 외로워 보인다고? 그럴 리가……"

"아니요. 각하께서 말입니다."

"쓸데없는 소리. 요즘 입맛이 없어."

루자크의 대답에 반트는 한숨을 훅 내쉬고는 말했다.

"……루자크. 실연이라도 당한 사람처럼 그러지 말고, 만나서 해결하도록 해."

그러나 루자크의 표정은 차갑게 굳어졌다. 그는 눈가를 문지르곤 말했다.

"그쯤 해, 반트. 네가 신경 쓸 성질의 것이 아니야."

"각하는 여자를 잘 모르니까 해 주는 말이지."

"……말이 심하군. 내가 여자를 잘 모른다니. 너에게는 그런 말 듣고 싶지 않은데."

"머릿수로 헤아리는 게 아니지. 연애도 제대로 해 본 적 없잖아. 진심으로 누군가를 사랑해 본 적, 없잖아?"

반트의 독설에 루자크는 천천히 그를 노려보았다. 푸른 눈에서 안광이 쏟아질 것 같았다.

"……닥쳐. 네가 뭘 안다고."

"답답해서 그러네. 그렇게나 좋아하고 아끼면서 그녀에게 제대로 고백은 한 건가?"

"……"

"보나 마나 뻔하지. 황홀한 스킨십 따위에 넘어가는 여자가 아니야. 예비 마님은 순수한 아가씨라고. 진심으로 다가가."

"……."

"그럼 이만 물러가지요, 각하."

반트가 말을 다 마칠 때까지 푸른 눈은 계속해서 그를 쏘아보았다. 반트가 문을 닫고 나갔다. 본의 아니게 반트에게까지 화를 내 버렸다. 그가 하는 말들 중 틀린 것은 하나도 없었다. 머리로는 알고 있지만, 분노가 쉬이 사그라들지 않는다는 게 문제였다.

"진심…… 이라고?"

루자크 자신은 모든 행동들이 진심이었는데, 영애에게는 그게 진심이 아닌 것으로 여겨질 수도 있을까?

*   *   *

오늘따라 유독 덩그러니 식탁에 자신만이 앉아 있는 게 신경 쓰였다. 엘리샤는 메인 요리를 가져다주는 반트에게 조심스레 물었다.

"각하께서는 오늘도 식사를 안 하시나요?"

그러자 반트가 살짝 얼굴을 굳혔다가 말했다.

"아…… 오늘은 서재에서 드신다고 하셨습니다."

"그래요? 서재에 늘 계시는군요. 지난번에는 서재에 찾아갔는데 아무 말씀이 없으셔서 자주 자리를 비우시는 줄 알았어요."

"안돌프와 검술 대련을 하시기도 하니, 종종 비우실 때도 있습니다."

"그렇군요."

엘리샤는 문득 지난번 검술 대련을 구경하고, 테본의 시내로 구경을 갔던 일들이 아주 오래전처럼 느껴져 씁쓸해졌다. 이제는 그렇게 다정한 그를 볼 수 없을지도 모른다는 생각이 들었다. 생각만 했을 뿐인데도 너무 슬펐다.

엘리샤는 조용히 포크를 들어 닭고기를 먹기 시작했지만, 좀처럼 양이 줄어들지를 않았다. 평소 영애의 식성을 생각하면 의아한 일이었기에 반트가 물었다.

"요리가 입에 맞지 않으십니까? 주방장에게 요청을……"

"아, 아니요. 요리는 훌륭해요. 덕분에 요즘 살도 찌고 있는걸요. 오늘은 그냥 입맛이 좀 없어서 그래요. 랜디어스 경, 먼저 일어나 볼게요."

"……알겠습니다. 예비 마님."

평소 같으면 메인 요리에 이어서 디저트까지 전부 섭렵했을 텐데, 반트는 안타까운 얼굴로 그녀를 바라보았다.

식사를 마친 엘리샤는 자신의 방문 앞에 다다르자, 심장이 쿵 내려앉았다. 흰색의 단정한 셔츠를 입은 루자크가 우수에 젖은 푸른 눈으로 자신을 기다리고 있었던 터였다.

입술을 떼야 하는데 무어라 말이 나오질 않았다. 무슨 말부터 해야 할까? 머리를 굴리는 동안 엘리샤는 자신에게로 쏟아지는 그의 눈빛을 오롯이 받고 있어야만 했다.

그의 푸른 눈이 어쩐지 더욱 슬퍼 보였다. 엘리샤는 겨우 정신을 차리고 말했다.

"각하, 오랜만에 뵈어요."

"……식사를 마치고 오는 길인가?"

"네, 각하께서는 요즘 제대로 식사를 하지 않으신다고 들었는데, 제 방에서 차라도 한잔하시겠어요?"

"그거 좋겠군."

"네, 그럼 안으로."

엘리샤는 루자크를 자신의 방으로 초대했다. 그러고는 리나에게 티 테이블을 준비해 달라고 했다. 서로를 마주 보고 앉자 어색함이 곱절로 늘어나는 것 같았다.

"무슨 용건이라도 있으신가요?"

"아니, 없는데. 용건이 꼭 있어야 만날 수 있는 사이던가?"

그의 눈이 다소 찡그려지면서 말했다.

"……그런 게 아니라 각하께서 저를 피하시는 것 같아서요."

"그런 적 없어."

"……."

딱 잘라서 그리 말하니 엘리샤는 딱히 뭐라고 말을 하기 어려웠다. 아니라는데 추궁을 하기도 난감했다.

"그렇다면 요즘 왜 식사를 하지 않으시는 거죠? 저와 함께하는 식사 자리가 불편하시다면 차라리 제가 방에서 먹겠어요."

"……영애야말로 나와 함께 있는 게 불편한 거 아니었나? 난 영애를 위해서 그리했던 건데."

"네?"

이게 대체 무슨 소리인지 알 수가 없었다. 엘리샤는 눈을 천천히 깜빡거리며 그를 바라보았다.

"전혀 그러실 필요가 없었어요. 각하. 저는 각하와 함께 있는 게 불편하지 않아요."

"······그거 다행이군."

문득 고개를 들자 그의 맑고 푸른 눈동자가 눈에 들어왔다. 이내 서로의 시선이 허공에서 얽혀 들었다. 곱게 휘어진 눈매가 호를 그렸다. 푸른 눈빛은 햇살이 비치는 바다처럼 반짝거렸다. 그는 진심으로 기뻐하고 있었다. 그가 부드럽게 말했다.

"영애에게 내 멋대로 굴었던 것은 다시 한 번 사과하겠어. 하지만, 나는 전부 진심이었어."

엘리샤는 잠자코 그의 이야기를 듣다가 말했다.

"······각하의 진심이요? 어떤 진심인지 부디 전부 알려 주세요. 각하께서 저를 어떻게 생각하는지 정확히 듣고 싶어요."

'그래, 이 정도는 말해 두어야 못 빠져나가겠지!'

"······그건."

똑똑, 노크 소리가 들려왔다. 리나가 다른 하녀와 함께 차와 티 테이블을 가지고 들어왔다. 티 테이블에 가득히 차려진 달콤한 케이크와 향긋한 차를 멍하니 바라보면서 엘리샤는 고개를 숙였다.

하필이면 이런 타이밍에 들어오다니······ 리나와 하녀는 금방 나갔지만 이제는 정적이 이어지고 있었다.

이내 고개를 들자 루자크의 푸른 눈이 자신을 향하고 있었다. 그 일렁이는 눈빛이 모든 것을 빨아들일 듯 아름다워서 엘리샤는 그를 제대로 볼 수가 없었다.

"나의 진심이라면 내가 눈빛으로 수도 없이 이야기했는데, 이래도 모르겠어?"

고개를 숙인 엘리샤의 말랑한 턱으로 그의 손길이 다가왔다. 루자크는 엘리샤의 고개를 천천히 들고는 제게 눈을 맞추도록 했다.

"······."

'나는 독심술사가 아니라고요, 각하.'

엘리샤는 그 말이 입 밖으로 튀어나오려는 것을 거우 참았다. 이대로라면 공작은 영원히 입술로는 그 말을 해 주지 않을 기세였다.

듣고 싶은 말은 따로 있는데…… 그는 딴소리만 한다. 엘리샤는 기어이 제 입으로 그 말을 꺼냈다. 이 바보 같은 남자.

"얀, 당신은 나를 좋아하지 않나요?"

"······아니."

짧고 간결한 대답.

생각보다 더 충격적이었다.

심지어 그는 웃으면서 고개를 젓고 있었다. 그가 부정하자, 엘리샤는 심장이 바닥에 툭 떨어지는 것만 같았다. 순간 저절로 고이는 눈물을 흐르지 않기 위해서 애써 태연하고 담담한 척했다.

"······그러셨군요. 그런 줄도 모르고 저는…… 죄송해요, 티타임은 다음에 하는 게 좋겠어요."

목까지 메어 와서 마지막 목소리는 흐느끼듯 공중으로 흩어졌다. 엘리샤는 자리에서 일어나 떨리는 손으로 문의 손잡이를 붙잡았다.

그가 빨리 이곳을 떠나 주었으면 했다. 아니면 자신이 뛰쳐나가는 게 더 빠를까? 그러나 흔들리는 티를 내고 싶지 않았다.

다음 순간 엘리샤의 손 위로, 크고 따뜻한 손이 덮어졌다. 그리고 그의 얼굴이 코앞까지 다가왔다. 자신을 좋아하지도 않으면서 이러는 그가 원망스러웠다.

엘리샤는 손잡이를 돌려 문을 열려고 했지만, 루자크의 손에 갇혀 아무것도 할 수가 없었다.

철그럭.

문이 잠겼다. 엘리샤는 그를 올려다보면서 고개를 저었다. 몸이 살짝 떨려 왔다.

두려웠다. 이 사람이 또다시 키스를 하면 자신은 영원히 그를 미워할 것이다. 마음에도 없는 키스를 하는 남자 따위 싫었다.

자신은 이렇게나 그를 향해서 심장이 뛰는데 그는 그렇지도 않은 주제에 키스를 한다는 건 용서할 수가 없었다.

"그만, 가 주세요."

엘리샤는 입술을 달싹이며 힘을 주어 말했다. 그러나 루자크는 여전히 싱긋 웃고 있었다. 뭐가 그리 기분이 좋은 걸까? 엘리샤는 자신이 더욱 비참해지는 것 같았다. 어딘가에 거꾸로 처박히는 기분이었다.

"아직 내 말은 끝나지 않았어."

엘리샤는 고개를 흔들었다. 귀를 막았다. 무슨 잔인한 말이 더 남은 걸까?

"아뇨. 듣고 싶지 않아요. 저를 좋아하지 않는다고 하셨는데 무슨 말을 더 하시려고요. 나는…… 나는…… 각하를, 아니, 얀, 당신을 좋아한단 말이에요! 헉."

'으앗, 난 몰라. 내가 지금 무슨 말을 한 거야.'

울컥해서 말을 쏟아 내다가 그만, 차후에 고백할 생각이었는데 지금 해 버리고 말았다. 계획이 무산되는 순간이었다.

엘리샤는 차마 그의 얼굴을 바라보지도 못할 것 같았다. 얼굴에 열이 바싹 올랐다. 긴 고요 끝에 기어이 그가 말했다. 그의 푸른 눈동자 역시 놀람으로 일렁이고 있었다.

"지금 뭐라고…… 했지?"

"……"

잘못 들으신 거라고 대답할까? 아니면 이왕 이렇게 된 거 제대로 귀에 대고 말해 줄까? 어느 쪽으로 대답할지 확신이 서지 않았다.

그녀가 뜸을 들이는 동안에 루자크가 훅 다가왔다. 그의 은은한 체향이 느껴졌다. 알싸하면서도 진한 향기, 성숙한 남자에게서 느껴지는 그런 내음이었다. 그가 쿡 웃음을 터뜨렸다.

"영애는 참을성이 없군. 그래서 나를 좋아한다고? 내가 집사로 당신을 대할 때부터? 언제야? 언제부터 내게 반했지?"

빙글 짓는 웃음이 여전히 장난스러웠다. 그의 입가에는 유쾌함이 가득한 미소가 떠나질 않았다. 그의 이런 점이 더욱 견디기 어려웠다. 엘리샤는 가슴이 콕콕 쑤시면서 아팠다.

그녀는 아랫입술을 깨물고는 바르르 떨면서 말했다.

"정말이지 너무하세요. 그렇게 절 가지고 노시니 재밌으신가 요?"

"……재밌어."

"어, 어째서요. 좋아하지도 않으신다면서요."

"물론이지."

그렇게 대답하면서 그가 순간 자신을 거세게 와락 끌어안았 다. 허리에 느껴지는 손길, 이윽고 코앞까지 다다른 그의 아찔한 콧날이 다시금 그녀의 심장을 세차게 두드렸다.

이런 식으로 또다시 자신을 희롱하려드는 것인가? 그는 정말 나쁜 남자임에 틀림없었다. 멜드레 선생님께서 누누이 조심하라 고 말하던 바로 그 나쁜 남자. 여자들을 가지고 놀면서 제 욕망 만을 채우는 그런 나쁜 남자 말이다.

"각하는…… 나쁜 남자로군요."

엘리샤가 단언하듯 보라색 눈동자로 쏘아보자, 루자크가 싱 긋 웃어 보였다. 영락없이 귀엽고 사랑스러운 대상을 바라보는 눈길이었다. 좋아하지도 않으면서 그런 눈으로 바라보는 건 반 칙이라고 말하려 할 때쯤이었다.

"……난 영애를 사랑하고 있어."

귀를 간질이는 그의 숨결 뒤에 이어지는 말.

"이게 내 진심이야, 그러니 오해 풀어요. 이제 키스해도 되겠어?"

그의 푸른 눈동자가 오롯이 그녀를 담으면서 그리 말했다. 부드럽게 그녀의 머리칼을 쓸면서 그가 대답을 채근했다.

"응?"

두근, 두근, 두근.

심장이 미친 듯이 뛰었다. 믿을 수가 없었다. 그가 자신을 사랑한다고 했던가. 저 붉은 입술이 정말 그리 말했던가? 제 귀로 들었는데도 거짓말처럼 느껴졌다.

묘하게 벌어진 나른한 붉은 입술에 홀릴 것만 같았다. 그의 아름다운 얼굴이 다가오자 엘리샤는 아무 생각도 할 수 없었다. 엘리샤는 겨우 숨을 돌리면서 말했다.

"진심…… 이에요?"

그는 대답 대신 키스하기 시작했다. 말캉한 입술을 헤치고, 그가 진득하게 밀고 들어왔다.

보드라움 뒤에 질척임을 반복하면서 루자크는 엘리샤를 몰아붙였다. 진심으로 이 남자는 키스를 잘했다.

엘리샤는 숨을 할딱이며 그의 혀 놀림에 응수하기 위해서 자신도 혀를 굴려 보았지만, 그 앞에서는 범 앞에 강아지 꼴이었다.

달콤한 메이플 시럽처럼 끈적한 타액이 두 사람의 입 안을 오갔다. 마시고, 삼키고 젖어 들었다. 루자크가 잠시 입술을 떼고는 속삭였다. 그의 두 눈은 사파이어처럼 빛났다.

"……진심이야, 내 아가씨. 단 한 번도 진심이지 않은 적이 없어. 혹시 그동안 내가 고백하지 않아서 서운했던 거야?"

설마 하는 얼굴로 물어 오는 그에게 엘리샤는 살포시 고개를 주억거렸다. 그의 진심을 몰랐던 게 부끄럽긴 했지만, 제대로 말해 주지 않은 건 분명 그의 잘못이었다.

엘리샤는 울컥한 나머지, 그 자리에서 엉엉 목 놓아 울고 말았다. 꽤 오랜 시간, 엘리샤가 어린애처럼 우는 동안 루자크는 그녀를 한시도 품에서 놓지 않고 등을 토닥여 주었다.

제 셔츠 자락과 검지로 엘리샤의 눈물을 지워 주곤 루자크가 말했다.

"이렇게나…… 많이 서운했을 줄 몰랐어."

"각하는 정말 바보예요. 여자는 말해 주지 않으면 모른다고요."

"……그렇군. 사랑해."

루자크가 지그시 그녀를 내려다보면서, 복숭아처럼 발그레 물든 뺨을 손등으로 문지르며 말했다. 엘리샤가 외쳤다.

"윽. 그렇게 아무 때나 말해 달란 뜻은 아니었어요."

"……참으로 까다로운 아가씨로군."

그의 잘생긴 얼굴이 사르르 녹으면서 웃었다. 엘리샤는 그의 웃는 얼굴이 왜 이렇게 예쁜 건지, 눈은 또 왜 이렇게 빛나는 건지 감탄하며 그를 올려다보았다.

그녀보다 키가 머리 하나쯤 더 큰 그였다. 그녀가 자신을 힘겹게 바라본다는 것을 느낀 루자크가 엘리샤의 어깨를 당겼다.

"앗."

엘리샤는 그의 탄탄한 가슴에 안겨 얼굴을 폭 묻었다. 전에 없던 편안함, 그리고 심장을 두드리는 콩닥거림에 엘리샤는 자꾸만 얼굴이 발그레 달아올랐다.

그녀의 머리카락을 빗질하듯 매만져 주던 루자크가 이마에 쪽 입을 맞추었다.

"각오해. 그동안 못 한 입맞춤 다 할 거니까."

"……좋아요."

"뭐……?"

그녀의 입에서 설마 좋아요, 라는 대답이 나올 줄 몰랐다는 듯 루자크가 되물었다. 엘리샤는 말간 미소를 지으면서 발끝을 잔뜩 올렸다. 그런데도 키가 모자랐다. 엘리샤는 꼼수를 하나 부렸다.

"아잇, 조금만 더 고개를 숙여 주시겠어요?"

그녀의 요청에 루자크가 살짝 다리를 벌리고 고개도 숙였다. 그러자 엘리샤와 시선이 마주칠 만큼 비슷한 높이가 되었다.

"이러면 되었나?"

"네."

엘리샤가 고개를 끄덕이곤 눈을 감았다. 그의 단정한 입술로 천천히 다가가기 시작했다. 쪽, 하고 촉촉한 입술이 마주 닿았다. 엘리샤가 눈을 뜨자, 루자크는 새침한 표정을 짓고 있었다.

"키스당하는 기분이 이런 건가."

"당하다니, 너무해요!"

"나쁘지 않아."

"······잠깐, 그럼 좋지도 않단 거예요?"

"솔직해지지. 녹아내릴 만큼 좋았어."

루자크의 진지한 얼굴에 엘리샤는 웃음이 나오려는 것을 참고는 말했다.

"······어쩜 그런 말을 눈 하나 깜짝하지 않고 하시는 거죠?"

"진심을 담아 이야기하라고 말한 건 그쪽인 것 같은데."

"······못 말리겠군요."

엘리샤는 그의 품에서 빠져나와 티 테이블로 다시 걸어갔다.

"차 한잔하시겠어요?"

"다 식었는걸."

"그럼 케이크라도?"

"그것보단 영애 입술이 더 맛있을지도. 딸기 맛이 나더군."

"으엑······? 그럴 리가요."

엘리샤는 빠르게 기억을 되짚어 보았지만, 딸기 맛이 나는 음식을 먹은 기억조차 없었다. 그가 해맑게 웃으면서 말했다.

"방금은 농이었어."

"하아, 각하도 참. 아, 얀이라고 부르기로 했었죠?"

엘리샤는 슬며시 기어들어 가는 목소리로 말했다. 자신이 얀이라고 부를 때마다 키스하던 공작의 모습이 떠올랐던 터였다. 그러나 그는 한결 여유로운 얼굴로 말했다.

"상관없어. 그건 입맞춤을 위한 명분이었으니까."

"그 말씀은······"

"이제 언제든지 하겠다는 뜻이지."

씨익. 그가 느른하게 웃었다. 그의 눈꼬리가 묘하게 섹시해서 엘리샤는 숨을 꼴깍 삼켰다. 무슨 남자가 저렇게 위태롭고 유혹적인지 알 수 없을 따름이었다.

엘리샤는 마치 미약이라도 마신 것처럼 자꾸만 그를 흘깃흘깃 보게 되었다. 저런 아찔하게 멋진 남자가 자신을 좋아, 아니 사랑한다니 아직도 믿을 수가 없었다. 꿈이라도 꾸고 있는 것 같았다.

엘리샤는 식은 차를 조로록 따라서 한 모금 마셨다. 괜스레 갈증이 났던 터였다. 그녀는 별안간 떠올랐다는 듯 말했다.

"각하에게 옷을 꼭 만들어 드리고 싶어요. 결혼식 때 입을 예복 말이에요."

"아…… 영애가 직접 드레스를 만든다는 이야기는 지난번 들었는데, 내 예복까지 만들어 준단 말이야? 하지만, 아직 한 달도 채 남지 않았는데?"

"그건 걱정하지 않으셔도 좋아요."

엘리샤가 배시시 웃으면서 말했다.

'저에겐 테일러 키트가 있으니까요, 각하!'

그녀의 자신만만한 태도에 루자크도 흔쾌히 말했다.

"알겠소. 기대하지."

"그럼 잠시만 기다리세요."

"음?"

그 말만 남긴 채, 엘리샤는 쪼르르 다람쥐처럼 제 옷 방으로 달려가 버렸다.

'……귀엽군.'

사라진 그녀가 다시 돌아오길 기다리면서, 루자크는 티 테이블 앞 의자에 비스듬히 앉았다. 그녀가 자신을 위해서 무언가를 해 준다고 생각하니 기분이 좋았다. 이내 돌아온 그녀의 손에는 치수를 재는 줄이 들려져 있었다.

"옷본부터 그리려면 정확한 치수를 재야 해요. 각하, 잠깐 일어나 보세요. 제가 재드릴게요."

방실 웃으면서 엘리샤가 줄을 잡고 말했다. 그녀의 말에 루자크는 의자에서 일어나 가지런히 섰다.

엘리샤는 다시금 그의 쭉 뻗은 몸을 보면서 감탄했다. 유달리 긴 다리 길이와 작은 얼굴 탓에, 그는 넝마를 둘둘 감아 놓아도 잘 어울릴 게 틀림없었다. 엘리샤는 혀를 내두르며 잠시 그를 감상했다. 루자크가 고개를 갸웃하면서 물었다.

"이렇게 서면 되는 건가?"

엘리샤가 그제야 정신을 퍼뜩 차리고, 고개를 끄덕였다.

"네, 움직이지 마세요."

루자크가 그녀를 바라보며 그 앞에 서자, 엘리샤가 줄을 길게 잡았다. 그의 각지고 넓은 어깨를 측정하려는데, 루자크가 그만 그녀의 허리를 폭 껴안아 손을 감았다.

이렇게 멀쩡한 얼굴로 어린애같이 구는 그의 모습이 매치가 되지 않았다. 치수 재는 일을 방해받자, 엘리샤가 정색하며 말했다.

"응? 장난치지 마시고요."

"……방금 그런 표정. 처음 보는 것 같아."

루자크는 그리 말하면서 냉큼 손을 풀었다. 그러자 엘리샤는 조심스럽게 그의 어깨와 가슴둘레, 팔 길이, 허리둘레 등등 이곳저곳을 재기 시작했다.

일에 집중하는 그녀의 달큰한 숨결이 지척에서 느껴졌다. 그녀의 손길이 닿는 곳곳이 간지러웠다. 루자크는 행복한 얼굴로 꼬물꼬물 움직이는 그녀를 내려다보았다.

이윽고 치수 재는 것을 전부 마친 엘리샤가 말했다.

"이제 다 쟀어요."

"음. 가끔씩 옷 만드는 것을 보러 와도 괜찮을까?"

순간 당황한 엘리샤가 손사래까지 치면서 외쳤다.

"아, 그건 절대로 안 돼요!"

"작업을 방해받는 게 싫은 거야?"

"……아아, 네. 누가 있으면 제가 옷을 만드는 데 집중을 하지 못하는 산만한 성격이라서 그렇답니다. 양해해 주시길 바라요."

"그렇다면야, 아쉽지만 어쩔 수 없지."

루자크의 대답에 엘리샤는 살짝 가슴이 쪼그라드는 느낌이었다. 사실 그에게는 언제고 밝혀야 할 일이긴 했지만, 그래도 일단은 비밀로 해 두어야 했다.

8.
비밀 고백

보름 앞으로 바짝 다가온 펜블렌 공작의 결혼으로, 블랙 윈터 성에서는 매우 드문 광경이 펼쳐지고 있었다. 하루에도 수차례씩 물건을 가득 실은 짐수레와, 장인이나 상인들을 태운 마차들이 성문을 오갔다.

더불어 성내에서는 거대한 온실 정원을 꾸미기 위한 정원사와 건축사들이 바삐 움직였다.

"기필코 세상에서 가장 아름다운 신부로 만들어드리겠어요, 예비 마님!"

리나는 날마다 엘리샤의 피부를 가꾸는 일에 여념이 없었다. 그녀 덕분에 엘리샤는 피부결을 가꾸는 일에 하루 몇 시간씩이나 투자해야 했다.

그녀의 이야기를 듣고 있노라면 피부에 자그만 잡티나 상처 하나라도 생기는 날에는 큰일이 날 것만 같아, 세안도 살살 해야 할 것 같았다.

피부를 가꾸는 일은 무척 따분하기 그지없었다. 처음에는 차라리 시간을 그냥 버리지 말고 관리를 받는 내내, 옷본을 떠올릴까 했지만 온몸을 움직일 수 없는 탓에 그도 쉽지 않았다. 대신 엘리샤는 그동안에 거의 낮잠을 잤다.

오늘도 따뜻하게 데운 양젖을 마시곤, 피부와 머리카락에 촉촉한 무언가를 잔뜩 올려놓은 채 까무룩 잠이 들었었다.

이윽고 하녀 하나가 잠든 엘리샤의 어깨를 살짝 흔들면서 깨웠다.

"이제 모두 끝났습니다, 예비 마님."

엘리샤는 문득 정신이 들었다. 최근 낮잠을 자면서부터 밤에 잠이 오지 않아서 새벽까지 옷을 만들었고, 그게 계속되면서 하루 일과에 변화가 생겼다.

점점 낮에 활동하는 시간이 줄어들어, 그야말로 밤낮이 바뀌고 만 것이다.

"아함. 벌써 끝났나요?"

엘리샤는 기지개를 켜곤 나른한 몸을 일으켰다. 그때 리나가 엘리샤의 방문을 열고 들어섰다. 피부를 가꿨는데도, 잠을 제대로 못 자서 눈 밑이 검어진 엘리샤의 얼굴을 본 리나는 깜짝 놀랐다.

"꺄악! 예비 마님. 오늘따라 왜 이렇게 얼굴이 퀭하신 거예요?"

"아…… 낮잠을 매일 자니까 밤에 잠이 오질 않아서 잠을 못 잤어요. 아무래도 피부 가꾸는 건 그만둬야겠어요."

"에고, 어머나. ……제가 잘못 생각했어요, 마님. 아무래도 피부를 가꾸는 일보다는 잠을 푹 주무시는 게 좋겠네요."

이대로 가다간 결혼식 날 최악의 피부 컨디션이 될지도 모른다는 생각에 불안해진 리나가 그리 말했다. 원체 예비 마님의 피부는 우윳빛으로 고와서 잠만 푹 자도 좋을 터였다. 제 욕심이 과했던 탓이다.

"……그게 좋겠어요. 안 그래도 예전부터 말을 하려고 했는데…… 아, 리나. 그보다 나랑 산책 가지 않을래요?"

엘리샤는 요 며칠 성안에 틀어박혀 결혼 준비를 하느라, 답답해서 죽을 지경이었다. 루자크 역시 결혼 전까지 밀린 업무를 처리해야 해서 고생하고 있다고 들었다.

"……으음, 화관 장식과 부케에 쓰일 꽃을 고르셔야 하지만, 그건 내일로 미루지요. 좋아요."

리나와 산책을 마치고 돌아오던 길에 엘리샤는 응접실에 나와 있는 반트를 만날 수 있었다. 반트가 반색하면서 말했다.

"산책을 다녀오시는 중입니까?"

"네에, 그래요. 성안에서만 있어서 답답하고 따분했거든요."

"그러셨습니까? 오늘 저녁은 특별히 주방장 민스첼이 조금 더 신경을 쓴다고 하니 기대하셔도 좋습니다."

그의 안경 너머 갈색 눈동자가 자그맣게 웃었다.

"피로연 준비로 바쁠 텐데 너무 무리하지 말라고 전해 주세

요."

"예, 그리 전하지요. 예복을 직접 만드신다고 들었습니다만, 혹시 필요하신 부분이 있으시면 언제든 말씀해 주십시오."

"맞아요. 수월하게 진행하고 있지만, 필요한 게 생기면 꼭 그럴게요. 고마워요, 경."

엘리샤는 서재로 돌아가 루자크를 위한 예복을 고민하고 있었다.

"어렵다⋯⋯."

아무래도 자신의 드레스보다는 조금 더 신경이 쓰이는 건 사실이었다.

남성이 입는 옷을 만드는 것은 이번이 처음이었다. 게다가 다른 날도 아닌 결혼식에 입는 예복이라서 더욱 부담이 컸다. 랜디어스 경에게는 수월하게 진행되고 있다고 말은 했지만, 사실 이미 버린 옷본만 열 장이 넘었다.

자신이 입을 드레스는 어느 정도 가닥이 나와서 옷본을 그려 둔 상태였다. 엘리샤가 원하는 드레스는 이미 정한 터라 옷본을 두 장 정도 그렸고, 그중에 선택해서 만들기만 하면 되었다.

하지만 루자크의 예복은 아니었다. 하루는 그의 취향을 파악하기 위해서 그의 서재를 찾아가서 몇 가지 질문을 던진 적이 있었다.

"예복은 역시 순결하고 신성함이 느껴지는 하얀색이 좋겠죠?"

"영애와는 어울리겠군."

"⋯⋯각하와도 분명 잘 어울리실 거예요."

그러자 서류 더미에서 고개를 든 그가 미간을 찌푸리고는 말했다.

"하얀색이라니, 그건 아닌 것 같아."

"그럼 어떤 색이 좋겠어요?"

"검은색."

"검은색도 각하와 어울리니 좋겠어요. 그럼 슈트에 장식은 별로 없는 것이 좋겠죠?"

"……화려한 장식은 질색이야. 코트의 형태는 테일이 좋겠군. 여밈은 심플하게…… 단추는 금장으로. 셔츠는……"

"앗, 잠시만요. 각하. 받아 적을게요."

생각보다 그는 취향이 확고한 듯했다. 그가 줄줄이 하는 말을 받아 적던 엘리샤의 깃털 펜이 멈췄다.

"무엇보다 착용감이 좋았으면 하는데."

"……아."

착용감은 디자인보다 더 어려운 과제였다. 아무리 재주가 좋다고는 하나, 아직 엘리샤는 옷을 몇 벌 만들어 보지도 않은 상태였다.

게다가 그의 옷장을 열어 본 엘리샤는 기절할 뻔했다. 흰색 셔츠만 해도 수십 벌, 코트도 마찬가지였다.

디자인도 하나같이 군더더기가 없고, 고급스러움이 흐르는 것이 웬만한 실력의 재봉사가 만든 게 아니었다.

옷의 안쪽에는 전부 금사로 그의 이름이 새겨져 있었는데, 다 똑같은 필체였다. 옷을 마감하는 깔끔한 뒷마무리까지 동일했다.

엘리샤는 순간 궁금증을 참지 못하고 루자크에게 물었다.

"전부 한 사람이 만든 것 같은데, 각하의 옷을 전담으로 제작하는 재봉사가 따로 있는 거예요?"

엘리샤의 질문에 루자크가 그녀를 향해 놀란 듯 물었다.

"그걸 어찌 알았지?"

"이 옷들을 보니 알겠어요. 무척 훌륭한 옷들이에요."

"수도의 수석 디자이너에게 맡긴 것이지."

수도의 수석 디자이너라면, 엘리샤도 한 명 알고 있었다. 콜린 자작.

"수도라고요? 그게 누구죠?"

엘리샤는 긴가민가하는 얼굴로 물었다.

"콜린 폴드라는 자작인데 실력 하나만은 깔끔하지."

"세상에……! 저도 그분을 잘 알아요."

엘리샤는 반갑게 외쳤다. 그러자 그의 푸른 눈이 살짝 의아한 빛을 띠었다.

"영애가 잘 안다고?"

"네."

"어떤 사연으로 그자를 아는 거지?"

그렇게 묻고 있는 루자크의 말갛던 얼굴이 어쩐지 다소 굳어져 있었다. 그의 변화를 눈치챈 엘리샤가 아까보다는 한층 차분해진 어조로 대답했다.

"제가 정말 좋아하는 바느질 선생님이 소개시켜 준 분이에

요."

"……정말 좋아한다니? 그 선생은 또 누구신가."

루자크의 얼굴이 아까보다도 더 안 좋았다. 짙은 검은색의 눈
썹이 잔뜩 찡그려져 있었고, 서류를 신경질적으로 펄럭펄럭 넘
기는 손길이 그가 지금 살짝 화가 났다는 것을 알려 주고 있었
다.

'도대체 왜 화가 난 거지?'

"……멜드레 선생님은 가정교사로, 여자분이세요. 각하 설마
지금 질투하는 건 아니시겠죠?"

"콜린 자작이 얼굴은 곱상하지만, 여성은 아닌 것으로 알고 있
는데?"

"네에? 푸흡……!"

엘리샤는 순간 콜린 자작이 드레스를 입은 상상을 하고 말았
다. 그가 웬만한 여자보다 예쁘긴 했지만, 그건 좀 실례인 것 같
았다. 자꾸 터지려는 웃음을 꾹 참은 엘리샤는 루자크를 슬쩍
보았다.

"뭐가 그리 재밌어? 지금 내 앞에서 다른 남자의 상상을 하면
서 웃는 것인가?"

루자크가 너무나도 진지하게 화를 내고 있어서, 엘리샤는 차
마 뭐라고 말을 하지 못했다. 그는 진심으로 불편하다는 기색을
감추지 않았다.

"으음. 각하께서 무슨 생각을 하시는지 모르겠지만, 콜린 자
작님은 제게 신세계를 보여 주신 분이에요."

"……신, 세, 계?"

그의 눈이 가늘어지면서 말했다.

"자세히 설명해 줘."

"네, 그분이 옷을 만드실 땐 그야말로 예술의 경지였어요. 숨을 쉴 수조차 없…… 각하?"

이제 루자크는 자리에서 일어서더니 팔짱을 끼고는 왔다 갔다 하기 시작했다. 길게 뻗은 다리를 까딱거리는 모양새가 어쩐지 초조한 사람처럼 보이기도 했다.

어느새 화가 단단히 난 듯한 얼굴로 루자크가 엘리샤를 쏘아보고 있었다. 화가 나도 그의 잘생긴 미모는 변함이 없었지만, 어쩐지 그 얼굴이 더욱 역동적으로 보여 엘리샤는 그를 또 감상하고 말았다.

"……그래서 뭐요? 과거에 그를 좋아했다든가 그런 사연이 있는 건 아니겠지?"

"그분을 좋아하고 존경해요. 하지만 각하가 생각하는 그런 류의 좋음이 아니라는 거 잘 아시잖아요."

그는 여전히 삐딱한 표정으로 엘리샤를 내려다보고 있었다. 어쩐지 샐쭉한 얼굴이라고 해야 할까.

"……그래도 싫어."

"그래서 말인데요. 각하, 부탁이 있어요."

"지금은 그 부탁 안 듣고 싶은데."

"그치마안, 자작님에게 재봉 일을 꼭 배우고 싶은걸요! 각하의 취향까지 사로잡은 실력이잖아요."

엘리샤가 말을 늘이면서 살짝 애교를 부렸지만, 루자크는 곤란한 얼굴로 말했다.

"결혼 후에 다른 선생을 구해 주지. 실력 있는 여. 성. 으로 말이지."

루자크는 여성이라는 단어에 크게 악센트를 주면서 말했다. 결국 엘리샤는 이번에는 꼬리를 내리기로 했다.

"……휘유우, 알겠어요. 맹세코 오해는 안 하셨으면 해요."

잠시나마 콜린을 만나서 다시 재봉을 배울 수 있을 거라 기대했다. 매우 아쉬웠지만 루자크가 그리 반대하는데, 계속 고집을 부리고 싶지는 않았다. 사실 저렇게 화르륵 질투를 하는 그를 보는 것도 나쁘지 않았다.

그만큼 루자크가 자신을 좋아한다는 뜻이라는 생각이 들어 조금 기뻤다.

"신세계는 나도 보여 줄 수 있는데."

"나도 재봉을 배우면, 영애에게 존경받을까?"

루자크는 계속해서 투덜거렸다. 엘리샤는 그의 질투하는 모습이 어쩐지 너무나 귀여워서, 그만 입가에 미소가 가득해져 버렸다.

*   *   *

자정이 넘은 시각, 정무를 마친 루자크는 어느 순간 발이 절로 움직였다. 침실로 직행해야겠다고 결심했지만, 무심결에 정신을 차리고 보니 영애의 방문 앞에 서 있는 자신을 발견했다.

그녀가 보고 싶다는 무의식이 그를 저절로 움직이게 한 모양이었다. 루자크는 피식 웃음을 터뜨렸다.

'어차피 지금은 잘 시간인데……'

그러고 보니 그녀가 자는 얼굴을 한 번도 본 적이 없었던 것 같았다. 늘 폴짝거리면서 돌아다니는 영애도 귀엽지만, 잠자는 그녀의 모습을 보고 싶다는 충동이 불현듯 들었다.

루자크는 손등으로 나무 문을 살짝 두드렸다. 안에서는 아무 소리도 들려오지 않았다.

역시 자고 있는 모양이었다. 그럼 아주 잠깐만 그녀의 자는 얼굴만 보고 가자. 아무도 모르게.

그런 욕망에 사로잡힌 루자크는 그녀의 방문을 살짝 열었다.

끼이이.

문이 열리자 루자크는 도둑고양이처럼 살금살금 민첩하게 사지를 움직였다.

그녀의 방에 들어온 일이 처음은 아니었지만, 몰래 들어온 것은 처음이었다. 방은 무척이나 아늑했다. 영애 특유의 상큼한 체향이 방의 온천지에서 폴폴 나고 있었다.

무방비 상태로 드러난 그녀만의 영역에 침범해서일까. 자신이 몹쓸 짓을 하고 있다는 아슬아슬한 기분마저 들었다. 루자크는 발소리를 내지 않으려고 노력하면서 침대 가까이로 향했다.

침대 위 이불을 푹 뒤집어쓴 채 자고 있는 그녀의 모습이 눈에 들어왔다. 이불에 파묻혀 자는 것이 영애의 잠버릇인 모양이었다.

그냥 갈까 하다가 루자크는 기왕 온 것, 그녀의 얼굴을 조금이라도 엿보자 결심하며 이불을 슬그머니 내렸다. 어둠 속에서 루자크는 속으로 중얼거렸다.

'천사처럼 고요하게 자는군.'

어쩜 이렇게 아무 소리 없이 고요하게 잠을 자는지…….

루자크는 가만히 그녀의 얼굴로 손길을 뻗었다. 문득 손가락에 닿은 촉감이 무척이나 보드랍다는 생각이 들었다.

'잠깐. 피부결이 이럴 리가 없잖……'

뭔가 이상함을 눈치챈 루자크가 홱 이불을 걷어 냈다.

침대 위에 있어야 할 영애는 온데간데없었다. 대신 커다란 솜털 베개만이 고이 누워 있었다.

"……응?"

루자크는 순간 얼빠진 표정을 지었다. 여러 가지 생각이 오가기 시작했다.

'이런 한밤중에 방을 비우고 어디를 갔을까?'

당연하게 그녀가 자고 있을 거라 생각했는데, 허를 찔린 기분이었다.

루자크는 지금 당장 체임버러 양을 불러, 그녀가 어디로 갔는지 물어야겠다는 생각에 방을 나서려 했다.

그가 발을 떼려던 그 순간 어떤 목소리가 들려왔다.

"……잘라 줘!"

이 목소리는 분명 영애의 것인데.

침대 옆 태피스트리 안쪽에서 들려오는 것 같았다. 저 안에도 방이 있다는 사실은 루자크도 익히 알고 있었다. 구조 역시 잘 알고 있다. 저곳을 통해 소복도를 지나면, 작은 방 하나와 커다란 욕실이 있다.

어렸을 적 이곳은 어머니의 방이었다. 잠을 이루지 못하는 날이면 어머니의 방에서 옛이야기를 듣다가 잠이 들곤 했었다.

루자크는 옛 추억을 떠올리면서 태피스트리를 걷어 냈다. 그리고 안으로 발을 내디뎠다.

"……꿰매 줘!"

자르고, 꿰매 달라니 영애는 혼자서 재봉 놀이라도 하고 있는 게 아닐까? 그러나 혼잣말이라고 하기에는 명령조의 어투였다. 그도 아니면 영애 혼자 있는 것이 아니라 누군가 같이 있는 모양이었다. 체임버러 양인가?

루자크는 대수롭지 않게 생각하면서 소복도로 들어섰다. 그러나 닫혀 있는 방문에서 뭔가가 움직이는 소리가 들렸다.

덜그럭거리기도 했고, 휘휘 공중을 휘젓는 소리도 들려왔다. 뭔지 모르겠지만 소란스러웠다. 게다가 문 틈새로 쏟아지는 빛들이 무척 환했다.

'무슨…… 일이지?'

루자크는 왠지 모르게 영애가 걱정이 되어 문을 쿵쿵 두드렸다. 그러자 안쪽에서 들려오던 소리가 잠잠해지는가 싶더니, 손잡이가 돌아가면서 문이 슬쩍 열렸다.

영애가 얼굴을 빼꼼 내밀었다.

"······어혁? 가, 각하께서 어쩐 일로······."

루자크의 얼굴을 확인한 그녀의 얼굴이 새하얗게 변했다.

"자기 전 영애 얼굴을 한번 보고 싶어서 왔는데, 밤늦게까지 무얼 하고 있는 모양이지?"

"아······ 벼, 별일 아니에요. 그냥 혼자서 옷을 만들고 있었어요. 자, 잠이 오지 않아서요."

대충 얼버무리는 대답이 영 수상했다. 게다가 방 안에서 쏟아져 나오는 불빛에 비친 영애의 머리카락 색이 이상했다. 붉은색이 아닌 분홍색에 가까웠다.

루자크가 영애의 머릿결을 스윽 쓰다듬고는 말했다.

"머리 색이 옅어진 것 같군."

"어, 어두워서 그렇게 보이는 것뿐이에요."

그러자 영애의 보라색 눈동자가 파르르 떨리더니, 빠른 어조로 말했다. 그럼에도 루자크가 고개를 갸웃거리자, 그녀는 잠시 입을 가리고 하품을 하기 시작했다.

"후아아암, 저 너무 졸려요. 각하는 고단하지 않으세요? 내일도 바쁘실 텐데 이만 주무시러 가세요."

그 모습이 꼭 자신을 쫓아내려 하는 것만 같아서 샐쭉해진 루자크가 가만히 그녀를 바라보다가 말했다.

"혹시······ 나에게 숨기는 게 있는 건 아니겠지?"

놀랐는지 숨을 들이켜는 소리가 들렸지만 영애는 짐짓 웃으면서 말했다.

"아하하······ 서, 설마요."

"사실 솔직해지자면 자는 모습을 몰래 구경하러 온 거야. 이리 깨어 있을 줄은 몰랐군. 얼굴을 봤으니 난 이만 가겠어. 잘 자요, 내 아가씨."

어쩐지 불편해하는 영애의 태도가 약간 수상했지만, 루자크는 그녀의 이마에 뽀뽀를 하고는 그녀의 방을 돌아서 나왔다. 지금은 숨기는 게 있어도 언젠가는 이야기해 주겠지. 그녀라면.

*　　*　　*

"날 새 버렸네."

엘리샤는 뻑뻑한 눈을 끔벅거리면서 침대를 박차고 나왔다. 걱정이 되어서 밤새 한숨도 자지 못했다. 어젯밤 공작의 방문 때문이었다.

평소 같았으면 문을 잠가 놓았을 텐데 어제는 바보같이 그걸 깜빡했던 모양이었다.

시동어나 녀석들이 시끄럽게 움직이는 소리를 공작이 들었다면 수상하게 생각할 수도 있었다.

루자크에게 테일러 키트를 쓰는 모습을 들킨 건 아니었지만, 거의 들키기 직전이었다. 조마조마했던 그 순간이 떠올라 엘리샤는 몸을 떨었다.

자신이 마법을 쓰는 마녀의 핏줄이라는 걸 알게 된다면 그는 어떤 반응을 보일까? 자못 불안했다.

마녀 중에 떠돌이가 종종 있었던 건 사실이지만, 실제로 그런 사람들보다는 평범하고 재주를 가진 부지런한 마녀들이 훨씬 많다고 들었다.

특히나 순수하고 우월한 혈통을 따지는 귀족들 중에는 마녀는 집시와 거지, 창녀와 부랑자들 사이에서만 나오는 비천하고 불결한 족속들이라고 욕하는 사람들도 있었다.

그건 매우 편협한 선입견에 지나지 않았지만, 엘리샤와 그녀의 어머니 역시 마녀의 피를 이어받아서 백작에게 더욱 미움을 샀었다.

그런 레오나드 백작에게 그나마 약간 고마운 점이 있다면 그 일을 떠벌리지 않았다는 점, 그것 하나뿐이었다.

"후우!"

엘리샤는 천장을 보면서 한숨을 크게 쉬었다. 마음이 편치가 않았다. 그를 속이고 있다는 죄책감이 자꾸만 가시처럼 피부 깊숙이 찌르고 들어왔다.

'그냥 모든 걸 털어놓을까?'

엘리샤가 침대에서 일어서서 방문을 열어 두자, 문밖에서 대기하고 있던 리나가 웃으면서 들어왔다.

"예비 마님, 예비 마님! 오늘은 반가운 소식이 둘이나 있네요. 자요, 이것은 마님 앞으로 도착한 편지예요."

편지가 도착했다는 소식에 엘리샤의 걱정 가득하던 얼굴에 꽃이 피듯 화사한 웃음이 피었다.

"아, 멜드레 선생님으로부터 온 편지네요!"

온통 편지에 주의를 빼앗기는 게 아쉬웠던지 리나가 한 번 더 소란을 피우며 말했다.

"마님! 한 가지 소식이 더 있다니까요. 글쎄, 본성에도 대온실이 꾸며지고 있다네요."

편지를 뜯으려던 손가락이 잠시 멈추며 엘리샤의 눈이 휘둥그레졌다.

"대온실이라고요?"

처음 듣는 이야기였다.

"네에. 이제 아름다운 꽃과 식물을 볼 수 있게 되었어요."

"그래서 정원사와 건축사들이 성에 드나들었던 거군요? 각하의 명령이신가요?"

"네에, 저도 겨우 들었어요. 랜디어스 경이 끝까지 입을 안 열더라고요? 그래서 제가 누군가요. 거기 드나드는 정원사 한 명을 살살 꼬셔서 정보를 캐냈죠. 본성 남쪽에 별궁이 하나 있는데, 그곳을 대온실로 꾸미는 중이라고 하던걸요."

"어머나, 그렇게도 가능하군요. 대온실이라, 기대되네요. 각하께서 의외로 꽃을 좋아하시는 걸까요?"

"그럴지도요. 어찌 되었든 즐거운 일이네요."

"완성되면 함께 구경하도록 해요."

"당연하지요, 예비 마님. 참, 예복을 만드시는 일에는 어려움이 없으신가요? 제 도움이 필요하면 언제든 말씀해 주세요."

"물론이죠. 걱정 말아요, 리나. 드레스가 완성되면 가장 먼저 보여 줄게요."

엘리샤의 대답에 리나가 얼굴을 붉히면서 좋아했다.

"영광입니다. 드레스가 완성된 후에 화관이나 머리 장식을 고르는 게 낫겠지요?"

"그게 좋겠어요. 음, 부케는 결정해 둔 게 있어요."

"어머, 무엇으로 하시겠어요?"

결정해 둔 것이 있다는 엘리샤의 말에 리나가 눈을 반짝거렸다. 안 그래도 아무 말씀이 없으셔서 고민을 하고 있던 부분이었다.

"분홍색 장미로 하고 싶어요."

"분홍색 장미만으로요? 흰색의 꽃들과 함께 화려하고 풍성하게 만들어도 좋을 것 같아요, 예비 마님!"

"아뇨. 분홍색 장미로만 이루어진 부케로 했으면 해요."

특별히 분홍색 장미를 고집하는 이유가 궁금하긴 했지만, 리나는 그녀의 명령이었으므로 토를 달지는 않았다.

"분홍색 장미는 제가 제일 좋아하는 꽃이에요."

"그렇군요, 사랑스럽고 화사해서 예비 마님과도 잘 어울리네요."

엘리샤는 리나의 칭찬에 그저 눈웃음으로만 대답했다. 결혼식에서 붉은 머리를 한 채 결혼을 할 테니, 부케만이라도 제 머리 색을 뜻하는 분홍 장미였으면 좋을 것 같다는 생각에 고른 것이었다.

결혼식 날짜가 한층 다가와서일까. 이제는 어렵지 않게 자신의 결혼식을 상상할 수 있었다. 그러나 상상할 때마다 가슴이 크게 뛰는 건 변함이 없었다.

결혼 준비를 하는 동안 다른 옷이나 다마스크 원단을 전혀 만들지 못해서 아쉽긴 했지만, 예복을 만드는 일은 엘리샤에게 새로운 도전이었다. 일반 드레스를 만드는 일조차 어려운데, 예복이라니 사실 버거운 일이긴 했다.

루자크의 의견을 적극 반영해서 그의 예복은 코트와 조끼, 바지가 통일된 디자인을 가진 블랙 슈트로 결정했다. 옷본은 두 가지 패턴으로 만들어 놓았으니, 가봉까지 거친 후에 그에게 입혀 볼 예정이었다.

상황이 이렇다 보니 엘리샤는 자신의 드레스를 매일 밤 조금씩밖에 만들 수 없게 되었다. 원래는 루자크의 것을 먼저 만든 후에 시작하려고 했지만, 그의 취향이 까다로운 탓에 생각보다 시일이 걸렸다.

무엇보다도 결혼식에 입을 자신의 드레스는 테일러 키트가 아닌 제 손으로 직접 만들고 싶었다. 아주 시간이 걸리는 작업은 테일러 키트의 도움을 받아야겠지만 말이다.

문득 코넬리아가 찢어 버린 드레스가 떠오르자, 엘리샤는 아직도 피가 거꾸로 솟는 것 같았다. 이번에는 방해할 사람도 없어서 다행이었다.

홀로 생각에 잠긴 엘리샤를 향해서 리나가 말했다.

"예비 마님, 각하께서 조찬을 함께 들자고 하셨어요. 준비를 하셔야 할 것 같아요."

"앗, 그래요?"

"네에, 제가 입으실 의복을 챙겨 올게요. 잠시만 기다리세요."

기다리는 동안, 엘리샤는 뭘 할까 하다가 협탁에 올려 둔 편지로 다시 손을 뻗었다. 멜드레 선생님에게서 드디어 답장이 오다니! 지난번 편지를 보내고, 시간이 꽤 흐른 뒤에 온 답장이었다.

편지를 펼친 엘리샤는 멜드레 선생님의 격하고 애정 어린 인사에 보스스 웃었다. 멜드레는 변함없이 잘 지내는 듯했다.

무엇보다도 희소식은 그녀가 그 못된 계집애인 코넬리아의 가정교사를 그만두게 되었다는 거였다. 그녀의 애인인 헨리 경이 다른 가문의 자제를 곧장 소개시켜 주었다고 한다.

편지의 마지막 장은 엘리샤를 기쁘게 함과 동시에 조금 놀라게 만들었다.

<사랑하는 나의 제자 엘리샤. 먼 테본까지 무슨 일로 갔는지는 모르겠지만 이 선생님은 네가 잘 해내고 있을 거라 믿는단다. 너는 무엇이든지 잘하는 아이니까 말이야.

그 성격 파탄자 콜린도 네가 잘살고 있는지 궁금하대. 이 녀석 가끔씩 나를 찾아와서 너에게 온 편지가 없냐고 물어 댄다니까? 정말 수상하지? 콜린이 너를 좋아하는 거 아닐까?

부디 다음 편지에서는 구구절절 너의 이야기를 들려주길 바랄게. 우리가 다시 만나는 그날까지 행복해야 해. 편지 기다릴게. 아, 콜린이 지난번 편지에 자기 안부 안 물었다고 엄청 서운해 하는 거 있지? 다음에는 꼭 넣어 줘.

–너의 영원한 선생님 멜드레.>

멜드레의 편지를 다 읽은 엘리샤는 왠지 코끝이 찡해졌다. 자신은 그저 짧은 안부 편지만 보냈던 게 너무 미안해질 정도로……

아마도 다음 편지는 결혼 소식과 피로연 초청장을 함께 쓰게 될 것 같았다.

다만 거리가 너무나도 멀어서 걱정이었다. 마차로 며칠이나 걸리는 거리를 와 달라고 하기에는 염치가 없었다.

그나저나 콜린 자작과는 짧은 인연이었을 뿐인데 의외이기도 하고, 그렇게 생각해 준다니 고마울 따름이었다.

엘리샤는 정말로 그가 재봉 스승이 된다면 좋겠다는 생각을 했지만, 공작의 질투 어린 표정을 떠올리고는 고개를 저었다.

괜히 그의 화를 부르고 싶지는 않았다.

"예비 마님, 옷을 가지고 왔어요. 어라, 괜찮으신 거예요?"

"아, 그리운 사람에게서 편지가 와서요."

어느 틈에 엘리샤의 눈은 멜드레를 향한 그리움으로 그렁그렁해진 상태였다.

"어머나, 결혼식 때 꼭 초청을 해서 만나셨으면 하네요. 그리고 저어…… 오늘은 이 드레스가 어떠세요?"

리나가 보여 준 드레스는 목둘레가 V자형으로 파인 것으로, 무척이나 성숙해 보였다.

"……힉, 리나. 그 드레스는 제가 소화할 수 없겠는걸요. 너무 많이 파였어요. 저는 가난한 가슴을 가지고 있다고요."

엘리샤의 말을 들은 리나는 빙긋 웃음 지었다.

"아니에요. 예비 마님 정도면, 충분히 입으실 수 있어요. 자고로 여자의 가슴은 모으고 모아야지요! 안에 레이스를 덧댈 거라서 너무 걱정하시지 않아도 좋아요."

엘리샤가 불안하게 눈을 굴리면서 대답했다.

"……그래도 이건."

"저만 믿으세요!"

"……아, 알겠어요. 믿어 볼게요."

엘리샤의 대답에 탄력받은 리나는 하녀 두 명을 불러서 단장을 하기 시작했다.

이윽고 십여 분도 채 지나지 않아서 엘리샤는 그레이트 홀로 들어설 수 있었다. 과연 그가 먼저 와 있었다. 엘리샤의 차림을 본 루자크의 푸른 동공이 커진 채였다.

단정한 입술이 곧 벌어졌다가 다물어지면서 그가 귓불을 살짝 붉혔다. 그러나 다음 이어지는 말에 엘리샤는 이 드레스를 입은 것을 후회하고 말았다.

"……영애, 살이 좀 찐 건가?"

그는 시선을 내리깔았지만, 분명히 잔뜩 파인 가슴을 보고 한 말이 틀림없었다.

영애의 얼굴이 울상으로 물들어 버리자 루자크는 아차 싶었다. 반트마저 자신을 한심하게 바라보고 있었다. 숙녀에게 살이 쪘다는 말은 크게 실례라는 사실이 뒤늦게 떠올랐던 터였다.

어디로 보나 영애가 살이 쪘다는 건 말이 안 되었다. 그저 아직 처음 보았을 때와 비교했을 때 영애의 가슴이 커진 것 같아서 놀랐을 뿐이었다. 이제 가슴 크기와는 관계없이 영애는 사랑스러운 여자였다.

"그렇게 제가 살이 쪘나요?"

"……아, 그러니까 영애를 비난하려던 것이 결코 아니었소. 그저 처음 왔을 때보다 얼굴이 훨씬 더 보기 좋았다는 말인데…… 내 말을 오해하지 않았으면 좋겠소. 게다가 오늘 무척 예쁘군."

그제야 보라색 투명한 눈동자에 다시 생기가 가득해졌다. 비로소 안심한 모양이었다. 영애는 자신이 얼마나 예쁜지 잘 모르는 듯했다. 물론 그 점이 더욱 예쁘지만.

"정말이지요?"

"그렇소. 오히려 영애는 너무 마른 것 같은데."

"……각하께선 마른 여자가 별로이신가요?"

영애가 고개를 갸웃거리면서 조심스럽게 물었다. 뽀얗게 드러난 그녀의 속살에 자꾸만 시선이 가는지라, 루자크는 민망해서 험험 헛기침을 터뜨렸다.

"아니."

"그럼 어느 쪽이 취향이신지……."

"취향이라…… 그런 것은 딱히……."

'그저 영애면 되는데…….'

입 안으로 넘어가는 것이 고기인지 야채인지도 분간이 가지 않았다. 루자크는 일부러 제 앞에 놓인 음식 접시에만 시선을 두고 있었다.

그러지 않으면 위험했다. 영애와 시선을 마주칠 때마다 자연스럽게 다른 곳으로 눈이 가니 말이다. 환히 드러난 하얗고 뽀얀 속살에 눈이 저절로 갔고, 아침부터 몸이 홧홧하게 달아오르는 것 같았다.

'대체 영애는 무슨 생각으로 이런 드레스를 입었을까?'

누구 하나 미치는 꼴을 보고 싶은 것인가. 이 상태로는 식사는커녕 간단한 디저트조차도 제대로 소화하기 어려울 것 같았다.

루자크는 손으로 팔랑 부채질을 하면서 반트를 향해 말했다.

"음, 목이 마르군."

그러나 그의 말을 가장 먼저 들은 것은 마주 앉은 엘리샤였다.

"아, 와인이라도 드시겠어요?"

엘리샤가 와인을 집어 들고는 직접 건네주면서 말했다. 식탁이 워낙 넓어서 루자크 역시 몸을 일으켜야 했다. 그러자 이내 그녀의 드레스 레이스 앞섶 부분이 더욱 잘 보였다. 또 그 사이로 작지만 어여쁘게 드러난 가슴골도……

"……"

루자크는 감사의 말을 하는 것도 까맣게 잊어버린 채, 시선을 어디에 두어야 할지 몰랐다. 무엇보다도 아까부터 슬쩍 자리 잡은 초조함과 불안감이 그에게 달라붙어 있었다.

영애의 다소 선정적인 옷차림은 자신만이 볼 수 있는 게 아니라, 반트를 비롯해서 다른 사내의 눈에도 띌 수 있다는 점이 가장 걱정스러웠다. 그러나 영애는 아무 거리낌이 없는 듯했다.

"……각하, 어딘가 불편하신 거라도 있으세요?"

"아니, 아무것도 아니야."

루자크는 고개를 저으며, 반트를 향해서 나가라는 눈치를 주었다. 그러나 이 녀석이 오늘따라 말을 제대로 못 알아듣는다.

"무슨 일이라도 있으십니까?"

"아니. 없다니까. 제발 좀 나……"

주군이 영 불편해 보이는 탓에, 반트가 다가와서 물었다. 루자크는 답답한 얼굴로 말했다.

그때 영애가 샐러드 접시를 말끔히 비운 것을 본 반트가 그녀에게로 다가갔다. 루자크의 짙은 눈썹이 일그러졌다.

"샐러드를 더 가져다드리겠습니다."

엘리샤가 분홍빛 혀를 쏙 내밀면서 애교스럽게 말했다.

"아, 그래 주시겠어요? 너무 신선하고 맛있어요."

"물론입니다."

"아, 반트. 그럼 내 것도 가져다주겠나?"

공작의 살벌한 눈빛을 눈치챈 반트가 입가에 미소를 지은 채 대답했다.

"알겠습니다."

샐러드 접시를 새로 가져다주자, 예상대로 어김없이 명령이 떨어졌다.

"잠시 자리를 비켜 주게."

공작의 눈에 차오른 건 분명한 질투의 눈빛이었다. 반트는 정도껏 하라고 일러 주고 싶었지만, 예비 마님 앞이라서 참기로 했다.

반트가 물러나자, 루자크는 다시 영애에게로 집중했다. 그러곤 용건을 말하기 시작했다.

"소문으로 알 것 같으니 미리 알려 주어야겠군."

"……소문이요?"

"사실 그대를 위해서 온실 정원을 가꾸고 있지."

이내 그녀의 얼굴은 깜짝 놀라는 빛으로 물들었다.

"절 위해서요?"

"영애가 황성의 장미 정원을 넋 놓고 보았다는 이야길 들어서 말이지. 우린, 그곳에서 결혼식을 하게 될 거요."

영애의 눈이 곱게 휘면서 눈동자가 반짝거렸다.

"아, 전혀 상상하지 못했는데…… 너무 기뻐요, 각하! 온실 정원이라니, 완성되면 얼마나 예쁠까?"

진심으로 기뻐하는 영애의 밝은 표정을 보고 있자니, 루자크는 정원을 꾸민 보람이 있었다. 이런 생각을 해낸 자신이 뿌듯하게 느껴졌다. 루자크가 입가를 늘이면서 말했다.

"그리 고마우면 내 작은 부탁을 들어주면 좋겠는데."

"무엇이든 말씀하세요."

그러자 루자크가 살짝 망설이다가 입술을 열었다.

"그렇게 깊이 파인 드레스는, 음…… 나와 둘만 있을 때만 입었으면 좋겠어. 너무 두근거려서 제대로 바라보기도 힘들고, 또…… 음. 다른 놈들이 힐끔힐끔 보는 게 싫으니까."

무언가 의외의 부탁이었는지 영애가 꽃망울이 터진 봄꽃처럼 흐드러지게 웃었다.

"……푸홋! 귀여우시잖아요, 각하!"

"들어주는 거겠지?"

"물론이에요. 사실 저도 이런 드레스는 조금 불편했는걸요. 잘 어울리지도 않구요."

고개를 비스듬히 갸웃대던 루자크가 골똘히 생각에 잠긴 얼굴로 중얼거렸다.

"음, 그건 아닌 것 같은데…… 잘 어울려."

"각하께서는 참 상냥하시군요."

발갛게 물든 영애의 볼이 보기 좋았다. 살짝 꼬집어 주고 싶을 정도로 귀여웠다.

루자크는 문득 턱을 괴고 영애를 바라보았다. 음식을 고루고루 잘 먹는 모습이 복스러웠다.

저렇게나 잘 먹으면서도 살이 찌지 않는 것은 그저 체질 탓일까? 어쩌면 무척 느린 속도로 천천히 쪄서 보기 좋게 자리 잡을지도 몰랐다.

어쨌든 드레스를 차려입은 영애의 몸매는 날이 갈수록 훌륭해지고 있었다. 구태여 가슴이 드러나는 네크라인의 드레스를 입지 않아도, 잘록한 허리선이며 하늘하늘한 몸선, 톡 치면 부러질 듯한 손목은 제 가슴을 흔들어 놓기에 충분했다. 아니, 오히려 과할 정도로 매력적이었다. 영애는 너무 섹시해서 문제였다.

"코넬리아. 식사하고 나와 온실을 구경하러 가겠어? 정원사를 더 늘렸더니 이젠 거의 꾸며진 것 같으니까."

"정말이요? 하지만 정무를 보셔야 하지 않으세요?"

"윽, 그건 이따 할 생각이야. 그저 영애를 보는 지금 이 시간을 오롯이 즐기고 싶어. 조금 더 둘이 있고 싶단 말이지."

루자크는 제 진심을 가감 없이 드러내면서 푸른 눈을 빛냈다. 이렇게 매일같이 보는데도 일에 파묻혀서 떨어져 있는 시간이 훨씬 더 길게 느껴지는지 모르겠다.

특히 영애와 보내는 시간은 눈 깜짝할 사이에 금방 지나가는 것 같아서 아쉽고도 아쉬웠다. 가능하다면 시간들을 전부 붙잡아 두고 싶을 만치.

"어때, 구경 갈 건가? 이미 정원사들이나 시종들은 다 나가라고 해 두었지."

장난스러운 그의 말에 엘리샤가 생긋 웃으면서 고개를 크게 끄덕였다.

"갈게요. 어서 보고 싶어요."

*   *   *

예비부부가 나란히 본성의 남쪽 별궁으로 향하는 길이었다.

오전부터 제법 매서운 바람이 파고들었다. 테본의 이 차가운 칼바람만은 아직도 적응이 되지 않았다. 두꺼운 코트를 걸쳤지만 오래 걷기에는 무리인 날씨였다.

엘리샤는 추위에 몸을 살짝 움츠렸다. 아를렌의 온화한 기후에서 자란 그녀에게 테본의 추위는 막막할 정도로 커다란 것이었다.

금세 차가워진 손을 긴 소맷자락 속에 쑥 넣었다. 그러자 말없이 그녀와 보폭을 맞추던 공작의 손이 엘리샤의 손을 꽉 맞잡아 주었다.

"……각하 손이 너무 따뜻해요."

그의 손은 신기할 정도로 따끈해서, 엘리샤는 그가 나눠 준 온기가 온몸으로 퍼져 나가는 기분에 아늑해졌다.

이 사람과 함께라면 추위도 아무런 문제 따위 되지 않는 그런 기분 말이다. 사실 엘리샤 혼자였다면, 그녀는 불씨를 부르는 마법의 주문을 외웠을 터였다.

별궁 앞뜰의 검은색 아치형 문을 들어서서 엘리샤를 돌아보며 루자크가 말했다.

"이 작은 별궁이야. 어서 안으로 들어갈까."

"와, 아담하고 예쁜 궁이네요."

엘리샤는 두근거리는 마음으로 루자크를 따라서 별궁에 발을 내디뎠다.

미색의 둥근 돔형 지붕이 앙증맞고 소박한 궁이었다. 블랙 윈터 본성의 검고 뾰족한 첨탑과는 전혀 다른 곳처럼 보였다.

루자크가 명령을 내린 탓인지 아무도 없는 고요한 정적이 느껴졌다.

문을 열자마자 눈앞부터 저기 천장까지 펼쳐진 신록의 세계에 엘리샤는 절로 입을 벌리면서 감탄했다.

푸릇푸릇한 넝쿨들과 향기를 터뜨리는 분홍색 장미가 홀 안을 가득 채우고 있었다. 어느 곳을 둘러보아도 화사한 장미들이 수줍게 봉우리를 벌리고 있었다.

"……아!"

자세히 들여다보니 빛깔도 일관된 분홍색이 아니라, 조금 엷은 분홍색, 진한 분홍색, 형광빛이 도는 살구색 등 갖가지 종류의 분홍 장미가 정성스레 심어져 있었다.

가운데에는 분홍 장미 위주였지만, 둘레에는 붉은색, 노란색, 푸른색, 하얀색 등등의 여러 가지 빛깔로 피어난 장미들이 고운 자태를 뽐내고 있었다.

엘리샤는 장미꽃을 하나하나 자세히 살펴보면서 핑그르르 천장을 바라보며 돌았다. 천장 돔에 새겨진 장미 문양이 보였다. 아름다운 정원의 모습을 둘러보며 미소 짓던 엘리샤에게 루자크가 다가섰다.

"정원사들 솜씨가 나쁘진 않은 것 같은데……."

그리 말하는 루자크의 표정이 마치 칭찬을 듣고 싶어 하는 어린애처럼 보였다. 엘리샤는 그에게 그대로 달려가 폭 안겼다.

그리고 그의 품 안에서 소곤소곤 이야기했다.

"세상에서 가장 멋진 정원이에요, 루자크."

귓가에 속살거리는 엘리샤의 목소리가 제 이름을 부르자, 루자크는 순간 심장이 움직이는 느낌이 들었다. 기분이 좋아진 그가 엘리샤를 내려다보면서 말했다.

"이제 이 별궁과 정원은 오롯이 그대 것이니까 영애 마음대로 해도 좋아."

"……제 것이요?"

엘리샤가 끌어안았던 그의 목을 놓고는 정원을 다시금 둘러보면서 물었다.

"아주 오래전에 여기서 내 어머니가 소일거리 삼아서 작은 화초를 키우신 일이 있었지. 이제는 당신이 여길 가꿔 주었으면 해. 아마 본성에서만 있는 것도 조금 갑갑했을 거야. 여기서는 좀 더 편하게 지낸다면 좋겠군. 아, 이 층에는 잠깐 다과를 즐길 만한 응접실과 작은 침실도 있어."

"……제가 여기서 매일 머물러도 뭐라고 하지 않겠다고 맹세하실 건가요?"

"어쩔 도리 없지, 그럼."

"네?"

"나도 매일 밤 여기 머물러야겠군. 아예 증축을 할까?"

"예에? 각하도 참."

엘리샤는 웃으면서 다시 생각에 젖었다. 이렇게나 자신을 아껴 주는 사람을 더 이상 속이고 싶지 않다는 그런 생각이 그녀의 머릿속을 흔들었다.

"날 앞에 두고 다른 생각을 하는 건가?"

살짝 토라진 표정의 루자크가 자신을 내려다보고 있었다. 엘리샤는 결심한 듯 말을 이었다.

오래전부터 간직해 온 그녀의 비밀 두 가지, 이제는 그 말을 해야 할 때가 온 것 같았다.

"각하께 말씀드릴 게 있어요."

"어서 듣고 싶군."

"말씀드리기 전에 저와 한 가지 약속해 주세요."

엘리샤는 차분하게 말했다. 그이니까 모든 것을 털어놓고 싶은 것이었다. 엘리샤의 얼굴이 평소와 다름을 인지한 루자크는 사뭇 진지한 어조로 답했다.

"어떤 약속이지?"

"지금부터 제가 하는 말들은 부디 공작 각하만 알고 계셨으면 해요. 그리고 이 이야기를 듣고 나시면 저를 어떻게 하셔도 좋아요. 감히 펜블렌가를 기만했다고 욕하셔도, 파혼을 요구하셔도 저는 할 말이 없으니까요."

엘리샤는 그 어느 때보다도 쿵쿵 울리는 가슴을 안고 말했다. 그러나 파혼이라는 단어가 나오자, 루자크는 크게 미간을 좁혔다. 그의 수려한 얼굴이 단번에 구겨지면서 약간 성난 음성이 되돌아왔다.

"파혼, 이라니. 내 앞에서 함부로 그런 단어를 입에 담지 말았으면 좋겠어. 그런 일은 절대로 일어나지 않을 테니까."

루자크의 그런 태도에 엘리샤도 마음이 미어지는 것 같았다. 그래도 결혼하기 전에 밝히는 것이 맞을 터였다. 계속해서 당신을 속일 바에는……

엘리샤는 입술을 앙다문 채로 말했다. 꼭 깨문 입술이 아팠다.

"저도 파혼은 원치 않아요, 각하. 약속…… 해 주시겠어요? 그 누구에게도 밝히지 않겠다고."

루자크가 빠르게 고개를 주억거렸다.

"물론이야. 비밀을 지킬 테니, 어서 말해요."

루자크가 재촉했다. 엘리샤는 고개를 끄덕이면서 마력에 집중했다. 가장 먼저 그녀의 머리카락에 걸린 마법을 풀기 위해서 해제의 주문을 외웠다.

"본디 가진 색으로 돌아갈 것."

"……?"

주문이 끝나는 동시에 은은한 빛이 반짝였다.

스르륵.

눈앞에서 엘리샤의 선명하던 붉은색 머리카락이 천천히 물이 빠지기 시작했다. 어느새 그녀의 머리카락은 정원 가득 피어난 장미와도 같은 분홍색으로 물들어 갔다.

푸른 눈이 파도처럼 흔들렸다. 그가 놀란 눈으로 물었다.

"영애? 이게 도대체 무슨 상황이지? 마법인가? 그럼 그때 분홍 머리 색은 내가 잘못 본 게 아니었군."

루자크의 중얼거림에 엘리샤가 고개를 끄덕이면서 말했다.

"……이게 저의 원래 모습이에요. 마법으로 붉게 바꾸어 놓았었어요. 각하, 용서하세요. 저는, 저는…… 코넬리아 드 루비츠가 아니에요."

루자크의 푸른 눈이 하얗게 부서질 듯 흔들렸다.

"그게 대체 무슨 말이지?"

장미향이 코끝을 아리게 스쳤다.

루자크의 양손이 엘리샤의 어깨를 붙잡고는 물었다. 엘리샤는 담담하게 말했다. 몸은 잔뜩 떨고 있었지만 어째서인지 목소리는 떨리지 않았다. 언젠가 그에게 해야 할 말을 해서일까.

"그 말 그대로예요, 각하."

"코넬리아 영애가 아니라면 당신은 누구지?"

루자크의 일렁이는 푸른 눈을 마주하자 엘리샤는 고개를 떨구고 말았다. 엘리샤가 가까스로 입술을 열었다.

"저는 루비츠가의 적녀(嫡女)가 아니에요. 제 어머니는 레오나드 백작의 두 번째 부인이었어요. 펜블렌 공작가와 본래 혼담이 오간 당사자는 저의 이복 언니 코넬리아이구요."

"……그랬군."

"죄송해요……."

차라리 크게 언성을 높여서 화라도 내었으면 좋았을 것을, 공작은 그러지 않았다. 놀랍도록 차분한 말투였다.

대신에 눈빛은 이지러진 달처럼 흔들리고 있었다. 그러나 몇 분의 정적 후에 루자크는 입술을 다시 열었다. 무언가 생각을 갈무리한 것 같았다.

엘리샤는 그의 입술에서 파혼이라는 말이 나올까 봐 못내 두려웠지만 그렇다 한들 할 말이 없었다.

"……누구 머릿속에서 나온 계획이지? 레오나드 백작께서 직접 떠올리신 계획인가?"

"언니는 황태자비가 되고 싶어 해요."

루자크가 미간을 좁혔다. 푸른 눈이 한번 굴렀다. 엘리샤는

벌을 달게 받는 심정으로 침을 겨우 삼켰다. 루자크는 제 생각을
줄줄이 말했다.

"황태자비라…… 그래서 변방 지역의 괴소문을 가진 공작은
눈에도 차지 않으셨겠군. 그래, 그래서였어. 반트가 일을 잘못한
게 아니었어. 그리고 가문의 혼약을 깨지 않고, 또 다른 딸인 영
애와 바꿔치기를 한 거였군. 이제야 그림이 좀 그려져…… 영애,
알려 줘서 고마워."

"……예?"

이렇게 끝날 상황이 아닌데, 너무도 깔끔하게 그리 말하는 공
작을 올려다보면서 엘리샤가 말했다.

"……아무리 제 아버지와 언니가 꾸민 일이라고 해도, 저도 계
획에 가담했어요. 그런데, 그런데도 저를 원망하지 않으시네요."

엘리샤의 말에 루자크는 그녀를 부드럽게 끌어당기곤 안았
다.

"당신이 선하고 올곧은 사람이라는 것을 누구보다도 잘 알지.
게다가 당신 언니가 테본에 왔으면 내가 먼저 파혼을 신청했을
거야. 당신이니까, 당신이라서 결혼을 유지하는 거야."

그의 말을 묵묵히 듣고 있던 엘리샤는 어쩐지 눈물이 날 것 같
았다. 이 사람은 어떻게 이렇게 내 사정을 잘 이해해 주는 걸까?

엘리샤의 눈동자를 빤히 바라보면서 루자크가 계속 말을 이
었다.

"사실 루비츠가에서 혼담을 받아들인 것 자체가 의외였지. 나
는 전에 말한 대로 혼인이 이루어지길 바라지 않았으니까. 그러

니 일부러 그런 초상화를 보냈지. 그런데도 당신은 와 주었어. 일면식도 없는 먼 지방의 흉측하고 난폭한 공작에게 대신 시집 올 착한 아가씨가 세상에 몇이나 있을까. 내가 어떻게 당신을 원망하겠어. 나 역시 그럴 자격이 없는 사람이야."

가슴이 뜨거워지면서 울컥한 무언가가 드밀어 왔다. 엘리샤는 시야가 빠르게 흐려지는 걸, 참아 보려 애쓰면서 파르르 눈을 끔벅거렸다.

"……고마워요. 너무 고마워서 무슨 말을 해야 할지 모르겠어요. 각하께서 저를 온전히 이해해 주실 줄은 상상도 하지 못했어요. 하지만 저는 각하가 생각하는 것처럼 그리 착한 사람은 아니에요."

"그래, 착하게 살지 마. 이제는 그렇게 살았으면 좋겠어."

그는 마치 엘리샤 자신을 꿰뚫어 보고 있는 사람 같았다. 엘리샤가 그동안 어떤 삶을 살아왔는지, 그에게는 한 마디의 말도 하지 않았지만 엘리샤는 그의 모든 말에서, 눈빛에서, 행동에서 크게 위로받는 느낌이었다.

"참, 그래서 우리 아가씨의 진짜 이름은 뭐지?"

루자크의 손길이 엘리샤의 머리카락을 쓸어 넘겼다. 엘리샤는 이제야 당당히 자신의 이름을 밝힐 수 있다는 기쁨에 마음이 따스해졌다.

"엘리샤, 엘리샤 드 루비츠라고 해요."

"엘리샤. 가짜 이름보다 훨씬 예쁜 이름이군."

짐짓 장난스럽게 대꾸해 주는 루자크의 말에 엘리샤는 그만 저절로 미소를 지을 수밖에 없었다. 루자크가 엘리샤의 머리 깊숙이 입술을 파묻으면서 귓가에 중얼거렸다.

"엘리샤…… 엘리샤…… 엘리샤……."

"루자크?"

"그냥, 그동안 불러 주지 못한 만큼 많이 불러 주고 싶어서."

바싹 붙은 그의 입술이 움직이는 게 모두 느껴져서 어쩐지 낯이 뜨거웠다. 엘리샤가 그의 품에서 살짝 빠져나오려 하면서 투덜거렸다.

"……가, 간지럽다고요."

"부끄러운 거겠지."

심술궂게도 엘리샤의 몸은 루자크에 단단한 팔에 갇혀서 더욱 빠져나올 수가 없었다.

"그런데, 아까 그것…… 마법은 어떻게 할 수 있는 거지?"

"아, 그걸 이야기 안 했네요. 한 가지 말씀드릴 비밀이 더 있어요."

"아까 그것만큼이나 충격적이려나?"

"어쩌면요?"

"흐음? 기대되는걸."

"놀라지 마세요. 저는…… 마녀의 피를 타고났어요."

그러나 이번에도 루자크는 크게 놀라지 않았다. 그저 호기심 어린 눈초리로 그녀의 머리카락에 연신 입을 맞추다가 귀를 쫑긋할 뿐이었다.

"……각하께서는 제가 마녀라고 해도 전혀 안 놀라시네요."

"물론이오. 드래곤이나 세이렌이라면 모를까. 그 정도로는 어림도 없지. 잠깐, 그럼 수백 살이라도 먹었나?"

그는 대수롭지 않은 척하면서 내심 놀란 것 같았다. 엘리샤는 그의 아이 같은 반응이 어이없었다. 엘리샤가 눈을 세모꼴로 뜨면서 그를 살짝 흘겼다.

"……마녀도 똑같이 사람이라고요."

그러자 루자크가 턱을 매만지면서 흐음 하고는 말했다.

"잠시 무례했소. 마녀를 만난 게 처음이라…… 마녀를 좋아한 것도 처음이고, 마녀가 이렇게 예쁘다는 것도 처음 알았고, 마녀와 결혼하는 것도 처음……"

어느새 엘리샤가 자신을 쏘아보는 눈초리를 느꼈는지 루자크가 입술을 멈췄다.

"자꾸 마녀, 마녀 하실 거예요? 이건 극비라구요. 아직도 세상은 마녀라는 존재를 부정적으로 생각하는걸요."

엘리샤가 샐쭉한 얼굴로 말하자, 루자크가 고개를 저으면서 말했다.

"적어도 나는 아니야. 그냥 마녀라는 이야기를 들으니 영애가 더욱 신비롭고 예뻐 보여서 그래. 내 아내가 마녀라니, 내가 상상이나 했겠어?"

루자크의 말에 조금 마음이 풀린 엘리샤가 고개를 갸우뚱하면서 물었다.

"으흠, 그럼 긍정적으로 생각하신다는 거죠?"

"당연하지. 나와 당신을 반씩 닮으면 마법과 검을 동시에 다루는 아이가 될까?"

"윽…… 각하. 저는 아직 열여덟 살이란 말이에요."

"……뭐라고? 그러니까 스무 살에서 두 살이나 어리단 건가?"

"하지만 겨우 두 살 차이인걸요."

지금까지의 모든 비밀을 털어놓았을 때보다도 더 충격적인 듯한 표정이 그의 얼굴에 떠올랐다.

"……."

"왜 그런 표정을 짓고 계세요?"

"응? 아무것도 아니야."

말끝을 흐리는 목소리에 기운이 없었다. 루자크의 수려한 얼굴이 침울한 빛을 띠고 있었다. 엘리샤는 영문을 모르겠다는 얼굴이었다.

*   *   *

루자크는 착잡하고 복잡한 심경이었다. 머릿속이 혼란스러웠다. 열여덟 살이면 자신보다 까마득하게 어린 나이였다. 그의 뇌리에는 십 대는 아이들이나 다름없이 여겨졌다. 여섯 살 차이와 여덟 살 차이는 분명 느낌이 달랐다.

'어쩐지. 그래서 더 어려 보였군.'

첫 인상에서부터 그녀 특유의 풋풋하고 맑은 감성은 자신의 음울하고 칙칙한 것과는 거리가 있었다.

자신이 십 대와 사랑에 빠졌다니, 스스로도 조금은 충격적이었다. 그동안 그것도 모르고 영애에게 과도한 스킨십을 퍼부은 것에 대한 죄책감도 살짝 느껴졌다.

물론 일반적인 제국의 열여덟 살이라면 거의 성인 취급을 받긴 했다. 제국의 정략결혼은 부쩍 어린 나이에 이루어지곤 했으니까.

적법한 일이었지만, 루자크의 마음은 그렇지가 않았다. 게다가 엘리샤의 얼굴은 제 나이보다도 더 어려 보였다.

아무리 많이 봐 줘도 열여섯으로밖에 보이지 않는 그녀였다. 한순간에 그의 정혼녀는 어려 보이는 스무 살 아가씨가 아니라 진짜 어린 십 대 소녀로 둔갑한 셈이었다.

처음에는 보았을 때는 성장이 늦된 아가씨이겠거니, 했고 취향이 아니라고 생각했다. 그러나 그건 조급한 생각이었다. 이 자그만 여자는 볼수록 매력적이었으니까. 키스를 한 뒤로는 하루에 몇 번씩이나 그녀를 안는 상상을 하게 만들었다.

큼지막하고 맑은 눈동자를 보고 있노라면 가슴속에서부터 무언가가 깊이 차오르는 것 같았다. 심장을 연신 두근거리게 만드는 무언가가.

촉촉한 입술을 부딪칠 때면 전신을 휘감는 뜨거운 열기가, 욕망이 그를 송두리째 집어삼킬 것처럼 치솟았다. 그녀만이 차가운 자신을 뜨겁게 달굴 수 있었다. 그렇지만 엘리샤는 키스 한 번에도 몸을 바르르 떠는 가련한 작은 여자였다.

그녀를 위해서라도 첫날밤은 미루는 것이 좋을 듯했다. 그녀가 도망가 버리면 곤란하니까. 기다렸다가 단단히 붙잡을 것이다. 루자크는 장미를 구경하고 있는 엘리샤의 뒷모습을 바라보면서 다짐했다.

벌써부터 참기 힘들 것 같았지만, 그녀를 위해서라면 감수할 수 있었다. 그러나 지금은 키스하지 않고는 못 배길 것 같았다.

"엘리샤."

그녀의 이름을 가만 부르자, 귀를 쫑긋하면서 뒤를 돌아보는 모습이 다람쥐나 토끼처럼 작은 짐승 같았다.

"……네?"

쪼르르 다가오려 하자, 루자크는 양팔을 벌렸다. 고개를 갸웃하면서도 엘리샤가 폭 안겼다.

루자크는 제게 힘껏 기대 오는 그녀의 작은 몸을 꼭 끌어안았다. 몽롱해지도록 기분 좋은 감촉이었다. 루자크가 중얼거렸다.

"엘리샤?"

"……응, 왜요?"

"키스하고 싶어."

루자크는 그 말을 끝으로 더 말하지 않았다. 엘리샤 역시 대답하지 않았다. 엘리샤가 천천히 눈을 감았다. 인형처럼 얌전하게 감겨진 속눈썹 위에 루자크가 한 번 입술로 꾹 누르듯 키스했다.

"앗, 간지러워요."

"쉬잇……."

루자크가 그녀의 귓가에 그리 속삭이자 꼼짝없이 숨도 꼭 참고 조용해진 엘리샤였다. 더는 참을 수 없다는 듯 루자크가 엘리샤의 입술 위를 장난스럽게 살짝 베어 물었다.

행복한 충족감이 온몸을 타고 흐른다. 품에 안고 입술을 맞대는 것만으로 영혼의 안식이라도 찾아오는 것 같았다.

이 여자는 정말 마법 같은 여자였다. 루자크는 그리 생각하면서 그녀의 구석구석을 탐험했다.

깊게 파고들수록 부드럽고 감미로움이 더했다. 일단은 키스만으로 만족해야 하는데, 자꾸만 욕심이 커진다.

루자크는 조바심이 나서 엘리샤의 자그만 머리를 더욱 붙잡았다. 살살 굴러들어 오는 타액을 남김없이 받아 마시고는 삼켰다.

쿵쿵, 세차게 반응하는 심장이 계속하라 외친다. 더욱 강하게, 더욱 진하게 널을 뛴다.

루자크는 폐부 가득히 들어오는 이 향기가 만발한 장미꽃의 것인지, 엘리샤의 것인지 분간을 할 수 없을 정도로 정신이 까마득해졌다. 키스를 마친 루자크는 생각했다.

결혼 첫날밤에 그녀의 근처도 가지 말아야겠다고. 그러지 않으면 미쳐 버릴 테니까.

9.
결혼 전야

엘리샤는 공작이 선물한 장미 온실이 있는 별궁의 이름을 '프티 로즈궁'이라고 지었다.

그녀는 프티 로즈궁에서 드레스에 필요한 레이스를 짜며 오후 한나절을 보냈다. 이곳에 있을 때만 느낄 수 있는 혼자만의 휴식이 참 달콤했다.

아치형 창문 밖으로는 차가운 겨울바람이 숭숭 불었지만, 이곳만은 봄이었다. 이 나른하고 아늑한 기분이 좋아서 엘리샤는 매일 별궁에서 여가 시간을 보냈다.

그래도 언제까지 이렇게 여유를 즐길 틈은 없었다. 결혼식은 이제 얼마 남지 않았다. 본성으로 돌아온 엘리샤는 응접실에서 반트와 따끈한 밀크티를 마셨다.

찻잔을 내려놓은 엘리샤가 웃으면서 말했다.

"랜디어스 경이 우려 주시는 밀크티는 제 삶의 낙이에요."

"하하, 밀크티 한잔에 과한 칭찬이십니다."

"각하께서는 서재에 계신가요?"

"그렇습니다."

"그러고 보니 최근에는 영지 시찰을 직접 나가시지 않네요?"

"결혼을 앞두고 계신 터라, 그때까지는 가이시 경에게 잠시 위임했습니다. 아마 결혼 후에는 더 비빠지실지도 모르겠습니다."

"그렇군요. 결혼식 때문에 시찰까지 조금 미루고 계시군요."

"그도 그렇고 본성에서 보시는 정무도 밀려 있는 상태입니다."

"아, 그런가요. 최근에는 조금 시간이 나시는 줄 알았는데 그것도 아니었군요. 무언가 각하께 힘이 되어드리고 싶은데……."

그러나 엘리샤의 말에 반트가 고개를 저었다.

"예비 마님의 존재만으로도 충분히 힘이 되어드리고 계십니다만."

"으음, 그런가요. 하지만 좀 더 직접적으로……"

"괜찮으실 겁니다. 각하께서는 능히 일 처리를 해내시는 분입니다."

"알겠어요. 그럼 저도 제 할 일을 열심히 해야겠어요."

반트와의 대화를 마치고 엘리샤는 곧장 서재로 올라가 본격적으로 작업을 시작했다. 결혼식에 입을 드레스의 자태가 점점 갖춰지고 있었다.

드디어 옷본대로 패턴을 전부 만들었다.

드레스의 네크라인은 사각형으로 파인 둘레에 레이스를 달았다. 소매는 팔꿈치 길이의 달라붙는 반소매로, 끝부분에 레이스가 층층이 달린 플라운스로 선택했다.

오늘은 상의 바디스의 뒷부분을 스커트 원형과 연결해서 재단하고, 앞부분은 허리선에서 절개해 스커트와 꿰맸다. 여기까지 해 놓으니 일단 한시름 놓은 것 같았다.

"어디 보자. 이제 뭘 해야 하지? 아!"

엘리샤는 언더스커트에 쓰일 실크와 레이스를 가져왔다. 엘리샤가 선택한 드레스는 오버드레스와 언더스커트로 이루어진 터라, 이제는 언더스커트를 만들어야 했다.

드레스의 벌어진 앞여밈은 레이스 천으로 감은 스토머커(stomacher)를 달지, 실크 리본으로 매어서 여밀지 아직도 고민하고 있는 부분이었다.

그래도 루자크가 입을 예복 두 가지는 요 며칠 동안 다 만들어 놓아서 다행이었다. 실크와 레이스 천을 가위로 정확히 가르던 중 문득 그의 얼굴이 떠올랐다.

예복을 입은 루자크의 모습은 무척이나 근사할 터였다. 상상만으로도 즐거웠다.

자신의 드레스 차림을 본 그의 반응도 궁금했다.

"아무래도 그는 노출이 큰 드레스는 좋아하지 않으니까, 네크라인을 레이스로 좀 더 가릴까? 그래, 그게 좋겠어."

엘리샤는 고개를 주억거리면서 다시 드레스 만드는 일에 열중하기 시작했다.

*　　*　　*

며칠 후, 아를렌.

작업실 책상에 앉아서 서신을 읽어 내려간 콜린은 미간을 좁혔다. 그건 콜린이 수년째 전담 디자이너를 맡고 있는 펜블렌 공작가에서 도착한 것이었다. 서신에는 무척 곤란한 제안이 담겨 있었다.

"말이 안 되는 일이잖아, 이건."

공작 부인의 재봉 선생이 되어 달라니…….

이 몸이 얼마나 바쁜데 그 먼 테본 지역까지 오가는 수고로움을 들이라는 것인지. 게다가 자신은 겨우 귀족가 부인에게 바느질 따위나 가르칠 인재가 아니지 않은가. 왕족쯤이나 되면 또 모를까.

콜린은 냉큼 깃펜을 들어서 거절의 서신을 작성하기 시작했다. 그때 그의 머릿속에 다시금 '테본'이라는 단어가 떠올랐다. 분명 다른 어딘가에서도 들어 본 적이 있는 지명이었다.

"……테본을 어디서 들었더라."

콜린은 턱 끝을 매만지면서 신경질적으로 깃펜을 잉크통에 톡톡 두드렸다.

"아……! 거긴 엘리샤, 그 녀석이 가 버린 지역이잖아?"

콜린의 살짝 찢어진 눈매가 더욱 갸름해지고, 녹색 눈동자는 빛났다. 잘하면 그 녀석을 다시 만날 수도 있을지 모른다는 생각이 들었다.

엘리샤 같은 실력을 가진 애는, 다시는 만나지 못한다는 것을 콜린은 잘 알고 있었다.

"그래, 엘리샤 녀석. 내가 잡으러 간다."

콜린은 작성하던 서신을 구겨 버린 후, 다시 새 종이를 꺼내서 작성하기 시작했다. 펜블렌의 젊은 공작이 내건 조건도 사실 썩 나쁘지는 않았다.

콜린의 새 오트쿠튀르를 테본의 시내에도 내어 주겠다는 제안이었다. 사업적으로도 콜린에게는 나쁘지 않은 거래였다.

그러나 콜린은 그 취향 까다로운 젊은 공작과 크게 얽히고 싶지는 않았다. 분명 오랫동안 일을 맡고는 있었지만, 그 공작과는 왠지 껄끄러웠다.

콜린의 오트쿠튀르에서 많은 매상을 올려 주는 상위 고객이긴 했지만, 펜블렌 공작은 단 한 번도 옷이 마음에 든다는 말을 한 적이 없었다. 단 한 번도!

벌컥!

쿵쿵!

차분하고 고요함으로 가득 채워져야 할 그의 지하 작업실에 느닷없이 소란스러운 발소리가 들렸다.

콜린은 자신이 가장 싫어하는 짓을 저지른 범인을 보기 위해서 고개를 들었다. 진짜 작업 중이었다면 재봉 도구를 던졌을지도 몰랐다. 그가 날카롭게 외쳤다.

"누구야? 내 작업실에 감히 이렇게 예의 없이 쳐들어오는 건?"

"콜린! 맙소사, 세상에! 누가 찾아왔는지 좀 위로 올라와서 보라구!"

범인은 역시 사촌 누나인 멜드레 폴드였다. 멜드레가 갖은 난리 법석을 부리며 안으로 들어왔는데도 콜린은 시니컬한 표정만을 지은 채, 어깨를 으쓱할 뿐이었다.

"나 지금 중요한 서신을 적고 있어. 제발 방해하지 마."

"응? 지금 서신 따위가 중요한 게 아니야! 엇, 내려왔다. 저길 좀 보라구!"

"아니 지금 나는 지금 이 서신을 꼭 적어야겠어. 그러니까……."

또각또각.

또다시 구둣발 소리가 들려왔지만 콜린은 개의치 않고 서신을 적어 내려갔다. 그러나 그의 깃펜은 다음 순간 들려온 목소리에 그만 멈추고 말았다.

"……아, 이 작업실 그동안 너무너무 그리웠어요. 그나저나 여전하시네요, 자작님은."

"이 목소리는……."

귀에 익은 목소리였다. 가느다랗고 생기발랄한 여자의 목소리.

"콜린, 우리 엘리샤가 왔단 말이야! 흐어어엉."

멜드레가 기쁨에 겨운 듯 달려가서 엘리샤를 품에 꼭 껴안았다.

엘리샤의 이름을 들은 콜린이 그제서야 초록색 눈동자를 커다랗게 뜨더니 다급히 뒤를 돌아보았다.

그곳에는 몇 달 전 자신의 제안을 뿌리친 채 매정하게 떠나갔던 소녀가 환하게 웃고 있었다. 콜린은 반가우면서도 괘씸해서 냉정하게 대꾸했다.

"……네 녀석이 왜 여기 있는 거냐?"

곁에 있던 멜드레가 무안해진 얼굴로 투덜거렸다.

"바보 콜린, 오랜만에 봤는데 첫인사를 그렇게 하면 어떻게 해?"

그러나 엘리샤는 아무렇지 않았다. 도리어 한결같은 콜린이 더욱 반가웠다.

"자작님답네요. 잘 지내셨어요?"

"당연하지. 이 몸이 못 지낼 이유가 뭐가 있겠어?"

콜린이 어깨를 으쓱하면서 말했다. 멜드레는 엘리샤를 다시 한 번 꼭 껴안았다.

"엘리샤, 정말이지 안 믿겨. 꿈꾸는 것 같아!"

"나도 그래요. 선생님. 너무 보고 싶었어요."

엘리샤 역시 멜드레를 만난 감동에 젖어서 눈물까지 글썽거렸다.

"근데 내가 여기 있는지 어떻게 안 거야?"

"선생님 댁에 찾아갔는데, 안 계시길래 혹시나 하고 찾아왔죠."

"에고, 그랬구나. 오늘은 쉬는 날이라서 놀러 와 있었어. 역시 콜린보다 내가 먼저구나?"

"……눈꼴시어서 못 봐 주겠군."

두 사람이 꼭 붙어 있는 모습을 보던 콜린이 짜증스러운 얼굴로 말했다.

"근데, 엘리샤! 몰라보게 달라진 것 같은데!"

멜드레가 엘리샤의 요모조모를 살피면서 말했다. 그녀의 말에 콜린도 엘리샤를 힐끔 쳐다보았다. 정말이었다. 촌티는 사라졌고, 얼굴도 반지르르 광택이 흘렀다. 입고 있는 의복도 최고급의 것이었다. 물론 자신이 제작한 것보다는 몇 수 아래였지만 말이다.

"대체 그동안 무슨 일이 있었던 거야? 네가 왜 테본의 펜블렌공작가에 가 있었던 거야?"

멜드레의 질문 세례에도 무언가를 감추는 사람처럼 엘리샤는 웃기만 하더니 드디어 입술을 열었다.

"실은 두 분께 꼭 전할 소식이 있어서 이렇게 왔어요. 저 다음 주에 펜블렌 공작님과 결혼…… 해요."

어쩐지 제 입으로 말하는 것이 쑥스러웠는지 엘리샤는 끝을 얼버무렸다.

그 말을 들은 콜린의 눈동자가 커다랗게 흔들렸다. 낯빛까지 변할 정도로 충격적인 소식에 그는 입술을 꼭 다물었다. 왠지 모르게 가슴 한구석이 뻐근해지는 것 같았다.

'……저 녀석이 결혼한다는 소식이 나랑 무슨 상관이라고?'

콜린은 지그시 눈을 감았다가 떴다. 더욱 냉랭해질 필요가 있었다.

반면에 멜드레의 입술은 깜짝 놀라서 함지박만 하게 벌어졌다.

"어머나, 세상에! 그게 정말이야?"

"미리 말씀드리지 못하고 떠나서 죄송해요. 사실 그동안은 급하게 결혼 준비를 하느라 미리 갔었던 거예요."

멜드레는 걱정스러운 표정으로 물었다.

"하지만, 테본의 공작님은 무척이나 안 좋은 소문을 갖고 있다고……."

오트쿠튀르를 드나드는 귀부인들에게 소문을 들은 적이 있었다. 무심코 들려온 소문에서는 펜블렌 공작의 정혼녀가 황성 연회에서 눈에 띄었다는 소식이었다.

입술을 꼭 다물고 있던 콜린이 어쩐지 기운 없이 말했다.

"……아니야, 멜드레. 공작 각하는 무엇 하나 빠지지 않는 분이지."

"뭐? 네가 어떻게 알아?"

"……이렇게 된 김에 밝히지만, 펜블렌 공작 각하를 만난 적이 있거든."

그 말에도 엘리샤는 놀라지 않았다. 공작의 옷을 제작한 사람이 콜린이라는 말을 들었을 때 어쩌나 반가웠던지…….

"맞아요. 공작 각하의 옷장에는 전부 자작님이 만든 의복밖에 없었는걸요."

"……그런. 이제 하대하십시오. 더불어 그동안의 무례를 용서

해 주십시오."

콜린이 답지 않게 공손한 말투로 고개를 숙이자, 엘리샤는 민망한 얼굴로 말했다.

"앗…… 그러지 마세요. 자작님은 제겐 멜드레 선생님과 똑같이 스승님이나 다름없으니까요. 반말하시는 게 도리어 더 편하다고요."

"그, 그럼 나는 그대로 말할게. 엘리샤."

살짝 어색한 멜드레의 말에 엘리샤는 고개를 크게 끄덕였다.

"물론이죠. 제가 여기까지 온 것은 두 분을 직접 결혼식 피로연에 초대하고 싶어서예요. 혹시 시간이 되신다면 말이에요."

"……우리 엘리샤의 결혼식인데 당연히 가야지. 만사 제치고서라도 꼭 갈게. 그런데 어떻게 가면 되지?"

"아시겠지만 테본은 마차로 닷새나 걸리는 거리예요. 하지만 펜블렌 공작가의 마차를 타면 반으로 줄어들 거예요. 내일 마차를 멜드레 선생님 댁 앞으로 보내겠어요."

"……미안하지만 저는 일이 바빠서 결혼식은 가지 못할 것 같군요. 축하드립니다."

다소 차가운 콜린의 말에 멜드레가 너 왜 이러냐는 듯 팔꿈치로 툭 쳤다.

"아…… 괜찮아요. 거리도 멀고 많이 바쁘실 거라는 생각은 했어요."

엘리샤는 아쉽긴 했지만, 그의 사정을 이해하지 못하는 건 아니었다. 콜린은 언제나 일적으로 바빴다. 게다가 그 먼 거리를 쉽게 와 달라고 하는 건 너무 염치가 없었다.

"이렇게 만난 것만으로도 충분해요. 그런데 저건…… 펜블렌가에서 온 서신인가요?"

엘리샤의 시선이 닿은 곳에는 펜블렌가의 문장이 그려진 서신이 놓여 있었다. 콜린은 책상에서 쓰고 있던 서신을 급히 구겨서 버렸다.

"……아, 아무것도 아닙니다."

이렇게 된 이상, 콜린은 자신이 테본에 가면 안 되겠다는 생각이 들었다. 설마 그 공작 부인이 바로 엘리샤였을 줄은…….

그때였다.

뚜벅뚜벅 계단을 내려오는 압도적으로 훤칠한 자태에 모두의 시선이 그쪽으로 쏠렸다. 늘씬한 키와 팔다리, 멋스러운 슈트를 입은 미남의 등장에 어두운 실내가 환해지는 느낌마저 들었다.

"어라, 마차에서 기다리신다면서요?"

엘리샤가 다정한 말투로 묻자, 루자크가 싱긋 물었다.

"기왕 온 김에 콜린 자작에게 볼일이 있어서 말이오."

멜드레와 콜린이 동시에 다른 이유로 놀란 얼굴이 되었다.

"루자크 드 펜블렌이오. 영애에게 이야기 많이 들었소."

루자크가 실크해트를 벗고는 기품 있게 두 사람을 마주 보면서 인사했다.

"……아아, 여, 영광입니다. 공작 각하. 저는 엘리샤, 아니 엘리샤 아가씨의 가정교사였던 멜드레 폴드랍니다."

"그녀와 친구처럼 정다운 사이라고 들었습니다."

"네, 네에. 맞아요. 두 분의 결혼 진심으로 축하드려요. 우리 엘리샤 아가씨의 앞날에 행복만이 깃들기를 바라겠어요."

"고맙군요."

지엄한 공작 각하의 수려한 자태에 놀란 멜드레가 조신하게 대답했다. 정말 소문과는 판이한 아름다운 모습이었다.

맙소사, 조각처럼 잘생긴 얼굴은 봐도 봐도 감탄이 절로 나왔다. 멜드레는 얼른 엘리샤와 떠들고 싶어서 입이 근질거렸다.

마침 루자크의 시선이 콜린 자작에게 닿았다.

"콜린 자작, 내 제안은 생각해 보았소?"

"……아직입니다."

"제안이라니요?"

엘리샤의 질문에 공작은 사랑스럽다는 눈빛으로 그녀의 손을 잡고는 말했다.

"그대가 말했지 않소. 콜린 자작에게 재봉을 배우고 싶다고."

"……아! 그랬었지요."

엘리샤는 곰곰이 기억을 더듬었다. 이상했다.

'각하께서 분명 그때는 안 된다고 말씀하셨던 것 같은데, 분명 여자 선생이어야 한다고…….'

각하께서 생각을 돌린 것은 기쁜 일이었지만, 콜린이 받아들일지는 미지수였다.

콜린은 특유의 불만 가득한 얼굴이었다. 무언가 마음에 들지 않는다는 표정을 짓고 있었다. 반면에 루자크는 여유로운 얼굴로 다시 한 번 말을 던졌다.

"……원하는 요구 조건이 있다면 얼마든 더 들어주지."

'역시 마음에 들지 않는단 말이야. 이 작자는…….'

콜린은 속으로 생각했다. 저 모든 것을 제멋대로 가질 수 있다는 공작의 눈빛이 가장 마음에 들지 않았다. 제안이지만, 강요의 빛을 띠고 있었다.

그런 한편 콜린도 심적으로 갈등이 되고 있었다. 분명 엘리샤에게 재봉을 가르쳐 주는 것은 자신에게도 즐거운 일이 될 터였다.

엘리샤는 천부적인 재능을 타고났다. 그런데 왜 이렇게 가기싫다는 마음이 앞설까? 그것보다도 그녀의 단란한 신혼 생활을 눈으로 확인해야 한다는 사실이 거슬리는 터였다. 참, 나. 그런 것 따위 전혀 궁금하지 않다고!

"……각하. 저는 괜찮아요. 다른 선생님을 구해 주셔도 좋아요. 강요는 옳지 않아요. 이 오트쿠튀르만 해도 주문이 엄청나게 밀려 있을 거예요."

그러나 엘리샤의 그 말에 괜스레 오기가 생긴 콜린은 대답했다.

"……좋습니다. 보수를 두 배로 올려 주신다면 기꺼이 응하겠습니다."

콜린의 대답에 루자크가 말했다.

"좋소. 그녀를 위해서라면 얼마든지 그 이상의 보수를 투자할 용의가 있소."

"그렇습니까? 그럼 세 배로 하겠습니다."

"좋으실 대로."

두 남자의 오고 가는 눈빛이 화르륵 타오르는 것 같았다. 그들을 번갈아 바라보던 엘리샤는 왠지 앞으로 시끄러워질 것 같은 예감이 들었다.

멜드레와 콜린의 배웅을 받은 엘리샤는 마차에 올랐다.

엘리샤 입장에서는 어찌 되었든 무척 기쁜 일이었다. 콜린에게 재봉을 배우는 일은 꿈같은 일이었으니까.

테본으로 떠나면서 무마되었던 일이 다시 성사되었다니 기적과도 같았다.

엘리샤는 곁에 앉은 루자크를 말끄러미 바라보았다.

"응? 할 말이 있는 얼굴인데?"

"……각하, 마음을 돌리신 이유가 따로 있나요? 분명 여자 선생으로 구해 주신다고 말씀하셨잖아요."

"다른 이유 없어. 엘리샤, 그대가 원하니까."

"정말요?"

엘리샤는 감동한 얼굴이었다. 그가 이렇게나 자신을 생각해 주다니……

"진심으로 감사해요, 각하."

"그래. 하지만 덕분에 내 괴롭힘을 받을지도 몰라. 질투를 안 하겠다는 건 아니니까. 처신 잘하기를 바라겠어."

"물론이에요. 그럴 일은 없을 거예요."

"그래, 믿어 보지. 이제 황궁에 들를 시간이군. 루비츠 성은 마지막으로 가야 할 것 같은데."

"······아, 네. 괜찮아요."

두 사람을 태운 호화로운 마차가 사라질 때까지 멜드레와 콜린은 그 모습을 바라보았다.

"엘리샤가 공작 부인이라니! 정말 잘됐다. 그렇지, 콜린?"

"뭐, 팔자 폈네."

심드렁한 얼굴로 대답한 콜린은 구불구불한 머리칼을 거칠게 넘겼다.

"치이. 그렇게 심술부리지 말고 가서, 엘리샤에게 잘 가르쳐 줘야 해. 알겠지?"

"그런 걱정일랑 마."

콜린은 귀찮다는 투로 멜드레에게 답한 뒤, 작업실로 내려갔다.

*   *   *

펜블렌 공작과 그의 정혼녀가 황성에 왔다는 소식을 들은 라이몬드는 알현실로 걸음을 옮겼다. 마침 그가 도착했을 때에는 문을 열고 나오는 그들의 모습이 보였다. 이미 알현을 마친 모양이었다.

라이몬드는 둔탁한 소리를 내면서 빠른 걸음으로 다가가 반가운 척 말을 건넸다.

"루자크 형님."

루자크는 그다지 달가운 표정은 아니었지만, 고개를 끄덕였다. 루자크의 푸른 눈동자는 보기만 해도 얼음처럼 싸늘함이 느껴졌다.

"황태자 전하, 오셨습니까?"

"형님, 말 편히 해도 된다니까."

라이몬드가 괜스레 넉살을 부리자, 루자크는 짧게 헛기침을 하고는 슥 엘리샤를 바라보면서 말했다.

"그래, 라이몬드."

자연스럽게 그다음은 옆에 있는 공작의 정혼녀에게로 시선이 옮겨졌다. 라이몬드의 적갈색 눈동자가 한층 깊어졌을 때였다.

"아, 황태자 전하를 뵙습니다. 엘리샤 드 루비츠입니다."

엘리샤가 고개를 숙이면서 드레스 자락을 들어 예를 표했다. 라이몬드는 고개를 갸웃거렸다. 왠지 모르게 달라진 느낌이 들었던 터였다. 분명 붉은 머리였던 것 같은데…….

"……안녕하시오. 무언가 바뀐 것 같은 건 기분 탓인지요?"

"아…… 그건."

엘리샤가 살짝 곤란해 하자, 루자크가 대신 말을 가로막았다.

"아, 기억력이 좋군. 그녀의 이름이 바뀌었어. 내가 바꾸라 하였지. 엘리샤라는 이름을 어렸을 때부터 사용했다고 하더군. 그녀에게 훨씬 더 잘 어울려서 말이지."

"……못 본 사이에 무척 다정해졌군. 아, 그럼 결혼식은 언제지?"

라이몬드가 칭찬인지 비아냥인지 모를 말을 웃음기를 가득 머금고 내뱉었다.

루자크는 엘리샤를 향하는 것과는 판이하게 온도감이 다른 눈으로 그를 쏘아보면서 대답했다.

"열흘 뒤."

"코앞이군. 반드시 참석하겠어."

그러나 라이몬드의 대답에 루자크는 찬물을 끼얹었다. 투명하게 잘 빚은 조각상에서는 서늘한 말들만 쏟아져 나왔다.

"바쁘고 먼 거리이니 군이 와 주지 않아도 괜찮을 것 같은데. 황제 폐하와 황후 전하께서도 축하 인사를 주셨으니까."

라이몬드가 입술 끝을 슬쩍 늘였다. 루자크가 그리 선을 그었지만, 라이몬드는 그럴 생각이 없어 보였다.

그는 도리어 더욱 유들거리는 말투로 말했다.

"무슨 소리. 우리 위대한 펜블렌 공작 각하의 결혼식인데, 일국의 황태자로서 열 일 제치고 참석해야지."

라이몬드가 찬란한 금발을 쓸어 넘기면서 능청스레 웃었다. 미소 짓는 입술 사이로 드러난 커다랗고 새하얀 치아는 마치 진심인 것처럼 보였다. 누가 보면 무척이나 친근한 사이로 보일 것이다.

반면에 루자크는 가벼운 미소조차 입에 걸지 않았다. 그는 남자든, 여자든 자신에게 지나치게 의도적으로 질척거리는 것을 원치 않았다. 설령 그것이 제국의 황태자라도 말이다.

"아니. 황제 폐하와 황후 전하께서 결혼 선물도 보내 주신다고 했으니, 너는 정말로 오지 않아도 괜찮아. 그 마음만은 달게 받지."

"허, 그렇게나 내가 가는 것을 꺼리는 줄은 몰랐네."

지금껏 웃고 있던 라이몬드의 입술이 묘하게 일그러지려 했다. 어쩐지 금세 얼어붙는 두 사람의 분위기에 엘리샤가 재빨리 입술을 움직였다.

"각하께서는 황태자 전하의 귀한 시간을 빼앗을 수 없어서 그리 말씀하신 것이니 부디 노여워하지 마셔요."

"그럴 리가요. 영애께서는 참으로 상냥하시군요."

순간 엘리샤를 향해 라이몬드가 찐득한 시선을 보냈다. 엘리샤는 억지 미소로 답하면서 고개를 숙였다.

이를 본 루자크의 수려한 눈썹이 치켜 올라갔다. 그가 엘리샤의 몸을 자신 쪽으로 끌어당겨 안고는 말했다.

"그럼 우린 이만 가는 게 좋겠소."

"네, 각하."

"라이몬드, 그럼 나중에 보자."

"테본에서 보자구, 형님."

자신을 사납게 쏘아보는 듯한 루자크의 눈빛에 라이몬드는 빙글 웃을 뿐이었다.

'재미있군. 얼음 공작이 저렇게나 사르르 녹아내렸단 말이지?'

루자크의 재촉에 성을 빠져나가는 자그만 엘리샤의 뒷모습을 라이몬드가 훑어 내렸다.

라이몬드에게는 그녀가 사촌 형의 부인이 될 여자라는 사실에 거리낌이 없었다. 아니, 루자크의 여자라면 오히려 더 빼앗고 싶었다. 그의 타고난 능력을 빼앗을 수 없다면, 그가 가진 다른 것을 빼앗으면 그만이지.

그리고 그게 그가 사랑하는 여인이라면 더할 나위 없이 만족스러운 사냥감이었다.

게다가 단순히 루자크의 여인이 아니었다. 아드리안을 닮은 엘리샤를 처음 본 순간, 라이몬드는 제 눈을 의심했다. 죽은 줄 알았던 첫사랑이 부활해서 나타난 것을 마주했을 때, 그의 심장은 흥분으로 휩싸여서 날뛰고 있었다.

이건 어쩌면 운명일지도 몰랐다. 마치 신이 다시 준 기회처럼 느껴졌다.

*　　　*　　　*

알현실을 빠져나온 두 사람은 시종을 대동한 채 황성 연못을 지나고 있었다. 푸른 하늘을 그대로 담은 듯 연못은 투명하고 잔잔했다. 때때로 잉어 몇 마리들이 노니는 모습이 비쳤다.

엘리샤의 어깨를 감싸고 있던 루자크의 손에 힘이 바짝 들어갔을 때였다.

"윽! 각하?"

엘리샤가 걸음을 멈추곤 그를 불렀다. 무심코 걷고만 있던 루자크도 엘리샤를 돌아보면서 말했다.

"······응? 무슨 일이오?"

"어깨가 아파요."

"아, 미안하군. 나도 모르게 다른 생각을 하느라······."

루자크가 깜짝 놀라서 엘리샤의 어깨를 놓아주었다. 그러곤 그녀의 어깨를 부드럽게 주물러 주었다.

"괜찮은가?"

분명 세게 그러쥐지 않았는데도, 엘리샤의 여린 살갗은 붉어져 있었다. 라이몬드 생각을 하다가 자신도 모르게 불끈 힘을 준 모양이었다.

"이제 괜찮아요."

"……영애의 얼굴을 볼 면목이 없어."

"일부러 그러신 것도 아니잖아요."

"그래도 당신을 다치게 하다니……."

"저는 정말로 괜찮아요. 그런데 왜 이렇게 기분이 안 좋으신 거예요?"

"아니, 아무것도 아니야. 그보다 아까 그럴 필요는 없었어."

"예?"

"나는 지금 당신이 황태자 전하의 기분까지 맞춰 줄 필요가 없다고 말하고 있는 거야."

평소와 다르게 차가운 말투였다. 엘리샤는 살짝 당황스러운 말투로 물었다.

"아, 하지만 황태자 전하와는 격 없이 지내시는 게 아닌가요?"

"……딱히 그런 편은 아니야."

그리 대답하는 루자크의 눈동자는 평상시 자신을 바라보던 그 하늘색이 아니었다. 엘리샤는 조심스럽게 말했다.

"말씀을 편하게 하셔서 그런 줄 알았어요."

"어렸을 때 같이 어울려 지낸 적은 있지만 모두 옛날 일이지."

"아, 그래도 황태자 전하께서는 각하를 각별히 생각하시는 것 같았는데……."

엘리샤는 말끝을 흐렸다. 황태자의 태도가 어쩐지 코넬리아의 그것처럼 작위적인 느낌이 흐르긴 했다. 그러나 그것은 아주 미묘했다. 코넬리아의 경우에는 대놓고 짜고 치는 연극처럼 냄새가 풀풀 풍겼으니까.

루자크는 더 이상 말하고 싶지도 않다는 얼굴로 말했다.

"글쎄…… 모를 일이지, 그건. 이제는 메이플 성으로 갈 차례인가?"

"아……."

메이플 성 이야기에 엘리샤는 마음이 무거워졌다. 루비츠 가문 사람들을 만나야 된다는 생각 때문이었다. 그들의 얼굴을 다시 보는 것조차 엘리샤에게는 커다란 고통이었다.

공작에게 미리 말은 하지 못했지만, 엘리샤는 자신의 뜻을 밝혔다.

"사실…… 성에 가서 아버지와 언니를 만나고 싶지 않아요. 결혼식에 초청도 하고 싶지 않고요. 제 유모였던 마린은 보고 싶지만요."

엘리샤의 입술에서 흘러나오는 말을 찬찬히 귀담아듣던 루자크는 고개를 끄덕였다. 그러곤 그녀의 어깨를 다독거렸다.

루자크는 아무 말도 묻지 않았다. 엘리샤처럼 착한 사람이 자신의 가족을 보고 싶지 않다고 이야기할 만큼, 그들이 그녀에게 가혹했으리라 속으로 짐작만 할 뿐이었다.

"난 영애의 뜻을 존중하겠어. 당신 유모는 나도 만나고 싶군. 당신의 어렸을 적 모습이 무척 궁금하니까."

"이해해 주셔서 고마워요. 마린만 결혼식에 초청하고 싶지만 그건 어렵겠죠?"

"음…… 아무래도 그럴 것 같은데. 레오나드 백작께서 이 사실을 알게 된다면 유모의 입장도 곤란하지 않을까?"

"맞아요. 그분이리면, 그러고도 남을 분이에요. 역시, 그냥 테본으로 돌아가는 게 좋겠어요. 하지만 언젠가 꼭 마린을 만나고 싶어요. 마린은 제게 어머니 같은 존재였으니까요. 제가 행복한 모습을 꼭 보여 주고 싶어요. 이제 아무 걱정 하지 말라고요."

"앞으로 우리가 행복할 날들은 많으니, 꼭 그럴 날이 있을 거야. 아니, 내가 반드시 그렇게 만들 거니까. 당신은 그저 나를 믿고 따라와 준다면 좋겠어."

루자크는 엘리샤의 손등에 키스하듯 입술을 맞대었다. 그의 말에 엘리샤의 가슴이 감동으로 물결치는 듯했다. 엘리샤는 웃으면서 대답했다.

"각오하세요. 저도 각하를 행복하게 만들어 드릴 테니까요."

"기대하지. 우선은 마차에서 나를 행복하게 해 주었음 하는데……."

공작의 나긋한 음성이 귓가에 날아들자, 엘리샤는 말뜻을 알아차리곤 종알거렸다.

"왜 항상 그런 쪽으로만 말씀하시는 거예요. 일부러 저를 곤란하게 만들려는 속셈이신가요?"

"어떻게 알았지?"

"치잇!"

하루 종일 곁에 꼭 두고서 놀려 먹었으면 좋겠다는 짓궂은 생각이 루자크의 머릿속을 채웠다. 어쩜 이렇게 작은 말 하나하나에 반응을 보일까?

바라보고 있는데도 또 바라보고 싶은, 질리지 않는 여자였다. 루자크의 푸른 눈이 엘리샤로 가득 차 있었다.

황실의 배려로 두 사람은 마력 증폭 터널을 이용해 곧장 테본으로 마차를 타고 돌아갔다.

* * *

창문으로 투명한 아침 햇살이 비칠 때쯤이었다.

제 방 소파에 누워서 자고 있던 엘리샤의 어깨를 무언가가 톡톡 건드렸다. 손가락에 끼워져 있던 골무였다.

"응?"

엘리샤는 졸린 눈을 비비면서 일어났다. 눈앞을 바라보자, 방 안은 엉망진창이었다. 이리저리 날아다니던 재봉 도구들이 아무렇게나 잠들어 있었고, 원단 조각들과 실밥들, 옷본들이 어지럽게 널려 있었다.

언제 잤는지조차 모르게 까무룩 잠들고 말았다.

"헉, 내가 언제 잔 거지? 자, 잠깐만. 만들던 예복은⋯⋯?"

엘리샤는 식겁한 표정으로 숨을 삼키고는 급히 원단 조각들 사이를 헤집기 시작했다.

분명히 두 벌 다 가봉 작업까지 마쳤었다. 그다음은 소매와 조끼에 단추를 달고, 은사로 펜블렌가의 문장을 자수로 놓는 마무리 작업을 하다가 잠이 든 것 같았다.

무엇보다 지금 가장 큰 문제는 밤새 완성한 예복의 모습이 전혀 보이질 않는 거였다. 엘리샤는 손톱을 깨물면서 기억을 헤집었다.

"으, 오늘은 반드시 각하에게 보여드리겠다고 약속했는걸!"

엘리샤가 소란스럽게 방 안을 헤집으면서 예복을 찾기 시작하자, 잠들어 있던 도구들도 하나둘씩 일어나기 시작했다. 엘리샤는 무척이나 곤란한 얼굴로 중얼거렸다.

"너희들, 밤새 만들던 슈트 어디 갔는지 알겠니? 아휴, 나도 참. 물어볼 걸 물어봐야지."

엘리샤는 스스로가 한심해서 볼을 부풀렸다. 물을 상대가 따로 있지. 아무리 마법이 깃든 도구들이라고 해도, 대답을 해 줄 리가 없잖아?

모든 게 의복을 제대로 관리하지 못한 자신의 잘못이었다. 그런데 살살살 허공을 떠돌던 실과 바늘이 낑낑거리면서 옷장 앞을 맴돌고 있었다.

"왜 그래?"

엘리샤는 의아해하면서 옷장 문을 열었다. 그러자 그 안에는 드레스들 사이에 매끈한 남성 고급 슈트 두 벌이 들어 있었다.

"아, 여기 있었구나! 찾았다!"

그제야 유령 같은 몰골로 옷장 문을 열었던 기억이 났다. 슈트는 완벽한 상태로 작업이 매듭지어져 있었다. 엘리샤는 그것을 끌어안고는 외쳤다.

"⋯⋯드디어 다 했다!"

이제 루자크에게 슈트를 입혀 볼 수가 있었다. 그동안 엘리샤는 며칠 동안 밤을 새 가면서 재봉 도구들에게 명령을 내렸다. 일일이 명령을 지정해 주어야 했기 때문에 엘리샤가 졸면, 도구들도 꾸벅꾸벅 따라 자거나 딴청을 피우기 일쑤라 편히 잘 수가 없었다.

시간적인 여유가 더 많았더라면 그의 예복 역시 자신의 손으로 직접 만들어 주고 싶었는데, 그 점에서는 조금 아쉬웠다.

엘리샤는 도구들을 하나씩 붙잡아, 고맙다고 인사를 하며 테일러 키트 상자 안에 정리해서 넣었다.

"너희들 덕분에 예복을 무사히 완성했어, 고마워. 수고했어."

엘리샤는 이 기쁜 소식을 알리기 위해서 방문을 나섰다.

복도를 총총걸음으로 달려가 루자크의 서재로 곧장 가서 문을 두드렸다. 문득 자신의 머리칼이 잔뜩 헝클어져 있다는 걸 깨달았을 때는 이미 루자크가 문을 열고 고개를 내민 후였다.

그는 이제 막 잠에서 깬 듯한 얼굴이었다. 그럼에도 엘리샤의 눈에는 그 모습마저 완벽하게 보였다.

"⋯⋯엘리샤?"

부스스해진 검은 머리카락을 넘기던 루자크가 착 가라앉은 목소리로 말했다. 급하게 셔츠를 입고 나왔는지 단추가 몇 개나 풀려 있었다.

분명 옷을 입고 있는데도 그의 셔츠 속 근육의 실루엣이 비쳤다. 그 모습이 몹시도 섹시해서, 엘리샤는 살짝 시선을 돌리면서 말했다.

"각하, 죄송해요. 제가 단잠을 깨웠나요?"

"아니, 괜찮아. 당신이라면 내 이불 속에 들어와도 정색하지 않을 자신이 있으니까."

느른하게 움직이는 붉은 입술은 어쩐지 아찔한 분위기를 품고 있었다. 공작이 민망한 농을 하자, 얼굴이 달아오른 엘리샤가 당황해서 말을 버벅거렸다.

"……제, 제가 그럴 리가 없잖아요! 그럼 잠시만 안으로 들어가도 될까요?"

루자크는 그녀의 헝클어진 머리칼을 부드럽게 쓰다듬었다.

"물론이지. 그래, 이렇게 이른 아침부터 내가 보고 싶어서 달려왔던 거야?"

어쩐지 그가 자신을 귀엽게 내려다보는 태도가 좋기도 하고, 여동생처럼 다루는 것이 심술 나기도 해서 엘리샤는 그만 고개를 살짝 돌렸다.

"예복이 완성되어서 가져왔을 뿐이에요!"

"이런, 그러고 보니 잠을 제대로 못 잔 얼굴인데?"

"……후음. 괜찮아요, 각하. 제 체력 아시잖아요. 끄떡없어요. 잠은 이제 자면 되니까요. 예복을 완성하지 못할까 봐 그동안 얼마나 조마조마했는데요. 결혼식이 코앞이잖아요."

그러나 그 말을 들은 루자크의 얼굴이 단단히 굳었다.

"이런, 내가 말했을 텐데. 영애의 몸을 스스로가 좀 더 아껴 주었으면 좋겠다고. 이제 당신 몸은 혼자만의 것이 아니라니까."

"그렇게 낯 뜨거운 이야기를 진지하게 하지 마세요."

"엘리샤, 아직도 내가 하는 말들이 부담스러운 건 아니겠지?"

루자크가 씩 웃으면서 그녀의 볼을 손등으로 어루만졌다. 보들보들한 피부가 약간 거칠어진 게 느껴져서 괜히 자신이 더 속이 상했다.

"이것 봐. 피부가 상했군."

"앗, ……그런가요? 리나가 알면 안 되는데."

자신의 볼을 슬쩍 만져 보던 엘리샤가 입을 벌렸다. 결혼을 앞둔 엘리샤의 피부에 유독 신경 쓰는 리나가 알게 된다면 잔소리를 잔뜩 듣고 말 것이다. 엘리샤는 자신의 방문 목적을 그에게 다시 상기시켜 주기로 했다.

"……아이, 농담은 그만하시고요. 완성된 예복을 입어 보셔야 해요. 예복이 몸에 잘 맞는지 확인해야 하니까요."

"알겠어. 왠지 긴장되는군."

"자요. 한 벌씩 갈아입으시고 보여 주세요."

엘리샤가 예복을 내밀면서 별생각 없이 내뱉은 말을 들은 루자크의 눈이 가늘어졌다.

"여기서 말이야? 보기보다 엉큼한걸…… 뭐, 난 상관없지만."

어쩐지 끈적한 눈빛이 제 몸에 달라붙는 것 같은 기분이 들었다. 엘리샤는 도리질을 치면서 말했다.

"아…… 아니에요. 제가 잠시 나가 있을게요. 그럼……"

"큭, 농담이야. 여기 얌전히 앉아 있도록 해. 저 안쪽에 옷 방이 있거든."

그리 말한 그의 손길이 엘리샤를 붙잡아 자신의 푹신한 소파에 앉혔다. 어라, 강제로 몸이 움직여졌지만 기분이 나쁘지는 않다.

루자크는 예복을 가지고 저벅저벅 옷 방으로 걸어갔다. 루자크의 서재 역시 엘리샤의 방처럼, 소복도가 이어진 공간에 다른 방이 연결되어 있는 듯했다.

루자크가 사라지자 엘리샤는 가만히 소파에 앉아서 자수정빛 눈동자를 이리저리 굴렸다. 그의 체취가 소파에 은근하게 배어 있었다. 엘리샤는 소파 깊숙이 몸을 파묻었다. 마치 그의 품 안에 들어 있는 것처럼 아늑하고 편안했다.

"……후아아암."

밤을 새느라 정신이 몹시도 몽롱한 상태였다. 그가 돌아올 때까지만 잠깐 눈을 감고 있어야지. 그때까지만…….

엘리샤는 눈을 꼭 감았다.

그리고 오 분도 채 지나지 않아서 루자크가 돌아왔을 때, 엘리샤는 이미 곤히 잠들어 있었다.

"……엘리샤. 굉장한데, 이걸 정말 그대가 직접 만들었…… 으음?"

예복을 갈아입고 세련된 모습으로 나타난 루자크가 그 모습을 보고는 피식 웃음을 터뜨렸다. 엘리샤는 마치 자그만 분홍 고양이처럼 새근새근 평화롭게 자고 있었다.

어쩜 저렇게도 아기처럼 잘 수 있는 건지……

그녀를 바라보는 시선이 애틋함을 담뿍 머금었다. 루자크는 그녀의 달콤한 잠을 방해하지 않기 위해서 살그머니 움직였다. 얕은 숨결이 오르락내리락할 때마다 여린 몸이 가냘프게 떨려 오는 것 같았다.

'혹시 추운 것인가?'

루자크는 얼른 푹신한 이불을 꺼내 와서 작은 몸 위로 살포시 덮어 주었다.

혹여나 그녀가 깰세라, 이불을 덮어 주는 손길조차도 조심스러웠다. 그는 손끝에 무게를 싣지 않기 위해서 노력했다.

쿨—

고요하게 새근대던 호흡이 다소 거칠어지자 루자크의 입가는 더욱 늘어졌다. 다른 의자 하나를 하나 끌어와서는 아예 손 놓고 그녀의 얼굴만을 뚫어져라 쳐다보기 시작했다.

잔머리가 가득한 볼록한 이마와 가지런한 눈썹, 동그란 콧방울과 발그레 물든 뺨, 앙증맞은 입술까지. 하나하나 눈에 새겨 두고 싶었다.

"……우우웅."

잠결에 뱉는 웅얼거림마저 귀엽다.

잠든 그녀의 모습을 보면서 루자크는 가슴속에 무언가가 차오르는 것 같았다. 몽글몽글 피어오르는 애정과 욕망, 그리고 소유혹.

수없이 닿았던 감미로운 입술의 촉감이 떠올라 버렸다. 루자크는 의자의 손잡이를 꾹 세게 쥐었다. 손에 힘이 바싹 들어갔다.

다시금 그녀의 입술을 훔치고 싶어서 안달이 나는 기분이었다. 그러나 그는 미간을 좁히면서 겨우 몸을 일으켰다.

'참자. 이제야 겨우 잠이 들었는데 방해할 수야 없지.'

루자크는 간신히 시선을 거두고는 옷 방으로 향했다. 그의 방에는 깔끔하고 고급스러운 갈색의 커다란 옷장과 전신 거울만이 덩그러니 놓여 있었다.

이 방은 엘리샤의 옷 방보다 크기가 작았다. 평소 장식적인 것들을 배제하는 성향이 있었던 그였기에 고위 귀족의 방임에도 다소 휑한 공간이었다.

사실 루자크는 이 방에 오래 머무른 적조차 별로 없었다. 그의 취향은 까다롭고 한결같아서 의복을 맞출 때에만 오래 걸리는 편이지, 막상 고르는 데 오랜 시간이 걸리지 않았던 터였다.

일반적인 귀족이라면, 스톡이나 크라바트를 매는 데만도 한나절을 보냈을 텐데 루자크는 그러지 않았다.

몸을 단장하는 일에 쓸 시간보다는 정무를 돌보는 시간에 훨씬 많은 시간을 할애했던 터였다.

루자크는 거울 앞에 팔다리를 쭉 뻗은 채 서 보았다. 엘리샤가 만들어 준 예복을 착장한 자신의 모습을 제대로 거울에 비춰 보기 위해서였다.

흰색 리넨 셔츠 위에 검은색의 프록코트와 조화로운 남색의 웨이스트 코트, 그리고 검은색의 트라우저(trouser)—남성용 바지—.

기대 이상으로 훌륭한 예복이었다. 코트의 칼라도 적당했고, 여밈도 멋스럽고 군더더기가 없었다.

무엇보다 그가 옷을 입자마자 느껴지는 보온성이 인상적이었다. 테본의 추위로부터 그를 단단히 보호해 주고 싶었던 것일까.

펜블렌가와 자신의 이름 이니셜이 은사로 수놓아진 부분을 루자크는 몇 번이고 검지로 쓸어내렸다.

엘리샤의 손길이 닿은 곳이라 생각하니, 그마저 사랑스러웠다.

물론 콜린 자작이 만든 의복이 착용감도 뛰어나고 고급스러웠지만, 루자크는 엘리샤가 만들어 준 예복이 더 마음에 들었다. 그녀의 정성과 진심이 가득 밴 옷이었으니까.

그녀가 가져온 예복은 한 벌이 더 있었다.

코트는 검은색, 웨이스트 코트와 트라우저가 흰색이라 몹시 화려했다.

"……흰색은 싫다고 했건만."

루자크가 자그맣게 불만을 터뜨리면서도 옷을 갈아입기 시작했다.

첫 번째로 입은 예복보다 훨씬 달라붙는 스타일이었다. 그래서인지 그의 넓은 어깨선이나, 굵은 허벅지가 강조되어 지나치게 섹시해 보이는 옷이었다.

여밈이 더블로 되어 있어 약간 기사용 제복처럼 보이기도 했다.

루자크는 거울에 비친 제 모습을 이렇게 오랫동안 본 것은 처음이었다. 예복을 벗은 뒤, 원래 입었던 편안한 옷으로 갈아입은 루자크는 다시 엘리샤가 있는 서재로 돌아왔다.

똑똑.

느닷없이 문을 두드리는 소리가 들려와 루자크는 깜짝 놀라서 부리나케 빠른 걸음으로 나갔다.

만약 엘리샤가 깨면 그게 누구든, 루자크의 분노를 받을 터였다.

"각하, 좋은 아침입…… 웁?"

말을 꺼내자마자 루자크의 손에 의해 입이 틀어 막힌 대집사가 이 무슨 해괴한 짓이냐는 듯한 눈초리를 보냈다.

워낙에 제멋대로인 주군이었기에 반트는 이제 그다지 놀랍지도 않았다.

루자크는 슬쩍 그를 밀면서 방 밖으로 나왔다. 그제야 반트의 입을 막은 손을 거두고는 루자크가 속삭이듯 말했다.

"쉬잇, 조용히 하도록 해. 그나저나 무슨 일이지?"

"무슨 일이라니. 제가 매일 아침마다 깨워드리지 않으면 못 일어나실 때가 많지 않으십……!"

그가 평상시와 다름없는 톤으로 이야기하려 하자, 루자크가 또다시 반트의 입술을 틀어막았다.

"쉿, 조용히 하라니까. 반트 랜디어스. 그녀가 자고 있단 말일

세."

그 말에 반트의 눈이 의외라는 듯 빛났다. 도저히 말하지 않고서는 못 배기겠다는 의지로 반트가 루자크의 손을 제 입에서 떼어 냈다.

"그게 정말입니까?"

"그래."

루자크의 대답에 반트의 눈이 더욱 가늘어졌다.

"그런 이상한 눈 할 것 없어. 오해할 짓은 안 했으니까."

"오해할 리가 있겠습니까, 각하. 두 분은 결혼을 앞둔 예비부부이시니, 자연스러운 사생활은 뭐 당연한 것이지요."

장난기 어린 반트의 말에 루자크는 억울한 표정으로 말했다.

"아니야, 밤새 예복을 만들었다고 하더군. 예복을 보여 준다고 찾아와서는 잠깐 사이에 저렇게 잠들어 버렸어."

"흐음, 그렇게 된 것이군요. 그럼 조찬은 2인분으로 준비해서 서재로 가져다드리라고 할까요?"

"그게 좋겠군."

루자크의 푸른 눈이 반응하듯 흔들렸다. 반트는 속으로 쿡 하고 웃음이 계속 나는 것 같았다. 그리 여자에게 냉혹하게 굴던 루자크가 작은 소녀의 존재에 우왕좌왕 흔들리는 모습이 몹시도 재밌었다.

"각하, 혹시 어디 불편하십니까?"

"응? 그럴 리가 있나."

"그런데 왜 그렇게 안절부절못하고 계신지……."

"……쓸데없는 소리 말고 이만 가지 그러나? 나는 일 좀 해야겠어."

"장담하건대, 오늘은 집중 못 하실 것 같습니다만."

"아주 작정하고 놀려 먹겠단 건가?"

루자크가 반트의 등을 억지로 떠밀었다. 떠밀리면서도 반트는 실실 엷은 웃음을 쪼갰다.

루자크는 반트가 복도에서 사라지는 모습을 확인하고는 서재로 다시 들어섰다. 문을 잠그고 나서 몇 걸음 들어오자, 비로 보이는 하얀 인영의 모습에 안도감이 밀려들었다.

도톰한 입술에서는 평화로운 숨결이 흘러나왔다. 무방비한 상태로 이렇게 자고 있는 그녀를 보면, 자신이 어떤 생각에 젖어드는지 이 작은 아가씨는 알까?

루자크는 책상에서 보고서를 찾아내고는 검토를 하기 시작했다.

보고서 한 줄 읽고, 그녀의 얼굴을 한 번 보았다. 그걸 수도 없이 반복했다. 그렇게 자주 보는데도 시선을 뗄 수 없을 만치 자꾸 보고 싶었다.

엘리샤, 그녀가 이 방 안에 있다는 사실 하나만으로 이 방 전체의 공기가 달라졌다. 루자크는 상쾌한 얼굴로 보고서를 넘기기 시작했다. 평소 같았으면 거칠게 종잇장을 넘겼을 텐데, 조심조심 소음이 나지 않도록 주의하면서.

* * *

"그 이야기 들으셨어요?"

"무엇을요?"

"펜블렌 공작님께서 결혼을 하신대요."

"상대는 누구죠?"

"수도에서 온 아가씨라던걸요."

"그래요?"

"네에. 그동안 꼭꼭 문을 닫았던 블랙 윈터 성도 문을 활짝 열어 두었대요. 하루에도 마차가 몇 번이나 들락거린다던걸요. 아주 화려하게 결혼식을 올릴 모양이에요."

"세상에나. 꼭 한번 가 보고 싶네요. 테본에서 가장 큰 경사잖아요!"

"맞아요. 결혼식 초청장을 받은 귀족들은 아주 일부라고 하던데, 우리도 불러 주면 좋을 텐데요."

"하지만 펜블렌 공작님은 사교에 영 관심이 없는 분이잖아요."

"아유, 그것도 이제 달라지지 않겠어요? 테본의 안주인이 생겼는데 말이에요. 공작 부인이 대체 어떤 분일지 참으로 궁금하네요."

"저도요. 사교계의 주인공이 되실 텐데 말이지요!"

야트막한 담장 너머에서 들려온 이야기 소리에 소녀가 걸음을 멈췄다.

툭.

새하얀 히아신스 꽃다발이 바닥으로 떨어졌다. 곧바로 인지한 소녀가 허리를 굽혀서 꽃다발을 주워 들었다. 그녀를 뒤따르던 여시종이 다가오면서 말했다.

"안나 아가씨. 에고, 이럴 때는 가만히 계셔야지요."

"아니야. 내가 떨어뜨렸잖아."

"그런데 낯빛이 창백하세요."

"그런가? 난 괜찮아."

안나가 생긋 웃고는 담장 모퉁이를 돌자, 두 부인의 모습이 나타났다. 조세핀과 마가렛이었다.

안나는 손에 든 꽃다발에서 히아신스 두 송이를 빼내어, 부인들에게 하나씩 주었다.

"저희 집 정원에서 키우는 꽃이랍니다."

"어머나, 고와라."

"고마워요. 카미엘 영애."

"무슨 재밌는 이야기들을 그리 하고 계셨어요?"

히아신스보다도 더 화사한 미소를 지으면서 안나가 묻자, 그녀들은 서로의 얼굴만 말끄러미 쳐다보았다.

무안한 얼굴로 조세핀 부인이 못내 입을 열었다.

"아…… 별 이야기 아니었어요. 펜블렌 공작님의 결혼식에 대해서요."

"그랬군요. 공작 각하의 결혼식이라니, 이런 날도 오네요."

"그러고 보니 영애의 아버님이신 자작께는 결혼식 초청장이 오지 않았나요?"

"잘 모르겠어요."

"만약 가게 되면 이야기 들려줘요. 궁금해요!"

"꼭 그럴게요. 아 참, 내일 저녁 열리는 다과회에 두 분도 꼭 참석해 주시겠어요? 새로운 느낌의 드레스를 선보여 드릴 계획이에요."

"정말요? 카미엘 영애는 역시 멋져요. 패션 센스도 훌륭하고 그야말로 테본 사교계의 꽃이에요, 꽃!"

"그 말씀은 너무 과찬이세요."

안나가 수줍은 듯 입을 가리면서 웃자, 그녀들이 따라 웃었다.

*   *   *

정오가 막 지날 때쯤이었다. 기절한 듯 자던 엘리샤가 부스스 일어나서 기지개를 쭉 켰다.

"끄응!"

소파에서 자느라 굳어진 몸이 부들부들 떨렸다.

'아함, 잘 잤다!'

나른한 몸을 이리저리 움직이면서 헤벌쭉 웃었다.

기분이 무척 상쾌했다. 그러나 그런 상쾌함도 잠시. 엘리샤는 곧 이곳이 자신의 방이 아니라는 사실이 떠올랐다.

'응? 가만…… 여긴 각하의 방이잖아?'

시야에 들어오는 건 수많은 책장, 그리고 책상 앞에 펼쳐진 보고서에 열중하는 공작의 모습이었다. 그제야 자신이 예복을 들고 이곳으로 왔던 기억이 났다.

그는 엘리샤가 일어난 줄도 모른 채 서류와 지도를 번갈아 보고 있었다.

무언가에 집중해 있는 그의 짙은 눈썹은 자꾸만 까딱거렸고, 한참 일그러진 채였다. 풀리지 않는 문제라도 있는 것일까?

약간 기울어진 듯한 자세로 턱을 괴고 있는 루자크의 모습이 매혹적으로 다가왔다.

어두운 밤이 내려앉은 듯한 머리카락이 그의 눈썹을 살짝 가려 얼굴이 그늘져 있었다. 내리깐 눈과 오뚝한 콧날은 명화처럼 빠져들게 했다.

그를 감상하면서 보스스 웃음 짓던 엘리샤는 그다음 이어진 목소리에 깜짝 놀랐다.

"그리 뚫어져라 보다니 민망하군."

루자크의 푸른 눈이 곧장 엘리샤에게로 고정되었다.

"어, 언제부터 알아채신 거예요?"

엘리샤의 물음에 루자크가 대수롭지 않다는 투로 말했다.

"숨결 소리가 달라서. 잠자는 숨결이랑 깨어 있는 숨결이 다르거든. 물론 가장 다른 건…… 키스할 때고."

마지막 말이 들려왔을 때는 어느새 그가 다가와 있어서 엘리샤는 가슴이 쿵 하고 떨어지는 듯했다.

"……헉."

"그리 놀라면 섭섭한데……."

"코앞까지 얼굴을 들이미시면 누구라도 놀란다고요."

게다가 지금 이 자세라면 조금 위험했다. 푹신한 소파 위에서 얼굴을 가까이 대고 있으니 공기마저 화끈해지는 기분이었다.

자꾸 그의 몸이 가까워졌다. 엘리샤는 제게 바싹 다가온 공작의 탄탄한 가슴을 슬쩍 밀어냈다.

"참, 예복은 입어 보셨어요? 얼마나 잘 맞으시는지 제 눈으로 확인을 해야 하는데……."

한참 일에 열중하고 있는데 다시 입어 달라고 하기에도 미안했다.

"첫 번째가 몸에 잘 맞더군. 더 마음에 들기도 하고."

"아…… 그러실 줄 알았어요. 두 번째가 너무 화려했나요?"

"아무래도 그랬지."

엘리샤는 제 머리를 콩 쥐어박고 싶었다.

자신이 만든 예복을 입은 루자크의 모습을 그렇게나 수도 없이 상상했으면서! 정작 중요한 순간에는 잠들어 버리다니. 바보 같았다. 스스로를 자책하면서 머리를 흔드는데, 루자크가 엘리샤의 손을 가져갔다.

"앗."

그러더니 오른손을 부드럽게 쓰다듬기도 하고, 손끝을 신기한 듯 매만지기 시작했다. 곧이어 그의 붉은 입술이 열렸다.

"이 작은 손에 어떻게 그런 재주가 있는 거지? 제법 솜씨가 괜찮아."

엄청난 칭찬은 아니었지만 그래도 선선하게 가슴에 그의 말이 스며들었다.

"각하의 마음에 드셨다니 너무 기뻐요. 아직 부족한 솜씨지만 요."

"엘리샤, 그대는 옷을 만드는 재능이 탁월한 것 같군. 그 콜린 자작도 이렇게 빨리 옷을 만들어 내지는 못했을걸. 게다가 옷을 만든 경험도 별로 없지 않은가?"

루자크의 말에 엘리샤는 활짝 핀 꽃처럼 웃고 말았다.

"……아, 각하께 칭찬받으니까 어떻게 되어 버릴 것 같잖아 요."

"어떻게 되어 버릴 것 같다니?"

"아뇨, 그냥 너무 좋단 이야기였……"

루자크의 표정이 조금 미묘해졌다. 그가 입술을 벌리곤 엘리 샤의 검지 손가락을 쏙 입 안에 넣었다.

손가락을 살짝 핥는 그의 속살이 느껴져 엘리샤는 얼굴이 붉 어졌다. 부드러운 그의 움직임이 손끝에 집중되는 느낌이었다. 민망했다.

축축해진 손가락을 놓아준 뒤, 루자크가 말했다.

"당신은 늘 나를 참기…… 힘들게 만들어."

"……."

묻지 않아도 무슨 뜻인지는 대충 알 것 같았다.

나를 원한다는 뜻일까? 그저 그가 너무 깊은 눈을 하고 있어 서 엘리샤는 아무 말도 할 수가 없었다. 그녀의 속마음 역시 그 와 같은 것 같았다.

믿을 수 없을 만큼 자신도 그를 원하고 있었다. 늘 민망하고 부끄럽다는 이유로 그를 밀어냈지만, 사실은 그녀의 마음 깊은 곳에서는 누구보다도 그를 갈망하고 있었는지도 모른다.

엘리샤는 말없이 눈을 감았다. 그의 입술이 다가오기를 기다리면서.

어김없이 다가오는 감미로운 입술, 순식간에 엉켜든 키스가 다다랐다. 얼굴을 꼭 붙잡는 그의 손길이 느껴지자 더욱 키스가 진해졌다.

입 안을 헤집고, 격렬하게 무언가를 찾는 것처럼 꼬리잡기 같은 키스가 계속되었다. 단단하게 자신을 감싸 안는 그의 몸이 자신과 밀착되어 있었다. 그의 몸이 몹시도 뜨거웠다.

＊　　　＊　　　＊

탁탁탁!

코넬리아의 입이 헤 벌어졌다. 드레스 자락을 붙잡은 채 계단을 빠르게 내려간 코넬리아는 성 앞에 도착한 마차를 바라보았다.

화려한 마차 문이 열리더니 이윽고 중년의 여인 하나가 내렸다.

깡마른 체구에 날카로운 인상을 가진 흑발의 여인은 짙은 화장에 화려한 드레스와 장신구를 주렁주렁하고 있었다.

"어머니!"

자신에게 안겨 드는 딸 코넬리아를 본 백작 부인은 그녀의 등을 토닥이면서도 혀를 쯧쯧 찼다.

"아고, 넘어지겠다. 아가. 내가 누누이 말하지 않았니? 제발 레이디답게 조신하게 다니려무나."

"아이, 어머니. 보고 싶었단 말이에요."

"그래, 그래. 잘 있었지?"

"물론이에요."

"4년 전보다 훌쩍 자라서 아가씨가 다 되었구나."

백작 부인이 애틋한 눈빛으로 코넬리아를 스윽 바라보고는 그제야 품에 안았다.

"이제 병환은 거의 나으신 거지요?"

"오냐, 시골에서 푹 쉬었잖니. 내가 얼마나 수도가 그리웠는데! 거긴 제대로 된 부티크 하나조차도 없으니, 원."

"세상에나, 끔찍해요."

코넬리아는 경악한 얼굴로 외쳤다.

"그래, 아버지는 계시니?"

"아, 아뇨. 지금 성에 안 계세요."

"클라우스는 윌리엄 경의 자택에 가 있다고 했지?"

"네, 오빠는 거의 얼굴 보기 힘든걸요."

"이런, 네 아버지에게 한번 말씀을 드려야겠구나. 참, 그 물건이 이제 없다고 했지? 너 대신 테본의 공작에게 갔다며. 암 그래야 하고말고. 우리 코넬리아는 미래 황태자비가 되실 몸인데."

자신을 보듬는 손길에 코넬리아는 다소 어두운 얼굴로 말했다.

"맞아요. 엘리샤가 그래야 마땅하지만, 그런데 펜블렌 공작의 소문은 가짜였어요. 대단한 미남이던걸요! 사람 열 오르게. 무엇보다 엘리샤에게 무척 잘해 주는 것 같아서 너무 짜증 나요. 목에 글쎄, 커다란 다이아몬드 목걸이까지 걸고 있더라고요. 최고급 실크 드레스도 입고 있었고요!"

그러자 백작 부인 소피아의 얼굴도 함께 일그러졌다.

"아니, 그럼 그 소문들이 전부 헛소문이었더란 말이니? 맙소사, 난 그 물건 호강하고 사는 꼴은 못 보겠구나……. 그럼 펜블렌 공작이랑 결혼식은 치렀니?"

"……글쎄요. 조용한 걸 보니 아직은 준비 중이 아닐까 싶어요."

소피아가 눈을 가늘게 뜨며 중얼거렸다.

"고 발칙한 물건이 어떻게 지내는지 한번 알아봐야겠구나."

"어떻게요? 어머니?"

"다 방법이 있단다."

소피아가 붉게 칠한 입술 끝을 들어 올렸다.

*　　*　　*

"세상에…… 너무나 아름다우세요. 천국에 사는 천사라도 이렇게 예쁘진 않을 거예요!"

완성된 예복을 입은 엘리샤의 모습을 본 리나는 입을 다물지 못했다.

화장기 없는 수수한 얼굴에, 아무런 장신구를 하지 않고 드레스만 입었는데도 예비 마님의 얼굴에는 광채가 돌았다.

게다가 붉은색으로 염색했던 머리가 아닌, 분홍색이 진짜 머리 색이라니! 눈처럼 새하얀 드레스와 무척이나 잘 어울렸다. 청초하고 순결한 분홍 장미가 인간으로 태어난 느낌이랄까.

"천사들이 듣는다면 배를 잡고 웃을지도 몰라요."

"겸손은 그만하세요. 제 말은 한 치의 거짓도 없으니까요! 분명 공작 각하께서도 같은 말을 하실 거라니까요?"

"아, 안 돼요. 각하께는 결혼식 때 보여드릴 거예요."

"비밀로 하시려고요? 알겠어요. 제가 입 꾹 닫고 있을게요. 어서 빨리 예비 마님의 이 모습을 온 동네에 보여 주고 싶지만, 참을게요."

"아이참, 리나도! 사실 결혼식에 맞춰서 드레스를 다 완성 못 할 줄 알고 마음 졸였는데, 그래도 끝이 났네요."

만드는 동안에는 힘들었지만 완성하고 나니 마음이 뿌듯했다. 자신이 만든 드레스를 입고 결혼을 한다니, 생각만으로도 가슴이 벅차올랐다.

"네, 너무 고생 많으셨어요. 사실 직접 드레스를 만드신다기에 걱정이 많았는데, 그 어떤 재봉사가 만든 옷보다도 아름다워요."

"고마워요, 리나. 다음에는 리나의 드레스도 만들어 줄게요."

"어머, 제 옷을요?"

"네, 일단은 제 실력이 더 좋아지면요."

"······제가 예비 마님께 만들어드려도 모자란 것을요······."

말끝을 흐리는 리나는 살짝 감동을 받은 듯한 얼굴이었다. 그녀 이외에도, 엘리샤가 옷을 만들어 주고 싶은 사람은 몇 명 더 있었다.

멜드레 선생님과 유모 마린, 그리고 랜디어스 경.

아, 그리고 또 한 명 더 꼽아 보자면 가이시 경. 콜린 자작은 아마 자신이 옷을 만들어 줘도 조금도 기뻐할 것 같지 않아서 보류 중이었다.

"예비 마님, 드레스가 완성되었으니 이제 할 일이 많답니다. 먼저 구두를 고르셔야 해요. 지난번에 후보로 보셨던 일곱 켤레를 다시 꺼내 올게요. 아, 그리고 머리 장식은 화관이 좋을까요? 다이아몬드 티아러가 좋을까요?"

"아, 다이아몬드는 목걸이로 충분할 것 같아요. 화관이 좋겠어요."

"네, 마님의 머리 색과 부케가 분홍색이니, 분홍 장미보다는······."

"그럼 하얀 장미가 좋을까요?"

"네, 그게 좋겠어요! 아차차, 까먹기 전에 기록을 좀 해 둘게요."

리나는 앞치마에서 꺼낸 종이에 슥슥 메모를 했다. 그러면서도 어쩐지 신나 보였다.

"자, 그럼 구두를 가져올게요. 잠시만 기다리세요!"

"알겠어요, 천천히 해요. 리나."

리나가 나간 사이, 엘리샤는 오늘 루자크를 한 번도 마주치지 않았다는 것을 상기했다. 언제나 화기애애하게 함께 먹던 조찬도 없었다.

사실 혼자 먹는 식사를 싫어하지 않았는데, 어느새 그와 함께 먹는 것이 익숙해진 것 같았다. 게다가 그는 점심은 거의 거르고 차 한 잔으로 대신한다고 들었다.

그렇게 되면 저녁 식사만 함께할 수 있었다.

밥 먹는 시간을 제외하고는 개인적으로 그의 빙을 찾아가서나, 그가 찾아와야 만날 수 있었다.

그러면서도 루자크는 결혼 준비에 필요한 모든 결정을 엘리샤와 상의했다. 그것은 대부분 저녁 식사에서 이루어졌다.

결혼식 초청 명단도 마무리가 되었고, 그들을 위해서 기도해 주실 신전의 사제도 초대했다. 프티 로즈궁은 결혼식을 위해서 한참 단장에 들어갔다.

결혼식을 위한 오케스트라와 메뉴들처럼 사사로운 항목들도 모두 마무리가 되었다.

루자크는 결혼 선물로 원하는 모든 것을 다 말해 보라고 했지만, 엘리샤는 고개를 저었다. 그는 이미 자신에게 너무나 많은 것들을 해 주었다.

받은 것이 너무 많아서 황송할 정도였으니까.

무엇보다도 가장 감동이었던 것은 그가 자신의 재봉에 대한 꿈을 응원하고 지원을 아끼지 않았다는 점이었다. 엘리샤는 그 마음이 너무나 고마웠다.

*　　　*　　　*

실제 흐르는 시간보다 체감은 더욱 빠른 것 같았다. 어느덧 결혼 전날 밤이었다. 리나와 반트는 거의 분 단위로 새로운 일들을 처리하고 있었다.

전날인데도 벌써부터 하객들이 속속들이 성에 도착하는 바람에 두 사람은 눈코 뜰 새가 없었다.

결혼 전날 신부는 다음날 고운 피부를 위해서 가장 푹 쉬어야 한다면서, 리나는 엘리샤를 방 밖으로 나오지 못하게 했다.

사실 그건 공작의 명령이었다. 하지만 아무리 그래도 그렇지, 식사를 하러 갈 때 빼고는 방 안에 틀어박혀 있는 일은 엘리샤에게는 참으로 못할 짓이었다.

엘리샤는 본디 움직이는 것을 좋아했다. 한시도 가만히 있지 못하는 산만한 성격을 가지기도 했다. 그나마 오늘은 참고 또 참아서 겨우 버티는 중이었다.

혹시나 내일 피로가 쌓일까 봐 낮잠도 자 두었고, 전신을 매끄럽게 해 주는 화장수와 오일도 듬뿍 발랐다.

얼굴에 꿀을 바르고 있을 때는 시녀들이 밥을 먹여 주고, 손톱과 발톱을 관리해 주기까지 했으니, 그야말로 공주님이 따로 없었다.

그러나 엘리샤의 방에 하루 온종일 시녀들이 들락거리고 있으니 딱히 몸만 편하다뿐이지, 마음 편안히 딴짓을 할 수도 없었다.

차라리 혼자 있게 해 주면 테일러 키트라도 만지작거렸을 테지만, 오 분이 멀다 하고 사람들이 들어왔다.

몇몇 귀부인들은 새 신부에게 인사를 하고 싶다면서 방문을 청하기도 했다. 머리를 말은 롤을 잔뜩 단 채 부인들과 차를 마실 때는, 어서 그들이 떠나기만을 바랄 수밖에 없었다.

"내일이 기대되는군요. 공작 부인께서는 언제쯤 사교 파티를 열 예정이세요?"

"네에? 사교 파티요?"

"네!"

"아, 아직 그런 것은…… 제가 아직 테본에 온 지도 얼마 되지 않아서 잘 모르겠어요, 부인."

"어머나, 그러시군요. 그렇다면 다과회라도 놀러 오세요."

"다과회요?"

"네, 카미엘 자작가의 영애가 다과회를 자주 여는걸요."

카미엘이라면, 분명 리나에게 들어 본 적이 있는 이름이었다.

그래, 스커트의 헴 라인을 바꾸어 놓을 정도로 유행을 선도하는 멋진 영애라고 들었다. 엘리샤는 그녀를 만나 보고 싶었다. 분명 배울 점이 많은 사람일 것 같았다.

"아, 카미엘 영애라면 멋진 의상으로 유행을 선도하는 여성이라고 들었어요. 꼭 가고 싶네요."

"맞아요. 카미엘 영애는 멋져요. 제가 꼭 카미엘 영애에게 그 말씀을 전해드릴게요."

"네, 감사해요. 루이첼 부인."

엘리샤는 그녀가 돌아간 뒤에 리나를 불렀다.

"네, 예비 마님. 무슨 일로 부르셨어요?"

"카미엘 자작가에는 초청장을 보내지 않았나요?"

"아, 글쎄요. 명단을 확인해 봐야겠는걸요. 랜디어스 경이 알고 있을 거예요. 제가 가서 물어볼까요?"

"그럼 카미엘 영애가 참석하는지 알고 싶어요. 만약 초청하지 않았다면 초청장을 보냈으면 해요. 그녀를 꼭 한번 만나 보고 싶거든요."

"아아, 알겠습니다. 마님."

*   *   *

"아가씨, 안나 아가씨! 이것 보세요. 펜블렌 공작가에서 결혼식 초청장이 왔어요."

시녀의 목소리가 들리자 안나는 레이스 짜던 것을 멈추고는 고개를 그쪽으로 돌렸다. 이내 미색의 봉투를 들고 달려오던 시녀와 시선이 마주쳤다.

안나는 그것을 천천히 바라보았다. 틀림없는 펜블렌가의 인장이었다.

시녀에게서 초청장을 전해 받은 안나는 서둘러 그것을 펼쳐 내용을 읽어 내려갔다. 카미엘 자작과 자작 부인, 영애까지 모두 초대한다는 정중한 내용이 담겨 있었다.

참으로 반가운 소식이 아닐 수 없었다.

안나의 아버지인 카미엘 자작은 펜블렌 공작의 봉신이긴 했지만 정치적 입지는 좁았다.

안나 자신은 테본의 귀부인들 사이에서 소문은 좋게 났지만, 아직까지 정식으로 크게 열린 무도회나 파티가 없었기에 사교적으로 진출할 길은 많지 않았다.

"정말 잘된 일이네요. 이제 펜블렌 공작 성에서도 사교 파티가 열리지 않을까요? 모두 고대하고 있잖아요. 아가씨도 그러시고요."

"그러게. 너무 기쁘다. 참, 이러고 있을 시간이 없어. 드레스부터 고르자."

결혼식에 초청받은 기쁨도 잠시, 안나가 제 시녀를 붙잡고는 침착하게 말했다.

"예, 진즉에 초청받았다면 새롭게 드레스를 제작하셨을 텐데 아쉽네요."

"어쩔 수 없지. 대신에 이번에 새로 만든 드레스를 선보이도록 할 거야. 귀부인들 마음에 드셨으면 좋겠다."

까맣고 선한 눈망울을 굴리면서 안나가 환하게 웃었다.

"아유, 당연하지요. 아가씨가 입은 드레스를 보기만 해도 모두들 깜짝 놀라서 입이 벌어질 테니까요."

"그래, 어서 준비하자. 아버지께도 말씀드리고."

"네, 아가씨."

*   *   *

"예비 마님, 카미엘 자작가로 초청장을 무사히 보냈다고 해요. 그런데 누가 마님을 찾아왔네요?"

"저를요?"

"네. 밖에서 기다리고 있답니다. 가이시 경이에요."

"아, 안 그래도 요즘 가이시 경이 잘 지내는지 궁금했어요."

"네, 차를 준비해 드릴게요."

"고마워요. 조금 답답하니까 테라스에서 마실게요."

"알겠습니다. 마님."

엘리샤는 두꺼운 숄을 어깨에 두르고는 테라스로 향했다. 티테이블 앞에 앉으려는데 곧 건장한 체구의 안돌프가 테라스로 왔다. 그가 곧 고개를 깊이 숙이고는 말했다. 그는 특유의 수줍은 듯한 얼굴로 말했다.

"결혼 전날이라, 많이 긴장하고 계실 것 같아서 응원 차 찾아왔습니다."

"가이시 경! 그동안 잘 지냈지요? 더 늠름해지신 것 같아요. 요즘 너무 정신이 없어서 기사단에 가지 못했네요."

"……아, 아닙니다. 마님께서는 결혼 준비로 바쁘셨을 줄 알고 있습니다. 내일은 무척 바쁘실 것 같아서 미리 이렇게 축하 인사도 드리려고 왔습니다. 축하드립니다. 두 분의 결합을 기사단에서도 기대하고 있습니다. 영지 시찰을 다녀왔는데, 벌써부터 영지민도 테본의 안주인이 오셔서 기뻐하고 있습니다."

안돌프의 말에 엘리샤의 얼굴이 발그레해졌다.

영지민들이라. 수도에서는 평민들과 격 없이 지내곤 하던 엘리샤였기에 조금 부끄러운 기분마저 들었다.

"고마워요. 기사단 분들께도 인사 전해 주세요. 아, 저도 영지민 여러분을 가까이에서 만나고 싶어요. 최근 각하께서 바쁘셔서 가이시 경이 대신 시찰을 나가신다고 들었어요."

"예. 그렇습니다."

"영지의 상황은 어떤가요? 테본은 날씨가 무척 춥잖아요. 그분들은 따뜻하게 잘 지내고 있나요? 배를 주리지는 않고요? 폭설에도 집은 무사한가요?"

엘리샤의 말에 안돌프의 초록빛 눈이 흔들렸다.

"마님께서는 정말로 따뜻한 분이십니다. 아직 미약하지만 각하께서도 가난한 영지민을 위한 시설을 마련해 놓으셨습니다. 하지만……."

그러나 그는 말끝을 흐렸다.

"하지만?"

"테본의 영지민 개개인을 전부 돌볼 여력까지는 없으니, 아마 추위에 떨고 있는 이들도 있을지 모르겠습니다."

"음, 그렇군요. 가이시 경, 제가 각하께도 말씀드릴 테니 나중에 꼭 한 번 영지민의 의복 현황과 실태에 대해서 알아보고, 보고해 주세요. 도움이 필요한 사람이 있다면 기꺼이 돕고 싶네요."

"예? 마님께서 어떤……."

"의복에 관한 모든 건 제가 도울 수 있거든요. 아, 예산이나 이런 건 전혀 걱정하실 필요 없어요."

"하지만, 의복을 제작하고 보급하려면……."

"걱정 말아요. 제게 다 방법이 있으니까요. 일단은 결혼이 끝나고 여유가 생기면 내가 다시 말할게요. 그때까지는 그냥 알고만 있어요."

안돌프의 말에 엘리샤는 자신감 넘치게 말했다. 안돌프는 마님의 보라색 눈동자가 이렇게 생동감이 가득한 건 처음 보는 것 같았다.

"예, 알겠습니다. 마님."

"네, 가이시 경."

"조금 긴장되실지 모르겠지만, 각하께서는 마님을 무척이나 아끼고 계십니다. 마님이 생각하시는 것 이상으로 말이지요."

가이시 경의 말이 고마웠다. 엘리샤는 눈을 부드럽게 휘고는 말했다.

"그 점은 저도 잘 알고 있어요. 각하께서는 제게 너무 과분한 것들을 주시는걸요."

"두 분의 행복이 곧 저의 행복이자, 테본의 행복입니다. 이만 물러가겠습니다."

인사를 마치고 나가던 안돌프는 복도에서 마주친 그림자를 보고는 웃음을 터뜨렸다. 다름 아닌 새신랑이 될 주군이었다.

"안돌프, 자네가 어쩐 일로? 혹시 나를 만나러 왔었나?"

"아, 이번에는 틀리셨습니다. 예비 마님께 인사를 드리러 왔습니다."

안돌프가 가볍게 웃으면서 말하자 루자크의 눈에 의외라는
기색이 역력했다.

"결혼 축하를 하러 온 모양이군."

"예."

"내게는 오지도 않고?"

"각하께는 몇 번이나 축하 인사를 드렸지 않습니까."

"농담일세. 아, 당분간 기사단은 내가 신경 못 쓸 것 같으니까
자네가 훈련을 잘하도록 해."

"걱정 마십시오. 좋은 시기일수록 더욱 조심해야 한다는 것
알고 있습니다."

"그래. 난 영애를 만나야겠군."

"안 그래도 얼굴에 마님을 보고 싶다고 쓰여 있습니다. 무엇
보다도 각하의 얼굴이 몰라보게 밝아지신 것 같아서 부하로서
기쁩니다."

"흐음, 고맙군. 그만 나가 보게."

"예, 각하. 평안한 밤 보내십시오. 마님께서는 삼 층 테라스에
앉아 계십니다."

루자크는 믿음직한 제 부하의 어깨를 두드리고는, 테라스로
걸어갔다.

유난스레 긴 다리가 성큼성큼 움직여 곧 목적지에 다다랐다.

어느덧 날이 저문 터라 어둑해진 하늘, 냉기가 훅 들어오는 추
운 날씨에도 바깥 풍경을 내려다보고 있는 엘리샤의 뒷모습이

눈에 들어왔다. 허리까지 내려오는 구불구불한 장밋빛 머리카락이 바람에 휘날렸다.

루자크는 입가에 미소를 머금고는, 그녀의 이름을 불렀다.

"엘리샤."

낮고도 부드러운 음성이 울리자, 그녀가 고개를 돌렸다. 금세 달빛처럼 쏟아지는 환하고 고운 웃음이 그의 시선을 사로잡았다.

저녁이 다 되어서야 겨우 얼굴을 마주하게 되니 두 사람 모두 반가운 기색이 넘쳤다. 엘리샤가 어린아이처럼 그의 품으로 달려왔다.

"각하!"

루자크는 제게 매달리는 그녀를 살짝 들어 올려 반 바퀴를 돌았다. 그리 많이 먹는데도 그녀의 몸무게는, 어찌나 가벼운지 깃털 같았다.

"엘리샤, 온종일 그대 생각이 나서 죽는 줄 알았어."

"저도요. 온종일 제 방에 갇혀서 꼼짝없이 각하 생각만 했다고요."

그가 리나에게 내린 명령 때문에 답답했는지 살짝 토라진 듯한 말투였다. 루자크는 심술궂게 말했다.

"그랬나? 그렇다면 매일 가둬 버릴까. 내 생각만 나게."

엘리샤가 입술을 살짝 내밀었다.

"윽, 그건 사양하겠어요. 저는 세상에서 답답한 걸 가장 못 참는단 말이에요. 차라리 저 너른 들판으로 가서 종일 뛰라면 뛰겠어요."

그러면서 엘리샤가 마구 달리는 시늉을 해 보였다.

"하하, 튼튼해서 좋은걸."

루자크가 분홍빛 머리칼을 마구 쓰다듬었다. 아이처럼 사랑
스러워서 견딜 수가 없다는 눈빛이었다.

엘리샤의 머리 깊숙이 그가 코를 박았다. 향긋한 꽃 내음과 체
취가 뒤섞여서 전신을 아득하게 만들었다.

엘리샤는 온순한 강아지처럼 가만히 제 머리카락을 그에게
내어 주었다.

루자크는 풍성한 머릿결에 연신 키스하더니 머리카락을 한곳
으로 모아서 넘겨 주었다. 드러난 흰 목덜미를 보자 불현듯 눈빛
이 진해졌다.

루자크는 치밀어 오르는 마음을 억누른 채 할 말을 생각하기
로 했다. 이대로 아무 말도 하지 않고 있다가는 또다시 자신이
무슨 짓을 저지를지 몰랐다.

그녀와 한 공간에 있는 그 순간부터 제 심장은 널을 뛰었다.
언제나 인내심에 한계를 느꼈다.

루자크가 가까스로 입술을 열었다.

"엘리샤. 생각보다 많이 긴장하지 않은 것 같아서 다행이군.
걱정했소."

"……전 괜찮아요. 심장이 몹시 뛰는 것만 빼면요."

엘리샤는 그러면서 제 작은 가슴께를 매만졌다. 루자크는 빙
그레 웃으면서 그녀의 양어깨를 감쌌다.

"내일이면 우리도 정식 부부로군."

"그러게요. 여기 올 때까지만 해도 집사 양과 결혼하게 되리라고는 상상도 못 했어요."

"하하. 그건 그만 잊어 줬으면 하는데."

루자크는 민망한지 낮게 웃음을 터트렸다.

"아뇨, 안 잊을 거예요. 당신이 제 마음에 들어온 건 그때부터니까요. 마차에서 내 손을 잡아 주었을 때요."

엘리샤의 보라색 눈이 촉촉해졌다.

루자크 역시 그 순간을 또렷하게 기억하고 있었다. 그때는 엘리샤에게 이성적인 매력이 없는 소녀라고 막연히 생각했는데, 그건 오산이었다.

이토록 사랑스러운 그녀를 보고 어떻게 좋아하지 않을 수 있을까.

자신도 모르게 사르르 눈처럼 녹아 그녀에게 빠져들고 말았다. 티 없이 맑은 미소를 보면 심장이 뛰었고, 자그만 체구를 보면 꼭 끌어안아 주고 싶었다.

지금도 그녀와 함께 있는 것만으로 심장과 몸이 주체가 되지 않는데…… 내일 밤 한방에 있다면 정말 위험할 터였다.

"엘리샤. 참, 미리 해 둘 말이 있어."

"네?"

엘리샤가 귀를 기울이자 루자크는 다소 조심스럽게 말했다.

"난 그대가 아직 어리다고 생각해. 그래서 말인데……."

"……?"

루자크는 하기 힘든 말을 억지로 꾸역꾸역하는 사람처럼 뒷말을 이었다.

"내일 밤은…… 아무래도 각자 따로 자는 게 좋겠어."

루자크는 엘리샤를 살피면서 재차 물었다.

"당신 생각은 어떻지?"

"네에……?"

"설마 내 말의 의미를 모르는 건 아니겠지? 나는 그저 당신을 위해서 기다려 주고 싶은 것뿐인데……."

엘리샤는 그의 입술에서 흘러나온 뜻밖의 말에 눈을 동그랗게 떴다.

첫날밤을 각자 따로 보내자는 것은 대체 무슨 뜻일까. 나를 위해서 기다려 주고 싶다고? 아직은 지켜 주고 싶다, 그런 뜻인 건가?

사실 엘리샤 역시 그것이 아예 두렵지 않은 것은 아니었다. 그러나 첫날밤 신랑 신부가 무엇을 하는지조차 모를 정도로 둔하지는 않다.

로맨스 소설에서 여러 번 읽어도 두었고, 내일 밤에 해야 할 마음의 준비까지 오늘 밤에 몽땅 할 참이었는데…….

무언가가 와르르 굴러떨어지는 것 같은 기분이었다.

"아……."

엘리샤는 무어라고 대답해야 좋을지 몰라서 말을 잇지 못했다. 그가 이렇게 말하는 상황에서 자신이 원한다고 이야기하기도 애매한 터였다.

하지만 역시 그가 미루자고 할 때 선뜻 대답하는 게 좋을지도 모른다는 생각이 들었다. 처음이면 감당하기조차 힘들 고통이 뒤따른다던데……

"엘리샤? 난 당신의 뜻을 존중하고 싶어. 편하게 얘기해 주었으면 하는데. 아니면 그냥 첫날밤을 함께 지낼까?"

마지막 말이 그의 본심이었지만, 엘리샤는 그걸 모른 채 눈을 질끈 감고는 대답해 버렸다.

"아, 아니에요. 저도…… 아직은 준비가 안 된 것 같아요. 제 뜻도 각하와 같아요. 그럼 우리 부부 생활에서 키스 이상의 짙은 스킨십은 없는 것으로 알고 있을게요."

엘리샤가 그리 정리해 버리자 루자크 역시 옅은 한숨을 쉬었다. 그러나 이내 그는 이해했다는 듯 고개를 주억거렸다.

"그렇게 선을 그으니 왠지 이상하군. 내가 일단은 노력해 볼게. 하지만 너무 안심하진 말고. 언제 달려들지 나도 나를 모르겠으니까."

한결 짙어진 그의 푸른 눈동자가 엘리샤를 향했다. 두근두근…… 하면서도 내일 밤 그와 함께 있을 수 없다는 사실에 어쩐지 서운하기도 하고, 마음이 복잡했다.

사실 그의 '어리다'는 표현은 엘리샤에게는 안 맞았다. 제국의 결혼 적령기는 열여섯에서부터 시작했으니까. 심지어 그보다 어린 경우도 훨씬 많았다.

루자크와 저녁 식사를 하는 내내, 뭔가가 툭 걸린 것만 같은 미묘함이 따라붙었다. 하지만 엘리샤는 곧 그것을 받아들이고 편안해지기로 마음먹었다.

첫 경험을 나중으로 미룬다고 해서 그가 자신을 사랑하지 않는 것은 아니었으니까. 생각해 보니 자신을 아껴 주고, 배려해 주는 그에게 더욱 고마워해야 할 일이었다.

엘리샤는 맞은편 식탁에 앉은 루자크를 향해서 잔을 들고 외쳤다.

"결혼 축하해요, 각하."

"그 각하 소리는 오늘까지만 허용하지. 결혼 축하해, 엘리샤."

듣는 것만으로도 달콤한 목소리였다. 씨익 그가 입가를 올리면서 엘리샤와 잔을 부딪쳤다.

*　　*　　*

"늦지 않게 도착하는 거겠지?"

콜린이 짜증스러운 말투로 멜드레에게 물었다.

"아까 그렇다고 했어. 아니면 네가 직접 마부에게 물어봐."

"싫어."

펜블렌 공작가에서 보내온 최고급 마차라서 아늑했지만, 장거리 마차 여행을 좋아할 순 없었다. 콜린은 팔짱을 낀 채 투덜거렸다.

"……아무래도 공작 각하에게 몸값을 더 높여 받아야겠어. 이건 젠장, 해도 해도 너무하잖아?"

펜블렌 공작과의 거래로 따지면 제게 이득이 훨씬 컸지만 지금 느끼는 지루함은 죽을 지경이었다.

그래서 콜린은 자꾸만 타산이 맞지 않는 것 같다는 생각을 했다. 왠지 손해를 보는 느낌이랄까.

"진정해, 콜린. 너는 블랙 윈터 성에 남기라도 하지, 우리는 수도로 다시 돌아가야 한다구! 그렇죠, 헨리?"

멜드레가 제 연인을 돌아보면서 말했다.

"오, 걱정 말아요. 멜. 그래도 우리 둘은 함께가 아니오?"

콜린은 눈앞의 착 달라붙은 연인을 볼썽사나운 것을 본 듯이 혐오스럽게 쳐다보았다. 짜증이 더욱 치솟는 것 같아서 담요를 끌어올리고, 얼굴에는 모자를 덮어썼다.

차라리 저 꼴을 안 보고 말지.

엘리샤 계집애 때문에 고생을 사서 하는 기분이었다. 문득 떠오른 엘리샤 생각에 콜린은 왠지 마음 한구석이 찌르르해졌다. 뭔지 모를 복잡한 기분이 자꾸만 끼쳐 왔다. 콜린은 억지로 눈을 감았다.

덜컹덜컹.

공작가에서 보낸 훌륭한 여섯 마리의 말들이 끄는 호화 마차가 테본을 힘차게 가로질렀다.

짜증을 참고 겨우 잠이 들었을 때였다. 꾸벅꾸벅 졸던 콜린의 어깨를 누군가가 흔들었다. 그의 귓가에 멜드레의 목소리가 들려왔다.

"콜린, 일어나. 성에 도착했나 봐."

정말이었다. 곧 마차가 멈추었고, 문이 열렸다. 집사로 보이는 안경을 착용한 젊은 남자가 정중하게 그들을 맞이했다.

"블랙 윈터 본성에 오신 것을 환영합니다. 먼 길 오시느라 고생하셨습니다. 저는 펜블렌 공작가의 집사 반트 랜디어스입니다. 실례지만 초청 명단을 확인하겠습니다."

예의 바른 듯해 보이면서도 어딘가 모르게 차가운 느낌이 드는 반트의 태도가 콜린은 썩 마음에 들지 않았다.

'뭐지, 눈빛이 기분 나빠. 이 몸이 누구인지 알고도 저런 눈빛을 하는 거야? 엘리샤 이 녀석은 미리 말도 안 해 두었나?'

콜린은 속으로 불만을 쏟으면서도 심드렁하게 대답했다.

"안녕하시오. 콜린 폴드요. 여기 이쪽은, 멜드레 폴드, 그 옆은…… 당신 이름이 뭐라고 했죠?"

"아, 헨리 파이블이에요."

멜드레가 대신 대답을 하면서 주변을 둘러보았다. 보는 순간 숨이 턱 막힐 만큼 웅장하고 넓은 성이었다.

"굉장해. 이렇게 커다란 성은 처음 와 봐요. 그렇죠, 헨리?"

"정말 멋져요, 멜."

"……우중충해서 유령이라도 튀어나올 것 같구만."

자그만 목소리로 콜린이 중얼거렸다.

그 사이 초청 명단을 확인하던 반트는 마님이 직접 초청한 특별 하객이라는 것을 인지하고는, 그들에게 말했다.

"엘리샤 마님의 하객들이셨군요. 결혼식까지는 아직 몇 시간 여유가 있습니다. 천천히 쉬실 방으로 안내해드리겠습니다."

그제야 아까보다 한결 반트의 눈빛이 따뜻해진 것 같았지만 콜린을 보는 눈빛은 또 그렇지 않았다.

"……참고로 본성에 유령은 없으니 안심하시기 바랍니다."

"귀가 밝으시군."

"집사의 임무를 수행하려면 여러 감각이 발달해 있는 편이 좋습니다."

"동물적인 감각이라도 필요하단 거요? 재미있군."

콜린이 대답하면서 속으로 생각했다.

'왠지 마음에 안 들어.'

"자작님은 재미있는 분이시군요. 이쪽입니다."

반트 역시 길을 안내하면서 속으로 생각했다.

'왠지 마음에 안 드는 사람이군.'

결혼식 하객의 인성까지 평가할 생각은 없지만, 그는 모든 것이 오만해 보였던 터였다. 그러나 반트는 콜린 자작의 말들을 가볍게 넘기고는 공손하게 모셨다. 오늘은 어느 때보다 기쁜 날이었다.

각지에서 성으로 마차가 몰려들었다. 긴 마차 행렬 때문에 반트는 물론이고, 기사단들까지 동원되어 성안의 모든 사람들이 눈코 뜰 새 없이 바빴다.

가장 먼저 하객을 접대해야 하는 게 오늘 그들의 가장 커다란 업무 수행이었다.

댕―댕―댕―

저 멀리 시내의 성당에서 새벽 6시를 알리는 종소리가 아련히 울렸을 무렵이었다.

긴장으로 늦은 밤까지 잠을 제대로 이루지 못했던 엘리샤는 아직 곤히 자고 있었다. 리나는 새 신부를 깨우기 위해서 곧장 방 안으로 들이닥쳤다.

다림질한 드레스와, 속옷, 구두, 머리 장식, 부케, 보석함을 가지런히 든 시녀들이 줄줄이 리나의 뒤를 따랐다.

아기처럼 잠들어 있는 마님을 보고 있노라니 조금 더 재우고 싶었지만, 오늘은 다른 날도 아닌 그녀의 평생에 한 번 있는 결혼식이었다.

벌써부터 하객들이 들이닥치고 있는데, 지금 이럴 틈이 없었다.

리나는 가만히 엘리샤를 흔들어 깨웠다.

"마님, 이제 일어나셔야 해요."

조곤조곤 들려오는 목소리에 엘리샤는 가까스로 눈을 떴다.

"우웅…… 벌써 아침이에요?"

"아직 새벽이지만, 새 신부님은 준비를 하셔야지요. 자아, 세안부터 시작할게요. 다들, 빨리 붙잡아드려."

"네."

리나의 손에 의해 억지로 일으켜 세워진 엘리샤는 졸린 상태로 앉았다. 뒤에 서 있던 시종 두 명이 물이 담긴 대야를 가져왔고, 천천히 엘리샤의 얼굴과 손, 목을 씻기기 시작했다.

얼굴에 미온수가 닿자, 정신이 좀 들었다.

세안을 마친 엘리샤의 얼굴을 리나가 보송한 헝겊으로 닦아주었다.

간밤에 아무리 눈을 붙이려고 노력해 봐도 잠이 오지 않아서, 죽을 뻔했다. 엘리샤는 입술을 열었다.

"리나, 정말 신기한 게…… 어제까지는 하나도 긴장이 되지 않았는데요. 밤 열두 시가 지나자마자 그때부터 심장이 막 두근두근거려서 잠이 오질 않는 거예요."

정말이었다. 그대로 뜬눈으로 밤을 지새우면 어쩌나 걱정했는데, 그래도 옅은 잠이라도 잔 것 같았다. 리나가 마치 막냇동생을 보는 양 따스하게 말했다.

"원래 결혼 전날 제대로 잠을 자는 새 신부는 드물 거예요. 많이 피곤하시면 페퍼민트 티를 타다드릴까요?"

엘리샤는 고개를 끄덕였다.

"네. 좋아요."

"시장하시죠? 지금 주방장이 마님을 위해서 아침을 만들고 있으니 조금만 기다리세요. 완성되면 가져다드릴게요. 그럼 그동안 드레스를 입고 계시면 될 것 같아요. 식사 후에는 머릿결 정돈과 화장을 하시고요. 정오까지 모든 준비를 마치시고, 프티 로즈궁으로 향하시면 된답니다. 식순은 전부 외워 두셨지요?"

"……네, 네. 알고 있어요."

리나가 하나씩 짚어 주자 그제야 엘리샤의 머리도 돌아가기 시작했다. 도무지 무엇을 어째야 할지 정신이 하나도 없었는데, 리나가 한 번 정리해 주니 이제야 알 것 같았다. 엘리샤는 그나마 마음이 조금 놓였다. 리나가 있어서 참으로 다행이었다.

"고마워요. 리나가 없었으면 결혼식을 어떻게 할까 싶어요."

"무슨 말씀을요. 저는 오늘만을 기다려 왔는걸요. 마님께서 누구보다 아름답고 행복한 신부가 되시기만을 바란답니다. 떨지 않고 잘하실 수 있지요?"

엘리샤는 고개를 끄덕였다.

"그럴게요. 각하께서는 일어나셨나요?"

"아, 아마도 랜디어스 경이 조금 후에 깨워드릴 거예요. 아무래도 마님의 준비가 훨씬 더 오래 걸리실 테니까요."

리나는 그 말을 끝으로 엘리샤의 몸 곳곳에 장미수를 뿌리기 시작했다.

다음은 레이스가 겹겹이 달린 언더 스커트를 입고, 그 위에는 오버스커트를 덧입었다.

스커트를 전부 입고, 앞섶의 리본까지 전부 여미고, 드레스의 주름 하나하나까지 매만지는 데에는 약 삼십여 분의 시간이 걸렸다.

"볼수록 너무 아름다우세요. 마님이 직접 만드신 드레스라고 하면 아무도 안 믿을 거예요."

리나의 드레스 칭찬에 엘리샤는 양 볼 가득 홍조를 띠었다. 아직 루자크에게는 보여 주지 않았는데, 그의 반응이 사뭇 기대가 되었다.

그 생각을 하자 엘리샤의 가슴이 다시금 설렘으로 가득 차올랐다. 거울로 드레스를 입은 제 모습을 이리저리 비추어 보니, 화사해지는 기분에 만족스러웠다.

얇은 실크와 새틴, 레이스를 원단으로 사용한 드레스라서 기존 테본식의 결혼 예복 드레스보다는 무게가 훨씬 가벼웠다.

대신에 테본의 기후에 입기엔 약간 추운 감이 있었다. 결혼식이 있을 프티 로즈궁까지는 새하얀 여우 털 망토를 걸칠 예정이었다.

이제 머리 모양을 만져야 하는데, 그때쯤 시녀가 다급히 방문을 열어젖혔다.

"마님의 식사가 도착했습니다."

"잘됐다. 마침 배고프던 참이었어요."

엘리샤가 반색하곤 드레스를 입은 채 폴짝 식사가 놓인 테이블로 달려갔다. 아직도 철부지 소녀처럼, 양 볼 가득히 음식을 집어 먹는 엘리샤였다.

리나와 시종들에게도 식사를 권했지만, 그들은 고개를 흔들었다. 오늘처럼 중요한 날에 마님의 사용인들이 식사를 하고 오는 건 말이 되지 않았다.

그러나 엘리샤는 번갈아서 식사를 하고 오라고 그들의 등을 떠밀었다. 하는 수 없이 리나는 시종들을 먼저 보냈다.

"저는 다른 아이가 오면 먹으러 갈게요."

그리 말하는 리나의 입속에 엘리샤가 여분의 포크로 고기를 찍어서 쏙 넣어 주었다.

우물우물.

이미 입 안에 들어온 것을 뱉을 수도 없고, 결국 리나는 그대로 음식물을 삼켰다. 엘리샤는 해맑게 웃어 보였다.

　　　　*　　　　*　　　　*

"황실 마차가 도착하고 있습니다."

반트의 보고에 루자크는 아치형의 창문을 열었다.

성으로 긴 행렬이 들어오고 있었다. 엘노아 제국을 상징하는 깃발이 펄럭였다.

여덟 마리의 백마가 끄는 금장 마차들이 본성에 도착했다.

앞뒤로 은색 갑주를 걸친 제국의 기사단이 호위를 하고 있었다.

"저 정도로 화려한 행렬이라면, 라이몬드가 정말로 왔군."

내키지 않는다는 투로 말했다. 창문까지 다가온 루자크에게 시종 두 명이 달라붙어, 흰색 실크 크라바트를 매어 주고는 매무새를 점검해 주었다.

그의 몸을 휘감은 블랙 슈트는 한눈에도 정갈하면서도 고풍스러웠다. 슈트 한쪽 포켓에 다이아몬드 핀을 찔러 넣으니, 끝이었다.

시종이 하얀 예복 장갑을 주머니에 넣어 주었다. 머리는 일찍 감치 손을 보아, 평소에는 앞으로 내린 앞머리를 뒤로 자연스레 넘겼다.

시종이 단장을 마쳐 주자, 반트가 말했다.

"완벽하게 근사하십니다, 각하. 그럼 잠시 내려가셔야 할 것 같습니다."

"……그래, 썩 달갑지는 않지만."

루자크는 이 좋은 날 인상을 찌푸리고 싶지는 않았지만, 제 신부의 얼굴보다 황태자를 먼저 만나러 가야 하는 이 상황에 미간을 좁힐 수밖에 없었다.

〈다음 권에 계속〉